BIS EINER STIRBT

Drogenszene Internet

Die wahre Geschichte von Leyla & Josh

Isabell Beer, geboren 1994, arbeitet als Journalistin für funk, das junge Angebot von ARD und ZDF und schreibt freiberuflich für DIE ZEIT. Für eine Undercover-Recherche wurde sie für den Deutschen Reporterpreis in der Kategorie Investigation nominiert. Bis einer stirbt – Drogenszene Internet ist ihr erstes Buch. Für die zugrundeliegende ZEIT-Recherche erhielt sie den Otto-Brenner-Newcomerpreis 2019.

Isabell Beer

BIS EINER STIRBT

Drogenszene Internet

Die wahre Geschichte von Leyla & Josh

CARLSEN

Mit Fragen zur Produktsicherheit wenden Sie sich bitte an: carlsen.de/kontakt

Veröffentlicht in der Carlsen Verlag GmbH
Völckersstraße 14-20, 22765 Hamburg
Juni 2023

Umschlaggestaltung und -typografie: formlabor
ISBN 978-3-551-32117-6

INHALT

VORWORT

»Alle Lektüren über Drogen, die ich gelesen habe, egal wie kaputt die Leute waren, egal wie abgeranzt, abgewichst, ob die anschaffen waren, das war mir in dem Moment völlig latte – ich fand es magisch und anziehend. Und genau das soll dieses Buch bitte nicht werden. Also stell es dar, wie es ist.« Das sagt Leyla, Mitte zwanzig, heroinabhängig.

Es wird immer Menschen geben, die Drogen nehmen. Das wird kein Buch verhindern. Und Drogen werden jungen Menschen dorthin folgen, wo sie sich aufhalten. Auf den Schulhof, in Jugendclubs – und ins Internet, auf soziale Plattformen.

In den Sechziger- und Siebzigerjahren griffen Musiker und andere Künstler zu halluzinogenen Drogen wie LSD, die Beatles schrieben sogar einen Song darüber. Heute sind Rap- und Hip-Hop geprägt von Drogen und Medikamenten, die betäuben und die Wahrnehmung dämpfen, etwa das starke Schmerzmedikament Tilidin, angstlösende Xanax-Tabletten oder Dirty Sprite, mit codeinhaltigem Hustensaft versetzte Limonade.

Was sich nie geändert hat, ist der Reiz, der von diesen Substanzen ausgeht. Gerade auf junge Menschen. Geändert hat sich aber die Drogenszene durch Internet und Smartphones, die immer mehr unsere Leben bestimmen. Schon 2009 hieß es in einem Bericht des WDR, dass auf dem Portal SchülerVZ Anleitungen zum Drogenkonsum geteilt würden. SchülerVZ gibt es seit 2013 nicht mehr, die Online-Drogen-Gruppen sind zu Facebook abgewandert.

Aber auch auf Facebook sind diese Gruppen inzwischen kaum noch aktiv. Die junge Online-Drogenszene hat sich einfach nur auf anderen Plattformen etabliert, auf denen Jugendliche sich bewegen – das ändert sich alle paar Jahre. Inzwischen werden Drogen über Instagram, Tik Tok und Telegram angeboten.

Dieses Buch hat nicht den Anspruch, abschreckend zu sein, sondern den, differenzierte Informationen zu liefern. Es geht um zwei junge Menschen, Leyla und Josh, die als Teenager damit beginnen, Drogen zu nehmen. Es geht um Kontrollverlust, den Kampf mit der Sucht, die Folgen, die man nicht sieht und die doch da sind. Weiterhin thematisiert es die Ausgrenzung und Stigmatisierung, die Scham und die Angst. Und letztlich geht es auch ums Scheitern, um neue Hoffnung und viele Neuanfänge.

Durch meine Recherchen und meine Gespräche mit Drogenkonsumenten und Experten wurde vor allem eines klar: Unsere heutige Drogenpolitik hat versagt. Verbote haben nicht dazu geführt, dass Jugendliche keine Drogen nehmen. Sie haben einen Markt für legale Drogen begünstigt, für Substanzen, die unerforscht sind und oft tödliche Folgen haben. Derartige lebensgefährliche Substanzen konnte sich Josh etwa für wenig Geld oder sogar kostenlos und ganz legal in sein Kinderzimmer bestellen.

Verbote haben aber auch einen illegalen Markt geschaffen, mit der Folge, dass Menschen an Streckmitteln sterben oder versehentlich überdosieren, weil die Reinheit stark schwankt. Sie rutschen in Beschaffungskriminalität ab oder prostituieren sich für ihre Sucht.

Aufgrund dieser Verbote und der Stigmatisierung suchen einige Konsumenten lange keine Hilfe, aus Angst, sich Perspektiven zu verbauen, auch berufliche. Sie führen dazu, dass sich Konsumenten noch mehr selbst schaden, als sie es tun würden, wenn sie offen mit ihrer Sucht umgehen könnten.

Zu einem haben Verbote, Stigmatisierung und die Kriminalisierung von Konsumenten in all den Jahren allerdings nicht geführt: Dass Menschen keine Drogen mehr nehmen. Und das werden sie auch nie verhindern.

Als Autorin habe ich mir viele Gedanken gemacht, was man tun kann, um Jugendliche zu schützen. Warum Leyla, die so alt ist wie ich, heroinsüchtig ist und ich nicht? Durch die Begegnungen mit ihr habe ich jedenfalls eines gelernt: Was uns trennt, sind ein paar Entscheidungen, die wir als Teenager getroffen haben. Und durch Leyla habe ich zum ersten Mal verstanden, warum Menschen Heroin nehmen.

Um Jugendliche vor Überdosen zu bewahren, müssen wir akzeptieren, dass es immer welche unter ihnen geben wird, die Drogen nehmen werden. Genauso wie Jugendliche immer Sex haben werden. Um ihnen zu helfen, müssen wir sie aufklären. Über die Wirkung, die Risiken und auch über Safer Use – so wie wir es bei Safer Sex tun. Damit sie verantwortungsbewusste Entscheidungen treffen können.

Wenn wir ihnen diese Informationen nicht geben, werden sie sie sich woanders beschaffen – im Internet, wo sie schnell an gefährliche und falsche Infos geraten können.

Denn wenn wir nicht verhindern können, dass Jugendliche an Drogen kommen und zu ihnen greifen, sollten wir ihnen das Wissen an die Hand geben, wie sie risikoärmer konsumieren und Überdosen vorbeugen können. Darum gibt es einen mit Experten abgestimmten Anhang mit den wichtigsten Regeln zum Thema Safer Use.

Alle Personen, die in diesem Buch vorkommen, haben einen anderen Namen, außer Josh. Die meisten haben einem Treffen nur unter der Voraussetzung zugestimmt, dass sie anonym bleiben. Um Leyla darüber hinaus zu schützen, werden keine Städte oder Regionen genannt. Zu Leylas Geschichte konnte ich deshalb auch weniger Menschen aus ihrem Umfeld befragen als bei Josh – nämlich nur die, denen sie vertraut: einen Online-Freund, ihren Freund Fynn, ihre Mutter, ihren besten Freund Aziz sowie einen Mitarbeiter aus der Suchthilfe, der Leyla persönlich kennt. Einige ihrer Erzählungen lassen sich deshalb nicht verifizieren. Leylas Aussagen, die ich überprüfen konnte, haben sich bislang aber als wahr herausgestellt oder ließen sich über Online-Posts nachvollziehen.

Ein Großteil der Zitate aus den Online-Posts wurden nach Rechtschreibung, Grammatik und Tippfehlern korrigiert, um den Lesefluss nicht zu beeinträchtigen. Inhaltlich wurden diese Zitate aber nicht verändert.

Zuletzt möchte ich Leyla selbst zu Wort kommen lassen.

»Liebe Leserinnen, liebe Leser«, schreibt sie. »Auch wenn die Vorurteile oft stimmen, sollte man verstehen, was Sucht ist. Wie schnell ist gesagt: ›Sie soll doch einfach aufhören, Drogen zu nehmen!‹ Was man dabei aber vergisst: Jeden Tag nimmt man sich vor, früher ins Bett zu gehen, jedes Silvester fasst man den Plan, ein paar Kilo abzunehmen, weniger Süßigkeiten zu essen, mehr Sport zu machen, vielleicht mit dem Rauchen aufzuhören. Jedes neue Schuljahr nehmen sich Kinder vor, die Hefte sauberer zu führen, schöner zu schreiben.

Aber es bleiben Vorsätze!

Mein persönliches Laster ist das Heroin, welches – anders als die Laster der Normalbevölkerung – einen gravierenden körperlichen Entzug mit sich bringt, wenn man es absetzt. Also, wie könnt ihr urteilen, wenn ihr eure eigenen kleinen Vorsätze nicht umgesetzt bekommt? Ich würde mir wünschen, dass wir viel toleranter und empathischer mit den psychischen Problemen anderer umgehen. Wie kann man sagen: ›Hör doch einfach auf mit den

Drogen!‹, während man nicht einmal sein eigenes vermeintliches Problem lösen kann?

›Hör doch einfach auf!‹ Wenn das so einfach ginge, dann würde es dieses Buch nicht geben. Deshalb lasst uns denken, bevor wir reden. Auch wenn wir nicht nachvollziehen können, was unser Gegenüber gerade durchmacht, so können wir dennoch empathisch und respektvoll sein.«

Über drei Jahre hinweg habe ich immer wieder mit Leyla gesprochen. Ihre Aussagen in diesem Buch sind Momentaufnahmen ihres Lebens mit der Sucht.

LEYLA & JOSH

Als Leyla zum ersten Mal die Nadel einer Heroinspritze an ihrer Armbeuge ansetzt, durchströmt sie eine unglaubliche Vorfreude. Wie als Kind, als sie ihren ersten Hund bekommen hat. Nur dass sie jetzt nicht in ihrem Zuhause sitzt und sich auf das neue Haustier freut, sondern auf dem Boden eines 50-Cent-Toilettenhäuschens nahe der Heroin-Szene.

Es stinkt hier, doch Leyla ist das egal. Es ist diese Vorfreude, die so mächtig ist, dass sie alles andere überdeckt, auch den Gestank in diesem Klohäuschen und die Tatsache, dass dort noch fremdes Blut klebt – von jemandem, der sich kurz vor ihr einen Schuss gesetzt hat.

Einmal will sie das hier machen, ein einziges Mal. Nur um zu wissen, was so stark ist, dass andere dafür alles aufgeben. Sie ist sich sicher, dass sie stärker sein, dass sie wieder aufhören können wird. Und sie ist sich sicher, dass sie weiß, was sie tut, anders als die, die darauf hängen bleiben oder an Überdosen sterben.

Ein Gefühl, das sie mit Josh verbindet, der ein paar Hundert Kilometer entfernt in seinem Rausch manchmal nicht mehr weiß, was er schon alles genommen hat. Und dann nimmt er noch mehr. Wenn er wieder zu sich kommt, sind seine Vorräte oft schon aufgebraucht und er mal wieder knapp am Tod vorbeigeschrammt. Und doch tut er es immer wieder. Um in seiner Welt zu sein, wie er sagt. Eine Welt, die nichts mit seinem realen Leben und seinen realen Problemen zu tun hat. Alles, was sich um Drogen dreht, saugt er in sich auf. Sie sind zu ziemlich dem Einzigen geworden, was ihn interessiert, sie sind seine große Liebe.

In seiner Wohnung stehen Tropfflaschen, liegen Plastiktütchen mit unterschiedlichen Substanzen verstreut, steht eine Feinwaage. Hier hantiert er mit Substanzen, die schon im Milligramm-Bereich tödlich sind. Manches mixt er selbst zusammen. Er ist sich sicher, dass er weiß, was er tut. *»Jede Droge kann gefährlich sein, wenn man nix drüber weiß lol«*, schreibt er. Josh kennt sich aus und ist überzeugt, dass nur die sterben, die keine Ahnung haben. Er ist der Laborleiter – und das Versuchskaninchen in einer Person. Oder, wie er das ausdrückt: *»die Versuchsschlampe«*.

1

ZUM ERSTEN MAL HIGH

»Er war anders, schon als Kind«, erzählt sein Vater, der auch heute noch in dem Haus lebt, in dem Josh groß geworden ist. Einem Haus in einem kleinen Dorf in Rheinland-Pfalz, in dem nur wenige Hundert Menschen leben und wo es noch nicht einmal einen Bahnhof gibt. Ein Haus mit vielen gerahmten Fotos dieses blonden Jungen mit Sommersprossen und einem breiten Grinsen im Gesicht. Der große Garten öffnet einen unglaublichen Blick auf unberührte Natur. In dieser Idylle wächst Josh auf, in diesem Ort, den er später als das »*letzte Kuhkaff*« bezeichnen wird.

Unter der Woche arbeitet sein Vater als Bauingenieur in der Schweiz, Josh ist dann mit seiner Mutter in dem großen Haus allein. Jeden Abend singt sie mit ihm Schlaflieder und liest ihm mindestens eine lange Gutenachtgeschichte vor. Am Wochenende übernimmt der Vater das Vorlesen und streicht ihm dabei vom Nasenrücken aus über die Stirn, bis er zufrieden einschläft. Josh ist ruhig und sensibel, ein Träumer. Seine Eltern fördern ihn, versuchen ihn fürs Skifahren zu begeistern, für Fußball, Leichtathletik, Karate, für irgendwas. »Er wollte meist schon nach einem Mal nicht mehr hin. Wir haben ihn aber ein paarmal hingefahren – ohne Erfolg«, erinnert sich sein Vater. Josh hat auf nichts wirklich Lust. Er ist am liebsten zu Hause.

»Manchmal haben wir ihn mitgenommen zum Radfahren«, erzählt sein Vater, »das hat er dann über sich ergehen lassen. Er war aber nie körperlich aktiv. Er hat sich bei allen Bereichen minimalistisch verhalten, so wenig wie möglich bewegt.«

Jede Anstrengung liegt Josh fern. In den gemeinsamen Urlauben geht er zwar ins Meer, aber nicht, um zu schwimmen. Er lässt sich einfach nur treiben, bis seine Lippen blau und seine Hände ganz schrumpelig sind.

Leyla ist kein geplantes Kind – doch als ihre Eltern von der Schwangerschaft erfahren, freuen sie sich riesig. Sie wird in einer deutschen Großstadt geboren. Mit ihren Eltern lebt sie in einer kleinen Wohnung im dritten Stock eines Plattenbaus, in einer Gegend, in der es viel Armut gibt.

Leylas Vater ist einige Jahre zuvor aus seiner Heimat, einem arabischen Land, geflüchtet. Ihre Mutter hat ebenfalls arabische Wurzeln. Ihre Eltern reisen mit ihr immer wieder für mehrere Monate in das Land ihres Vaters, das sie alle verbindet. Leyla spielt dort stundenlang mit den Katzen, die in den Gassen der Stadt herumstreunen. Schnell ist Leyla im Viertel für ihre unbändige Tierliebe bekannt.

Manchmal, wenn Leyla abends im Bett liegt, hört sie entfernt Schüsse. »Dass mal eine Bombe fällt, ist jetzt nichts so Ungewöhnliches«, sagt sie. Es gibt noch etwas, was sie als bedrohlich empfindet: Immer wieder fällt der Strom aus. »Das ist schon eine Atmosphäre, die einem den Boden unter den Füßen wegreißt. Vor allem das Geheul der Schakale und der Straßenhunde in der Umgebung. Man weiß nie: Wo sind die? Sind die vor dem Haus?« Dämmert es, will sie ihre Familie ganz nah bei sich haben und weigert sich, alleine zu schlafen – und so legt sich ihre Mutter jede Nacht zu ihr ins Bett und erzählt ihr Geschichten, bis ihr die Augen zufallen. Manchmal übernimmt das auch Leylas Vater.

Kurz vor ihrem sechsten Geburtstag bekommt sie einen Hund, den sie nachts zu sich ins Bett holt. Erst verbieten ihr das ihre Eltern. »Aber irgendwann haben sie gemerkt, das ist zwecklos.«

Als Leyla in Deutschland zur Schule geht, heißt es auf Elternabenden, sie sei »hibbelig«, so erinnert sich ihre Mutter. »Ich war voll das ADHS-Kind«, sagt Leyla selbst. Es gibt darüber sogar eine ärztliche Diagnose, die die Mutter aber wegwirft. Sie will das »nicht haben, nicht wissen«.

Leyla leidet unter ihrer Unruhe, besonders in der Schule. »Fünfundvierzig Minuten still zu sitzen – für mich war dieser dauernde Bewegungsdrang schon quälend, und dass ich permanent genervt habe – das hat mich selbst genervt. Konnte ich mich konzentrieren, hatte ich es ziemlich leicht, zwischen Eins und Drei zu stehen. Ließ ich es schleifen, kam es vor, dass ich Fünfen oder Sechsen nach Hause gebracht habe.«

Ihre Eltern bleiben nie lange an einem Ort. Leylas Kindheit ist von ständigen Umzügen in Deutschland geprägt und längeren Aufenthalten in der Heimat ihres Vaters. Als sie acht ist, geht Leyla sogar in der arabischen Heimat ihres Vaters zur Schule und ihre Mutter unterrichtet sie zudem zu Hause, sie leben nun dort. Dort spielt sie viel mit Kindern aus ihrer Familie. Trotz der bedrohlichen Atmosphäre fühlt sie sich hier wohl und frei. »Sie war sehr neugierig und wollte vieles ausprobieren. Ich ließ sie auch alles machen«, erzählt ihre Mutter. Leyla ist ein draufgängerisches Kind. Als sie einen etwa zwölf Meter hohen Mast hochklettert, sorgen sich andere Mütter um sie, sagen ihrer Mutter: »Um Gottes willen! Wie kannst du das zulassen?«, doch sie lässt ihre Tochter weiterklettern. Sie vertraut Leyla blind, sorgt sich nie wegen dem, was sie tut. Sondern nur um Dinge, die nichts mit Leylas eigenen Entscheidungen zu tun und auf die sie keinen Einfluss haben, wie Krankheiten.

In Deutschland genießt auch Josh Zeit mit Gleichaltrigen. An einem seiner Geburtstage pustet er Seifenblasen durch den Garten und tobt mit anderen Jungs und Mädchen herum, auf den Fotos von diesem Tag lächelt er. Josh hat gern Freunde um sich, solange sie zu ihm kommen – doch sie selbst besucht er nur selten. »Woanders hingehen war nie sein Ding«, sagt sein Vater.

Während Josh in Deutschland in einem Garten spielt, ist es bei Leyla ein ehemaliges Kriegsgebiet. In den Feldern liegen Landminen, sie sind Überbleibsel aus dem Krieg, aber niemand weiß, wo sie im Boden vergraben sind. »Und das fordert leider immer wieder Opfer«, so Leyla. Die versteckten Landminen sind nämlich teilweise noch scharf.

Eines Tages tritt einer ihrer Freunde beim Spielen auf eine solche Mine – sie explodiert. Leyla erinnert sich an seine aufgelöste Mutter, daran, wie ihre eigene Mutter versucht hat, sie zu beruhigen. Verwandte transportieren den schwer verletzten Jungen ins Krankenhaus. Leyla und ihre Mutter fahren hinterher. Sie sieht das Auto, in dem er transportiert wurde. Es ist voller Blut.

Die Ärzte können nichts mehr für den Jungen tun. Leylas Spielkamerad stirbt. Äußerlich zeigt sie keine Regung, weint nicht. »Sie hat als Kind nie geweint, bei keiner Sache«, sagt ihre Mutter. Auch nicht, wenn sie sich verletzt habe.

Nach der Beerdigung wird in der Familie nicht mehr darüber gesprochen. Leyla sagt, es sei anfangs schwierig gewesen, mit ihren Eltern über Probleme zu sprechen. Was aber immer da gewesen sei: Liebe und Nähe. »Wir konnten zwar, wenn jemand tot war, schlecht darüber reden, aber waren uns körperlich immer sehr nah.«

Der Tod des Jungen löst in der Familie viel aus. Der Mutter wird das Leben in der Heimat ihres Mannes zu gefährlich, sie denkt an eine Zukunft in Deutschland. Leyla ist zehn, müsste bald auf eine weiterführende Schule und sollte einen festen Ort haben, ohne ständig hin- und hergerissen zu sein.

Einige von Leylas Spielkameradinnen tragen inzwischen Hidschab, also Kopftuch. Auf Fotos aus dieser Zeit sitzt Leyla ohne Kopftuch zwischen ihnen. Sie lebt ihren Glauben anders, betet bis heute gemeinsam mit ihrem Vater. »Unser Glaube ist nicht an eine Religion geheftet«, so Leyla. »Weder an das Christentum noch an den Islam. Alle Religionen verfolgen letztendlich ein ähnliches Ziel, sie verfolgen nur andere Wege. Ich finde, man sollte sich frei von all den Regeln machen, die man nicht fühlt. Wenn mir jemand sagt: ›Trage ein Kopftuch!‹ – das fühle ich nicht.« Leyla sagt, sie lehne alles ab, wo Menschen benachteiligt werden, egal ob aufgrund von Geschlecht, Herkunft oder Religion.

Nicht jeder ihrer Verwandten habe ihre Entscheidung akzeptiert. »Die Familie fing an, Fragen zu stellen und komisch zu werden«, weil alle gleichaltrigen Mädchen Hidschab trugen. »Und das hat uns dann noch mehr weggetrieben. Für uns war das so eine Art Schlussstrich.« Ihre Mutter sieht zudem für ihre Tochter in diesem Land nicht die gleichen Chancen als Frau. Ihre Eltern ziehen deshalb dauerhaft nach Deutschland, damit ihre Tochter hier aufs Gymnasium gehen kann.

Auch in der Schule vermeidet Josh jede Anstrengung. Obwohl er kaum lernt, ist er ein guter Schüler und schafft es wie Leyla aufs Gymnasium.

In beinahe jedem Bereich seines Lebens ist Josh Minimalist, nicht einmal ein zweites Paar Schuhe will er haben. Nur selten spricht er Wünsche aus – bis auf einen, den er permanent wiederholt: Er will einen Hund haben. Einen Spielkameraden, der immer bei ihm ist. In der Nachbarschaft streichelt er jeden Vierbeiner, der ihm über den Weg läuft. Josh verspricht seinen Eltern, gut für einen Hund zu sorgen, und nachdem er lange bittet und bettelt, willigen seine Eltern schließlich ein.

Als in einem Nachbarort eine Labradorhündin Welpen hat, darf sich Josh einen aussuchen. Er entscheidet sich für ein Weibchen und tauft das kleine Fellknäuel Jule. Immer wieder besucht er Jule, bis er sie an seinem elften Geburtstag abholen darf. Seit diesem Tag ist die junge Hündin ständig bei Josh im Zimmer. Sehen seine Eltern nach ihm, liegen sie häufig auf dem Bett und kuscheln. Auf Fotos aus dieser Zeit grinst Josh breit in die Kamera.

Als er in die Pubertät kommt, zieht er sich weiter zurück. Nachts, wenn seine Eltern schlafen, schleicht er sich in den Keller, wo der Computer steht, und trifft sich in der Online-Welt mit gleichgesinnten Zockern. Er muss sein Zuhause nicht mehr verlassen, um Gesellschaft zu haben. Mit Freunden im realen Leben trifft er sich kaum noch. »Der Computer war seine erste Liebe«, sagt seine Mutter. »Und dann ist er in der Schule so abgefallen, weil es gab nichts anderes als Computer und Spiele.« Seine Eltern sind besorgt, seine Mutter geht mit ihm zum Psychologen.

Doch die Lage bleibt schwierig. Er lässt weiter in der Schule nach, seine Noten werden schlechter, bald ist er versetzungsgefährdet. Und egal wie sehr sich seine Eltern bemühen und wie oft sie nachfragen, was mit ihm los sei, Josh schweigt dazu. Er sagt nur: »Will nicht darüber reden.« Oder: »Ich weiß es nicht.«

Seine Eltern überlegen, was ihm noch helfen könnte. Wie sie ihn zurück in ein soziales Leben holen könnten. Kurz vor seinem dreizehnten Geburtstag schicken sie ihn auf ein Internat in der Hoffnung, dass er dort Anschluss und Freunde im echten Leben findet. Josh geht ab jetzt auf eine Realschule, und das Internat verspricht, ihn zu fördern, damit er die Versetzung schafft. Was seine Eltern nicht wissen: Drogenkonsum gehört dort zum Alltag.

Auf dem Gymnasium fühlt sich Leyla fremd. Die Angst vor dem Tod, die ständige Sorge um ihre Verwandten und Spielkameraden in der arabischen Heimat begleitet sie auch in Deutschland. Einmal ist ihr Vater bei seiner Familie, als Unruhen ausbrechen und Bomben fallen. Leyla kann kaum schlafen, doch ihr Vater kehrt nach einigen Tagen Bangen unversehrt zurück.

Leyla vermisst ihr arabisches Zuhause. »Die wunderschöne Natur, die Landschaft, wie die Sonne auf die Erde scheint, die Sonnenuntergänge sind komplett anders. Es war ein riesiger Spielplatz, das Land der unbegrenzten Möglichkeiten für uns Kinder. Wir durften dort Auto fahren. Diese Freiheit, die habe ich nie wieder verspürt.« In Deutschland fühlt sie sich »unglaublich einsam«. Ein Gefühl, das sie dort nicht kannte. Denn dort hatte sie ständig eine große Familie um sich.

Ihre Eltern machen ihr Geschenke, doch sie fühlt sich entwurzelt, akzeptiert aber die Entscheidung ihrer Eltern. »Ich hab gedacht, dass es schon irgendwie richtig ist, auch wenn es sich gerade kacke anfühlt.«

Ihr Vater und ihre Mutter arbeiten viel und steigen beruflich auf, sodass sie in ein kleines Häuschen ziehen können. »Meine Eltern haben sich alle Mühe gegeben, um mich zu belustigen, aber der Grundtenor, das Gefühl, was ich in meiner Kindheit hatte, war scheiße.« Sie fühlt sich gefangen in ihrem »begrenzten, kleinen Kinderkörper«. »Am liebsten wollte ich vierundzwanzig Stunden am Tag bespaßt werden. Das war für meine andauernd arbeitende, leicht karrieregeile Mutter ein bisschen fehl am Platz. Als Einzelkind war ich, auch wenn sich meine Eltern wirklich vieles für mich ausgedacht haben, unglaublich einsam.«

Es ist inzwischen mehr Geld da als Zeit. »Mir wurden dann immer stundenweise so blöde Babysitter gekauft zur Belustigung. Das ging sogar so weit, dass dann, wenn wir in Urlaub flogen, ein, zwei Nannys mitkamen, nur um zu schauen, dass ich nicht im

Pool ersaufe oder so. Das ist mir hart auf den Sack gegangen.« Leyla fängt an, sich Freunde zu »kaufen«. Sie spendiert Süßigkeiten, Kinobesuche, den Eintritt fürs Schwimmbad. »Die Leute sind mitgekommen, weil ich irgendwas ausgegeben habe.« Doch Leyla weiß innerlich: »Das sind nicht wirklich meine Freunde.«

Kommt sie nach einem dieser Ausflüge nach Hause zurück und ihre Mutter fragt: »Na, war's schön?«, antwortet sie: »Ja, hat voll Spaß gemacht, danke.« Wie es ihr wirklich geht, sagt sie nicht. Es ist ihr peinlich. Und so wird ihr Hund bald zu ihrem besten Freund, dem sie alles anvertraut. Wie unglücklich sie ist, weiß ihre Mutter nicht.

In ihrer Schulzeit wird sie das Ziel von Mobbing-Attacken. »Die Vorlage habe ich durchaus geliefert, die Angriffsfläche war da.«

In der Schule ist Drogenaufklärung schon früh Thema, doch auf Leyla haben die Texte und Dokumentationen über Sucht und ihre Folgen eine gegenteilige Wirkung. Sie ist fasziniert von den Geschichten über Drogenabhängige und sehnt sich nach ihrer ersten Drogenerfahrung. Als ein Mädchen eines Tages eine Zigarette zu einem Treffen mitbringt, ist die Gelegenheit da. Leyla zieht daran – und fühlt sich benommen. Danach pflückt sie Lavendel ab, der in der Nähe wächst, und kaut darauf herum, damit sie nicht nach Rauch riecht und ihre Mutter nichts davon bemerkt. Ihr Plan geht auf. Für sie steht fest: Sie will alles mal probieren. Ihr nächstes Ziel ist Marihuana, doch wie soll man sich das als Zehnjährige beschaffen? Bis Leyla an Cannabis kommt, werden noch drei Jahre vergehen.

In dem Internat, in dem Josh nun lebt, gab es ein Drogenproblem; das gibt auch der damalige Internatsleiter zu. Eine Schülerin fliegt ihm zufolge sogar beim Dealen auf – und vom Internat. Über Josh sagt er: »An große Schwierigkeiten hier anzukommen erinnere ich mich nicht. Er war recht beliebt. Und er war sympathisch, etwas träge, ab und zu sehr lustig und oft ruhig und verträumt.«

An einem seiner ersten Abende im Internat setzt ein Betreuer Josh zu ein paar älteren Jungs an den Tisch, darunter ist ein Junge namens Robin. Josh und Robin verstehen sich auf Anhieb; Robin schläft in dieser Nacht bei Josh im Zimmer.

»Er war ein bisschen so wie ich. Ein bisschen antisozial, ein bisschen in sich gekehrt«, sagt Robin. Mit Josh kann er sich stundenlang über Computer und PC-Games unterhalten, die beiden verbindet die Faszination für Technik. Und bald die für Drogen.

Das Internat liegt abgelegen in einer kleinen Stadt in der Pfalz. »Da ist nichts, das ist ein Kurort, da sind alte Leute«, erinnert sich Robin, der zeitweise mit Josh ein Zimmer teilt. »Da kannst du nichts machen. Das Einzige, was das Internat mir gebracht hat, war: Ich weiß jetzt, wie man Joints raucht und Lines legt. Das ist wirklich das Einzige, was ich von dort mitgenommen hab.«

An einem Sommertag besorgt Robin für einen Zehner ein Gramm Gras. »Das war so ein fingernagelgroßes Knöllchen. Was du so kriegst, wenn du ein kleiner Scheißer bist und zum Ticker gehst.« Er will es mit einem Kumpel auf einem Bolzplatz hinter dem Internat rauchen. Auf dem Weg treffen die beiden Josh, der spontan beschließt mitzukommen. In der Dämmerung hocken sie sich auf den Bolzplatz. Robin weiß nicht, dass Josh noch nie gekifft hat. Aber er hat es ja auch noch nie getan. Der Kumpel weiß, wie man dreht, er rollt den Joint. Die drei reichen die Tüte im Kreis herum, Josh zieht daran. »Er war dann ein bisschen langsamer als sonst, hatte knallrote Augen«, sagt Robin. So gut, wie sie es sich einreden, ist das Zeug wahrscheinlich nicht. Lustig ist es trotzdem.

Seit diesem Tag hat Josh oft rote Augen – eigentlich immer, wenn er Robin über den Weg läuft.

Im Internat werden regelmäßig Urinkontrollen durchgeführt. Als der Drogentest bei Josh positiv ausfällt, werden seine Eltern informiert. »Jedes Kind wird irgendwann damit konfrontiert. Das kannst du nicht vermeiden«, meint Joshs Vater. »Außer du hältst es unter 'ner Glasglocke. Und dann liegt es an deinem Kind, ob es das mal probiert. Wahrscheinlich lässt sich das nicht vermeiden. Es muss ja noch nicht das Schlimmste bedeuten.«

Er und seine Frau haben selbst Cannabis ausprobiert, als sie jung waren, allerdings noch nicht mit dreizehn. »Ich habe ab und an mal gekifft«, sagt sein Vater, »aber als Eltern hatten wir nicht erwartet, dass man mit zwölf oder dreizehn schon sein Kind darauf impfen muss – aus heutiger Sicht mag das naiv gewesen sein.« Sie finden damals vor allem problematisch, dass sich Joshs Gehirn noch mitten in der Entwicklung befindet. »Zu einem späteren Zeitpunkt hätte ich ihm das nicht unbedingt übel genommen. Man hätte ihm bestimmt die Leviten gelesen, aber wenn man es selbst mal gemacht hat – in Maßen wäre es für mich nicht verwerflich gewesen. Aber nachdem es mit dreizehn im Internat passiert ist, da waren wir schon geschockt.«

Sie suchen das Gespräch mit ihrem Sohn, er gibt es offen zu – und kifft weiter.

»Da waren so viele, die regelmäßig positive Tests hatten. Im Endeffekt ist nicht wirklich oft was passiert«, erinnert sich ein Internatsfreund. Oder wie Robin es ausdrückt: »Eigentlich gab es keine richtigen Konsequenzen. Und es war nicht so, dass du dir dachtest: Dieses Mal habe ich Stress bekommen, beim nächsten Mal überlege ich mir das zweimal. Es war eher so egal.«

Auch Josh scheinen die Konsequenzen nicht zu interessieren. »Wenn man mit ihm über Regelverstöße oder Zielvereinbarungen redete, war er zugänglich und fing keine Debatten oder gar Streit an«, erzählt der Internatsleiter. »Dass seine Beteuerungen selten hielten, was er versprach, steht auf einem anderen Blatt.«

Gegenüber seinen Eltern spricht Josh über seinen Konsum. »War scheiße, ich hatte die ganze Woche Küchendienst«, sagt Josh einmal. »Warum?«, fragt sein Vater. »Ach, die haben uns wieder beim Kiffen erwischt.«

»Internat ist gar nicht so schlimm«, schreibt Josh online. *»Da chillste mit genauso dummen Leuten wie du und kiffst den ganzen Tag.«*

Josh probiert auch eine Ritalin-Pille eines Mitschülers, erinnert sich einer seiner Freunde. »Die Wirkung hat ihm gefallen.« Ansonsten bleibt er aber bei Gras, obwohl auch andere Drogen konsumiert werden, wie Robin erzählt. Koks, Pep, Teile, also Amphetamine und Ecstasy. »Sag, was du willst, du bekommst's.«

Josh setzt sich bekifft in den Unterricht, in der Schule wird er schlechter, er ist versetzungsgefährdet. Und noch in einer anderen Hinsicht spitzt sich die Lage zu: Josh ritzt sich, schneidet sich immer wieder seinen linken Unterarm auf. Die Wunden versteckt er unter langärmligen Shirts. Seine Mutter entdeckt sie eines Tages und ist alarmiert. Seine Eltern fragen, warum er das tut, warum er sich selbst verletzt, was denn nur los sei. Josh antwortet nicht darauf.

Sie gehen erneut mit ihm zu einem Psychologen, aber auch dem will Josh nicht sagen, was in ihm vorgeht. »Ihr glaubt doch nicht, dass ich so einem Dahergelaufenen was erzähle, was ich euch nicht sag«, erklärt Josh seinen Eltern. Und nach ein paar Terminen will er dort nicht mehr hin.

Nach zwei Jahren auf dem Internat, Josh ist jetzt fünfzehn, holen ihn seine Eltern wieder zu sich. Sie haben nicht das Gefühl, dass Josh auf dem Internat gut aufgehoben ist, wollen ihn mehr im Blick haben und hoffen, dass er sich zu Hause wieder fängt.

Doch Josh scheint nicht glücklich zu sein. In den ersten Wochen nach der Rückkehr zu seinen Eltern ritzt er sich erneut und schießt Fotos seines aufgeschnittenen Arms.

Leyla ist inzwischen dreizehn. Sie verliebt sich in ein Mädchen und dieses sich in sie. Die beiden kommen zusammen. Aber das

Mädchen ist in einer Beziehung – mit einem Jungen. Irgendwann meint die Freundin zu Leyla: »Lass doch mal schauen, wie das mit den Jungs ist. Vielleicht gefällt es dir ja auch.«

»Ich fand es jetzt nicht so cool«, sagt Leyla. Nachdem sie jedoch nochmals darüber nachdenkt, ist sie offen für die Idee. Sie lernt einen Jungen kennen, Tarek. Er spricht sie an, fragt nach ihrer Nummer. Sie gibt sie ihm. »Ich wollte mal schauen, wie das so ist mit Jungs. Es war eine willkommene Abwechslung.«

Tarek lebt in einer Asylunterkunft. Sie verbringt viel Zeit mit ihm und den Leuten aus seinem Umfeld. Sie mag ihn.

»Ich war ja sowieso schon ein bisschen entfremdet. Und am Anfang war das für mich ein Stück Zuhause.« Mit ihm fängt sie eine Alibi-Beziehung an. »Also eine Beziehung, in der alle Beteiligten Bescheid wissen, dass sie nichts Ernstes ist.«

Leyla fühlt sich bei Tarek und seinen Freunden wohler als in der Schule. Doch die Jungs sind für Leyla nicht nur ein Stück Zuhause. Tarek kommt an Marihuana, wofür sie sich schon lange interessiert. »Zugang zu Drogen, das war schon was, was mir gefallen hat.«

Mit ihm kifft Leyla zum ersten Mal – im Winter vor seiner Asylunterkunft zusammen mit anderen Jugendlichen. Anders als bei der ersten Zigarette fühlt sie sich nicht benommen, ihr wird nur schlecht. Richtig schlecht. Sie muss kotzen.

Andere sagen ihr, die Wirkung stelle sich erst ein, wenn man ein paarmal gekifft hat. Sie schwärmen davon. Also kifft sie wieder. Und kotzt wieder.

Eine Wirkung spürt sie aber nicht. Sie nimmt ein bisschen Gras mit nach Hause. Joints kann sie noch nicht drehen. Sie nimmt sich eine Zigarette aus einem Päckchen, das ihr ein Typ an ihrer Schule verkauft hat, und pfriemelt in ihrem Kinderzimmer oben den Tabak heraus. Dann nimmt sie Marihuana, quetscht es stattdessen hinein und zieht daran. »Eine krasse Wirkung habe ich nicht gespürt. Ich war ein bisschen angedichtet, ein bisschen fröhlich, ein bisschen happy. Irgendwann kam auch dieses Lachen.«

Als Leyla gerade an ihrem Zigaretten-Joint zieht, tritt ihre Mutter ins Zimmer. »Riecht komisch«, sagt sie. »Bringt das was?« Sie weiß, dass es Marihuana ist. Sie verbietet es Leyla nicht und geht locker damit um. »Ich sah nichts Gefährliches darin«, sagt sie. »Ein erzwungener Verzicht führt nur zu Trotzreaktion.«

Erst nach einigen Malen wirkt das Gras bei Leyla so, wie die anderen es beschrieben haben. Übergeben muss sie sich auch nicht mehr. Sie kifft jetzt regelmäßig, lässt die Schule schleifen. Ihre Eltern versuchen das zu verhindern, wecken sie jeden Morgen, bringen sie zum Unterricht. So schafft sie die Versetzung.

Der Vater ist gegen das Kiffen. Manchmal schickt er die Clique seiner Tochter nach Hause, redet ihr ins Gewissen, sagt ihr: »Das ist kein Umgang für dich.« Das Kiffen bleibt trotzdem ein Teil von Leylas Alltag, genauso wie Tarek, der gerne richtig mit ihr zusammen sein will. Leyla hingegen möchte, dass alles so bleibt, wie es ist. Doch das Zuhause, das Leyla in ihm gesehen hat, fühlt sich für sie bald wie ein Gefängnis an.

2

BERAUSCHTER ALLTAG

Wenige Monate nach Joshs Auszug aus dem Internat sagen ihm seine Eltern, dass sie sich scheiden lassen. Sie fragen ihn, bei wem er leben will – er entscheidet sich für seine Mutter. Die Frage stellt sich auch nicht wirklich, da sein Vater unter der Woche in der Schweiz arbeitet und Josh schulpflichtig ist. Das würde nicht funktionieren. Mit seiner Mutter und seiner Hündin Jule verlässt er das Haus seiner Kindheit und zieht in einen Nachbarort.

Seine Mutter sucht das Gespräch mit ihm. »Vermisst du deinen Papa?«, fragt sie. Josh sagt nicht viel zur Trennung, spricht nicht darüber, wie es ihm damit geht. Er redet wie immer nur wenig.

Eine schwierige Phase beginnt, vieles verändert sich. In der ersten Zeit nach dem Umzug grenzt sich Josh von seinem Vater ab. Sie sehen sich nicht jede Woche, wie es eigentlich verabredet ist. »Er sagte, er hätte keine Zeit«, so sein Vater.

Aber es gibt Lichtblicke. Auf der neuen Schule lernt Josh Jana kennen, sie ist auch neu in der Klasse. »Ich habe ganz vorne gesessen, er ganz hinten«, erinnert sie sich. »Ich habe mich schon immer besser mit Jungs verstanden als mit Mädchen.«

Die beiden kommen ins Gespräch. »Irgendwann habe ich mich zu ihm nach hinten gesetzt. Er war nicht der beste Schüler. Ich war die Einser-, Zweier-Schülerin. Er eher so im Fünfer-, Sechser-Bereich. Er hatte die Kein-Bock-Einstellung.«

Sie verbringen die Pausen zusammen, Josh lädt Jana zu sich nach Hause ein. Die zwei verlieben sich ineinander und werden ein Paar. Sie nennen sich gegenseitig »Schatz«.

»Wir waren ab und zu auf Dorffesten, haben mal einen getrunken. Ansonsten waren wir relativ oft bei ihm zu Hause. Haben dort rumgegammelt, Videos auf YouTube geguckt oder Filme.«

Jana weiß, dass Josh kifft. »Das war mir zu dem Zeitpunkt egal«, sagt sie. »Ich hatte eigentlich gar nichts damit zu tun. Er hat mich da gut rausgehalten am Anfang. Weil ich gesagt habe: ›Mach dein Ding, ich halte nichts davon.‹ Das hat er respektiert.« Jana findet Gras scheiße.

Durch Josh sieht sie aber, dass es anscheinend gar nicht so »scheiße« ist. Sie merkt, wie locker man dadurch wird, findet es dann doch interessant.

Ein-, zweimal fragt Josh sie, ob sie es nicht doch probieren will. Jana sagt Nein, und es ist okay für ihn.

Doch irgendwann ändert sie ihre Meinung. »Ich will's mal ausprobieren«, sagt sie eines Tages. Josh freut sich darüber. Sie vereinbaren, sich mit einem Kumpel zu treffen und bei ihm zu kiffen.

Die beiden Jungs ziehen erst alleine am Joint, dann fragen sie Jana, ob sie es auch versuchen will. »Die haben mich nicht gedrängt, und ich hab mich dort auch relativ wohlgefühlt.« Sie zieht ein paarmal am Joint. »Ich hab aber nichts gemerkt.«

Schließlich gehen Josh und Jana gemeinsam nach Hause. Auf dem Heimweg spürt sie die Wirkung. Sie wollen eine Straße überqueren, und sie läuft einfach los. Sie übersieht ein Auto, das auf sie zufährt. Josh merkt es und zieht sie noch rechtzeitig zurück. Jana passiert nichts.

Die beiden kiffen nun öfter zusammen. »Man hat mehr Schwachsinn miteinander geredet, mehr gelacht«, sagt Jana. »Wir sind viel spazieren gegangen, aber bloß, weil seine Mum irgendwann angepisst war – verständlich – und gesagt hat, drinnen wird nix mehr geraucht. Dann sind wir halt spazieren gegangen.«

Sie verbringt viel Zeit mit Josh, macht weniger für die Schule. »Da sind meine Noten dann auch abgerauscht, weil ich dann gar nicht mehr gelernt habe, nicht mal einen Tag vorher. Ich glaube, das Grasrauchen hat sich da auch negativ ausgewirkt.«

In ihren Notizen schreibt Leyla, die Beziehung zu Tarek sei geprägt gewesen von Gewalt, Missgunst und Co-Abhängigkeit. Und: »Unterdrückung, Isolation von Freunden, neidisch auf alles und jeden. Ziemlicher Tyrann, Narzisst. Habe alles heimlich gemacht.«

Mit Tarek konnte ich für dieses Buch leider nicht sprechen und ihn so auch nicht zu den Vorwürfen befragen. Die folgenden Schilderungen zu dieser Beziehung beruhen allein auf Leylas Aussagen und lassen sich nicht überprüfen.

Leyla sagt, es habe schleichend begonnen. Tarek sagt ihr zuerst, sie solle bestimmte Kleidungsstücke nicht mehr tragen oder bestimmte Leute nicht mehr treffen. Am Anfang hält sie dagegen. Tarek weint dann aber oft, und in diesen Momenten fällt es Leyla besonders schwer, Nein zu sagen. »Er hat oft auf die Tränendrüse gedrückt, was mich kopfmäßig voll manipuliert hat.«

Sie fängt an, auf Kleidung zu verzichten, die ihr gefällt, auf Treffen mit Freunden. Besser wird es dadurch nicht. Tareks Verhalten wird extremer. Er erpresst sie, gibt ihr zu verstehen, dass er etwas tun wird, was zu seiner Abschiebung führt, wenn sie dies oder jenes macht. Damit setzt er sie weiter unter Druck. »Ich will ja nicht, dass er für den Rest seines Lebens dort festsitzt oder dort im schlimmsten Fall getötet wird, und das nur, weil ich mich einmal mit irgendeinem Typen getroffen habe. Damit kann ich nicht leben. Und die Scheiße war, dass er solche Sachen wirklich durchgezogen hat.«

Die Gewalt beginnt schleichend, erst psychisch, dann wird

Tarek auch körperlich. Er schlägt sie. »Das Schlimme war für mich gar nicht, dass ich kassiert habe. Das Schlimme war, dass ich gedacht habe, dass ich verantwortlich bin für ihn.« Tarek ist suizidal. Leyla hat Angst, dass ihr Verhalten dazu führt, dass er sich was antut. »Ich hätte damals verstehen müssen, dass selbst wenn er sich umbringt, das nicht meiner kurzen Hose geschuldet ist, sondern seiner Unzulänglichkeit. Dass ich keine Verantwortung habe.«

Doch damals sieht sie das nicht so. Sie nimmt sich und ihre Bedürfnisse zurück, um zu verhindern, dass Tarek sich etwas antut. Es kommt immer wieder zu Streit. Wenn er ausrastet, hält Leyla ihn fest, doch das macht ihn nur wütender. Fast täglich geht er auf sie los. Schließlich kontert sie, schubst ihn um. Sie will nicht »das Opfer in der Beziehung« sein. »Das kann mein Ego nicht vertragen.«

Leyla ist Tarek körperlich überlegen. Er wird dadurch nur noch »wilder«, was die Situation gefährlicher und schlimmer macht.

»Manchmal wollte ich sogar, dass er mir ordentlich gibt, weil ich wollte, dass er selbst sieht, was er da eigentlich macht. Einmal hat er mir das Trommelfell zerballert. Da kam ein bisschen Blut aus dem Ohr. Ich wollte, dass er begreift, was er anrichtet, dass er einen Schock bekommt.«

Das funktioniert aber nicht. Tarek fühlt sich nur schuldig und überhäuft sie mit Geschenken. Und Leyla hat dann Mitleid und das Gefühl, dass sie ihn jetzt erst recht nicht verlassen kann.

Sie schlagen sich auch bei ihm zu Hause. Seine Familie bekommt das mit, davon ist Leyla überzeugt, greift aber nicht ein.

Einmal habe eine Frau auf der Straße beobachtet, wie Tarek und sie sich schlagen. »Maschallah, du schlägst wie ein Mann«, habe die Frau zu Leyla gesagt. »Während wir Kinder uns gegenseitig kaputt machen, steht 'ne erwachsene Fotze da und sagt so was. So eine Scheiße hat mich noch in dieser Gewalt bestärkt.«

Ihre Eltern bemerken die blauen Flecke, sprechen Leyla darauf an, sie nimmt Tarek in Schutz. Sie relativiert und entschuldigt sein Verhalten, gibt vor, selbst »so ein Bastard« zu sein. »Ich wollte es relativieren und dann haben selbst meine Eltern gedacht, dass ich gewalttätig wäre.«

Josh bezahlt oft das Gras, das Jana und er rauchen. Einmal schickt er seine Freundin alleine los. Sie soll sich mit dem Dealer in der nächsten Stadt an einer Tankstelle treffen. Sie wartet dort zwei, drei Stunden in der Kälte auf ihn, bis er endlich auftaucht. Er gibt ihr ein bisschen Marihuana, eingewickelt in Plastik, und schon ist er wieder verschwunden. Das Päckchen ist nicht geruchsdicht.

Jana muss mit dem Zug zurückfahren. »Ich kam mir vor wie eine Kriminelle«, sagt sie. Eine Fahrkartenkontrolleurin setzt sich in der Bahn neben sie. »Das Zeug hat so gestunken. Da habe ich gedacht: Oh fuck, oh fuck, was mache ich jetzt?«

Sie wird nicht erwischt.

Wenn sie mit Josh kifft, hören sie häufig »Dunkelrote Augen« von Lance Butters, in dem es ums Kiffen geht. »Doch scheißegal, ich muss rauchen, dunkelrote Augen, / Und die Sucht ist in mir und zwingt mich dazu ihr zu vertrauen.«

Kommt Jana vorbei, sitzt Josh oft vor dem PC in seinem Zimmer und spielt Games. »Ich war super genervt. So oft, wie er seine Tage nur mit Zocken verbracht hat, fand ich ein bisschen viel.« Sie beschwert sich, aber es ändert sich nichts. Während er vor dem Computer hockt, schläft sie oder setzt sich zu seiner Mutter in die Küche. »Sie hat mir am Herzen gelegen«, sagt Joshs Mutter über Jana. Und auch Jana versteht sich gut mit ihr.

»Sie hat oft gesagt, dass sie nicht mehr weiß, was sie machen soll«, erinnert sich Jana. Ob sie mit Josh darüber gesprochen hat, weiß sie nicht mehr, sie glaubt aber eher nicht. »Er hat nicht gerne über Probleme geredet.«

Joshs Mutter fragt Jana immer wieder, was sie für die Schule vorbereiten müssen, weil ihr Sohn sich nicht darum kümmert. *»Habt ihr Sozialkunde nicht abgeben müssen? Josh weiß mal wieder nichts ...«*, schreibt sie ihr im Chat. Eine Woche später: *»Hallo, hast du die Mappe vom Berufsfindungstag abgegeben? Josh hat es mal wieder verpeilt. Kannst du mir den Namen von eurer Lehrerin geben – vielleicht kann ich es ja morgen nachreichen.«*

Die Mutter hilft ihm, glaubt, dass er nur faul ist, dass er doch irgendwie die Klasse packen muss. Sie macht zum Teil seine Referate und weiß selbst, dass sie damit Grenzen überschreitet. Josh haut in dieser Zeit von zu Hause ab, schläft bei einem Kumpel, kommt nach ein paar Tagen wieder.

Es kriselt zwischen Jana und ihm, das schreibt sie auch seiner Mutter. *»Er hat sich mir gegenüber vor 4 oder 3 Tagen total danebenbenommen. Ich hab gesagt, dass ich jz mal ne Auszeit brauche.«* Eine Auszeit, um zu überlegen, wie es weitergehen soll. Was damals vorgefallen ist, weiß sie nicht mehr.

Nach etwa neun Monaten Beziehung trennen sich die beiden. Josh spricht nicht darüber, wie sich das anfühlt. Jana glaubt, dass er während dieser Zeit schon andere Sachen genommen hat. »Aber ich habe davon nichts mitbekommen, nix gemerkt.«

Nach der Trennung treffen sie sich erst mal nicht mehr. »Er hat nie mit mir drüber gesprochen, wie es auseinandergegangen ist«, sagt seine Mutter. »Es war auf einmal vorbei.«

An den Grund für das Ende ihrer Beziehung erinnert Jana sich nicht mehr.

Leyla verbringt weiter viel Zeit mit Tarek. Als sie wieder einmal unterwegs sind, sei er erneut ausgerastet. Bei diesem Vorfall habe er ihr von hinten in die Kniekehle getreten. Sie fällt und kommt mit den Ellenbogen und dem Hinterkopf auf dem Asphalt auf. Sie blutet am Kopf, an den Armen.

Schockiert rappelt sie sich hoch, ihr Kopf tut weh, während Tarek zu ihr kommt und auf sie einredet. Sie schubst ihn mehrmals weg, doch er bleibt an ihr dran. Er entschuldigt sich, ist aber selbst völlig außer sich, sagt, dass er das Ganze klären will.

»Lass mich in Ruhe. Verpiss dich«, sagt sie zu ihm. »Aber der hat sich nicht verpisst.«

Es habe sie wütend gemacht, dass er sie nach diesem Übergriff nicht loslassen will, bis wieder Friede, Freude, Eierkuchen ist. Bei einem ihrer Versuche, ihn von sich zu stoßen, trifft sie mit ihrem Kopf sein Gesicht und bricht ihm dabei die Nase.

Leyla läuft daraufhin zur Bahn und fährt nach Hause. Ihren Eltern erzählt sie nichts. »Mein Vater hätte den totgemacht, das hätte ich nicht sagen können.« Die Gewalt in der Beziehung prägt sie. »Deswegen ist meine Hemmschwelle, mich zu verteidigen, gesunken, weil ich Zeit hatte, das zu üben.«

Josh probiert inzwischen auch andere Stoffe. Zuerst zieht er Pep durch die Nase. Das Amphetamin, auch Speed genannt, wird meist als weißes Pulver verkauft, der Wirkstoffgehalt schwankt enorm, zum Teil zwischen 10 und 80 Prozent, aufgrund beigemengter Streckstoffe wie Koffein, Milchpulver oder Paracetamol. Pep macht wach, hebt die Stimmung und steigert den Tatendrang. Durch Streckstoffe und Nebenprodukte, die durch unfachmännische Synthese entstehen, kann es allerdings zu ungewollten und unberechenbaren Neben- und Wechselwirkungen kommen. Zumal sich durch den stark abweichenden Wirkstoffgehalt nur schwer abschätzen lässt, wie viel Pulver benötigt wird, um die gewünschte Wirkung zu erzielen.

Dann schluckt Josh seine erste Ecstasy-Pille, eine lilafarbene Tablette mit einem eingeprägten Fragezeichen. Es fühlt sich ganz angenehm an, findet er. Konsumenten berichten von gesteigerten Liebes- und Glücksempfindungen. Einige fühlen sich wach, aktiv, ihren Mitmenschen verbundener als sonst, haben Lust zu tanzen. Allerdings unterscheiden sich Ecstasy-Pillen in ihrer Zusammensetzung ebenfalls stark, manche sind sehr hoch dosiert oder enthalten andere chemische Substanzen, was jedes Jahr Todesopfer fordert. Das Erleben des Rauschs hängt zudem vom eigenen psychischen und körperlichen Zustand sowie dem Umfeld ab, in dem man sich aufhält.

»Wir kiffen ja nur«, sagt Josh zu seiner Mutter. »Dann ist es immer mehr geworden«, erinnert sie sich. »Das will man nicht wahrhaben. Man glaubt es am Anfang noch, auch wenn man was anderes gefunden hat. Man glaubt, dass er nicht so dumm ist und das macht.«

Das Gras ist laut Josh zwar *»top«*, aber *»hier zu teuer«*. 13 bis 14 Euro pro Gramm. Einige Jugendliche haben eine günstige Alternative entdeckt: Kräutermischungen. Kräutermischungen sind zu diesem Zeitpunkt anders als Cannabis legal, es sind an sich wirkungslose Kräuter, die mit Chemikalien, genauer gesagt mit synthetischen Cannabinoiden, versetzt worden sind. Sie sollen die Wirkung von pflanzlichem und damit natürlichem Cannabis imitieren, können jedoch auch eine ganz andere Wirkung entfalten. Synthetische Cannabinoide werden oft in Laboren im Ausland hergestellt und dann nach Deutschland verschickt. Dabei sind sie ungleich stärker und gefährlicher als das in Cannabis enthaltene THC, der psychoaktive Wirkstoff Tetrahydrocannabinol. Bereits im Milligramm-Bereich können die in den Kräutermischungen enthaltenen Stoffe – anders als natürliches Cannabis – tödlich sein. Mit diesen synthetischen Cannabinoiden sind auch die Kräuter versetzt, die manche von Joshs Kumpels rauchen.

Sie werden online in bunten Plastikpäckchen angeboten, auf denen »No Smoking« steht. Dass die Kunden das Zeug aber rauchen, ist den Betreibern der Online-Shops nur zu bewusst. Und manchmal ist im Päckchen gar nicht der Stoff drin, der draufsteht. Nicht selten werden die Kräuter nicht nur mit einem synthetischen Cannabinoid versetzt, sondern mit mehreren. Zudem sind sie nicht gleichmäßig auf den Kräutern verteilt – manche Anbieter setzen dafür Betonmischer ein. Es lässt sich also nicht abschätzen, wie viel man bei einem Zug zu sich nimmt – an einem Kräuterstück kann gar kein Wirkstoff hängen oder eine ganze Menge. Erwischt man zu viel, kann man daran sterben.

»Das ist das Schlimmste, was man nehmen kann«, sagt Josh zu seinem Vater, als dieser ihn von einer Party abholt. Auf der Feier war ein Junge nach dem Konsum einer Kräutermischung zusammengebrochen und musste notärztlich versorgt werden. Doch lange schreckt Josh das nicht ab, dann probiert er es doch. Es schmeckt komisch. Trotzdem raucht er das Zeug wieder. Er krampft davon.

Manche Dealer versetzen auch Cannabis mit synthetischen Cannabinoiden, um die Wirkung zu verstärken – mit lebensgefährlichen Folgen für Konsumenten, die davon ausgehen, »normales« Gras gekauft zu haben. Die Kräutermischungen, die Josh konsumiert, sind zu diesem Zeitpunkt legal. Er macht es aber nicht deswegen, sondern weil sie *»potent«*, also stark sind, und *»dicht«* machen.

Er schluckt mehr und mehr Ecstasy-Pillen, nicht mehr eine, sondern drei, vier Pillen auf einmal. *»Mich hat's einfach nur noch in die Couch gedrückt, und mir ging's mega«*, beschreibt er den Rausch. *»Hab zwar nimmer viel gerallt, aber es war gut.«* Damit entfernt sich Josh weit von Safer-Use-Empfehlungen. Er testet Grenzen aus – und riskiert dabei sein Leben.

Was in den Ecstasy-Pillen enthalten ist und wie viel, weiß keiner so genau. In der Schweiz und in Österreich können Konsumenten ihre Pillen oder auch andere Substanzen bei Drug-Checking-

Stellen abgeben und testen lassen, um die Inhaltsstoffe herauszufinden und sich so vor Verunreinigungen und gefährlichen Streckstoffen zu schützen. In Deutschland gibt es keine solchen Angebote, und Josh kann sich ohne Drug Checking nie sicher sein, was in den Tabletten enthalten ist. Und das ist gefährlich.

Josh liest online Pillenwarnungen, in denen bei Labortests festgestellte Inhaltsstoffe genannt werden. Eine postet er, über eine Pille, die Wachstumshormone enthält und nicht MDMA (3,4-Methylendioxy-N-methylamphetamin). *»Des muss echt net sein ☹«*, schreibt er. Doch auch diese Warnungen können ihm keine Sicherheit geben, denn eine Pille kann genauso aussehen, aber etwas ganz anderes enthalten. Nur über Drug Checking könnte er in Erfahrung bringen, was in seinen Pillen enthalten ist.

Einmal erwischt er eine Pille, in der offenbar kein MDMA enthalten ist, sondern vermutlich PMA (4-Methoxyamphetamin). Josh weiß das nicht und schluckt die Tablette, die er für Ecstasy hält, doch sie wirkt ganz anders. *»PMA merkt man von der Wirkung her«*, postet er. *»Das is übel strange irgendwie.«* Als er es intus hat, ist er *»mega verwirrt«*. Die Wirkung von PMA setzt später ein als die von MDMA und ist dazu noch schwächer, was die Euphorie betrifft. Manche werfen deshalb noch mehr ein, bevor die Wirkung einsetzt. Durch den Konsum von PMA steigt die Körpertemperatur an, es kann zu Krämpfen kommen, im schlimmsten Fall zu einem Organversagen, zu inneren Blutungen, bis hin zum Tod. Einige Todesfälle stehen in Zusammenhang mit dem Konsum von PMA – oft seien die Konsumenten davon ausgegangen, dass in ihren Pillen MDMA ist. *»Da gehst kaputt«*, berichtet Josh über seine PMA-Erfahrung. Ihm sei *»übel heiß«* geworden und er habe *»geschwitzt wie 'n Schwein«*. Er hat Glück und überlebt.

Josh treibt sich herum, beamt sich weg. Einige Monate nach der Trennung begegnet Jana ihm auf einem Stadtfest.

Sie freut sich, Josh wiederzusehen, umarmt ihn. »Man hat

schon gemerkt, dass er dicht wie sonst was war.« Sie fragt, ob sie mal wieder was zusammen machen können. Er sagt Ja.

Was Josh an diesem Abend genommen hat, ist unklar. Jana glaubt nicht, dass es Alkohol war. »Er war nicht so gesprächig. Also man hat ihm angemerkt, dass er irgendetwas intus hat. Ich glaub, wenn er gesoffen hätte, wäre er anders drauf gewesen.«

Die beiden treffen sich nicht wieder.

Josh verliebt sich neu, in Drogen. Seine Bong nennt er »Daisy«. Er trägt ein Shirt mit der Aufschrift »Ein ♡ für Drogen«, ein Merchandise-Produkt des Rappers Herzog, der eines seiner Alben *Ein Herz für Drogen* nennt und es mit *Eine drogenlose Frechheit* sogar auf Platz 8 der Charts schafft. Es wird Joshs Lieblingsshirt, er teilt ein Foto davon auf Instagram, schreibt in seine Bio: *»Ein Herz für Drogen«*.

In ihrer Nachbarschaft trifft Leyla eine Jugendliche, Nele, die schon sechzehn ist, also drei Jahre älter als sie. Sie kommen ins Gespräch, machen öfter mal was zusammen. Nele erzählt Leyla von ihren Drogenerfahrungen und dass sie schon im Entzug gewesen sei. »Sie hat mir Bilder gezeigt, wo sie sich die Hand aufgekratzt hat. Und ich hab gedacht: Krass, das ist die Droge, und hab erst später gemerkt, dass die leicht einen an der Waffel hat, wofür sie aber nichts konnte. Was mir auch unglaublich leidtat, weil bei solchen Eltern es verständlich ist, in so jungem Alter einen an der Waffel zu haben.« Mit Drogen hat Nele auch nach ihrem Entzug zu tun. Leyla bezeichnet sie als »Überlebenskünstlerin«, erinnert sich vor allem an ihre Sommersprossen, ihr hübsches Gesicht und daran, dass sich Nele selbst nicht so ernst genommen hat. »Wir haben uns gut verstanden, haben dann abends in lauen Sommernächten ewig lange auf Spielplätzen gesessen und Joints geraucht und erzählt.«

Eines Tages bringt Nele Pep mit, und Leyla zieht mit. Tarek sagt sie nichts davon. Sie machen das heimlich, in der Wohnung des Mädchens oder auf einem Spielplatz.

Mit dreizehn probiert Leyla auch zum ersten Mal Psychedelika. Sie ist draußen, als die Wirkung einsetzt. »Da war ein gepflasterter Weg, und zwischen den Pflastersteinen waren Fugen. Und da habe ich so eine Raupe gesehen, die ist aus den Fugen auf mich zugekrochen und unter meinen Füßen wieder in die Erde. Das war meine erste Erfahrung. Alles voller Raupen.« Den Trip findet sie gut.

Mit Nele zieht Leyla dann zum ersten Mal Koks durch die Nase. Kokain hat eine aufputschende Wirkung, es steigert den Bewegungs- und den Rededrang, löst ein Gefühl von Euphorie und stark gesteigertem Selbstvertrauen aus. Eines der häufigsten Streckmittel in Kokain ist das Entwurmungsmittel Levamisol, das in der Tiermedizin gegen Darmparasiten bei Pferden und Schafen eingesetzt wird. Es verstärkt und verlängert die Wirkung des Kokains, gleichzeitig kann es aber bei regelmäßigem oder intensivem Konsum schwerwiegende gesundheitliche Schäden auslösen. Auch Phenacetin, ein nierenschädigendes Schmerzmittel, das in Deutschland verboten ist, wird häufig zum Strecken bei Kokain genutzt. Durch Stoffe wie diese steigt die Gefahr gesundheitlicher Schäden und gefährlicher Wechselwirkungen beim Konsum.

Mit der Freundin hängt Leyla bei einem älteren Mann ab, einem »Ticker Schrägstrich Zuhälter«, den Leyla durch einen Kumpel kennt. »Ein Mann, der so groß wie er breit war, voll gecovert mit irgendwelchen Goldketten. Böse war der nicht. Der hat die Nutten nach der Arbeit immer zu McDonald's gefahren. Das klingt natürlich nicht cool, aber für die Scheiße, die er getan hat, hat er sich noch verhältnismäßig nett verhalten.«

Der Mann hat eine Wohnung in einem Hochhaus, eine Art »Puff Schrägstrich Männerspielhalle«. Dort wird auch Kokain konsumiert. »Der Zuhälter hat dann eigentlich immer, wenn er selbst was genommen hat, die Platte mit dem Weiß rumgereicht. Nele hat sich da auch immer durchgesetzt. Die wollte ihren Anteil haben, egal ob es ihr zustand oder nicht und egal von wem. Die ist den Leuten immer so auf den Sack gegangen. Mir war das peinlich zu geiern und zu fragen, aber sie hat dann auch was für mich klargemacht.«

Hier freundet sich Leyla mit einer Sexarbeiterin an, Sandra. Sie beobachtet, wie Sandra mehr ankauft, als sie selbst konsumiert – und einen Teil davon weiterverkauft. Leyla guckt sich das ab und beginnt so, selbst Drogen zu verkaufen. Zuerst Gras. Sie nutzt das Cannabis wie früher als Kind die Süßigkeiten. Sie ist für viele der einzige Zugang zu Cannabis, und Leuten, die sie gut findet, gibt sie auch mal was aus. »So habe ich mir relativ schamlos Freunde gekauft.«

80 Euro für ein Gramm Koks zahlt sie. Viel zu teuer, findet sie heute. Um ihren Konsum zu finanzieren, verkauft sie es in Kleinstmengen weiter, ein Zehntelgramm für 10 Euro. Das funktioniert gut. »Kein anderer Ticker würde das machen. Aber genau davon habe ich gelebt.«

Mit der Zeit steigert sie ihren Einkauf. »Das erste Mal nimmt man ein Gramm und teilt es mit zwei, drei Freunden, und zwei, drei Freunde geben dir Geld dafür oder zwei, drei Bekannte. Irgendwann war mein Koks so schnell weg, dass ich nicht gucken konnte, weil andere mir Geld gegeben hatten – und dann hatte ich selber nichts. Beim nächsten Mal kaufst du dann nicht ein Gramm, sondern fünf Gramm, dann zehn Gramm. Man arbeitet sich ganz langsam hoch.«

Koks gefällt ihr. Sie findet es so »geil«, dass sie es nicht nur am Wochenende nimmt, sondern immer haben will. Regelmäßig konsumiert sie Kokain und ist manchmal mehrere Tage am Stück wach.

Unabhängig von ihr hat auch Tarek begonnen, andere Drogen

zu nehmen. Auch er probiert Ecstasy und Pep. »Das hat jeder für sich gemacht. Uns war das auch peinlich voreinander. Wir haben zusammen gekifft, aber Weißes nicht gemeinsam gezogen.« Das begründet sie so: »Den Körper zu schädigen vor jemandem, der einen mag, ist ja so ein bisschen dreist. Auch wenn er voll der Wichser war, er hat ja irgendwo sein Leben auf mich fokussiert, und mir ist peinlich, dass ich das zerstöre, was er mag. Mich.«

3

KONTROLLVERLUST

Leyla konsumiert jetzt regelmäßig Pep und Koks. »Auf Koks war ich schon abgefuckt und aggressiv.« Als sie mit ihrer Mutter streitet und die sich schließlich abwenden will, hält Leyla sie am Arm fest. »Man macht es nicht extra, aber man steht unter Adrenalin, man kann seine Kraft nicht richtig kontrollieren. Letztendlich wollte ich nur, dass sie stehen bleibt und mir zuhört. Aber es ist ausgeartet.«

Weswegen sie sich gestritten haben, weiß sie nicht mehr. Sie glaubt, dass sie auf Droge stundenlang etwas ausdiskutieren wollte, aber in einer Zeitschleife gefangen war. Sie bemerkt jedenfalls nicht, dass ihre Mutter nicht mehr kann, auch nicht, wie fest sie zupackt. Erst Tage später realisiert Leyla, wie stark sie zugegriffen hat, denn sie sieht die blauen Flecken am Arm ihrer Mutter.

Leyla sagt, das sei eine der schlimmsten Sachen, die sie in ihrem Leben getan hat, sie bereut es bis heute. »Ich habe viele uncoole Dinge getan. Aber etwas, was eigentlich eine Lappalie ist, ein paar blaue Flecken, das ist die schwerste Schuld, die ich in mir trage.« Das Festhalten passiert ihr nicht nur bei ihrer Mutter, sondern auch bei ihrem Vater. Eine solche Auseinandersetzung mit den Eltern ist für sie nicht zu vergleichen mit Streiten unter Gleichaltrigen, obwohl dabei schlimmere Sachen geschehen sind.

Ihr eigenes Verhalten im Koksrausch macht Leyla Angst. Zum ersten Mal spürt sie, dass sie ihren Hass nicht kontrollieren kann.

So etwas kennt sie nicht von sich. Sie denkt: Scheiße, ich werde zum Monster. »Ich hatte richtig Angst, dass etwas Böses in meiner DNA steckt, das nun langsam zum Ausdruck kommt.«

Egal, Leyla zieht weiter Koks, »leider«, wie sie sagt.

Auch Josh verändert sich. Seine Mutter weckt ihn jeden Morgen für die Schule. Als er am Frühstückstisch sitzt, sagt er zu ihr: »Du bist 'ne Fotze.«

»Was sagst du zu deiner Mutter?«, erwidert sie.

Sie ist perplex, erkennt Josh nicht wieder. »Das war schon heftig«, sagt sie. »Ich glaube, das waren die Drogen, weil er von seinem Naturell her nicht so war. Er war ja ganz ruhig.«

Was Josh zu diesem Zeitpunkt konsumiert hat, ist unklar.

»Ich gehe nicht in die Schule«, erklärt er.

»Okay, wenn du dieser Meinung bist, dann bin ich der, dass du nicht mehr ins Internet sollst«, entgegnet seine Mutter. Sie nimmt den Router an sich und schließt ihn in ihrem Schlafzimmer ein, bevor sie zur Arbeit geht. Damit kann Josh nicht ins Netz. »Das war ja sein Leben«, sagt seine Mutter.

Als sie mittags von der Arbeit heimkommt, ist die Schlafzimmertür eingetreten. »Da war so richtig ein Loch rausgebrochen.« Sie geht in Joshs Zimmer, stellt ihn zur Rede und fordert von ihm, ihr den Router wiederzugeben.

Josh will, dass sie aus dem Zimmer geht, doch sie bleibt, will das mit ihm klären. Josh schreit: »Geh, Mama, geh raus!« Doch sie bleibt.

Daraufhin rastet er aus, geht auf seine Mutter los.

»Da hat er mich am Hals gepackt und gewürgt. Ich bin dann hysterisch geworden, klar, ich wusste mir ja auch nicht zu helfen, wusste nicht, was ich machen soll. Und er auch nicht, denke ich.«

Seine Mutter sagt: »Josh, drück zu. Dann bin ich weg. Dann hast du endlich Ruhe.«

Er drückt seine Mutter aus dem Zimmer, schlägt die Tür vor ihr zu.

»Er wollte wohl nur, dass ich aus dem Raum gehe. Damit er gar nicht erst in Versuchung kommt, mir was anzutun.« Er randaliert in seiner Wut, bricht an seinem Schrank die Rückwand heraus, tritt die Zimmertür ein.

Seine Mutter ruft ihren Lebensgefährten an, weil sie nicht in der Lage ist, die Polizei zu verständigen, sie bringt es nicht übers Herz. Joshs Stiefvater übernimmt das für sie. Die Beamten treffen bald darauf ein.

»Sie sind hoch in sein Zimmer gegangen und haben ihn direkt so mitgenommen, wie er war, ohne Schuhe«, erzählt seine Mutter. Einem der Polizisten sagt sie, dass sie Josh nicht bei sich haben will, wenn er so drauf ist. Rückblickend glaubt sie, dass er ihr nicht wehtun wollte. »Das waren die Drogen, die er damals genommen hat. Das war das einzige Mal, dass er aggressiv war. Also, ich glaube nicht, dass er mir was angetan hätte. Ich weiß es nicht.«

Sie zeigt ihn wegen Sachbeschädigung an – in der Hoffnung, dass er merkt, dass sich endlich etwas ändern muss. Sie zieht die Anzeige auch nicht zurück, denn sie denkt: Das muss er lernen. Das lasse ich mir nicht gefallen.

Josh kommt in ein Jugendheim. Sie bringt ihm Sachen vorbei, er bleibt dort eine Woche.

Dort kann er aber nicht länger bleiben, da es ein normales Heim ist, das nicht auf Jugendliche mit Drogenproblem ausgelegt ist. Das Jugendamt habe sich dann eingeschaltet. Eine Mitarbeiterin sucht nach einem Platz, wo Josh auf Dauer wohnen kann. Vorübergehend lebt er bei seinem Vater, doch auch zwischen den beiden eskaliert es. Nach einem Streit haut Josh ab. Seine Mutter nimmt ihn wieder zu sich.

Zusammen mit seinen Eltern und der Mitarbeiterin vom Jugendamt besichtigt er eine Einrichtung für Jugendliche, in der er unterkommen könnte, mit Drogenabhängigen in seinem Alter oder älter. Man kann dort die Schule besuchen oder eine Berufsausbildung anfangen. »Der Leiter hätte ihn genommen«, erinnert sich die Mutter. »Aber die Voraussetzung war, dass Josh erst mal einen Entzug macht.«

Als sie die Einrichtung verlassen, sagt Josh: »Da gehe ich nicht hin.« Was er ablehnt, ist vor allem der Entzug, den er machen müsste, bevor er dort einziehen könnte.

Die Mutter ist verzweifelt. »Und was macht man dann? Nichts. Da kannst du ja nichts machen. Kannst ihn ja nicht zwingen.«

Ein paar Tage später haut Josh erneut ab. Etwa eine Woche kommt er nicht nach Hause, übernachtet bei Bekannten, die Joshs Vater als »üble Freunde« bezeichnet. »Da ist er in einen Freundeskreis geraten, die rumgelungert haben. Hardcore-Leute, die es ja in jeder kleineren Stadt gibt, so traurige Berühmtheiten, wo man weiß, die konsumieren harte Drogen. Mit denen ist er abgehangen. Hat ihm aber nicht gefallen.« Der Ton dort ist rau. In dieser Zeit passiert etwas, weswegen Josh dringend Geld braucht. Etwas, worüber er nicht spricht. »In den Kreisen geht's dann so ab, da bist dann nach 'ner Woche dran, um zu bezahlen, und wenn du das nicht kannst, dann gibt's 'ne Tracht Prügel. Oder einen gebrochenen Arm oder sonst was.« Josh postet online seinen Gamer-Computer.

»*Was kann man für den PC noch so verlangen?* 😃«, fragt er. Eine Woche später postet er einen Link zum eBay-Angebot. »*Hey Leute* 😃 *das is mein pc unjoa kuckt einfach mal rein vil gefällt er euch ja* 😃.«

Als seine Mutter fragt, was mit seinem Computer sei, sagt er nur: »Habe ich verkauft.«

»Okay, dann hast du keinen mehr.«

Später wird Josh im Netz schreiben, es sei um »*Drogengeld*« gegangen. Nachdem er seinen PC verkauft hat, läuft er nicht mehr fort, er bleibt zu Hause. Ein paar Monate danach besitzt Josh wieder einen Computer. »Er hat sich die ganzen Teile gekauft und ihn selbst zusammengebaut«, erinnert sich seine Mutter.

Im Gerichtsprozess um seinen Ausraster bei seiner Mutter wird er zu Sozialstunden verurteilt. Doch die leistet er nicht ab. Damit droht ihm Jugendarrest. Seine Eltern reden auf ihn ein: »Jugendarrest, da willst du nicht hin, das verkraftest du nicht.«

»Ich weiß nicht, ob ich's dramatisiert habe«, sagt sein Vater, »aber ich habe mich darüber informiert, wie es da abgeht.« Er spricht mit Josh. »Weil man die schlimmsten Storys hört, wenn du dort als junger Kerl hingerätst, bist du in der Rangordnung ganz unten. Und dann wirst du auch entsprechend behandelt oder misshandelt von deinen Mithäftlingen, die dort untergebracht sind.« Sein Vater zeigt ihm entsprechende Berichte. »Vielleicht hat ihn das doch beeindruckt.«

Josh leistet die Sozialstunden jedenfalls ab. Und behauptet online, er habe sie wegen eines positiven Drogentests aufgebrummt bekommen. Von der eingetretenen Tür schreibt er nichts.

Josh geht nicht mehr in die Schule. »Er hat nicht geschwänzt. Das war keine Heimlichtuerei«, sagt seine Mutter. »Es war eine eindeutige Verweigerung.« Er ist davon überzeugt, dass er die Schule nicht braucht, deshalb will er auch nicht mehr dort hingehen. Sie spricht mit ihm. »Wie reagiert man da als Mutter? Ich habe ihm gesagt, dass er noch schulpflichtig ist, und ihn gefragt, wie er sich das vorstellt. Was er stattdessen arbeiten oder lernen will.« Aber Josh hat darauf keine Antwort. Es ist ihm egal, vielleicht denkt er auch: Die Mama wird das schon richten, mutmaßt seine Mutter.

Weil Josh nicht mehr in der Schule aufkreuzt, taucht eines Morgens das Ordnungsamt bei ihnen auf und holt ihn ab. Joshs Mutter erinnert sich so daran: Sie filzen ihn, um sicherzugehen, dass er nichts dabeihat. Er lässt alles schweigend über sich ergehen. Ihm scheint alles egal zu sein, auch, dass die Männer vom Ordnungsamt ihn mitnehmen.

Sie bringen ihn zur Schule. Von seinen Lehrern fühlt Josh sich unverstanden. Als eine Lehrerin sagt, ein Joint sei schädlich, denkt er: Ich hab heute Morgen schon drei geraucht und fühle mich wahrscheinlich besser als du. Das berichtet er online. Einmal ist er auf LSD, als er am Unterricht teilnimmt. Er findet das *»sogar ganz chillig«*.

Auch wenn die Beamten Josh zur Schule begleiten, bleibt er dort nie lange. Er dreht sich auf dem Absatz um und geht wieder heim. »Und irgendwann kommt das Ordnungsamt auch nicht mehr«, sagt Joshs Mutter. Es kann ihn ja auch keiner zwingen, in seiner Klasse zu bleiben.

Josh googelt, was Polizisten dürfen und was nicht. Er informiert sich über Drogen. Auf YouTube schaut er sich Videos von Menschen an, die sich im Rausch filmen oder von ihren Drogenerfahrungen erzählen.

Auch Robin, Joshs Internatsfreund, kennt die Videos. Er sagt, auf dem Internat hätten sie die geguckt und sich gedacht: Oh, cool, der hat schon Drogen genommen.

Inzwischen sieht Robin diese Videos anders. Wie bei Josh ist es auch bei ihm nicht beim Kiffen geblieben, auch er testet andere Substanzen aus. »Wenn du das drei-, viermal selbst genommen hast, guckst du dir noch mal diese Videos an und denkst: Alter, wer hat dich eigentlich als Kind gegen die Tür geschmissen? Was du für eine Scheiße redest. Drogen wirken ja auf jeden anders, aber was du da erzählst, ist so fernab vom Schlag. Ernst nehmen kann ich dich nicht.«

Robin hält nichts von solchen Videos. »Ich verabscheue so was, ich verachte so was. Warum hat man das Bedürfnis, im Internet, wo jeder minderjährige Vollidiot sich diese Videos angucken kann, über irgendwelche Drogen zu sprechen und denen zu erzählen, wie toll deine Erfahrung damit war? Du animierst praktisch die Jugend dazu, Drogen zu nehmen.«

Über einen dieser YouTuber sagt er: »Wie viele haben wegen dem Typen mit irgendwas angefangen? Das Zeug kann süchtig machen. Das erwähnt der in keinem seiner Videos. Er sagt immer nur: ›Ja, das und das ist passiert und so und so habe ich mich gefühlt.‹ Was denkst du dir da als Sechzehn-, Siebzehnjähriger? Kaum: Oh, das könnte süchtig machen, am besten, ich lass die Finger davon. Sondern: Oh, der hat Spaß, das will ich auch. Und dann hast du'ne Psychose, wenn's beschissen läuft. Was machst du dann? Dann kannst du nicht sagen: ›Ja, der da hat das aber gemacht und dem ist nichts passiert. Ich möchte jetzt gern Schmerzensgeld.‹ Das ist verantwortungslos. Aufklärung wäre wichtig, aber was die machen, ist keine Aufklärung. Wenn ich dir erzähle, ich war letztes Wochenende total durchgekokst und habe Party gemacht und es war super lustig, habe ich dich dann aufgeklärt? Oder wenn ich dann sage: ›Ja, am Tag danach ging es mir dann aber so scheiße, dass ich das nie wieder nehmen will.‹ Hab ich dich dann aufgeklärt? Dann habe ich dir nur erzählt, wie toll das Zeug eigentlich ist und dass es dir am Tag danach scheiße geht.

Will man aufklären, sollte man sagen: ›Das und das ist das Zeug, so und so nehmt ihr das, aber das und das kann danach passieren.‹«

Einer der YouTuber hat sich, so Robin, durch den Konsum äußerlich verändert. »Der ist durch die Drogen hässlich geworden. Das erwähnt der aber auch nicht. Der sieht aus wie 'ne Ratte. Die Augenringe vom Koks. Schlechte Haut von den Pillen. Ich weiß das, ich habe ja auch scheiße ausgesehen. Ich habe immer noch die Augenringe. Die gehen auch nicht mehr weg. Das bleibt. Du wirst nicht alt. Aber das erwähnt er auch wieder nicht. Drogen sind nicht gut, die machen auch keinen Spaß. Klar, für den Moment. Fünf Jahre später verfluchst du dich.«

Leyla findet die Idee hinter solchen Videos grundsätzlich »cool«. Was Leyla nicht cool findet, ist, wenn jemand »todbringende Substanzen« erläutert, »von denen er keine Ahnung hat. Das Problem ist, du nimmst Drogen, die das Potenzial haben, einen Junkie zu erwecken. Nur, du bist kein Junkie, du sitzt in deinem Kinderzimmer und machst deine Pimmelvideos.«

Es gibt allerdings auch einige YouTuber, die fundiert über Drogen aufklären. Doch woran erkennt man diese Videos? Tatsächliche Aufklärung sollte neutral sein. Worte wie »Horror-Droge« werden genauso wenig zur Beschreibung der Substanz genutzt wie alleinige Schwärmereien. Es werden Infos über Wirkung, Risiken, Langzeitfolgen und Safer Use bereitgestellt. Wenn die Person, die informiert, selbst keinen Safer Use betreibt, ist das ein Warnzeichen – genauso, wenn der Mensch, der die Infos gibt, davon profitiert, wenn man sich für den Konsum entscheidet. Eine Ausnahme kann der Verkauf von Safer-Use-Utensilien sein.

Erfahrungsberichte können einem ein Gefühl dafür geben, wie die Wirkung aussehen sollte. Wenn diese deutlich davon abweicht, handelt es sich wahrscheinlich um eine andere Substanz. Aber jeder Mensch ist anders, was sich für den einen gut anfühlt, kann für den anderen eine furchtbare Erfahrung sein. Deshalb ist es sinnvoll, sich neben Informationen über Wirkung, Folgen und Safer Use mehrere Erfahrungsberichte durchzulesen. Jeder Mensch hat auch andere Affinitäten. Wer gut mit Alkohol oder Cannabis umgehen kann, entwickelt bei anderen Substanzen womöglich ein Suchtverhalten.

Josh braucht sein Zimmer nicht zu verlassen, um mitten in der Szene zu sein. Er tritt Online-Gruppen bei, in denen sich alles um Drogen dreht. Eine davon heißt so wie der Song des Rappers Herzog: »Ein Herz für Drogen«. Dort posten Nutzer, was sie sich reinziehen, vom Joint bis zur Heroin-Spritze.

Zum Dealer geht er kaum noch. Der kauft laut Josh ohnehin im Darknet, da kann er gleich selbst dort bestellen. *»Zum Glück bin ich im Zeitalter des Internets kann mir ja alles ins Haus bestellen«*, schreibt er online.

Das Internet hat die Drogenszene verändert, sagt auch Leyla. »Und zwar so, dass Menschen, die eigentlich optisch oder seelisch zu zart dafür sind, dennoch mitmischen können. Das ist ein sehr großer Unterschied. Die, die im realen Leben höchstwahrscheinlich abgezogen werden würden. Die können sich so präsentieren, wie sie möchten.« Zu diesen Menschen zählt sie auch Josh. »Es hat sich so eine Parallelszene entwickelt für die, die nicht auf die Platte gehen können, weil sie dort schnell abgezogen oder nicht für voll genommen werden. Die kaufen jetzt halt alle übers Darknet.«

»Da hat sich etwas Neues gebildet durch das Internet«, meint Nico, einer von Joshs Online-Freunden. »Auf einmal hatte jeder Zugang zu allem. Das umfasst die Verfügbarkeit über die Gruppen, das Clearnet, also das normale Internet, das Darknet, die Vernetzung. Die Chance, in ein falsches Umfeld zu kommen, ist da groß.« Einerseits gibt es im Netz Aufklärung, andererseits Websites, über die man Drogen bestellen kann. »Man liest auf der einen Seite: ›So und so wirkt das, nehmt das nicht‹, und auf der anderen: ›Bestellt das hier.‹«

Zuerst bezieht Josh seine Drogen in Legal High Shops im normalen Internet. Jene, die Kräutermischungen anbieten, haben oft auch sogenanntes Badesalz im Angebot, Josh ordert sich welches. *»Badesalze is nur 'nen Begriff, dass man's verkaufen kann«*, so Josh. *»Das kann alles sein.«*

Die Shops mischen in den Päckchen neue psychoaktive Substanzen, kurz NPS, zusammen und versenden das Pulver – deklariert als Badesalz – an ihre Kunden. Wie schon erwähnt: legal. Oft wird online nur erwähnt, wie die Stoffe angeblich wirken, nicht aber, welche Substanzen in den Päckchen enthalten sind.

Da Josh nicht weiß, was drin ist, fragt er in einer Gruppe nach: *»Kennt jmd die Seite magic-blow? Würde jtz gerne das Badesalz probieren. Hat damit schon jmd Erfahrungen gemacht?«*

Ein User antwortet: *»Mach das lieber nicht.«* Auch andere raten ab. Josh reagiert auf keinen der Kommentare.

Der User kommentiert um 2:33 Uhr erneut: *»Muss man sich eigentlich Sorgen machen, da der Poster seit dem Posten nichts mehr geschrieben hat ^^ 😮.«*

Josh schreibt am nächsten Tag: *»Ne, hab's ganz gut überlebt 😀 Hab 0,2 g gezogen, und es hat sich nur 'ne leichte Veränderung eingestellt (leichte Optiks).«*

Ein Nutzer rät Josh in den Kommentaren, sich lieber den *»Reinstoff«* zu holen, wenn er RCs testen wolle.

RCs steht für Research Chemicals, also Forschungschemikalien. Auch sie zählen zu den neuen psychoaktiven Substanzen. Diese Stoffe vertreiben Online-Shops angeblich zu Forschungszwecken, sie werden aber nicht nur an Labore geliefert, sondern auch an Privathaushalte. Viele davon sind ebenfalls legal. Die Stoffe sind meist rein und der Käufer weiß somit zumindest in der Theorie, was er zu sich nimmt.

Aber: Manche dieser Stoffe sind sehr potent. Schon weniger als ein Milligramm kann eine Überdosis sein. Selbst mit einer Feinwaage lassen sich so kleine Mengen nicht sicher abwiegen. Und wenn man eine Überdosis hat, steht man vor einem weiteren Problem: Selbst wenn man dem Notarzt noch sagen kann, was man konsumiert hat, ist die Wahrscheinlichkeit groß, dass dieser noch nie davon gehört hat.

Online liest Josh von der Droge MDPV (Methylendioxypyrovaleron). MDPV wird in den Medien auch »Cloud Nine« oder »Zombiedroge« genannt. Denn in den USA hat ein Nackter unter ihrem angeblichen Einfluss einem Obdachlosen das Gesicht abgefressen und wurde von der Polizei erschossen. Videos des Vorfalls gehen durchs Netz. In einem toxikologischen Gutachten wird später allerdings nur Marihuana nachgewiesen. Warum sich der Mann so verhalten hat, bleibt unklar, doch unabhängig davon bleibt MDPV in vielen Medienberichten die Zombiedroge, zumal sich Berichte über angebliche MDPV-Konsumenten häufen, die sich im Rausch wie Untote verhalten.

In entsprechenden Videos wirken die Betroffenen geistig abwesend, einer kriecht über den Boden und spricht mit verstellter Stimme, ein anderer knurrt, eine Frau verrenkt sich mit weit aufgerissenen Augen auf der Ladefläche eines Geländewagens. Die Menschen verhalten sich tatsächlich so, wie Zombies in Horrorfilmen dargestellt werden. Ob sie wirklich unter dem Einfluss dieser Droge stehen, ist fraglich. Vielleicht haben sie auch eine ganz andere Substanz konsumiert, die diesen Zustand hervorruft, oder durchleben gerade eine Psychose.

Josh kennt diese Berichte über MDPV. Sie schrecken ihn nicht ab. *»Wieso hat jeder MDPV außer ich«*, regt er sich online auf. Doch er muss offenbar nicht lange darauf warten. Zwei Tage später berichtet er zum ersten Mal davon. Er deutet an, über einen Dealer vor Ort an diese Droge gekommen zu sein.

Auf die Frage, was das Schlimmste sei, was er jemals genommen habe, antwortet Josh: *»MDPV.«* Er habe eine Überdosis gehabt, meint er. An die erste Stunde könne er sich nicht erinnern. *»Danach konnte ich mich für 'ne halbe Stunde oder so nicht bewegen.«* Trotz dieser Erfahrung schreibt er ein paar Tage später: *»Ich fand's 'ne Mega-Hammer-Substanz. Zwar mehr Selbstzerstörung als alles andere, aber probiert haben, hat sich gelohnt.«*

Auch Leyla kommt an MDPV, als kostenlose Probe über das Internet. Sie meint, sie habe es geraucht oder gezogen. Ihre Erinnerung daran sei »schwammig«. »Das soll ja die böse Fleischfresserdroge sein.« Ihre Erfahrungen fallen anders aus. »Bisschen pervers macht das«, sagt sie, ein wenig »ungehemmt« und »abgefuckt«.

Unabhängig von fragwürdigen Medienberichten ist MDPV eine Substanz, die in Zusammenhang mit Dutzenden Todesfällen in Europa steht. Innerhalb von vier Jahren werden bei der Europäische Beobachtungsstelle für Drogen und Drogensucht (EMCDDA) »108 Todesfälle verzeichnet, bei denen MDPV bei der Obduktion festgestellt wurde oder an der Todesursache beteiligt war«. Außerdem werden »525 nicht tödliche Vergiftungen im Zusammenhang mit MDPV« gemeldet. Da es sich um ein weitgehend unerforschtes Research Chemical handelt, ist nichts über Langzeitfolgen bekannt.

An Leylas Schule kommt ein neuer Junge, Fynn. Er ist vor Kurzem hergezogen. Die beiden verstehen sich gut, sitzen sogar nebeneinander. Sie findet ihn nett.

Fynns Vater ist Alkoholiker, erst lebt Fynn bei ihm. Doch sein Vater wirft ihn nach einem Dreivierteljahr raus, Fynn ist eine Zeit lang obdachlos, kommt dann in ein Jugendheim. Durch seine zwei Jahre ältere Schwester hat er schon ein paar Drogenerfahrungen gemacht. »Angefangen hat sie mit Zigaretten«, erzählt Fynn. »Und als ich zwölf oder dreizehn war, hat sie mich dazu gebracht, dass ich mitgeraucht habe. Letztlich war das nur, damit ich sie nicht verpetzen kann, weil ich es ja auch getan habe.«

Später kifft seine Schwester. »Sie sagte, sie hätte dabei pinkfarbene Elefanten gesehen. Absoluter Quatsch. Hat das voll schöngeredet und mich immer wieder gefragt, ob ich das auch mal will.« Dazu kommt es irgendwann. »Das erste Mal kiffen, das war schon schön, da war ich ziemlich dicht und konnte mich nur schwer bewegen. Ich bin dann eingepennt oder so.«

Fynn kifft noch ein zweites Mal, dann lange nicht. Bei seiner ersten Line ist er ungefähr vierzehn, er übernachtet an diesem Abend bei seiner Schwester. Es ist Crystal Meth.

Crystal Meth wird oft als Horrordroge bezeichnet. Vorher-Nachher-Fotos von extrem gealterten Süchtigen gehen um die Welt, in Berichten heißt es: »Crystal Meth macht sofort abhängig.«

Abhängig wird Fynn vom ersten Mal nicht. »Ich hatte schon sehr große Lust, es wieder zu nehmen, aber es war jetzt nie so, dass es mich bestimmt hat«, sagt er. Als er an Leylas Schule kommt, hat er es zweimal gezogen.

Er beobachtet, wie sich in der Schule eine kleinere Gruppe von den Rauchern entfernt. Er folgt ihnen, unter ihnen ist Leyla, und stellt fest, dass sie kiffen. Einmal folgt er vor dem Unterricht dem Grasgeruch und trifft auf Leyla, die vor Schulbeginn noch einen Joint raucht. Ab diesem Tag hetzt er sich jeden Morgen ab, um mit ihr vor der Schule ein paar Züge zu nehmen.

»Er hat bei mir schmarotzt«, sagt Leyla, »weil er kein Geld hatte.« Fynn beginnt so, regelmäßig zu kiffen und zu trinken. »Schnapskram und so, weil Bier einfach so eklig war.«

Leyla zieht sogar manchmal Pep in der Schule, Fynn kriegt das mit. »Bring mir mal was mit«, bittet er Leyla, und sie macht es. Fynn probiert das Pep mit einem Mitschüler auf dem Jungsklo.

Leyla ist auf Pep immer mal wieder ein paar Tage hintereinander wach, außerdem kifft sie weiterhin regelmäßig. In ihrem Umfeld fallen ihr ein paar ältere Kumpel auf, die »hübsche Autos« haben, sich Wohnungen kaufen, von den Mieteinnahmen leben. Sie fragt sich, woher sie das Geld haben – und kommt schließlich darauf: Sie verdienen es sich mit Drogengeschäften. Als ihr das bewusst wird, will sie mitspielen, will mit ihnen zum Ankauf über die Grenze in die Niederlande fahren.

Sie fragt sie immer wieder, ob sie mitkommen darf, irgendwann stimmen die Typen zu. Mit fünfzehn erwirbt sie ihr erstes Kilo Gras. Mehr als ein Kilo – egal von welcher Substanz – kauft sie in der Regel nicht an. Leyla bezeichnet sich als »kleinen Endkonsumenten, der sich ein paar Tausend zusammenspart, rüberfährt, was holt und das an seine Junkie-Freunde verteilt. Mehr nicht.« Überprüfen lässt sich das nicht. Ihre Angaben zur Menge passen aber zu den Posts, die sie online absetzt.

Josh ist noch minderjährig, aber im Internet, in den Drogen-Gruppen, weiß das keiner, solange er das nicht offen schreibt. In einer wird diskutiert, ob Nutzer und Nutzerinnen unter achtzehn rausgeworfen werden sollten. Der Administrator, der keine fünf Monate zuvor einem Minderjährigen Konsum-Tipps gegeben hat, behauptet jetzt, er habe *»seit Monaten nur Menschen in diese Gruppe aufgenommen, die mit hundertprozentiger Sicherheit über achtzehn sind«*.

Josh schreibt: *»Heutzutage ises auch ned schwer, das Alter auf Facebook zu ändern ^^.«* Er könne ein alter Sack sein oder ein kleines Kind, *»würd doch eh niemand erfahren«*. Andere outen sich als minderjährig, rausgeworfen werden sie aus der Gruppe offenbar aber nicht.

Online vernetzt sich Josh mit dem Administrator und mit anderen Konsumenten. Hier sagt auch erst einmal keiner, dass Josh mit den Drogen aufhören soll. *»Ich kiff zu viel«*, postet er. *»Es gibt kein zu viel, nur zu wenig«*, antwortet einer seiner Online-Freunde, den er noch nie im echten Leben gesehen hat.

Josh tritt weiteren Drogen-Gruppen bei. Manchmal muss man dafür Fragen beantworten, etwa: »Warum möchtest du in die Gruppe?« – »Wie alt bist du?« Oder: »Was konsumierst du am liebsten?«

In den Gruppen trifft Josh auf Teenager, die auf dem Drogenweg weiter sind als er, darunter Marie. Sie postet ein Spiegel-Selfie. Der Pony hängt ihr tief in die Stirn, ihr Smartphone verdeckt das halbe Gesicht. »Legalize Crystal Meth« steht auf ihrem weißen Top.

Meth zählt zu Maries Lieblingsdrogen. *»Mit einer der besten Drogen finde ich ☺«*, schreibt sie. *»Crystal Meth ist einfach nur geil, am besten unendlich ballern«*, stimmt eine andere Userin zu.

»Fakt ist, alle haben über Meth so eine negative Einstellung, weil sie den Medien glauben!«, so Marie weiter. *»Crystal ist komplett rein, da weiß man, was man zu sich nimmt.«* Ohne Drug Checking kann Marie aber nicht wirklich wissen, wie rein das Meth ist, das sie beim Dealer kauft.

Über Langzeitschäden bei Crystal-Meth-Konsum heißt es auf drugscouts.de: »Mit zunehmendem, lang anhaltendem Konsum steigt das Risiko von Hirnblutungen und Schlaganfällen mit plötzlichen Lähmungen ... Laut verschiedenen Untersuchungen mit Mäusen und Ratten hat Crystal bei dauerhaftem Konsum eine neurotoxische Wirkung, das heißt, Nervenzellen sterben ab.«

Die Schäden, die Methamphetamin verursacht, sind abhängig vom Konsummuster, von der Dosis und dem Verabreichungsweg, erklärt Toxikologe Dr. Fabian Pitter Steinmetz, der mich bei toxikologischen und Safer-Use-Fragen fachlich unterstützt hat. »Dauerhafter Konsum von Methamphetamin-Tabletten muss keine signifikanten, bleibenden Schäden erzeugen, was man daran sieht, dass es jährlich Tausende US-Amerikaner und US-Amerikanerinnen bei ADHS verschrieben bekommen.« Fragwürdiger sind die Folgen von Crystal Meth, das ohne medizinische Kontrolle in illegalen Laboren hergestellt und mit Streckstoffen versetzt an Konsumenten verkauft wird, sowie die zu hohe Dosierung und die unmittelbare, starke Wirkung beim Konsum.

Diese Infos scheinen zu einigen Gruppenmitgliedern nicht durchzudringen. Und auch das kann mit undifferenzierten Medienberichten zu tun haben, in denen Crystal Meth »Teufelsdroge« genannt wird, in denen Konsumenten als hässlich bezeichnet werden, es schon in der Überschrift heißt, sie seien »wie wilde Tiere«. Wieso sollte Marie sich solche Beiträge ansehen, in denen sie, als

Meth-Konsumentin, durchgängig beleidigt und herabgewürdigt wird? In denen man sie nicht mehr als Mensch sieht? Tatsächlich wird vielfach skandalisiert, anstatt nüchtern aufzuklären.

Das schreckt nicht ab, sondern führt eher zu Misstrauen gegenüber den Medien – und offenbar dazu, dass Menschen weiter Meth konsumieren, ohne sich über Safer-Use-Regeln und mögliche Folgen bewusst zu sein. Mit der Konsequenz, dass Marie und andere Konsumenten von Leuten beleidigt werden, die diese Berichte gesehen haben. Und das passiert selbst in den Gruppen, in denen es um Drogen geht.

Marie findet Meth gut, weil: *»Davon ist man aktiv und man schafft viele Sachen, was man zum Beispiel auf Gras nicht hinkriegt.«*

Josh likt den Beitrag.

Er hat noch nie Meth genommen, aber online sieht er ab jetzt ständig Menschen, die es nehmen und davon schwärmen. Die sagen, dass das gar nicht so schädlich sei. Ein paar Monate später wird er es selbst probieren. Und auch Marie wird ihm wieder begegnen.

Während Josh durch die Online-Gruppen stöbert, raucht er Kräutermischungen. *»Meine Lunge tut zurzeit weh* 😀«, schreibt er online. Und bald kann er nicht mehr richtig schlafen. *»Ich bekomm von Kräutern Schlafprobleme ohne Ende.«* Ein User antwortet ihm: *»Haha, ja stimmt, und schwitzen wie 'ne Sau tust du dann auch, wenne schläfst* 😆*.«* Josh: *»Ohhhh jaaa* 😆*, hatte 'nen halbes Wasserbett danach* 😅*.«* Um schlafen zu können, schluckt er eine ganze Packung Baldrian-Tabletten. Und bleibt trotzdem wach. Sein Fazit: *»Sehr potent können se echt nicht sein.«*

Er weiß, dass die Kräutermischungen, die er raucht, schädlich sind. *»Hab auch lieber mein Weed bei mir«*, postet er anfangs noch. Aber bald zeigt Gras keine Wirkung mehr. Es ist *»halt zu schwach«*, wenn man Kräutermischungen inhaliert, berichtet er online.

Da er kaum schlafen kann, hängt er bis morgens um vier im

Internet, informiert sich über Stoffe, die er auch mal nehmen will, und schaut Videos von Menschen, die eine Überdosis haben.

Eines zeigt einen Mann und eine Frau, die auf einer Couch sitzen und Salvia durch eine Bong rauchen. Es handelt sich dabei offenbar um *Salvia divinorum*, eine psychoaktive Salbeiart, die halluzinogen wirkt. Die Frau sackt ins Sofa. Der Mann lacht. Dann schreit er. Er kriecht von der Couch, versucht zu laufen, taumelt, bleibt am Vorhang hängen, reißt die Jalousie herunter und springt durchs halb geöffnete Fenster. Josh postet den Clip auf seinem Profil und schreibt: »*Ohh shit haha* 😅 😅.«

Josh hat selbst noch keine Salvia-Erfahrungen gemacht, will es aber bestellen. Ein User namens Luca kommentiert: »*Bei mir hat das nicht sehr geflasht* 😕« und empfiehlt: »*Kauf Kratom.*« Josh antwortet: »*Oke* 😆, *hab grad eh richtig Lust, ma alles durchzuprobieren, was es soo gibt.*« Luca und Josh freunden sich an.

Manche Online-Freunde besucht Josh im realen Leben, setzt sich dafür ein paar Stunden in den Zug. Als seine Mutter ihn nach ein paar Tagen bei Freunden am Bahnhof abholen will und der Zug einfährt, steigt Josh nicht aus. »Ich habe gedacht, ich werde verrückt. Dann bin ich in den Zug rein. Ich habe gar nichts dabeigehabt, außer den Autoschlüssel, nicht mal einen Geldbeutel.« Sie läuft durchs Abteil. Er liegt in einer Ecke, zugedröhnt. Sie kriegt ihn gerade noch raus aus dem Abteil, bevor der Zug weiterfährt.

Zu Hause konsumiert er weiter. In einer Nacht, um 04:01 Uhr, schreibt Josh: »*Ich müsst auch mal wieder in die Schule.* 😃.« Doch es bleibt bei diesen Worten. Weckt ihn seine Mutter, bleibt er einfach liegen.

An einem dieser Tage, es ist April, hat Josh wieder eine schlaflose Nacht hinter sich. In den Stunden davor hat er über seine ersten Erfahrungen mit dem Opioid Tilidin berichtet, drogenverherrlichende Memes gepostet und einen anderen Nutzer gefragt, wie er die Mischung von Ketamin, ein Narkosemittel, und Pep findet.

Der User antwortet mit einem Daumen nach oben. Josh: »*Dann werd ich mir des auch ma gönnen.*«

Statt zu schlafen, scrollt Josh weiter durch die Posts in den Drogen-Gruppen. Bei einem bleibt er hängen. Jemand hat ein Foto von einer weißen Fliese gepostet. Darauf liegt eine dünne Linie aus weißem Pulver. Dazu heißt es: »*Frühstück juhuu* 😘«

Josh tippt »*Ich schließ mich dir an*« ins Kommentarfeld und postet ein Foto einer langen weißen Line auf einem runden, roten Plastikdeckel, der auf seinem Schreibtisch liegt. Daneben verstreut liegen Filter, Papers, Feuerzeug, Fernbedienung, USB-Stick.

Inzwischen hat Josh eine hohe Toleranz entwickelt, er legt größere Lines, um die alte Wirkung zu erzielen. »*Turnt alles nimmer so wie am Anfang* 😀«, begründet er sein Konsumverhalten einmal. Manchmal, wenn er die ganze Nacht nicht geschlafen hat, beginnt er den Morgen direkt mit einer Line durch die Nase. »*Würd auch gern ma wieder wenig ausgeben und was merken* 😀«, schreibt er.

Ein anderer User meint, er konsumiere nicht mehr und das sei gut. »*Ich fühle mich viel, viel besser.*« Josh liest das. »*Des glaub ich dir sofort, dass ma sich da besser fühlt* 😆.« Er sei den ganzen Tag so »*ausgelutscht*«.

Josh verbringt seine Zeit mit Zocken und Warten auf neue Drogenpäckchen. »*Jetzt müsste nur noch die Post kommen, dann bin ich zufrieden und steh heut nimmer auf* 😀.«

Eine Stunde später fragt in derselben Gruppe eine Nutzerin: »*Kennt ihr gute Kräutermischungen, vielleicht auch welche, die gefährlich sind?* 😀 *Und wo kann man die am besten bestellen?*«

»*Die sin alle gefährlich, pass auf ^^*«, kommentiert Josh, »*kann den hier aber empfehlen*« – er markiert einen User, mit dem er online befreundet ist. Von ihm bestellt er offenbar auch selbst. »*Is gut, kann ma rauchen*«, schreibt er und lädt ein Foto der Kräuter ins Kommentarfeld. Es sind Kräuter, deren Folgen er deutlich spürt.

Trotzdem berichtet er fast nur positiv darüber. Er verteidigt sie und macht sich über Leute lustig, die schlechte Erfahrungen damit gemacht haben oder davor warnen: *»Nur weil ihr des nich abkönnt, Pussys.«*

Einer aus der Gruppe berichtet, die Kräuter hätten bei ihm zu einem totalen Realitätsverlust geführt und psychotische Zustände ausgelöst, er habe geglaubt, es hätte ihm *»die Seele aus dem Körper gezogen«*. Seinem Kumpel sei es ähnlich gegangen. Er *»saß stundenlang vorm Klo und hat geweint, weil er meinte, er hätte sein Hirn ausgekotzt«*.

Als eine Userin schreibt: *»Kräutermischungen sind saugefährlich, du kannst dran VERRECKEN!!!«*, antwortet Josh: *»Ich kann auch verrecken, wenn ich 'ne scheiß Nuss ess. Mann.«*

4

DROGEN? IMMER VERFÜGBAR

In der klassischen Drogenszene prostituieren sich Menschen, um Geld für ihre Sucht zu beschaffen, rutschen ab in Beschaffungskriminalität, manche dealen – so wie Leyla. Josh dagegen braucht kaum Geld, um sich seinen Konsum zu finanzieren. Über das Internet kommt er an kostenlose Räuchermischungen, die Shops bezeichnen die Gratisproben als Sampler oder Samples. *»Na, wer möchte vor dem Wochenende noch ein Sampler?«*, postet einer der Shops. *»Zu Samples sagt man doch gerne ja 😃«*, kommentiert Josh. Die Antwort lautet daraufhin: *»Dann schreib mal Adresse als pn.«* »PN« meint Privatnachricht. Josh ist siebzehn. Doch der Shop fragt nicht nach seinem Alter, sondern direkt nach seiner Anschrift. Er macht auch bei einem Online-Gewinnspiel mit, bei dem Kräuterpäckchen verlost werden. Einige Händler bieten ihre Räuchermischungen direkt auf Facebook an. Josh ist mit ein paar von ihnen befreundet und Mitglied in einer Gruppe, in der angeblich Research Chemicals verschenkt werden.

Einmal fragt Josh, warum Drogen so verhasst seien. Er finde sie interessant. *»Und vor allem, wen würd's jukken, wenn ich mir 'ne dicke Ladung Hero geb? Is doch dann mein Problem? 😃.«* Mit Hero meint er Heroin.

Die Menschen, die das juckt, sind seine Eltern. Sie haben Angst um ihn. Verlässt Josh das Haus, durchsucht seine Mutter sein Zimmer nach Drogen. Wenn sie was findet, wirft sie es weg.

»Das ist Gift. Das ist alles Gift«, sagt sein Vater. »Das tut dir nicht gut.« Herzog rappt aus den Boxen in Joshs Zimmer hingegen: »Aggressives Chilln heißt Koka, Weed und Pilln.« Und Josh sagt nur: »So giftig ist das gar nicht. Alkohol ist auch schädlich, da sagt keiner was.« Und: »Ich möchte alles mal probieren.«

Sein Vater findet das unheimlich. Josh zieht sich mehr und mehr in seine eigene Welt zurück, redet nicht über seine Beweggründe, lehnt Hilfs- und Behandlungsangebote ab. Beide Elternteile sind berufstätig, sie können kaum kontrollieren, was er den ganzen Tag über macht. Die Menschen, die ihm nicht guttun, sind da, sobald er im Internet ist. Was macht man mit einem Teenager, der so abrutscht? Hausarrest funktioniert nicht, er hat ja Internet. Und das WLAN abstellen? Dann haut Josh womöglich wieder ab.

»Ganz ehrlich. Wenn du an das Zeug drankommen willst, dann kommst du dran«, sagt Robin. »Da kannst du ihm das Internet wegnehmen, den PC, das Handy. Du kannst ihm den Strom abdrehen. Dann geht er in den Stadtpark und spricht jemanden an. Irgendwie geht es immer.«

Wenn Josh sein Handy liegen lässt, schauen seine Eltern nach, wem er schreibt. Sein Vater notiert sich Nummern, falls Josh wieder verschwinden sollte. Seine Mutter verfolgt Chatverläufe, doch eigentlich braucht sie das gar nicht, da Josh auch öffentlich über seinen Konsum postet. Selbst sein Stiefvater liest dort manchmal mit. »Ich kann gar nicht nachvollziehen, was die da schreiben«, sagt der. »Diese ganzen Abkürzungen, die du als Laie nicht verstehst. Oftmals haben sie auch geschrieben, dass es scheiße wirkt, dass es zu wenig ist, dass man es so und so dosieren muss.«

Josh erfährt in den Gruppen von Wirkstoffen in frei verkäuflichen Medikamenten, weil dort User Fragen stellen wie: *»Leute, ich brauch was von der Apotheke, das einen wegfickt. Ideen?«* Oder: *»Welche Medikamente ballern in Verbindung mit Alkohol gut?«*

In einem Wikipedia-Eintrag liest Josh von Diphenhydramin. Der Wirkstoff ist in manchen Schlaftabletten enthalten, es heißt, ab einer bestimmten Menge wirke er halluzinogen. Josh postet den Abschnitt und schreibt: »*Dann probier ich den Kack auch ma aus* 😆.« Er besorgt sich rezeptfreie Schlaftabletten mit Diphenhydramin. Vierzehn Tage nach der Line auf dem Schreibtisch schluckt Josh in einer Nacht zehn dieser Pillen.

Um 03:33 Uhr meldet sich Josh noch einmal. »*Außer dass meine Füße kalt werden, is noch nichts Großartiges passiert* 😆.« Am Ende schläft er einfach ein.

Einige Leute posten über bestimmte Hustenstiller, die den Wirkstoff DXM (Dextromethorphan) enthalten. Auch die gibt es rezeptfrei in der Apotheke und lösen in höheren Dosen Halluzinationen aus. In Deutschland warnt das Bundesinstitut für Arzneimittel und Medizinprodukte (BfArM) vor dem Missbrauch von Hustenstillern und fordert 2011 im Zuge dessen eine Verschreibungspflicht. Bei »bestimmungsgemäßer Anwendung« sei der in Hustenstillern enthaltene Wirkstoff DXM »sicher und unbedenklich«. Aber DXM und mögliche weitere Wirkstoffe im Arzneimittel können bei massiver Überdosierung im Rahmen einer missbräuchlichen Anwendung »schwerwiegende und z.T. lebensbedrohliche Nebenwirkungen wie ausgeprägte Tachykardien*, massiver Blutdruckabfall, Atemnot und komatöse Zustände auftreten«. Besonders bei bestimmten Vorerkrankungen und in Kombination mit anderen Substanzen kann es zu lebensgefährlichen Wechselwirkungen kommen. Bis heute sind derartige Hustenstiller in Deutschland frei verkäuflich.

Josh holt sich auch welche rezeptfrei in der Apotheke und schluckt zehn Pillen. »*War ganz angenehm.*« Er ist gut fünf Stunden high.

* umgangssprachlich Herzrasen

Drei Tage später schreibt Josh über Meth: *»Ich würd's auch probieren, so ises nich^^.«* Schon bald darauf tut er es. Woher er es hat, ist unklar. *»Werd jtz noch nich sterben* 😆«, meint er. Ihm gefällt's, er findet es *»schön euphorisch ... eine verdammt schöne Droge«*. Aber: *»Viel zu teuer für'n Dauerkonsum bei mir* 😜.« Er bleibt lieber bei den Legal Highs.

Die Politik versucht, die Flut von Legal Highs einzudämmen – mit Verboten. Doch sobald ein Stoff nicht mehr erlaubt ist, haben die Shops sofort einen neuen, leicht veränderten im Angebot. Und selbst wenn ganze Stoffgruppen als illegal erklärt werden, gibt es immer noch welche, die diese Stoffe weiter anbieten und nach Deutschland verschicken.

Josh erfährt durch andere, was sich von den Dingen auf dem Markt lohnt. Einer schreibt über eine Substanz, bei der es so sei, als würde man *»in LSD-Säure baden ... ich war so endkrass im Film, einfach nur geil* 😃.« Josh liest das und will es auch. *»Wie heissten des genau, des hört sich interessant an* 😆.« Er googelt, stößt auf 5-MeO-DiPT. *»Ja doch, des müsst's sein* 😃«, schreibt der User. Es sei der *»Wahnsinn *-* wenn du drauf bist, fühlst du, wie die Erde atmet, und alles is so schön bunt* 😃.« Josh erwidert: *»Ein ♡ für Drogen und so* 😆, *würd alles mal probiern ^^.«*

Josh geht seit einiger Zeit nicht mehr zum Unterricht, anders als Leyla. Ihr Gras-Konsum verursacht Probleme an der Schule. An eine Lehrerin erinnert sie sich besonders. »Sie hatte eine sehr respektlose Art. Ich habe probiert, mit ihr zu reden, und meinte: ›Schauen Sie mal, ich bin im Unterricht gut. Der einzige Konfliktpunkt, den wir haben, ist das Rauchen. Wie wäre es denn, wenn Sie mich in Ruhe lassen und ich das außerhalb der Schule mache? Ich bin eine brave Schülerin. Ich bringe meine Leistung. Ich halte die Schnauze. Wir haben ja kein Problem miteinander.‹ Und das hat sie nicht eingesehen. Die hat Privatdetektiv gespielt.«

Zu Hause raucht Leyla nach dem Aufstehen einmal einige Bong-Köpfe, vor der Schule noch einen Joint. Sie hat an diesem Tag Sport. An der Schule spricht sie ein Kumpel an und sagt: »Ich hab 'ne Bong dabei, lass uns 'nen Kopf rauchen.« Die beiden klettern in ein verlassenes Haus in der Nähe der Schule, setzen sich dort auf den Boden. Die Bong hat ihr Kumpel selbst gebaut, aus einer Hartplastikflasche und einem Kugelschreiber. Leyla raucht mit ihm, geht dann bekifft in den Sportunterricht. »Es war super unangenehm, weil ich da schon übelst dicht war. Ich hatte einen trockenen Mund und das Atmen war dadurch schwierig und eklig.« Sie übernimmt sich, dass sie davor nur gekifft, aber nichts gegessen oder getrunken hat, macht es nicht besser.

Nach dem Sport ist sie »voll am Ende«, sie isst und trinkt auch im Anschluss nichts. Der Kumpel bereitet noch eine Bong vor. Leyla hat zwar Lust zu kiffen, fühlt sich aber komisch. »Boah, ich bin voll dicht, nur einen Kleinen oder so«, sagt sie. »Der Sport hat mir irgendwie den Rest gegeben.« Sie rauchen dann aber doch zwei Köpfe in ihrem Versteck.

Leyla will danach zur nächsten Stunde gehen, läuft zum Klassenzimmer, verliert die Orientierung. »Ich habe die ganze Zeit gedacht: Scheiße, wo bin ich?« Sie sagt sich: »Reiß dich zusammen, du bist in der Schule.«

Sie befindet sich auf dem Flur, inmitten ihrer Mitschüler, die laut durcheinanderreden. Aber sie ist in ihrer ganz eigenen Welt gefangen, sagt sich immer wieder, dass alles gut ist, sie in der Schule ist, sie gekifft hat. Sie schafft es noch, sich in den Unterricht zu setzen. »Ich habe aber gar nicht mehr gerafft, wo ich war. Wenn man mich gefragt hätte, wer ich bin – ich hab gar nichts mehr gewusst.«

Leyla meldet sich. Sagt, dass sie rausgehen will, dass ihr schlecht ist. Sie verlässt das Klassenzimmer und kotzt auf den

Gang. Danach legt sie sich auf den Boden und kriecht auf allen vieren von ihrer Kotze weg.

Jemand tritt aus dem Klassenzimmer, sie erkennt, dass es ihre Lehrerin ist. Leyla krabbelt weiter, bis zu einer Treppe, setzt sich auf eine Stufe. Die Lehrerin kommt ihr hinterher, bringt sie zum Sanitätsraum der Schule. »Richtig peinlich war das. Ich war voll auf meinem Trip, ich habe schon verstanden, was passiert. War aber irgendwie nicht ganz da. Ich habe verstanden, dass das gerade gar nicht gut ist. Und dass es eventuell Konsequenzen hat. Aber ich wollte einfach nur, dass es aufhört. Mir war sonst alles in diesem Moment scheißegal.«

Sie soll sich im Sanitätsraum auf eine Liege legen, die Lehrerin, die sie sonst tadelt, deckt sie mit einer Decke zu. Viele Stunden verharrt sie so, ohne jegliches Zeitgefühl. »Man merkt es ja, wenn eine Schulstunde rum ist, an diesem Gong. Gefühlt hat es alle zwei Minuten gegongt.«

Als der Unterricht vorbei ist, holt ihre Mutter sie ab. Leyla legt sich ins Bett. Seitdem verträgt sie das Kiffen nicht mehr richtig, fühlt sich dabei komisch. Sie vermutet, dass ihr Körper es seitdem mit dieser Erfahrung verbindet.

Josh testet jede Woche neue Stoffe, seine Schlafprobleme verschlimmern sich. Es gibt Tage, an denen er gar nicht mehr aus dem Bett kommt. Seine Mutter bemerkt, dass er sich verändert. Seine Online-Kommentare werden auch wirrer. »*Wo bekomm ich de anti-zudruff für pin knopf* 😆«, schreibt er.

Am nächsten Tag postet er einen unverständlichen Text auf seinem Profil. »*Peeace Leuts ... ^^ komm dTage dann ah mit neuer ...*« Erinnern kann er sich daran nicht. Danach ist er auch nicht mehr in der Lage, etwas zu posten. Er ist geistig abwesend.

»Da war er ganz apathisch. Ich wusste ja, dass er Drogen nimmt, aber auf einmal war es so extrem, dass er gar nichts mehr machen konnte.« Er sei nicht mehr wirklich ansprechbar gewesen. »Was er genommen hat, weiß ich nicht. Er ist überhaupt nicht aus dem Bett gekommen. Er hat es gerade noch so gepackt, mal die Treppe runterzusteigen und an den Kühlschrank zu gehen. Da wusste er aber schon nicht mehr, was er dort wollte.«

Er liegt fast nur noch im Bett. »Die verfolgen mich«, sagt Josh zu seiner Mutter. Er hat Wahnvorstellungen. Er macht ins Bett, seine Mutter zieht es ihm ab. Sie redet auf ihn ein. »Josh, wir müssen zum Arzt gehen.« Erst will er nicht.

Doch sein Zustand wird nicht besser. Josh postet nichts mehr. »Ich glaube nicht, dass er währenddessen was genommen hat, denn ich habe alles abgesucht. Und irgendwann hat er wohl selbst gemerkt, dass er nicht mehr zu sich kommt.« Nach drei Tagen in diesem Zustand stimmt er einem Arztbesuch zu. Er sagt: »Ich bin krank, ich bin psychisch krank.« Der Arzt, der ihn untersucht, überweist Josh in die Psychiatrie.

Als er dort mit seiner Mutter wartet, wirkt er klarer. »Ich kann ja randalieren, dann müssen sie mich einweisen«, scherzt er. Es scheint so, als ob er in der Psychiatrie bleiben will.

Josh begibt sich tatsächlich freiwillig in die Psychiatrie. Für ihn ist das wie *»eine Jugendherberge 😀 mit 'n paar mehr Regeln 😀«*. Das wird er später zumindest online behaupten. Wie es ihm in dieser Klinik wirklich geht, schreibt er nicht. Es geht ihm schlecht. Er muss auf seine Kräuter verzichten. Sein Körper wird taub. Fünf Tage hält das an, an drei davon kann er nicht schlafen. Kotzen muss er nicht, aber er ist nach eigenen Angaben *»übel psychotisch«*. *»Hab echt gedacht, ich geh kaputt.«*

Seine Mutter darf ihn kurz danach besuchen. Josh weint, sagt, er halte es nicht mehr aus. Seine Mutter hält ihn im Arm. Sie verspricht ihrem Sohn, ihm zu helfen.

In der Psychiatrie hat Josh einen geregelten Tagesablauf. »Er durfte nicht tagsüber in der Jogginghose rumlaufen«, erinnert sich seine Mutter. »Was ihm völlig fremd war, weil er ja den ganzen Tag so herumgelungert hat, er hatte ja keine Aufgaben mehr, als er dann nicht mehr in die Schule gegangen ist.«

Als seine Mutter ihn das nächste Mal besucht, ist er »rotzig« zu ihr. »Auf das lasse ich mich nicht ein, dann fahre ich wieder heim«, sagt Joshs Mutter zu ihm.

Schließlich wird Josh nach knapp zwei Wochen entlassen. Damit er nicht in alte Muster zurückfällt, suchen seine Eltern nach Alternativen. In der Nähe der Klinik könnte er einen stationären Entzug machen. Dieser ist Voraussetzung dafür, dass Josh in einer Einrichtung für Jugendliche mit Suchtproblematik aufgenommen werden kann. »Wir gucken uns das an«, sagt seine Mutter. Ein Pfleger zeigt Josh und seiner Mutter die entsprechende Station, sagt aber, dass Josh erst einige Monate später aufgenommen werden könne, erinnert sich Joshs Mutter. Sie ist sich sicher, dass Josh, wenn sie ihn jetzt mitnimmt, nicht wieder bereit sein wird, einen Entzug zu machen. Sie erfährt zudem, dass Josh selbst anrufen muss, um den Termin zu bestätigen.

Die Mutter redet am nächsten Tag auf Josh ein. »Ruf an.« Josh sagt: »Nö, mache ich nicht.«

Damit kann er nicht in der Einrichtung für Jugendliche aufgenommen werden.

»*Was zum fick hab ich da geschrieben* 😆«, bemerkt Josh nach der Entlassung aus der Psychiatrie unter seinem wirren Post. Als er aus der Klinik zurück in sein Kinderzimmer kommt, ist er auch zurück in der Szene. Erst postet er Tipps für den Entzug von Kräutermischungen. Er schreibt, dass es ihm *»blendend«* geht.

Doch drei Tage später postet er wieder Fotos mit einem Joint in der Hand und antwortet auf die Frage: *»Wieso nehmt ihr Drogen?«* mit dem Satz: *»Weil ich's kann* 😆.«

Die Tage verbringt er erneut vor dem PC. Er tritt englischsprachigen Gruppen bei, ist im Internetforum Reddit aktiv, wo sich einige Communitys rund ums Thema Drogen gebildet haben, liest Trip-Berichte in den Foren »Eve & Rave« und »Land der Träume«. Er saugt alles auf, was mit Drogen zu tun hat, liest alles, was es zu neuen Substanzen gibt und wo man besonders seltene Substanzen bestellen kann. In der Online-Szene hat er inzwischen Freunde gefunden – nicht immer geht es um Drogen. Mit manchen zockt er bis in die Nacht, seine Leidenschaft Nummer zwei. So hat er Menschen um sich, ohne das Haus verlassen zu müssen. Unter einem englischsprachigen Meme zum Thema Spielsucht und Drogenabhängigkeit kommentiert Josh einmal: *»Sad I'm both*😔«

Dann: Das Ganze wiederholt sich. Josh liegt nicht ansprechbar auf seinem Bett, seine Mutter findet ihn, ruft den Notarzt. Josh kommt in die Klinik, zeigt sich einsichtig. Sobald es ihm besser geht, verlässt er das Krankenhaus und fängt erneut mit den Drogen an. Es läuft weiter wie davor.

»Ich bin krank. Aber die Drogen haben damit nichts zu tun. Ich bin psychisch krank«, sagt er. Doch Therapieversuche lehnt er ab oder scheitern. Seine Mutter versucht mit ihm zu reden, fragt nach dem Warum, Wieso und Weshalb. Sie hofft, irgendetwas zu erfahren, um zu begreifen, warum ihr Sohn Drogen nimmt. »Ich habe gehofft, ich komme dahinter, warum das so ist. Warum er sein Leben so wegschmeißt«, sagt seine Mutter.

Doch sie erfährt nichts. Josh spricht weiterhin nicht über seine Beweggründe. Weder mit seinen Eltern noch mit Freunden. Er sagt nur: »Mit den Drogen hör ich nicht auf.«

Wie er haben auch andere Jugendliche in den Online-Gruppen Probleme mit ihrem Konsum. Sophie schreibt zum Beispiel, dass sie womöglich bald zur Drogenberatung muss. Sie fragt, ob sie das Kiffen bis dahin erst einmal lassen soll. Und: *»Machen die bei Minderjährigen Drogentests? 😃.«*

Josh antwortet: *»War ich schon öfter 😆 Die labern dich dicht, dass*

Drogen kacke sind 😆.« Andere User geben Sophie Tipps, wie sie schnell wieder aus der Beratung rauskommt.

Eine Woche später treffen Josh und Sophie wieder aufeinander. Sophie postet ein Foto einer Schachtel Hustenstiller. »*Hab mir die jetzt auch mal geholt* 😆 *Wie viel muss ich nehmen, bis es klatscht?* 😃«, fragt sie. Sie sei 1,58 Meter groß und 43 Kilo schwer. »*Schnelle Antworten bitte* 😬.«

Fabian: »*2–3, kommt drauf an, was für eine Wirkung du haben willst.*«

Sophie: »*So 'ne Art Trip?* 😃.«

Josh: »*10* 😃.«

Josh schickt noch einen Link zu einem DXM-Rechner (mit DXM ist der Wirkstoff Dextromethorphan gemeint) hinterher, über den sich ausrechnen lässt, wie viele der Pillen man je nach Gewicht und Größe schlucken sollte.

Pascal: »*Wenn du es genommen hast ... bist so weg, geschossen aus dem Leben wie noch nie zuvor* 😃 *War bei mir zumindest so^^.*«

Josh: »*DXM is ja auch was Starkes lol soll man nich unterschätzen, aber die meisten ham hier eh kein Plan, was se machen, also warum nich ne?* 😃.«

Fabian: »*Hatte beim ersten Mal 6 und wiege 80–90 Kilo und fand den Rausch schon extrem beschissen, inklusive den 2 Wochen anhaltenden Nebenwirkungen.*«

Josh: »*Na ja, hab mir 10 beim ersten Mal gefahren. War da sogar alleine. Ich fand's cool lol.*«

Pascal: »*Letztes Mal 20 genommen* 😃 *hält man 30 stk wohl aus?*«

Sophie: »*Hab jetzt erst mal 3 genomm ... was denkt ihr so?* 😬.«

Josh: »*3 isen bissel wenig* 😆.«

Einer meint, sie solle sieben nehmen, eine andere schreibt, sie habe sich beim ersten Mal acht »*gegönnt*«.

Sophie: »*Hab jz alle gefressen* 😆 *ballert saugut:3.*«

Eine andere meint: »*Erzähl dann mal, wie es ist.*«

Sophie: »*Es scherbelt Leute* 😆 *Ich pack mich null* 😆 *Ist, wie ein* _leichter Emma-Trip, aber dieser verwirrt einen mehr und man ist orientierungslos *-*._« Und: »_Es ist so geil *-* einfach nur happy und dodal verwirrt_ 😆.«

Erst feiert Sophie den Trip, doch das hält nicht lange an: »_Alter, jetzt wird es sauwarm ... Leute, ich hab das Gefühl zu sterben, was jetzt?!_ 😮.«

Sie überlebt.

Ein paar Wochen später schluckt Josh dreißig Stück auf einmal. Dann verliert er das Interesse daran, er schreibt: »_Die sind laaangweilig_« und dass er inzwischen anderes »_gewohnt_« sei. »_Mir taugen die Dinger nix_ 😀.«

Über eine Freundin kommt Leyla an eine Pille, die MDMA enthalten soll, ein pinkfarbener »Diamant«. Vor dem Schulbeginn, als sie an der Haltestelle wartet, schluckt sie die Tablette. »Ich wollte es ausprobieren und hab gedacht: Ach, jetzt ist sieben, 'ne Stunde hab ich noch. Das passt jetzt gut. Da bin ich nicht zu Hause, da muss sich meine Mama keine Sorgen machen.« Leyla will nicht, dass ihre Mutter sie drauf erlebt.

Sie hat noch nichts gegessen, wirft die Pille auf nüchternem Magen ein. In der U-Bahn fühlt sie sich komisch. Als sie aussteigt und sich zu Fuß auf den Weg von der Station zur Schule macht, sieht sie im Seitenspiegel eines parkenden Autos, dass ihre Pupillen »riesig« sind. Unter Konsumenten werden derart große Pupillen auch »Teller« genannt. Trotzdem setzt sie ihren Weg zur Schule fort. Sie rennt durch die Straßen, alles fühlt sich kalt an, als würde die Welt auf sie einfallen. »Als ob mir der Boden unter den Füßen weggerissen wird, alles mega verzerrt, auch in der Optik. Als ob die Welt schief liegt und die Straßenschilder schief angebracht sind.«

Als sie an der Schule ankommt, setzt sie sich in den Unterricht, hofft darauf, dass sie heute viele Stunden hat und dass sie, wenn sie nach Hause kommt, wieder nüchtern ist. Doch das klappt nicht. »Diese sechs Stunden waren für mich in einem Augenblick um, die Schule hat gefühlt drei Minuten gedauert, und dann war ich nur noch voll auf Rush. Seitdem habe ich 'ne kleine Psychose.« Sie beschreibt die Folgen als »Angstattacken«. Die Erfahrung verstärkt ihr ungutes Gefühl beim Kiffen, sie verliert das Interesse daran. »Ich fühle mich nicht mehr gut und entspannt dabei, sondern ängstlich, und die eigene Vergänglichkeit und die Sorge, dass einer meiner Liebsten sterben könnte, spüre ich dann noch krasser. Das hätte ich mir sparen können.« Sie beschreibt das Gefühl als depressive Leere.

Für Leyla ist das ein Wendepunkt, sie hat keine Lust mehr auf Drogen. Doch die Einstellung hält nicht lange an. Trotz ihrer Negativerfahrung mit der angeblichen Ecstasy-Pille probiert sie es wieder.

»Man weiß ja nicht, was in den Tabletten drin ist. Vielleicht war meine zu hoch dosiert, vielleicht war in meiner irgend 'ne Scheiße beigepanscht. Und warum hab ich's noch mal ausprobiert? Weil das, was ich gefühlt habe, nicht dem entsprach, was andere berichten. Und dann hab ich gedacht, ich gebe der Sache noch eine Chance.«

Mit zwei Mädels und zwei Jungs ist sie in einem kleinen Dorf. Sie haben eine Flasche Tequila, Ecstasy-Pillen – eiserne Kreuze als blaue Tabletten – und MDMA in Pulverform. Zuerst spielen sie ein Trinkspiel. »Ich hab extra verkackt, um trinken zu können. Ich war komplett besoffen. Ich wollte aber auch besoffen sein, weil das das Hochkommen bei Ecstasy abfedert«, erinnert sich Leyla. Ein gefährliches Vorhaben. Leyla nimmt erst etwas von dem MDMA-Pulver, sie spürt davon nichts, wirft noch eine halbe Ecstasy-Tablette hinterher.

»Dann habe ich gesagt: ›Komm, halbe Dinger rollen nicht, oder irgend so 'ne Scheiße.‹« Sie wirft sich noch einmal eine halbe Pille ein.

Mit der Truppe geht sie in ein nahe gelegenes Waldstück. Einer der Jungs rennt weg. Leyla hat Angst, dass ihm etwas zustoßen könnte, fühlt sich verantwortlich für ihn. Der Kumpel taucht irgendwann wieder auf, in dieser Zeit verschlechtert sich Leylas Zustand. Sie muss sich hinlegen und will in das Haus, in dem einer der Jungs wohnt. Während sie in sein Bett kriecht, kümmern sich die anderen um sie. »Das fühlt sich voll scheiße an, ich nehme das nie wieder«, sagt sie.

Ihr Zustand wird immer schlimmer, es kommt in Wellen. Zeitweise sieht sie nichts mehr, dann geht es wieder halbwegs, bis zur nächsten Welle.

Einer der Jungs macht Musik an. Sie hört die Songs nur verzerrt, eines der Lieder berührt sie tief, zieht sie runter.

»Bitte, macht dieses Lied aus, ich kann es gerade nicht vertragen, weil es mir ein komisches Gefühl gibt«, sagt sie. Der Typ erwidert: »Ach, verstehe. Das erinnert dich an deinen Ex-Freund.«

»Ich konnte mich nicht richtig ausdrücken, weil ich so drauf war. Aber ich hatte diesen dauernden Drang, ihm zu erklären, dass es mich nicht an einen Ex-Freund erinnert. Was für eine Scheiße. Wie kam der überhaupt auf die Idee, dass ich wegen einem Ex-Freund das Lied nicht hören kann? Ich wollte ihm unbedingt klarmachen, wieso ich das nicht hören kann, weil mich das gerade runterzieht, mich traurig macht. Aber das hatte gar nichts mit irgendeiner scheiß Beziehungskiste zu tun. So was Oberflächliches meinte ich gar nicht. Das ging viel deeper, was ich gerade durchmachte. Ich hab versucht, mich zu artikulieren, es klappte aber nicht. Dann haben die anderen gemeint: ›Hey, nimm Rücksicht, die will das Lied nicht hören.‹ Das war voll die Qual für mich, dass ich denen das unbedingt erklären wollte, ich aber in 'ner Zeitschleife gefangen war und es einfach nicht schaffte. Das hat mich mega frustriert, und mir ging's mega scheiße.«

Nach und nach verbessert sich Leylas Zustand. Irgendwann,

Stunden später, wollen die Jungs wieder rausgehen. Es dämmert bereits. Sie kann wieder laufen, ist aber immer noch voll drauf, überall sieht sie Nebelschwaden. Sie fragt die anderen, ob sie auch den Nebel wahrnehmen, doch die meinen: »Nö, da ist kein Nebel, den siehst nur du.« Alles ist für sie verhangen, ihre Sinne arbeiten noch nicht richtig. Mit den anderen steigt sie auf ein Klettergerüst, sie fühlt sich wie in einer Traumwelt und kann nach dem Horror den Rest des Trips genießen. Normal sieht sie erst wieder am nächsten Morgen.

Für Leyla ist die Erfahrung nicht abschreckend. Danach dosiert sie aber nach Safer-Use-Standards. »So viel in dieser Kombination mit Alkohol? Um Gottes willen. Das hat mich ja halb umgebracht.« Wenn sie kein MDMA-Pulver hat, startet sie mit halben Pillen.

Josh mag das Gefühl bei dissoziativen Drogen, wenn sich sein Geist von seinem Körper abspaltet. Er sucht die Steigerung, nach stärkeren Substanzen. Ein bisschen die Kontrolle verlieren. Bis er Paranoia hat, auch wenn er sich gar nichts einwirft. Bis er glaubt, die Leute im Bus reden heimlich über ihn. Auch das schreibt er online. Er ist damit nicht allein.

Andere kennen das. In der Gemeinschaft fühlt es sich nicht mehr so bedrohlich an, wenn man Stimmen hört. Oder schwarze Brocken hustet. Oder Blut kotzt. Es gibt immer jemanden, der das selbst erlebt hat und schreibt: »So was ist ganz normal.«

In den Gruppen wird der Konsum zum Teil wie ein Wettbewerb zelebriert. Es geht darum, wer die größten Pupillen hat. Wer am meisten einwirft. Wer die meisten Tage am Stück wach ist. Auch Josh lädt ein Bild seines linken Auges hoch. Einer urteilt: *»Deine Teller sehen nicht so krass aus wie die von Lisa 😉.«*

Josh kann inzwischen nur noch mit Medikamenten lange schlafen. Seine Eltern sind überfordert. Manchmal wirkt er unruhig, wie auf einem leichten Entzug.

Ihre Schule sei in einem »schlimmen Viertel« gewesen, sagt Leyla, die Kriminalität sehr hoch. »Da hat sich täglich irgendwer vor der Schule versammelt und 'ne Schlägerei angefangen – und wir guckten alle zu. Es war eine sehr asoziale Schule, die Lehrer sind dem nicht Herr geworden.« Manche Lehrer hätten Schüler angezeigt, auch Leyla und Fynn habe es getroffen, bei ihnen sei es um Drogenbesitz und Drogenhandel gegangen.

Bei Leyla kümmern sich die Eltern, kontaktieren einen Anwalt und sprechen mit den Lehrern. Bei Fynn reagiert niemand, sodass er von der Schule fliegt, während Leyla bleiben darf, weil sich ihre Eltern für sie einsetzen.

Fynn zieht zurück in seine Heimat, in das Bundesland, in dem er aufgewachsen ist. Die beiden verlieren sich aus den Augen. Für ihn beginnt damit eine krasse Zeit. Er fängt an, täglich zu trinken und Meth zu nehmen, auch deshalb, weil es in seiner neuen Umgebung nicht immer Gras zu kaufen gibt. »Meth hat man sogar bis zur Haustür gebracht bekommen, das war sehr verlockend«, erinnert sich Fynn.

Die Wirkung von Meth gefällt ihm. »Da war ich mega drauf, und es war schön und spaßig. Man hatte gute Laune, war unglaublich aktiv. Und das Tolle daran war, selbst wenn es einem schlecht ging, weil wenn man körperlich zum Beispiel krank war, man hat 'ne Line Meth gezogen und es ging einem gut. Manchmal, wenn ich keinen Bock auf irgendwas hatte, haben mich die anderen dazu gebracht, dass ich doch eine Line ziehe, und dann war ich wieder super drauf und der Tag war wie jeder andere.«

Als es bei einer Party Ärger gibt, springt er aus dem Fenster, fällt anderthalb Stockwerke tief. Er kommt dabei unglücklich auf, staucht sich die Beine, sodass er kaum noch laufen kann. Erst stützt er sich an Möbeln ab, um sich durch seine Wohnung zu bewegen, weil er kaum noch auftreten kann, doch es wird mit der Zeit schlimmer, bis er sich schließlich auf den Knien durch die Wohnung zieht und zeitweise sogar durch die Räume kriecht. Wenn er aber eine Line Meth zieht, spürt er den Schmerz nicht mehr und kann wieder normal laufen, weil es sich anfühlt, als wäre dieser Sprung nie passiert. »Sobald der Turn nachgelassen hat, war es dann umso schlimmer.« Ein, zwei Monate halten die Schmerzen an.

Von Meth sei er »nicht körperlich, auch nicht psychisch abhängig gewesen«, sagt er. »Da war eher das Kiffen mein Laster.«

Leyla bietet ihrer Mutter an, die Substanzen, die sie konsumiert, mal zu probieren. »Dann siehst du, dass das nicht schlimm ist.«

Die Mutter interessiert, was ihre Tochter fühlt, wenn sie Drogen nimmt. Was sie daran findet. Sie probiert einige der Substanzen. »Ich will sehen, wie es ihr geht. Das ist ja mein Kind. Ich kann es ihr kaum verbieten, wenn sie sich super fühlt. Also muss ich andere Wege finden. Wenn ich es selbst probiere und der Ansicht bin, es ist gefährlich – auch wenn es eine positive Wirkung hat – kann ich ihr sagen, es doch sein zu lassen.« Gleichzeitig ist Leyla aber auch klar, dass ihre Mutter nach einem einzigen Versuch nicht wissen kann, welche Folgen der dauerhafte Konsum für sie hat.

Einmal nimmt ihre Mutter einen leichten Bong-Zug – sie muss davon husten. Auch eine Ecstasy-Pille schluckt sie, eine pinkfarbene Granate. »Da kann ich verstehen, warum man das nimmt«, sagt sie. Die Wirkung beschreibt sie als tiefes »Geborgenheitsgefühl. Fast wie in der Kindheit.« Für sie persönlich ist es eine »gute Erfahrung«, sie würde es in dieser Form aber nicht wieder tun – außer sie wüsste, dass es rein ist. Bei MDMA oder Ecstasy-Pillen von der Straße kann man das ohne Laboranalyse jedoch nie wissen. Darum hat sie es seitdem nicht wieder genommen.

Leylas Vater probiert die Substanzen nicht. »Er hasst Drogen, ist dagegen, raucht nicht, trinkt nicht.« Leyla sagt: »Mein Vater gehört zu denen, die mit Kindern an der Bushaltestelle darüber diskutieren, warum Zigaretten schädlich sind.«

Ihr Konsum führt zum Streit zwischen den Eltern. Ihr Vater ist genervt, fordert mehr Disziplin und will mehr Kontrolle. Während ihre Mutter davon überzeugt ist, dass die Tochter ihre Erfahrungen machen muss.

Leyla mag nicht, wenn sich ihre Eltern streiten, sie will es beiden recht machen – und gleichzeitig will sie weiter mit Drogen experimentieren. Und damit beginnt ein nicht enden wollendes Versteckspiel.

5

KOKS-PIPI UND DIE ERSTE SPRITZE

In der Schule konsumiert Leyla inzwischen häufiger Pep. Auch Koks zieht sie immer wieder. Die Substanzen halten sie nachts wach. In einer dieser Nächte in ihrem Zimmer muss sie dringend auf Toilette. Weil sie befürchtet, ihre Eltern könnten vom Rauschen der Klospülung aufwachen, pinkelt sie aus Rücksicht in eine Tasse – und vergisst sie in ihrem Zimmer. Am nächsten Tag findet ihre Mutter diese, hält den Inhalt für Apfelsaft und nimmt arglos einen Schluck – sie ekelt sich und spuckt es aus. Dabei fällt ihr aber auch etwas auf: Der Urin schmeckt nicht so, wie sie es von Urin erwartet hätte.

Das sagt sie auch zu Leyla – und die erklärt ihr ganz ungerührt: »Ja, das schmeckt komisch, weil ich kokse.«

Sie bietet ihrer Mutter eine Line an – und die überlegt kurz und stimmt zu. Leyla bröselt das weiße Pulver auf den Schreibtisch in ihrem Zimmer, legt ihrer Mutter eine kleine Line, gibt ihr ein Röhrchen und ihre Mutter zieht. Die Wirkung gefällt ihr. »Das fand ich wie einen guten Kaffee«, sagt ihre Mutter. »Nur länger anhaltend. Aber ich habe es ja auch nicht bis zum Exzess gemacht, wollte ich auch nicht.«

Auch Josh schlägt seiner Mutter vor, doch mal Drogen zu probieren. Eine Strategie, zu der manche Menschen mit problematischem Konsumverhalten greifen, um zu »zeigen«, dass der

Konsum gar nicht so schlimm sei, und um Verständnis dafür zu erzeugen. »Nee, muss ich nicht haben«, antwortet sie. Sie hat keinen Bezug dazu, auch schon als Jugendliche nicht. »Ich habe einmal gekifft, aber davon wurde mir so schlecht, da war ich geeicht für mein Leben. Ich war kein Unschuldslamm, wir haben früher Alkohol getrunken, und ich hatte auch eine Freundin, die Drogen genommen hat.« Sie selbst habe das aber nie gereizt. »Es gibt ja viele Menschen, die ein Suchtverhalten haben und deshalb eher gefährdet sind als andere. Ich habe nie ein Suchtverhalten an den Tag gelegt, ob das beim Rauchen war oder auch beim Trinken. Wenn mir jemand heute sagen würde, dass ich nichts mehr trinken darf, dann würde ich auch problemlos nichts mehr trinken.« Bei Josh ist das anders, seine Mutter macht das ratlos.

In ihrer Koks-Zeit trifft Leyla auf einen weiteren älteren Mann, Viktor, ein »alter Knasti«, der sie optisch an einen alten Seemann erinnert. Einmal geht sie mit ihm und ein paar anderen Typen in eine »ranzige Junkie-Bude«, sie ist die einzige weibliche Person. In der Wohnung ist nichts, keine Möbel, nur ein leise vor sich hin surrender Kühlschrank, in dem nichts weiter als Bier und Stoff lagern. Und genau dafür sind sie hergekommen, sie wollen sich Koks spritzen. Leyla ist unschlüssig. Sie hat sich noch nie einen Schuss gesetzt, aber es reizt sie.

»Lass uns mal die Spritzen in den Kühlschrank stellen, dann fühlt man in der Vene, wie das so schön kalt ist«, sagt einer aus der Truppe. Er will nachverfolgen, wie sich die kalte Flüssigkeit ihren Weg im Körper bahnt. Er sagt, Koks sei gespritzt viel krasser als gezogen, und: »Wir wollen doch wissen, wie sich das anfühlt.«

Leyla ist angefixt. Sie will wissen, wie das ist. Doch als ihre Spritze kalt ist, fühlt sie sich bei der ganzen Sache nicht mehr wohl – und auch nicht in dieser Umgebung und unter diesen Männern, die sie kaum kennt. Sie will nicht in die Situation kommen, willenlos oder wehrlos zu sein. Sie befürchtet, die anderen könnten das ausnutzen, sich an ihr vergehen. Sie ist hin- und hergerissen. »Ich kann ja schlecht sagen: Ich möchte mir die Spritze jetzt nicht setzen, weil ich dir nicht traue. Du bist ein alter Knasti und wirst mich sicherlich vergewaltigen wollen.«

Leyla hat das Gefühl, dem Mann etwas schuldig zu sein, einen ungeschriebenen Vertrag einhalten zu müssen, dessen Part er bereits erfüllt hat. Dass nun sie an der Reihe ist. Deshalb bricht sie nicht ab. Sie will ihn nicht »vor den Kopf stoßen«, weil sie die Atmosphäre so bedrohlich findet. Aber sie will den Stoff auch nicht in der Vene haben, aus Angst vor dem Kontrollverlust. Als die Spritze für sie bereit ist, reden die anderen auf sie ein: »Lass dir doch helfen!« – »Nein, ich möchte nicht«, erwidert sie.

Leyla fühlt sich übermannt und erdrückt von den Leuten, die auf sie einreden. Sie will sich selbst den Schuss setzen, um möglichst Herrin der Lage zu sein. »Dann hab ich extra die Hälfte danebengeballert, habe schon abgedrückt, als ich die Nadel noch nicht mal drin hatte.« So schießt sie einen Teil des Stoffs daneben und den anderen Teil unter die Haut, zum Großteil ins Gewebe.

»Lass dir doch helfen«, sagen die anderen. Und: »Ach komm, ich stock dir den Schuss wieder auf.«

Leyla lehnt ab. Obwohl sie das meiste danebengespritzt hat, setzt bald darauf die Wirkung ein: Sie wird geräuschempfindlicher, nimmt alles intensiver wahr. Den Rausch empfindet sie als unangenehm, krass, bedrohlich, ekelhaft. Ihr Herz schlägt ganz schnell, hämmert. Als ob sie unglaublich viel Energie hat, aber trotzdem gelähmt ist. Als ob sie vor Energie explodiert, sie aber nicht ausleben kann. Leyla merkt, dass sie »keinen Bock hat« auf all das, sie fühlt sich nicht wohl in dieser Wohnung.

Weil die Heizung nicht funktioniert, stellen die anderen Teelichter auf. Einer der Typen wärmt sich die Füße über einer der kleinen Kerzen, er hat synthetische Socken an und brennt sich die

Socke ins Fleisch. Leyla findet das ekelhaft, es schreckt sie ab. Sie hat erst einmal keine Lust mehr auf alles, was mit Spritzen zu tun hat.

In bedrohliche Situationen gerät sie in dieser Zeit immer wieder, dabei geht es oft um Drogen. Inzwischen konsumiert Tarek auch unter der Woche – dabei gab es zuvor Zeiten, in denen er seinen Konsum besser unter Kontrolle hatte. »Mit den Partydrogen hat er das ganz gut hingekriegt. Aber wo das über Grundschul-Crime hinausging – das Koks konnte er schließlich dann nicht mehr so gut kontrollieren, darauf ist er hängen geblieben.« Tarek entwickelt ein Drogenproblem. Durch ihn wird sie in Streitereien hineingezogen. Einmal hat er »irgendeine Scheiße gebaut« und sich mit jemandem geprügelt. Doch weil sie seine Freundin ist, gerät auch sie ins Visier. Ein Typ sagt zu ihr: »Das Wort Hurensohn hat neun Buchstaben, jetzt schlage ich dir neun Zähne raus.«

Panik steigt in ihr hoch. »Sich vor Angst in die Hose pissen – ich habe immer gedacht, das ist so eine Redewendung. Ich habe mir vor Angst in die Hose gepisst, so ein paar Tropfen.« Irgendwie kommt Leyla aus der Auseinandersetzung heil heraus, ihr passiert nichts.

Die Verbindung zwischen Tarek und ihr ist immer noch keine wirkliche Beziehung. Sie hat ihn gern, fühlt sich für ihn verantwortlich. Was ihr fehlt, sind Vertrauen und emotionale Nähe. Persönliche Sachen erzählt sie ihm nicht. Sexualität spielt zwischen ihnen keine Rolle, sie kann sich das mit ihm nicht vorstellen und sagt ihm das auch. Sie sei zu jung, wolle noch warten.

Hinzu kommt: In der Szene sieht und hört sie unabhängig davon von anderen Frauen vieles, was sie abschreckt und ihr Bild von Sexualität prägt. Anders als Josh bewegt sich Leyla hauptsächlich im »klassischen« Drogenmilieu, hat Berührungspunkte mit einer Szene, die Josh fast nur aus Online-Posts kennt.

»Die Prostitution ist allgegenwärtig, und natürlich ekelt das einen an und man will von der ganzen Sache eine Distanz haben aufgrund dessen. Und man lernt in der Schule, der Mann kriegt einen Steifen und spritzt ab. Na ja, und die Frau wird schwanger. Der Sexismus hat mich auch Sex hassen lassen, weil ich damals nicht wusste, dass Sex auch anders geht.« Heute sagt sie: »Sex spielt in meinem Leben eigentlich keine Rolle. Wenn, dann eine sehr untergeordnete. Ich will es nicht in meinem Alltag haben.«

Mit der Zeit distanziert sich Leyla von Tarek, verbringt weniger Zeit mit ihm, kapselt sich ab, will die Sache beenden. Beide haben zwischendurch andere Beziehungen. Bis sie einen endgültigen Schlussstrich zieht, vergehen aber Jahre. Das hat auch damit zu tun, dass sie den richtigen Moment für eine Trennung abpassen will. Sie wartet auf eine »gefestigte Clean-Phase«. Doch als er clean ist, denkt sie, dass sie es auch nicht sagen kann, weil er dann vielleicht rückfällig wird. Es ist ein ewiges Hin und Her. Schließlich sagt sie ihm doch, dass Schluss ist. Sie trennen sich ohne Streit, sind heute befreundet.

In der Schule entdeckt Leyla ihren Fetisch: Sie ist gerne dominant. Der erste »Sklave« ist ein Junge aus ihrer Klasse, der ihr die Hausaufgaben macht, Kaffee vom Bäcker holt und ihr die Tasche hinterherträgt.

In den Drogen-Gruppen im Netz denken einige, dass die Medien nur Panik machen, die schädliche Wirkung der Drogen aufbauschen. Dass die »Faces of Meth«, abschreckende Vorher-Nachher-Bilder von Meth-Süchtigen aus den USA, übertrieben sind, nicht auf Deutschland übertragbar.

Wenn es in Dokus heißt »Meth macht direkt süchtig«, schaltet auch Josh aus. Das deckt sich nicht mit seinen Erfahrungen. So sucht er sich andere Quellen, liest Artikel, in denen Drogen als Heilmittel für Depressionen angepriesen werden. In denen es heißt, sie würden Hirnzellen wachsen lassen und Menschen zu unglaublichen kognitiven Leistungen befähigen. Er liest vor allem das, was ihn in seinem Konsum bestätigt. Er lebt in einer Blase.

Und gleichzeitig ist um die User ein Markt abseits der Drogen entstanden, sie sind zur Zielgruppe geworden für Drogen-Merch – Fanprodukte für Konsumenten, die sich selbst als Druffi, Ballerina oder Psychonaut bezeichnen. Und genau diese Worte werden dann auf Shirts und Hoodies gedruckt. Auch synthetischer Urin wird vertrieben, um etwa bei einer Verkehrskontrolle nicht aufzufliegen. Die Firma Captain Mittelstrahl bietet diese Urin-Päckchen an. Online inseriert der Shop ebenfalls eine kostenlose »Hack- und Ziehkarte« zum nasalen Drogenkonsum. Josh bekommt eine zugesendet, postet ein Foto davon. Zwei Wochen später empfiehlt er Captain Mittelstrahl auf die Frage, wie man Urintests manipuliert.

In seinem Zimmer bastelt Josh eine *»Selfmade Bong«*, also eine Bong Marke Eigenbau. Dafür verwendet er eine Kaugummi-Plastikdose, eine Dose Paulaner Hefeweizen, braunes Paketband und Alufolie. Ein Foto davon teilt er. Vierzehn Leute liken das Bild. Er legt aus seinen Ecstasy-Pillen eine Schlange. Über hundert Likes.

Inzwischen stellt Josh seine Räuchermischungen selbst her, kauft synthetische Cannabinoide an und versetzt an sich wirkungslose Kräuter damit. *»Wenn man selbst mischt, kosten dich 10 g 15 Euro oder weniger^^«*, schreibt er. Das ist *»einiges billiger«* als Gras, auch wenn man schon eine *»tolli«*, also Toleranz, entwickelt hat. Und sollte seine Toleranz weiter steigen, hat er schon einen Plan: Die Mischungen *»pur«* rauchen.

Josh wird immer routinierter damit, Substanzen selbst in seinem Zimmer herzustellen, etwa K.-o.-Tropfen, mit denen er sich betäubt. Er probiert aus, wie die Substanzen in welchen Kombinationen wirken. Seinen Online-Freunden berichtet er dann davon. Alkohol bezeichnet er als *»mit die unnötigste psychotrope Substanz, die es gibt«*. Als psychotrope Substanzen werden Stoffe bezeichnet, die bei Einnahme die Psyche beeinflussen. Den Effekt von Alkohol findet Josh nicht interessant oder erstrebenswert. Er trinkt zwar Bier – spült damit aber meist Tabletten runter, testet aus, wie sich beides in verschiedenen Zusammenstellungen auswirkt.

Wenn Josh Drogen nimmt, ist auch seine Hündin Jule dabei. *»So faul wie ich«*, schreibt er über sie. Einmal postet er ein Foto von ihr. Sie ist neben ihm eingeschlafen – während die Drogen Josh wachhalten. Er nutzt die Spaziergänge mit ihr, um nach Fliegenpilzen Ausschau zu halten, die er trocknen und konsumieren will. Die Dosierung ist dabei schwierig, da der Wirkstoffgehalt des Pilzes stark variieren kann. Manche, die ihn konsumieren, berichten von Halluzinationen, gesteigerter Farbwahrnehmung, auch von einem Schwebegefühl. Andere von Übelkeit.

Die Angaben, die man online zur Dosierung findet, widersprechen sich zum Teil, es kursieren darüber viele Falschinfos. Durch entsprechende Zubereitung nach Safer-Use-Regeln kann das im Fliegenpilz enthaltene Gift – Ibotensäure – in den psychoaktiven und weniger toxischen Wirkstoff Muscimol umgewandelt werden. Ein Todesfall, der allein auf die Einnahme von Fliegenpilzen zurückgeführt werden kann, ist bislang nicht bekannt.

Leyla informiert sich ebenfalls zu Fliegenpilzen, schreibt online aber unter einen Post, den auch Josh kommentiert, sie würde *»dem Braten nicht trauen«*.

Einmal sagt Leyla, sie sei ein »Junkie aus bösem Willen, nicht aus Vernachlässigung«. Zu ihren Eltern hat sie eine enge Bindung, die von Liebe geprägt ist. Eine ihrer größten Sorgen ist, dass andere Menschen ihnen die Schuld an ihrem Konsum geben könnten. Die Verantwortung für ihre Sucht sieht Leyla allein bei sich. Auf die Frage, was Eltern tun können, wenn ihr Kind Drogen nimmt, sagt sie einmal: »Die Droge ist ein Symptom. Behandle nicht das Symptom, behandle die Ursache.«

Was bei ihr die Ursache ist, der Auslöser, bleibt unklar. Ich habe sie danach gefragt, sie sagt dazu nur: »Der Mensch will eine Hierarchie, eine Frage nach der Schuld, eine Auskunft über Probleme. Und in meinem Fall, da ist es so, dass ich die Öffentlichkeit nicht wirklich an Probleme dranlassen kann. Ich sag schon, es gibt Probleme bei mir. Gründe würde man bei mir finden. Nun ist es trotzdem so: Es muss keinen Grund geben. Es ist nicht so, dass irgendwer was falsch gemacht hat. Jeder ist für sich selbst verantwortlich. Es ist auch ganz wichtig für die Person, die konsumiert, zu wissen, ich bin keinem was in der Sache selbst schuldig.

Eine bestimmte Rauschaffinität liegt in der menschlichen Natur. Das zieht sich durch alle Völker, durch alle Generationen. Und es ist ein bisschen dreist – aber hätten wir Synapsen dafür, wenn es so falsch wäre? Es ist interessant, dass wir für bestimmte Wirkmechanismen ansprechbar sind. Ich bin schuld, dass ich die Droge nehme, zu hundert Prozent schuld. Aber ich bin nicht schuld, dass ich das Gefühl mag, was die Droge mir gibt. Also, ich finde schon, keiner schmeißt aus Spaß sein Leben weg. Das ist kein gutes Tauschgeschäft, was man macht.

Ich habe es immer so darstellen lassen, als ob alles locker easy ist und es bei mir für die Sucht keinen Grund gäbe.« Doch dann schiebt sie hinterher: »Ich habe schon mein Päckchen zu tragen.« Als Leyla das sagt, ist unser erstes Treffen bereits zweieinhalb Jahre her. Erst da beginnt sie, sich zu öffnen. Sie wird ruhiger in Gesprächen, zugänglicher. Erzählt Dinge, die sie zuvor nie erwähnt hat – wahrscheinlich, weil das Vertrauen dazu nicht ausgereicht hat.

Das Verrückte ist, dass man bei Leyla nicht einmal spürt, wenn sie einem nicht vertraut. Das liegt auch daran, wie sie erzählt. Sie wirkt locker, zeigt Bilder aus ihrer Kindheit, spricht offen davon, wann sie von welcher Substanz gekotzt hat – und dabei merkt man gar nicht, über wie viele Dinge sie eigentlich schweigt. Zugleich wirft sie auch immer wieder Fragen ein, die erst beiläufig wirken: »Bist du Feministin?« – »Hast du Haustiere?« – »Lebst du vegan?«

Als ihr Vertrauen zunimmt, wird klar, wie intelligent sie eigentlich ist und wie bedächtig sie ihre Aussagen in vorherigen Interviews getroffen hat. Nicht nur ich habe zu ihr recherchiert, sondern sie auch zu mir und meiner Familie, um herauszufinden, wer ich bin, woher ich komme und welche Einstellung zu Drogen ich haben könnte.

Dennoch: Über manche Kriegserlebnisse und Traumata möchte Leyla zu ihrem eigenen Schutz nicht sprechen. Und trotz schlimmer Erfahrungen, die sie gemacht hat, sagt sie, wiederholt danach gefragt: »Es gibt Gründe. Aber ich finde, dass kein Schicksal, nichts in der Welt relativiert, das zu tun. Weil man fickt sich selber letztendlich.«

Josh zieht Substanzen durch die Nase, die unerforscht sind, von denen keiner so genau weiß, was sie mit seinem Körper machen. Er kann diese Stoffe oft ganz legal online in Research-Chemical-Shops bestellen. Manche von ihnen waren mal als Medikament gedacht, haben es aber nie bis zur Zulassung geschafft. Es ist noch unbekannt, welche Langzeitfolgen die Stoffe mit sich bringen. Bei Koks sind sie bekannt, da werden beispielsweise Impotenz, ein geschwächtes Immunsystem, Leber-, Herz- und Nierenschäden aufgeführt. Bei den altbekannten Drogen sind vor allem Streckmittel ein Problem und die schwankende Reinheit, da der Stoff durch viele Hände und Zwischenhandelsstufen geht, bevor er die Endabnehmer erreicht.

Joshs Research Chemicals sind in der Regel rein, ohne Streckmittel, da Zwischenhandelsstufen entfallen. Ein Großteil der Shops verschickt Substanzen, die direkt aus dem Labor kommen. Aber niemand weiß, ob sie krebserregend sind, welche Dosis tödlich ist und welche bleibenden Schäden sie schon beim ersten Mal auslösen können. Ihm ist das bewusst, doch er geht das Risiko ein. Er scheint nicht zu glauben, dass ihn das treffen könnte. Er fühlt sich offenbar sicher durch sein Wissen, das er sich über Fachartikel angelesen hat.

Manchmal sieht man ihm an, dass er all diese Substanzen raucht, snieft, schluckt. Seine Augen sind glasig, das Ziehen durch die Nase greift die Schleimhäute an, er zieht immer wieder die Nase hoch, als hätte er einen Dauerschnupfen. Sein Vater fühlt sich, als hätte er versagt. »Man vergleicht sich ja unweigerlich«, sagt er. »Man ist bemüht, nicht nur vorzuspielen, sondern eine Familie zu sein, gute Eltern zu sein. Man vergleicht sich mit intakten Familien und schreibt sich dann selbst zu, versagt zu haben.«

Josh trägt gerne Shirts mit drogenverherrlichendem Aufdruck, auch wenn er seinen Vater trifft und mit ihm ins Restaurant geht. Erst ist es dem Vater unangenehm, seinen Sohn so mitzunehmen. Irgendwann ist es ihm egal. Die Shirts sind nicht das Problem, sondern Joshs Zustand.

Er hört manchmal Stimmen. »Ich habe immer Angst gehabt, dass er sich in seinem Wahn umbringt, dass er aus dem Fenster springt«, sagt seine Mutter. Einmal geht er mitten in der Nacht ins Bad, stellt sich stundenlang unter die Dusche. »Man geht an seine Grenzen. Ich habe mir Vorwürfe gemacht.« Zeitweise zieht sie sich zurück. »Als Josh so war, habe ich eine Phase gehabt, dass ich mit meiner guten Freundin, die ich schon kenne, seit ich zwanzig bin, zwei Jahre kaum gesprochen habe. Da habe ich mich distanziert, von allen, auch von meinen Freunden. Warum, weiß ich nicht.«

An sich verheimlicht sie Joshs Drogenproblem nicht, versucht nicht so zu tun, als wäre es nicht so. »Ich bin damit ganz offen umgegangen. Ich bin mit Josh durch die Stadt oder mit ihm zum Einkaufen gegangen – und man hat dann ja gesehen, dass er auf Drogen war. Ich habe mich auch nicht geschämt. Ich habe dazu immer gestanden, habe gesagt, es ist mein Kind und es ist nun mal so. Tratsch habe ich darüber nie mitbekommen. Es gab natürlich schon den einen oder anderen, der mich belehren wollte oder gesagt hat, man muss da Konsequenzen ziehen. Wobei ich sagen muss: In diese Situation muss man erst selbst kommen, dann weiß man erst, wie schwierig das ist. Josh war auch jemand, den man nicht bestrafen konnte. Wenn er sich was in den Kopf gesetzt hat, dann war das so, dann habe ich nichts machen können.«

Ihrem Bekannten Andreas, der Josh schon als Kind kennt, erzählt sie manchmal von ihren Sorgen. Bei seinen Besuchen fallen ihm Veränderungen an Josh auf, das betrifft seinen Blick, seine Bewegungen. »Hätte ich's nicht gewusst, hätte ich direkt gefragt, ob er krank ist«, sagt er. »Mit dem Vorwissen habe ich aber schon gesehen, dass es Zustände annahm oder angenommen hat, die nicht mehr zu kontrollieren waren.« Manchmal wirkt Josh klarer, gesünder. Seine Verfassung schwankt – wahrscheinlich je nachdem, was er gerade konsumiert.

»Jede Droge kann gefährlich sein, wenn man nix drüber weiß«, schreibt Josh einmal. Einige der Substanzen, die er nimmt, werden an Menschen verkauft, bevor sie überhaupt an Tieren getestet wurden. Sie sollen ähnlich wirken wie schon bekannte Drogen, auch die chemische Struktur ist ähnlich – die Nebenwirkungen lassen sich aber ohne Tests nicht mit Sicherheit vorhersagen. Doch selbst wenn man theoretisch viel über eine Substanz weiß, ändert das in der Praxis nichts an den körperlichen und neurologischen Schäden. Durch Einhaltung von Safer-Use-Regeln (siehe S. 275) kann man diese möglichst gering halten und Überdosen vermeiden.

Zu Beginn meiner Recherche war ich verstört von den gefährlichen Tipps, die sich User online gegenseitig gegeben haben. Ich sah das Problem in den Foren und Gruppen, darin, dass das Treiben dort nicht unterbunden wird. Heute ist mir klar: Diese Problematik ist vor allem auch ein Symptom unserer Drogenpolitik, die auf Verbote und Kriminalisierung statt auf ehrliche Aufklärung setzt. Dass Leute in den Gruppen fragen, was sie miteinander kombinieren können, hat häufig den Hintergrund, dass viele eigentlich so konsumieren wollen, dass sie sich nicht in Lebensgefahr bringen. Und weil sie nicht wissen, wo sie diese Infos finden, fragen sie in Online-Foren um Rat, in denen nicht selten lebensgefährliche Ratschläge gegeben werden. Solche gefährlichen Tipps lassen sich vorbeugen, wenn Konsumenten wissen, wo sie fundierte und verlässliche Informationen zum Thema Safer Use finden.

Josh weiß in der Theorie, was man wie kombinieren kann, kennt die Safer-Use-Regeln, aber er testet gerne Grenzen aus und setzt sich bewusst darüber hinweg.

Er speichert den Screenshot eines Chats ab. Demnach hat ihm ein User geschrieben:

»Hast du nicht Bock, bissel für mich zu jobben? 😃

Wird dir bestimmt zusagen.

Ich benötige dein ultrageiles Fachwissen über den ganzen Müll.

Und ich brauch ein neues Versuchskaninchen 😃 *Du bist doch für alles zu haben* 😉

weil ich kann leider nix mehr nehmen.«

Joshs Antwort: *»Haha* 😃 *Ich bin die Versuchsschlampe!* 😃 😃*.«*

Josh findet Research Chemicals *»eindeutig cooler als die normalen Drogen* 😃 *Soo viele verschiedene Möglichkeiten* 😆*.«* Die meisten Leute hängen ihm zufolge *»immer noch bei den ›alten‹ Drogen ... Die wissen noch gar nicht, dass es so was gibt.«*

An die legalen Drogen wie Kräutermischungen oder MXP kommt er leicht, er bestellt sie sich über Online-Shops direkt nach Hause. Illegale Drogen kauft er zuerst noch beim Dealer. Doch der hat nicht das, was Josh interessiert. *»Will unbedingt lsd, aber des gibt's hier einfach net* 😃*.«*

User: *»Dann bestellt euch welches?* 😃*.«*

Userin: *»Wie soll man sich denn lsd bestellen?* 😃*.«*

User: *»Im Darknet?* 😃*.«*

Auf die Idee ist auch Josh gekommen. Das Darknet wird ihm

bald zu einer weiteren Quelle für seine Drogen-Experimente. Um dort Drogen zu kaufen, braucht er nur den Tor-Browser, Bitcoins und eine Internetverbindung. Der Rest ist wie Amazon – nur mit Drogen. Man kann gezielt nach MDMA suchen, aber auch nach Kokain, Heroin und Meth. Auf den Handelsplattformen sind Hunderte Verkäufer aktiv, die Heroin, Crystal Meth und Co. anbieten. Auf den Fotos sind bunte Pillen, weißes und braunes Pulver zu sehen – und im Hintergrund oft das Logo des Shops, der die Drogen anbietet. Das soll zeigen, dass die Substanzen wirklich vorrätig sind. Die Kunden können auch den Stoff bewerten.

Anhand der Bewertungen kann Josh sehen, wie seriös der Shop ist. Oft ist der Stoff aus dem Darknet reiner als der von der Straße. Die Online-Dealer wollen schließlich keine schlechte Bewertung riskieren.

Ein anderer User rät ihm einmal: »*Heute vor 12 Uhr bestellt, ist es 24 Std später in deinem Mund.*«

In einem Kommentar schreibt Josh: »*Ich will aber nicht nur ein bissel fliegen. Ich will direkt mal die Welt umfliegen* 😃.«

Fliegen, ohne sein Zimmer zu verlassen. Josh entfernt sich immer weiter vom realen Leben, tauscht sich online mit Gleichgesinnten aus, Freunde aus dem echten Leben trifft er kaum noch. Seiner Mutter sagt er, er wolle in seiner Welt leben. Was genau ihm an dieser so gefällt oder ob es nicht eher eine Flucht vor der Wirklichkeit ist, bleibt unklar.

Diese eigene Welt kennt auch Leyla, es ist eine Welt mit individuellen Regeln und Gefahren. Eine Sache, bei der sie rückblickend lieber die Reißleine gezogen hätte, betrifft die Abhängigkeit zwischen Käufer und Kunde, die Tatsache, dass sie eine Frau ist. Es geht um einen ehemaligen Pep-Dealer von ihr, bei dem sie öfter gekauft hat. Irgendwann schreibt er ihr: »*Na, was machst du? War der Stoff gut?*« Den darauffolgenden Chat hat sie so in Erinnerung:

Leyla: »*War gut, alles gut, danke!*«

Dealer: »*Was machst du?*«

Leyla: »*Nichts. Und du?*«

Dealer: »*Ich geh schlafen.*«

Leyla: »*Gute Nacht.*«

Dealer: »*Ist es schlimm, wenn ich von dir träume?*«

Sie antwortet nicht darauf und denkt nicht weiter daran, als sie sich ein paar Tage später mit ihm in seiner Wohnung verabredet, um Pep zu kaufen. »Manche sagen dann: ›Ja, wenn du mit dem in die Wohnung gehst, was denkt der wohl, was du willst?‹ – ›Na ja, Pep kaufen‹, tatsächlich nur Pep kaufen, was ich auch immer bezahle. Ich habe gedacht, solange ich die Droge bezahle, solange fasst mich keiner an.«

In der Wohnung des Dealers bezahlt Leyla ihr Pep und steckt es ein. Danach bietet ihr der Dealer eine kostenlose Line an. Sie setzen sich zum Ziehen aufs Wohnzimmersofa. Auf zwei, drei Euro schätzt Leyla den Warenwert. Sie zieht. »Danach ist er übergriffig geworden. Er hat mich bedrängt und den Arm um mich gelegt.« Sie steht auf und will zur Tür, um die Wohnung schnell zu verlassen. Der Dealer folgt ihr und versucht sie zu küssen. »Er hat beim Küssen den Mund aufgerissen wie ein Vogel den Schnabel, und als ich einmal dieses Bild drin hatte, ging das nicht mehr weg.« Leyla will den Kuss nicht, trotzdem sagt sie nicht Nein – aus Mitleid. »Das war einfach eine Person, die nicht viel Glück bei Frauen hat. Und sich mit Drogen so was erkauft.«

Sie fühlt sich gefangen in der Situation. »Ich kann ihm nicht wehtun und lass den Ekel über mich ergehen, und dann fühle ich mich aber selbst so ekelhaft. Also, ich lasse mich nicht ficken aus Mitleid, das nicht, aber zum Beispiel dieses Küssen mit dem Schnabel-Boy, das hat mich echt traumatisiert. Du kannst dir nicht vorstellen, wie eklig das war.«

In solche Situationen gerät Leyla mehrfach. Obwohl sie ihre

Drogen jedes Mal bezahlt, »war die Scheiße immer: Umso hässlicher und ekelhafter der Junge war, desto weniger konnte ich Nein sagen, weil er mir dann umso mehr leidtat.« Doch sie hat eine Grenze: Wenn jemand sie befummelt oder es in Richtung Sex geht, das macht ihr Angst und sie geht. Momente wie die mit ihrem Pep-Dealer zählen zu den Dingen, die Leyla immer noch nachgehen. »Heute würde ich sagen, dass ich das nicht möchte, und falls ich irgendwie falsche Signale gesendet hab, dann tut's mir verdammt leid. Ich habe bezahlt. Ich bin dir nichts schuldig.«

6

ELEND UND ENTFREMDUNG

Inzwischen interessiert sich Leyla für Heroin, online sucht sie den Kontakt zu anderen Konsumenten. Über das Internet verabredet sie sich mit einem Typen zum Heroin-Konsum. Er schreibt ihr, dass er das zu Hause hat. Leyla kommt zu ihm in die Wohnung, wo der Mann sie bedrängt.

Ihr ist bewusst, »dass Männer die Droge als Köder auswerfen, um zu sehen, ob irgendeine Schnecke mit winzig kleinem Ego anschleimt und man sie in ihrem eigenen Schneckenschleim vergewaltigen kann«. So weit kommt es bei ihr nicht.

Der Typ hat tatsächlich braunes Pulver zu Hause, das wie Heroin aussieht, sie wollen es gemeinsam rauchen. Leyla weiß noch nicht, wie das geht. Er bereitet ein Stück Alufolie mit Heroin vor, dreht zudem ein Röhrchen aus der silbernen Folie. Er flammt die Folie ab, erhitzt sie dann mit dem Heroin, es wird flüssig, verdampft, dann atmet er den aufsteigenden Dampf durch das Röhrchen ein. Leyla tut es ihm gleich, inhaliert das Heroin. Sie ist aber nicht beeindruckt. Die erwartete Wirkung bleibt bei ihr aus.

Das erste Mal Heroin wird in Trip-Berichten unterschiedlich beschrieben. Manche fühlen sich wie in Watte gepackt, sie durchströmt ein Gefühl von Wärme und Glück. Andere berichten, sie hätten nichts gemerkt – so wie Leyla – oder die Wirkung als »langweilig« empfunden.

Leyla erzählt ihrer Mutter von ihrer ersten Heroin-Erfahrung.

Sie glaubt, dass es gar kein Heroin war, dass es gar nicht gewirkt hat, dass sich der Typ nur cool vor ihr machen wollte. Rückblickend ist sie sich aber sicher, dass es doch Heroin war – es bei ihr beim ersten Mal nur nicht gewirkt hat. »Man muss es öfter nehmen, um es zu merken.«

Leylas Mutter hört ihr zu. Sie ist nicht geschockt vom Wort »Heroin«, wie schon zu Kindertagen hat sie ein großes Grundvertrauen in ihre Tochter. »Ich habe nicht gedacht, wenn sie das mal probiert, dass sie mir dadurch entgleiten könnte. Auch nicht dauerhaft.«

»Was war das für ein Typ?«, fragt ihre Mutter.

Leyla zeigt ihr auf ihrem Handy ein Foto des Mannes, ihre Mutter sieht ihn sich genauer an. Er ist bullig, trägt ausgelatschte Vans-Schuhe, die an der Seite aufgerissen sind, einen ungepflegten Ziegenbart, er wirkt alt. Sie will nicht, dass Leyla etwas mit ihm zu tun hat, vor allem, weil er deutlich älter ist als ihre Tochter.

»Ich habe ihr dann einen Spiegel vor Augen geführt«, sagt Leylas Mutter. »Ich habe versucht, ihn ihr madig zu machen.« Sie glaubt, dass die Sache damit beendet ist. »Sie ist auch nie mehr zu ihm hingegangen. Ich dachte, das war's.«

Doch Leyla will noch immer wissen, wie sich Heroin anfühlt. Ein Dealer, bei dem sie Pep kauft, war früher heroinabhängig. Als sie sich treffen, hat er Methadon dabei, in einer Flasche.

Methadon ist ein Opioid, das in der Suchthilfe eingesetzt wird, um Menschen vom Heroin wegzubringen. In sogenannten Substitutionsprogrammen erhalten Suchtkranke vom Arzt oder der Ärztin ein Substitut, also ein Ersatzmittel – zum Beispiel Methadon –, das die Wirkung von Heroin ersetzen und ihnen so helfen soll, ein Leben jenseits der Drogenszene, jenseits von Streckmitteln und Beschaffungskriminalität zu führen und ihren Konsum im besten Fall zu reduzieren. Methadon hat eine schmerzstillende, dämpfende Wirkung, die deutlich länger anhält als die von Heroin. Nur:

Es löst keinen »Kick« aus, ruft keine plötzliche, intensive, positive Wirkung hervor.

Leyla interessiert sich für Opioide, sie nimmt einen Schluck aus der Methadon-Flasche ihres Dealers. »Ich dachte, das wirkt wie Alkohol, dass man viel davon trinken muss. Ich wusste nicht, dass Methadon schon in geringen Mengen verheerend sein kann. Das hätte echt tödlich enden können.« Ihr wird schwindlig und schlecht, sie fühlt sich elend.

Die Wirkung merkt sie noch am nächsten Tag, es sei wie bei einer schlimmen Magen-Darm-Grippe gewesen. Leyla glaubt auch, dass sie gekotzt hat. Sicher weiß sie es aber nicht mehr. Das »ekelhafte Gefühl« ist ihr aber in Erinnerung geblieben.

»Wenn ich daran denke, kommen die Gefühle aus der Situation immer zurück. Abhaken tut man es, glaube ich, nie. Das wird immer einen gewissen Schauer mit sich bringen.« Dennoch will sie weiter Heroin probieren. Sie will auch hierbei unbedingt herausfinden, wie das ist. »Ich habe mich immer gefragt: Was ist so krass, dass es Menschen so werden lässt? Ich dachte, ich bin stärker. Ich wollte mir selbst beweisen: Was alle so kaputt macht, ich kann das nehmen und ich werd auch wieder aufhören können. Das stimmt auch. Du bist stärker, wenn du nicht willst. Aber du willst es ja. Und genau das ist der Punkt, der dich zerfickt.«

Wie krass die Droge sein muss, sieht sie auch daran, wie viele Leute sich dafür prostituieren. Also bereit sind, mit jemandem für ein bisschen Heroin Sex zu haben. Dass Menschen dafür ihren Körper verkaufen, hat auch mit dem Preis zu tun. Während man eine Flasche Bier für 39 Cent bekommen kann, kostete ein Gramm Heroin 2021 laut Daten des Bundeskriminalamts 46,20 Euro. Dieser Preis basiert allerdings nur auf Daten aus einem Bundesland. Wenn ein Alkoholabhängiger am Tag zum Beispiel zehn billige 0,5-Liter-Bier trinkt, zahlt er etwa 3,90 Euro. Braucht eine Süchtige aber täglich beispielsweise 1,5 Gramm Heroin, kann sie das 69 Euro am Tag kosten. Das zu finanzieren ist schwierig, und so treibt die Sucht viele Betroffene in Beschaffungskriminalität oder Prostitution.

Shore ist ein Szene-Name für Heroin. Der Ort, an dem man sieht, wozu es Menschen bringen kann, ist die Heroin-Szene. Dort treffen sich Suchtkranke, dort wird gedealt, gekauft und konsumiert.

Leyla will wissen, was so mächtig ist, dass es Menschen dazu bringt, alles aufzugeben. Sie begibt sich in die Shore-Szene, um sich Heroin zu kaufen. Die Dealer hier arbeiten anders als die aus der »normalen« Drogenszene, sie bunkern das Heroin direkt im Mund, als »Bubbles«.

Ein Bubble ist in mehrere Hüllen Plastik eingewickeltes Heroin. Das ungeschriebene Gesetz lautet, dass ein Bubble 0,2 Gramm Heroin enthalten muss. Die Bubbles tragen die Dealer im Mund, um die Drogen runterwürgen zu können, falls sie von der Polizei kontrolliert werden. Deshalb auch die Plastikschichten, damit sie nicht an einer Überdosis sterben, wenn sie das Heroin schlucken und es im besten Fall wieder unversehrt ausscheiden können. Lebensbedrohlich bleibt das je nach Menge trotzdem, da die Gefahr besteht, dass die Bubbles im Körper aufbrechen.

Leylas erste Kaufversuche scheitern. Manche Dealer halten sie für eine verdeckte Ermittlerin, weil sie nicht aussieht, als würde sie zur Szene gehören. Andere sagen ihr: »Geh mal wieder weg. Das ist nicht gut, und du bist sicherlich nicht drauf.« Dann verkauft ihr doch jemand was. Sie soll das Bubble mit seiner Spucke schnell in den Mund stecken, damit die Polizisten in der Nähe nichts mitkriegen. Sie weigert sich und sagt, niemals werde sie seine »Rotze« in den Mund nehmen. Beobachtet aber, dass andere es tun.

An den ersten zwei Hüllen Plastik klebt Speichel, die dritte und vierte Hülle sind trocken. »Und das, was die verkaufen, ist eigentlich kein Heroin mehr. Es ist gestreckt mit Milchzucker, zerdrückten Tabletten, im allerschlimmsten Fall sieht man die Leute an den Hausmauern mit ihren kleinen Taschenmessern den Mörtel runterkratzen und unter das Zeug mischen. Ganz übel, das will ich nicht in der Vene haben.«

Die häufigsten Streckmittel in Heroin sind Koffein und Paracetamol. Drug-Checking-Ergebnisse, die Leylas Mörtel-Geschichte bestätigen, gibt es bislang nicht.

Der in getesteten Heroin-Proben festgestellte Wirkstoffgehalt lag 2021 laut der Deutschen Beobachtungsstelle für Drogen und Drogensucht (DBDD) im Schnitt zwischen 18 bis 27 Prozent. Das heißt: Die Konsumenten ziehen, rauchen oder spritzen sich in der Regel mehr Streckmittel als Heroin.

Der Wirkstoffgehalt von Straßenheroin schwankt allerdings enorm, so kann reineres Heroin gefährlich werden und zu einer Überdosis führen, wenn die Person nicht daran gewöhnt ist – und womöglich daran sterben.

Leyla raucht das gekaufte Heroin, wie damals mit dem Mann aus dem Internet. Nur diesmal ist sie dabei nicht in einer Wohnung – sie verkriecht sich zum Heroinrauchen im Gebüsch an einem Spielplatz, weil es dort windstill ist. Und wie zuvor ist sie enttäuscht. »Ich hab mich die ersten Male voll verarscht gefühlt. Das ist jetzt die böseste Droge der Welt? Also, ich weiß nicht. Wenn ich LSD nehme, ist es krasser.« Sie besorgt sich Heroin bei anderen Dealern, doch die gewünschte Wirkung bleibt wieder aus. »Es gab eine Wirkung, aber ich hatte ja im Kopf, dass ich jetzt das erfahre, was es wert ist, alles hinzuschmeißen. Seinen Job, seine Familie. Wenn ich diesen Vergleich nicht im Kopf gehabt hätte, dann wäre es eine solide Wirkung gewesen, wie wenn man kifft oder so. Aber nicht das, was ich mir erwartet hatte.« Sie nimmt an, dass sich die Hauptwirkung dann wohl nur beim Spritzen entfaltet.

Sie verlangt in Apotheken nach Spritzen, doch die schicken sie wieder weg, als Leyla ihnen auf Nachfrage offen sagt, was sie damit tun will: konsumieren. Irgendwoher kriegt sie dann doch welche. Bevor sich Leyla ihren ersten Schuss Heroin setzt, übt sie zu Hause. Sie experimentiert mit der Nadel herum, saugt Blut an, lässt es wieder ab, zapft sich selbst Blut ab. Sie kauft sich Kochsalzlösungen und spritzt sie sich »aus Spaß«, damit sie routinierter wird.

In ihr wächst der Wunsch, das mit Heroin auszuprobieren, um zu sehen, ob sich dann die Wirkung einstellt, von der andere schwärmen. Wie alt Leyla bei ihrem ersten Schuss Heroin war, lässt sich nicht mehr nachvollziehen. Mal sagt sie fünfzehn, sechzehn, dann wieder vermutet sie, sie sei vielleicht doch schon siebzehn gewesen. Manche Sachen ordnet sie beim ersten Erzählen in eine andere Zeitspanne ein als beim zweiten Mal, zwei Jahre später. Was davon stimmt, da ist sie sich auch nicht sicher. »Ja, kann schon sein«, sagt sie dann und meint: »Du suchst den logischen Aufbau, aber da ist kein roter Faden. Das ist schon so passiert. Ich bin zwar logisch im Denken, aber nicht logisch in meinen Handlungen.« Die Entscheidungen in ihrer Suchtkarriere, sagt sie einmal, seien der Willkür des Heroins entsprungen.

Was gleich bleibt, sind ihre Schilderungen prägender Erlebnisse. Die erzählt sie zum Teil sogar im gleichen Wortlaut wie zwei Jahre zuvor. Auch ihrem Umfeld fällt es schwer, Ereignisse zeitlich einzuordnen. Die zuverlässigsten Angaben sind die Posts, die sie online absetzt. Durch diese lässt sich ein Teil ihres Drogenlebens rekonstruieren.

Mit dem Heroin und der Spritze im Gepäck macht sie sich auf den Weg zu einer 50-Cent-Toilette. Den Ort wählt sie aus verschiedenen Gründen: »Venenfreundliches Licht, du bist mitten in der Stadt, hast aber ein abgeschirmtes Räumchen für dich. Das ist sehr praktisch. Du musst nicht weit fahren, sondern bist mittendrin im Geschehen. Das ist der Grund. Und der zweite Grund ist: Wieso nicht zu Hause? Na ja, weil das möchte man ja, wie man darauf reagiert auf die Droge, seinen Eltern nicht unbedingt präsentieren.«

In dieser Toilette will sie sich ihren ersten Schuss Heroin setzen. Leyla geht davon aus, dass sie da durchs Heroinrauchen schon körperlich drauf war, sicher weiß sie es aber nicht mehr. Sie führt mich dorthin. Die Toilette befindet sich in der Nähe der Heroin-Szene, aber in einer Gegend, die eigentlich ganz schön aussieht. Die Toilette wird auch von Passanten genutzt, die dort die Straße entlangspazieren, und ist auch gerade besetzt, als wir dort ankommen. Zumindest von außen sieht sie nicht abgeranzt aus.

Kaum ist die Toilettentür hinter uns verschlossen, dudelt typische Klo-Musik von der Decke. »Hier findet man immer Blut«, sagt Leyla. »Richtige, räudige Fixer-Toilette. Und diese Musik erinnert mich so an das erste Ballern.« Sie sieht sich genauer um. »Guck mal, da, ein bisschen Blut«, sagt sie und zeigt auf das metallene Waschbecken im Toilettenhaus. Tatsächlich klebt dort eine rote Flüssigkeit, wahrscheinlich Blut.

Es stinkt wie Klos in Zügen. Es ist ein Ort, an dem man nichts anfassen will, wenn man nicht muss. Leyla tritt auf den Schalter, der die Tür öffnet, mit ihrem Fuß. Doch sie verbindet mit diesem Ort, der mich anwidert, ihr zweites Leben.

In dieser 50-Cent-Toilette setzt sich Leyla – ein paar Jahre zuvor – auf den Boden. Als sie hier zum ersten Mal die Nadel einer Heroinspritze an ihrer Armbeuge ansetzt, durchströmt sie eine unglaubliche Vorfreude. Wie als Kind, als sie ihren ersten Hund bekommen hat. Nur dass sie jetzt nicht in ihrem Zuhause sitzt und sich auf das neue Haustier freut, sondern auf dem Boden eines 50-Cent-Toilettenhäuschens nahe der Heroin-Szene. Es stinkt hier, doch Leyla ist das egal. Es ist diese Vorfreude, die so mächtig ist, dass sie alles andere überdeckt, auch den Gestank in diesem

Klohäuschen und die Tatsache, dass dort noch fremdes Blut klebt – von jemandem, der sich kurz vor ihr einen Schuss gesetzt hat. Sie setzt an und sticht sich mit der Nadel in die Armbeuge. »Ich hab mir da vorgenommen, einmal mach ich das und dann ist gut.« Der erste Versuch scheitert, sie trifft nicht richtig in die Vene. Sie kotzt. Hat Angst, einen Abszess zu bekommen. Weiß, dass es nicht sonderlich gesund sein kann, wenn man sich das Zeug neben die Vene haut. Und probiert es doch bald darauf wieder, kehrt dafür in die Toilette zurück.

Sie fühlt sich sicher in dem, was sie tut. »Mir war das bewusst, dass es tödlich enden kann. Mit der Betonung auf kann, aber bei denen, die das nicht können, doch nicht bei mir, dachte ich. Ich mache ja alles richtig. Ich drück ja langsam ab und ich nutz ja saubere Spritzen und ich pass auf, dass die Nadel nicht verbiegt. Ich benutz die ja nicht doppelt. Kann tödlich sein, sicher, aber nicht bei mir – sich da in Sicherheit zu wiegen ist aber kompletter Bullshit, vor allem, weil man nicht weiß, was der, der einem das gibt, da vorher reingepanscht hat.«

Daran denkt sie aber nicht, als sie sich erneut in dem Toilettenhäuschen auf den Boden setzt und die Spritze mit dem Heroin vorbereitet. Diesmal trifft sie die Vene. »Hat mir voll die Füße weggerissen«, sagt sie. Ob sie dabei auch gekotzt hat, weiß sie nicht mehr, aber sie erinnert sich daran, dass sich nach einem Schuss Heroin das Kotzen sogar mal gut angefühlt hat.

Nach dem Schuss schmeckt sie das Heroin im Mund – obwohl sie es anders als beim Rauchen gar nicht oral aufnimmt. »Wenn ich es in der Vene habe, ist es direkt auf den Geschmacksknospen. Das fühlt man durchs Blut.«

Zum ersten Mal erlebt sie, was andere ihr vorgeschwärmt haben: Sie fühlt sich in Watte eingepackt. »Egal, wie schlecht es einem körperlich geht, es kann jetzt jemand kommen und mir das Bein abreißen, ich sitze trotzdem blöd grinsend da. Ist mir scheißegal, wenn ich leide. Ist mir scheißegal, wenn ich kotze. Ist mir scheißegal, wenn ich den Schuss nicht sauber mache. Ist mir scheißegal, wenn die Nadel stecken bleibt, mir die Vene aufreißt, mir den Arm aufreißt. Nichts könnte mir egaler sein.«

Das Körpergefühl charakterisiert sie so: »Es ist, als wenn man müde ist, es ist kalter Winter und man ist kurz vor dem Einschlafen, man fühlt sich richtig schwer und müde im warmen Bett.« Doch dieser Zustand, der eigentlich nur ein paar Sekunden anhält, weil man dann einschläft, hält durch Heroin länger an.

Später wird sie online schreiben: *»Heroin ist meiner Meinung nach die beste Droge.«* Anders als im Offline-Leben vermischt sich online die Drogenszene. Kiffer und Kifferinnen treffen in den Gruppen und Foren auf Menschen, die sich Koks, Heroin oder beides spritzen. Auch Leyla tritt als Heroin-Konsumentin Gruppen bei, in denen es vor allem um Gras, Pep und Ecstasy geht. Gruppen, in denen auch Josh aktiv ist. Sie wird dort Mitglied, weil sie sich davon erhofft, Dealer zu finden, wenn sie mal außerhalb ihrer Stadt unterwegs ist, wo sie keine kennt. Dieser Plan geht auf. In den Kommentarspalten trifft Leyla auch auf Josh – die beiden vernetzen sich.

Wie Leyla schreiben auch andere in den Gruppen über Shore. Die Meinungen gehen weit auseinander – ähnlich wie bei den Trip-Berichten über das erste Mal. Manche warnen davor, andere empfehlen es:

Ein User: *»Heroin ist, als ob deine Mutter dich liebevoll umarmt. Wenn die Sucht da ist, ist es, wenn du es nicht hast, als ob dein Vater dich mit einem Gürtel schlägt. Zumindest war es bei mir so.«*

Eine Userin: *»Zuerst zeigt es dir das Paradies und dann wirft es dich in die Hölle 😀 das Krasse ist, find ich, man merkt nicht mal, wie man süchtig wird.«*

Ein User: *»Heroin? Hmm 'ne Bekannte ist draufgegangen dabei, aber sonst ...«*

Eine Userin: »*Will es unbedingt mal ausprobieren.*«
Ein User: »*Muss man probiert haben.*«
Ein User: »*Finger weg ... wenn ihr was vom Leben haben wollt!!!*«

Wenige Hundert Meter von Leylas 50-Cent-Toilette ist die Szene, das Elend, die illegale Prostitution. »Ich denke nicht, dass es Spaß macht, sich von einem Fremden in den Arsch ficken zu lassen für 20 Euro. Aber das ist so, weil die Droge das Egal-Feeling auslöst, dieses I don't give a fuck.«

Auch Leyla spürt dieses Egal-Feeling, jedoch in einem anderen Zusammenhang. »Das ist so krass. Du kannst dir dabei zugucken, wie du verblutest, und du bist so betäubt von der Droge und so müde und dir geht's so gut und du ziehst es ernsthaft in Erwägung, die Nadel jetzt nicht rauszuziehen. Das ist das wahre Gesicht von Heroin.«

Sie bleibt in der Toilette, bis die Tür nach zwanzig Minuten automatisch aufgeht. Dann geht sie noch mal rein. Mehrfach hintereinander, um klarzukommen.

Ihre Gesichtsnerven sind wie gelähmt, die Augenlider hängen. Leyla will so niemandem unter die Augen treten. Erst mal abwarten, bis die Mimik wieder zurückkehrt. Angst macht ihr das nicht – weil sie weiß, dass es durch die Droge kommt. Leyla wartet einfach solange in der Toilette ab.

Ihr Körper juckt – der Juckreiz ist eine typische Nebenwirkung des Heroins und kann auch beim Konsum anderer Opioide auftreten. Leyla kratzt sich am ganzen Körper. Als der Rausch nachlässt, trifft sie sich mit ihrem Vater. Dem fällt auf, dass sie etwas genommen hat, sie sagt ihm aber nicht, was.

Aus ihrem Vorsatz, sich nur einmal einen Schuss zu setzen, wird trotz der Nebenwirkungen nichts. »Das saß dann in meinem Kopf und ich wollte wieder. Ich hab gedacht: Will ich wieder machen, hat sich geil angefühlt. Beste.« Sie erinnert nicht mehr, wann sie sich die nächste Spritze gesetzt hat, vielleicht ein paar Tage später, vielleicht aber auch nur einige Stunden.

Leyla baut sich in der 50-Cent-Toilette ein Doppelleben auf. Es ist ihr Ausweg in ihr anderes Leben. »Auf der Straße war ich recht normal. Ich bin kurz abgetaucht in die 50-Cent-Welt, hab meine Sachen gemacht und bin normal wieder rausgekommen. Zwanzig Minuten Urlaub. Diese kleinen zwanzig Minuten, die ich mir hin und wieder gegönnt habe. Zwanzig Minuten war ich sozusagen non existent. Tot.«

Nach zwanzig Minuten öffnet sich die Tür von selbst wieder. »Diese Atmosphäre, die man in der Toilette hat, mit dieser Fahrstuhlmusik und diesem dumpfen Toilettenlicht, die ist nach zwanzig Minuten wieder vorbei. Die Toilette geht dann auf und dann kann man ja nicht die Muskeln hängen lassen. Da muss man die Gesichtsmimik und Muskulatur wieder auf die Kette kriegen und kann nicht mehr im Urlaub chillen, entspannen. Wenn ich nicht möchte, dass der nächste Passant den Krankenwagen ruft, muss ich mich zusammenreißen. Und das ist dann natürlich nicht so entspannt wie in meiner kleinen Toilettenwelt.«

Leyla erzählt mir aber auch: »Die Spritzerei war ein anderes Kaliber. Also, die anderen Drogen ließen sich irgendwie mit dem Hier und Jetzt verbinden. Manche sind im Sommer am See und trinken halt ein Bier oder kiffen einen Joint. Das ist alles irgendwie noch gesellschaftstauglich, das ist etwas, was einen nicht aus der Realität herausreißt. Aber das Heroinleben, das Szene-Leben, das hat mit der hiesigen Realität einfach gar nichts zu tun. Alles, das ganz Drumherum, das ist nicht umsonst ein komplett anderes Kaliber.«

Sie will mehr als »nur« Heroin. Sie googelt, was sie sich noch spritzen, wie sie mehr aus dem Rausch herausholen kann.

Sie spritzt sich bald darauf ein Gemisch aus Heroin und Koks, in der Szene »Cocktail« genannt. »Cocktail ist, als ob du dir zuerst nur einen Koks-Knaller machst, das Heroin kommt dann nach ein paar Minuten durch. Du hast das Endorphin und den Adrenalinkick von Koks, aber auch dieses Weiche, Warme vom Heroin. Da kommt man nicht so hart runter, sondern wie Koks mit einer warmen Decke.«

Durch ihren Heroin-Konsum entfernt sich Leyla zunehmend von Gleichaltrigen, fühlt sich in der Schule nicht mehr zugehörig. »Mein Gesicht ist betäubt durch die Droge. Meine Mimik und Gestik ist nicht wie die ihre und vor allen Dingen, ich kann die ihre auch nicht entschlüsseln. Ich habe mich gefühlt wie ein Alien. Ein bisschen wie von einem anderen Stern. Ich bin nicht von hier, nicht einer von euch. Das bringt Einsamkeit mit sich, aber vor allen Dingen war das Problem, dass ich nicht mehr wirklich kommunizieren konnte. Ich war eher wie der Lehrer, vor dem man das Blatt schnell versteckt oder vor dem man auch Angst hat. Aber nicht wie jemand, den man gerne wählt. Oder wenn man mich gewählt hat, dann halt aus Respekt oder Angst. Aber nicht, weil man mich mochte. Und das war natürlich schon schade.«

Wenn Leyla nichts zu tun hat, in den Ferien oder am Wochenende, setzt sie sich jede Viertelstunde einen Schuss – mit Koks oder Heroin mit Koks, also einen Cocktail. Ihre Ausflüge in ihr zweites Leben sind gefährlich. In einem Notfall wäre sie allein. Auch wenn sie high ist, spürt sie manchmal, dass sie sich in Lebensgefahr bringt. »Hin und wieder, wenn ich mir einen Schuss gesetzt habe, hat mich die Wirkung so übermannt, dass ich Angst bekommen und gedacht habe: Nee Mann, will ich nicht. Keinen Bock. Das ist zu krass. Ich will nicht verrecken. Atmen. Atmen. Atmen, Bitch. Manchmal vergesse ich zu atmen. Ich muss mich selber erinnern, dass ich atme.«

Und Leyla spürt bald erste körperliche Folgen. »Nach dem relativ exzessiven Konsum habe ich gemerkt, das ist scheiße für meine Venen. Irgendwie schien das gesundheitlich nicht so locker und easy zu sein, wie ich gedacht habe. Und dann habe ich bei anderen Spätfolgen gesehen, wie schlimm das werden kann, und da hab ich gedacht, das kann ich meinen Eltern nicht zumuten.« Damit meint sie Bekannte von der Heroin-Szene, die Herzprobleme haben oder an den Folgen ihrer Sucht sterben. Bei ihr selbst fallen ihr kleine Knoten an ihren Venen auf, »wie Olivenkerne«, an den Stellen, in die sie immer wieder sticht. Leylas Hintergedanke dabei ist auch immer, dass sie das einzige Kind ist. Dass sie nicht sterben darf, weil ihre Eltern zu alt sind, um noch ein zweites Kind zu bekommen, und sie dann allein wären. Ganz lassen will sie das Spritzen aber nicht, sie hält ihren Konsum weitgehend geheim, auch vor ihrer Mutter.

Ihre Taktik: »Ein bisschen auf Körperpflege achten, ab und zu die Klamotten wechseln, nicht allzu räudig sein. Und wenn man spritzt, dort spritzen, wo man die Einstichstelle nicht sieht – oder diese im Sommer versteckt halten.«

Manchmal spritzt sie auch zu Hause, in ihrem Zimmer. Aber auch hier achtet sie penibel darauf, dass ihre Mutter nichts davon mitbekommt. »Ich habe sie alles, was zu Sorgen führt, nicht sehen lassen. Ich habe mich dicht gemacht, wenn sie schläft. Wenn ich wusste, sie kriegt das nicht mit. Und was sie sah, war nicht besorgniserregend. Ich habe da schon taktiert. Ich will nicht, dass meine Eltern mich so zu Gesicht bekommen, wenn ich dicht bin.«

7

PEP-SCHULZEIT

Leyla bringt ihre Mutter zu einem Interview-Termin mit. Größer als der Kontrast zwischen den beiden kann er zwischen zwei Menschen kaum sein. Ihre Mutter trägt beim Treffen ein Kostüm, spricht mit Bedacht. Sie verwendet Wörter und Formulierungen, die irgendwie aus der Zeit gefallen sind. In ihrem Beisein spricht auch Leyla anders, lässt manche Ausdrücke weg. Fragen, die eigentlich an ihre Mutter gerichtet sind, beantwortet Leyla oft selbst. Die Menschen aus ihrem engeren Umfeld haben etwas gemeinsam: Sie sind ruhig, antworten auf Fragen meist nur knapp. Leyla unterbricht sie immer wieder, aber keiner scheint es ihr übel zu nehmen. Manchmal entschuldigt sie sich dafür, und manchmal entschuldigt sie sich auch dafür, dass sie so viel redet.

Bei einem Interview, bei dem ihre Mutter dabei ist, sagt Leyla: »Ich erzähle gleich noch ein paar Drogengeschichten, aber erst, wenn sie weg ist. Mir ist unangenehm, dass sie das hört.«

Als Leyla einmal in der Schule Pep nimmt, stellt sie fest: Die Zeit vergeht schneller. Außerdem fällt es ihr leichter, sich zu konzentrieren. Da ist sie fünfzehn oder sechzehn. Sie nimmt Pep vor Tests und um zu lernen. Es wird nach und nach zu einem Teil ihres Alltags, Heroin rückt so zeitweise in den Hintergrund, sie konsumiert Pep, um leistungsfähiger zu sein.

Leyla ist auf einmal motiviert, macht im Unterricht viel mit.

»Ich habe mich dauernd gemeldet, bin dem Lehrer richtig auf den Sack gegangen.« Anfangs findet sie das gut, das Lernen fällt ihr leicht und Schule macht ihr Spaß.

Leylas Lehrern fällt die Veränderung auf, sie sprechen sie auch darauf an. Ihre Antwort: »Ich will gut sein, wir schreiben doch bald Prüfung.«

Diese Erklärung funktioniert, aber ihre Mitschüler schöpfen ebenfalls Verdacht und sagen einem Lehrer, dass sie glauben, Leyla würde Drogen nehmen. Er ruft bei ihrer Mutter an. »Kann es sein, dass an den Gerüchten etwas dran ist?«, fragt er.

Leylas Mutter weiß, dass sie stimmen, streitet es aber ab. »Ich stand immer vor ihr, wehrte alles ab, habe dem Lehrer gesagt, dass das kaum sein kann, dass ich mir das nicht vorstellen kann.«

Der Lehrer habe sie danach nicht mehr angerufen. »Der war zufrieden. Was will er auch machen, wenn ich sage, das sei völliger Blödsinn, das könne gar nicht sein. Und sie hat gute Noten, was will er da machen?«

Sie bietet dem Lehrer an, Leyla könne ja einen Drogentest machen. Sie spricht das mit ihrer Tochter ab. Leyla nimmt für ein paar Wochen nichts und macht zu Hause Urintests, um zu checken, ob sie clean ist. Doch die Schule ordnet keinen Test an – und Leyla fängt wieder an zu ziehen.

In Leylas Pep-Konsum sieht ihre Mutter kein Problem. Zu ihrer Tochter sagt sie in diesem Interview: »Da warst ein total braves Kind und hast super Noten eingefahren.«

Leyla sagt daraufhin zu mir gewandt: »Ist ihr scheißegal. Ich kann verrecken, solange meine Leistungen stimmen.« Ob ihre Mutter gehört hat, was ihre Tochter da gerade gesagt hat, ist unklar. Sie reagiert jedenfalls nicht darauf und schwärmt weiter von Leylas Zensuren. »Also, so gute Noten wie in dieser Zeit hast du davor und danach nicht gehabt. Und das fand ich wirklich sehr schön.«

Leyla wirft ein: »Dass ich nicht geschlafen habe, nicht gegessen habe, war kein Problem, solange die Noten stimmen.«

Diesmal reagiert ihre Mutter: »Ich habe dir schon Essen gekocht, so ist es ja nicht. Aber du warst bei den Klassenarbeiten immer die Erste oder Zweite, die fertig war. Ich habe immer gesagt: ›Das kann nicht sein‹, aber von Mal zu Mal hast du mich eines Besseren belehrt. Also, es war von den Noten her immer gut, wirklich gut.«

Das klingt hart. In was für einer Beziehung Leyla und ihre Mutter stehen, erschließt sich aber nicht aus diesem Dialog. Leylas Mutter wirkt kontrolliert, aber nicht kalt. Über ihre Mutter sagt sie: »Distanziert ist sie in ihrem Charakter, aber nicht zu mir. Wir stehen uns unglaublich nahe.« Die Beziehung zwischen den beiden ist sehr eng, ungewöhnlich eng für Menschen in Leylas Alter. Ihre Mutter hat weiterhin ein riesiges Grundvertrauen in ihre Tochter und deren Entscheidungen, scheint ihr zu glauben, wenn sie sagt: »Ich habe das unter Kontrolle.«

Seitdem Leyla dreizehn ist, ist sie drauf. Ihre Mutter kennt sie ab diesem Alter nicht mehr nüchtern. Und Leyla hat vieles vor ihr versteckt, vor allem die Folgen, die der Konsum für sie hat. »Sie wusste nicht, was ich mir da antue.« Ihre Mutter sei »unglaublich besorgt«, »nur halt am falschen Platz«.

Was Leyla damit meint, wird bei unserem Treffen deutlich, als sie mir die 50-Cent-Toilette zeigt. Währenddessen klingelt ihr Handy. Sie geht ran. Es ist ihre Mutter. Auf dem Weg zu unserem Treffen, als ihre Mutter sie zum Bahnhof brachte, war Leyla hingefallen, ohne sich ernsthaft zu verletzen. »Ja, ist okay, Mama, danke«, sagt Leyla. »Ich hab den schlimmen Sturz überlebt. Ja, alles bestens. Danke! Tschüss!«

Leyla ist zum Zeitpunkt dieses Interviews schon erwachsen, aber ihr Verhältnis zu ihren Eltern wirkt oft wie das eines Kindes und nicht wie das einer jungen Frau. Ihre Mutter sorgt sich wegen einer Kleinigkeit, während Leyla mit mir den Ort aufsucht, an dem sie sich Heroin gespritzt hat. Leyla weiß, dass das nicht normal ist. Ihrer Mutter sei das nicht klar, fährt sie fort, und so wirkt es auch. »Wenn du in so einem Umfeld aufwächst, wird es dir auch erst mal nicht bewusst, dass es gerade nicht so ist, wie es sein soll.«

Immer wieder betont Leyla, wie viel ihr ihre Eltern bedeuten. »Ich liebe sie über alles. Sie haben unglaublich viel für mich getan und geben mich niemals auf.« Kritik an ihnen äußert sie fast nie. »Dass ich ihnen nichts vorwerfe, heißt nicht, dass ich nicht weiß, was falsch läuft.«

Über die Einstellung ihrer Mutter zu ihrer Drogenkarriere sagt Leyla später: »Sie sieht die Gefahr nicht. Sie tickt ein bisschen anders, sie sieht Gefahren in Sachen, die keine Gefahren sind, und sieht keine Gefahren in schlimmen Dingen. Ich bin mir bewusst, was abgeht, sie nicht. Somit bin ich allein schuld. Schlimmer noch, ich habe ihr Unwissen schamlos ausgenutzt. Wenn sie wüsste, was mich schädigt, wenn ich gezeigt hätte, anstatt zu verstecken, dann wäre alles anders gelaufen. Meine geliebten Eltern wollten immer nur das Beste, aber ich wollte leider high sein.«

Von dem Ausmaß ihres Pep-Konsums ahnt ihre Mutter nichts. Sie zieht auch eine Line, um zu sehen, was Leyla da konsumiert. Ihre Erkenntnis: »Man kann dann ein Brainstorming machen. Man ist unglaublich kreativ. Man ist leistungsfähiger. Man wird nicht müde. Aber ich habe es ja nur einmal probiert. Und ich wollte auch nicht, dass sie das oft macht, auch nicht zu diesem Zweck. Man soll sich nicht abhängig machen.«

Manchmal ist Leyla fast die ganze Woche wach, ohne zu schlafen. »Das Problem war, dass ich teilweise Scheißstoff bekommen habe, sozusagen Sprengstoff. Dann hab ich eine Nase davon gezogen und war zwei Tage hintereinander wach. Obwohl ich schon eine Toleranz hatte, ist es mir immer mal wieder passiert, dass ich zu starken Stoff hatte, den ich nicht einordnen konnte.« Da das

Pep je nach Anteil und Art der Streckstoffe unterschiedlich stark ist, ist auch die Dosierung schwierig. Sie versucht, ihren Schlaf zu planen, zieht am Morgen eine geringere Menge, um abends zur Ruhe zu kommen, aber das klappt nur selten.

Eine Woche ist ihr besonders im Gedächtnis geblieben. Es ist Freitag, sie ist schon drei oder vier Tage wach, eigentlich will sie schlafen. Doch sie wird auf eine Party eingeladen – darum zieht sie wieder, um nicht müde zu werden. Sie nimmt sich vor, am Samstag zu schlafen, aber auch das klappt nicht, sie ist bis Sonntag durchgehend wach, bis in die Nacht.

Als ihre Mutter das mitbekommt, sagt sie ihr, dass sie besser nicht schlafen solle, denn morgen sei ja Schule und sie würde sie sonst nicht aus dem Bett kriegen. Leyla zieht ein weiteres Mal und hängt auch noch den Montag dran, weil sie am Dienstag eine Arbeit schreiben. »Danach bin ich weggekippt. Es ging gar nichts mehr. Ich war nicht mehr ich selbst. Es war auch echt gefährlich. Das war so eine Zeit, die wirklich grenzwertig war, weil dann dauernd was dazwischenkam und ich meinen Schlaf nicht planen konnte.«

Wenn Leyla dann doch mal schläft, hat ihr Körper viel nachzuholen. »Dann hab ich schon vierundzwanzig Stunden durchgepennt, und das war nicht so angenehm.«

Der Stoff schädigt Leylas Schleimhäute. Ihre Mutter bringt die körperlichen Folgen aber nicht mit ihrem Konsum in Verbindung. »Sie versteht das nicht. Und wenn man mit Nasenbluten vor ihr steht, versteht sie auch das nicht. Dann sagt sie: ›Ach du Scheiße, wie ist denn das passiert?‹ und holt ein nasses, kaltes Tuch. Eigentlich hätte ich ihr sagen sollen: ›Na ja, Mutter, ich fetz mir Bahnen in die Nase. Mach die Augen auf. Wie soll das sonst passiert sein?‹« Doch Leyla sagt nichts, sie will nicht, dass sich ihre Mutter Sorgen macht.

Ähnlich reagiert ihre Mutter, als sie sieht, dass ihre Tochter immer dünner wird. Sie fragt zwar immer, ob sie was zu essen machen soll, ansonsten blendet sie aus, dass Leyla abmagert. Leyla selbst will nicht, dass ihre Mutter merkt, dass es ihr schlecht geht. Einmal legt sie sich nachts zur Mutter ins Bett, ihr Herz schlägt ganz schnell, sie fühlt sich schlapp, ist aber trotzdem hellwach. Sie will Normalität vortäuschen, so tun, als würde sie schlafen. Sie bleibt neben ihr liegen – und die ganze Nacht wach. »Mir war immer extrem wichtig, dass sie denkt, dass alles okay ist. Und da hab ich mir Mühe gegeben, das vorzugaukeln.«

Doch es ist nicht alles okay. Leylas Periode bleibt zum ersten Mal aus, da ist sie fünfzehn, sechzehn. Schwanger ist sie nicht, dass sie ihre Tage nicht mehr bekommt, hängt wahrscheinlich mit ihrem Drogenkonsum zusammen. Manchmal kommt ihre Periode wieder, dann, wenn sie weniger nimmt.

Einmal postet sie online, dass ihre Tage wiedergekommen sind: *»Mein Körper ist nach sehr langer Zeit wieder in der Lage, Kinder zu bekommen (Dieser Zustand ist wahrscheinlich nicht lang).«* Und: *»Häppy ausbluten 😃.«* Ihrer Mutter ist dieses Thema unangenehm.

Leyla lernt für ihr Abitur auf Pep. Sie besteht. Nach dem Abi hört sie erstmals mit Speed auf. »Da war ich froh, als ich die Droge absetzen durfte, als ich nicht mehr funktionieren musste.«

Manchmal probiert Josh als Erster aus seinen Gruppen eine Substanz. Oft sind es neue Drogen, zu denen es noch keine Infos gibt. *»Kennt schon jmd 2F-Ketamin oder 4-MeO-PCP?«*, fragt Josh. *»Kennt eh keiner«*, fährt er fort, *»bin bestimmt wieder der Erste 😆.«*

Tatsächlich meldet sich unter dem Post niemand, der mehr über die Substanzen weiß. Josh spielt das Versuchskaninchen. *»Gibt noch ned viele Infos drüber«*, schreibt er. *»Dosis soll aber so wie bei normalem Keta sein.«* Ob das wirklich stimmt, weiß niemand. Manche seiner Online-Freunde bitten ihn bei seinen Selbstversuchen um Erfahrungsberichte.

Josh will immer wieder erste Male. »*1. Mal is immer bombe*«, schreibt er, als eine Userin postet, dass sie zum ersten Mal Ecstasy genommen hat.

Drogen nimmt er am liebsten allein, in seinem Zimmer. »*Ich brauch meine Couch, wo ich chillen kann, haha.*« Und auch bei hohen Dosen und unbekannten Substanzen ist er am liebsten allein. Bis jetzt sei nichts »*Schlechtes bei rausgekommen*«.

Versucht er etwas Neues, postet er oft live auf seinem Profil darüber, wie bei seiner ersten Line MXP (Methoxphenidin), das wie das Narkosemittel Ketamin zu den sogenannten Dissoziativa gehört und 1989 als Arzneimittel gegen Gehirnschäden zum Patent angemeldet wurde (inzwischen ist es aber in vielen Ländern verboten). »*Bis jtz is alles richtig cool 😆 Hab schon an der Wand geklebt, haha 😆.*«

Doch genau das ist gefährlich. Wenn Josh zu viel erwischt, gibt es niemanden, der ihm helfen kann, keinen, der nüchtern und bei klarem Verstand ist, der Erste Hilfe leisten und den Notruf wählen könnte. Josh berichtet online, er habe von manchen Substanzen gekrampft. Vorfälle, die keiner mitbekommt, weil er allein in seinem Zimmer ist.

Josh ist inzwischen in vielen Drogen-Gruppen aktiv. Manchmal ist er eines der ersten Mitglieder neuer Gruppen. In einer von ihnen nimmt Sven, der Administrator, Fentanyl, ein Opioid, das in der Medizin als starkes Schmerzmittel eingesetzt wird. Er postet Fotos von dem Opioid und erklärt, wie man an rezeptpflichtige Medikamente kommt.

In einem Telefonat sagt Sven, Josh habe ihn im Chat nach der Dosierung und Mischung von Drogen gefragt. Er rate niemandem zum Konsum, sondern schreibe nur, wie viel er davon nehme. Die Gruppe habe er gegründet, um aufzuklären, nachdem in seinem Freundeskreis »genug Leute draufgegangen sind«. Unter einen Post eines Users über ein Opioid hat Sven geschrieben: »*Wenn dir der Kopf von alleine auf die Knie fällt, ist die Dosierung richtig* 😁.« Der Nutzer, dem er diesen Tipp gegeben hat, ist inzwischen tot.

Sven erzählt, es seien schon »mindestens zwischen zehn und fünfzehn Leute« aus der Gruppe gestorben. Alle seien jung gewesen, zwischen achtzehn und dreißig. Er ist der Meinung, ohne seine Gruppe und seine Ratschläge wäre die Zahl der Toten viel höher.

Viele Gruppen – auch die von Sven – sind aus einem guten Gedanken heraus entstanden, um aufzuklären, Menschen vor einer Überdosis zu bewahren, doch einige entwickeln eine lebensgefährliche Dynamik. Aus Aufklärung wird Verherrlichung, manche User teilen falsche Infos, die tödliche Folgen haben können, und manche antworten auf die Fragen anderer Nutzer, wenn sie selbst gerade drauf sind. Es ist schwierig, unter all den Antworten herauszufinden, welche stimmen und welche nicht. »*Wie hier alle mit so unglaublich bescheuertem Halbwissen um sich werfen*«, regt sich Josh einmal auf.

An Joshs erstem Tag in einer dieser neuen Gruppen schreibt Sven: »*Ich persönlich feiere Oxycodon, Fentanyl. Weed und Pilze sehr*« und fragt: »*Was sind eure Lieblingsstoffe?*« Josh antwortet: »*Voll verliebt in 3meo pcp.*« Unter dem Post leitet Sven eine Nutzerin ungefragt zum Fentanyl-Konsum an: »*Nimm mal son 50er Pflaster, schneid das in 4 teile und lutsch drauflos!*«

Diese neue Gruppe wird zu Joshs Lieblingsforum. Als Josh dort schreibt, dass er noch nie Oxycodon hatte, erwidert Sven: »*Definitive Bildungslücke* ☺.«

In dieser Gruppe geht es oft um Opiate und Opioide. Ein Nutzer postet eine detaillierte Anleitung zum Thema »Heroin rauchen – wie geht das?«. Drei Tage später nimmt Josh zum ersten Mal GBL. GBL (Gamma-Butyrolacton) ist eigentlich ein Lösungsmittel, das in der Industrie eingesetzt wird – es wird aber auch als K.-o.-Tropfen missbraucht und in Drinks gemischt, um Menschen willenlos zu machen. Es ist aber auch als Downer zum Beispiel in der Rave-Szene beliebt sowie als Enthemmer in der Chem-Sex-Szene. Es wird auch als »Liquid Ecstasy« bezeichnet, obwohl sich die Wirkung deutlich von MDMA unterscheidet. Auch Josh nimmt es freiwillig. Im Körper wird GBL zu GHB umgewandelt. Die Wirkung kann je nach Dosis ähnlich wie die von Alkohol sein, GHB enthemmt zudem, was zu Aggressivität, starker Bewusstseinstrübung und Gleichgewichtsstörungen führen kann. Wer zu viel erwischt, kann bewusstlos werden, ins Koma fallen oder daran sterben. Anders als bei Alkohol können bereits wenige Milliliter GHB tödlich sein.

8

BIS EINER STIRBT

Josh ist genervt von Leuten, die unspezifische Fragen stellen. Die keine Ahnung haben, was die Substanzen im Körper machen, an welchen Rezeptor welcher Stoff andockt. Die nur wissen wollen, ob sie X mit Y mischen können – die das Warum nicht interessiert. Es geht ihnen nur um Ja oder Nein, ob es knallt oder nicht – und darum, ob man davon stirbt. Und selbst als Josh schreibt: *»Darfst keine Teile mit anti depris mischen, kannst draufgehen«*, schluckt es die Userin trotzdem. Weil jemand anders ja gesagt hat.

»Google is dein freund, nutze es« und *»bissel was könnt ihr au tun, hab kein bock, so was zu erklären«*, schreibt Josh inzwischen unter allgemeine Fragen. *»Wenn du dich nicht über dein Wissen austauschen möchtest, weiß ich nicht, was du in der Gruppe machst«*, erwidert eine Nutzerin.

In seinen klaren Momenten liest Josh Magazine und Fachartikel zum Thema Drogen. Er möchte sich, anders als die Userin annimmt, schon darüber austauschen, aber wenn er in den Gruppen mit Wirkmechanismen, Fachbegriffen und Co. anfängt, können ihm nur wenige folgen. Und manche sind davon genervt, reagieren mit Kommentaren wie: *»Genug Chemiegequatsche 😆.«*

Josh stören auch die allgemeinen Antworten auf Fragen nach Erfahrungsberichten: *»Wenn irgendjmd 'nen Erfahrungsbericht will, die ersten 10 Kommentare sind doch eh immer hajo ballert! Die ham alle kein Plan von der Materie 😆.«*

Wenn Josh seinen Vater besucht und sie gemeinsam auf dem Sofa sitzen und fernsehen, erzählt Josh oft von den Drogen, die zu seinem Hauptinteresse geworden sind. Er spricht von Serotoninspeichern, Rezeptoren und sogar von den historischen Hintergründen der Substanzen. Sein Vater kann ihm oft nicht folgen, aber er hört weiter zu. »Das war schockierend zum einen und beeindruckend zum anderen, dass er dieses Wissen darum hat«, sagt er. »Man hatte zu der Zeit, als es schlimmer wurde, ihm ja schon unterstellt, dass überhaupt keine Interessen mehr bestehen. Und da hab ich gemerkt, dass schon ein gewisses Interesse oder eine Lernfähigkeit noch da ist, um sich dieses Wissen anzueignen.« Wenn er wieder allein ist, googelt er danach und stellt fest: Was Josh sagt, stimmt.

Indes fotografieren manche User unbekannte Pillen in ihren Handflächen und stellen die Bilder ins Netz. Sie wissen nicht, was für Tabletten sie bei ihren Dealern gekauft haben, und lassen die Mitglieder der Gruppe raten. Andere wissen zwar, was sie gekauft haben, haben aber keine Ahnung, was es mit ihnen macht.

Eine Userin postet ein Foto von einer runden, rosafarbenen Pille mit Bruchrille in der Mitte, eingeklemmt zwischen Daumen und Zeigefinger der linken Hand. Sie habe die Pille auf einer Party gefunden. *»Wollte fragen, ob ihr mir sagen könnt, was das ist?«* Josh sieht den Post und schreibt nur: *»Alles.«* Andere durchsuchen die Arzneischränke ihrer Eltern oder greifen Medikamente von ihren Großeltern ab.

Ein User lädt ein Foto von einem Blister mit roten Tabletten hoch, er liegt auf einem blumigen Untergrund. Auf der dazugehörigen Medikamenten-Schachtel steht: »Xarelto 20 mg«. Es ist ein Medikament für Thrombose-Patienten. *»Kann man was damit machen?«*, fragt der User. Josh: *»Nich alles, was ihr bei Mutti findet, ballert leute* 😆 *man is ja schlimm, haha.«*

Mit der Zeit wird er gleichgültiger gegenüber dem, wer sich

was einwirft. Er gibt nicht mehr so ausgewogene Tipps. *»Ich könnt eig jedem helfen, hab en großes Wissen«*, schreibt er einmal. *»Aber is halt immer so 'ne 50/50 Chance, ob ich die Leute flame, weil sie dumm wie Scheiße sind, oder wirklich helfe, haha.«*

Bald wird Josh online auf Oli treffen. Im Internet verbindet die beiden ein gemeinsamer Freund, eine gemeinsame Gruppe und die Liebe zu Drogen. Oli ist in der letzten Zeit vor allem Fitness-Gruppen beigetreten, hat Sport gemacht, sich mit Ernährung beschäftigt. Aber er hat sich auch einer Drogen-Gruppe angeschlossen, in der Leyla und Josh Mitglieder sind. Er fragt: *»Hero & Emma geht die mische fit?«* Er fragt also, ob er Heroin und MDMA in Kombination nehmen kann. Zwei Tage später ist Oli tot.

Ein Nutzer postet einen Screenshot von Olis Frage in die Gruppe und schreibt: *»Der junge Kerl hier ist an einer Überdosis gestorben. Seine Mutter hat ihn wahrscheinlich sogar noch gefunden. Vor ein paar Tagen hat er noch seinen Trip gepostet.«*

»Mich interessiert, wer da ja gesagt hat«, fragt Youssef. Josh antwortet: *»Ich … 😆.«* Und: *»Ich kann da ja nix dazu, dass er sich Überdosis gibt 😆 Im Prinzip geht emma un shore.«*

Youssef ist der Meinung, dass sich die, die mit einem Ja geantwortet haben, mitschuldig gemacht hätten. Ein anderer Nutzer meint hingegen: *»Das ist Facebook, der kann sich ja nicht ernsthaft erwarten, wenn 14-jährige schreiben, ja, geht, klar, hau's dir rein, dass es dann wirklich sicher ist.«*

Youssef: *»Manche Menschen denken aber nicht nach. Also fragen sie hier, und wenn sie ein Ja lesen, gehen sie offline und nehmen das Zeug.«* Und: *»Wenn so was hier noch mal passiert, was dann? Die Admins sind jetzt in der Pflicht, oder ich sehe schwarz für die Gruppe. Weil de Polizei kommt hier drauf zurück.«*

Ein anderer User verteidigt Josh: *»Er hat ja nur gefragt, 'ob Emma und H' klargeht. Die Frage kann man getrost mit ›JA‹ beantworten, weil Heroin sich mit Emma verträgt.«*

Auch Leyla, die sich viel Fachwissen angeeignet hat und meint, mittlerweile selbst ein »Drogenlexikon« zu sein, liest den Post – und Joshs Kommentar. »Josh hat ja eigentlich recht gehabt, weil ich konsumiere ja selbst Heroin, und ich weiß, dass Heroin und MDMA eigentlich zusammenpasst.« Was sie stört, sind die lachenden Emojis unter einem Post, in dem es um den Tod eines Nutzers geht. »Mich hat das wirklich schockiert, weil ein Mensch ist tot«, sagt sie. »Ich versteh nicht, wie man da diesen scheiß Smiley dahintersetzen kann.«

Doch Josh scheint das Thema mehr zu beschäftigen, als er online durchscheinen lässt. Er sichert einen Screenshot des Posts auf seiner Festplatte. Er postet einen Song von Klatschkind – Seelenficker. Das Lied bezieht sich auf das gleichnamige Buch, in dem eine junge Frau über ihre Drogensucht und ihre Zeit auf dem Strich berichtet. In dem Song wird die Autorin zitiert, dass im Drogenrausch alles super schlecht und gleichzeitig »übelst gut« sei. »Mir geht's auf Drogen besser als sonst.« Und dass ihr, wenn die Drogen aufhören zu wirken, bewusst wird, dass sie unheilbar kaputt ist und damit leben muss.

Oli war in den Monaten vor seinem Tod vor allem in Fitness-Gruppen aktiv. Aber in seinen zehn Tagen in der Drogen-Gruppe postete er auch immer wieder, was er sich gerade gibt.

Ein weiterer Nutzer kommentiert unter den Post zu Olis Tod: *»Mit Aufklärung hat die Gruppe hier nur noch einen Scheißdreck zu tun. Jetzt geht es nur noch darum, wer sich hier mehr ballern kann. Ich lese hier zu 85 bis 90 Prozent nur noch schwachsinnige Beiträge von Aufmerksamkeit suchenden Kindern, die nicht mal wissen, was für Gift sie gerade konsumieren und in welch eine Gefahr sie sich bringen! Ihr Admins seid da auch nicht so ganz unschuldig, wie ihr immer tut!«* Er fordert eine Altersbegrenzung. Eine Administratorin gibt zu, dass das Niveau gerutscht ist. Aber: *»Wir können nicht alles sehen.«* Und: *»Wie soll man das überblicken?«*

Nach Olis Tod scheinen die Administratoren etwas aufmerksamer zu sein und strenger zu kontrollieren. Aber sie können nicht verhindern, dass in der Gruppe gefährliche Ratschläge gegeben werden. Wenn Josh kommentiert, ist er oft selbst drauf, genauso wie einige andere User aus der Gruppe. Und in Notfällen rufen einige Nutzer nicht den Notarzt, sondern fragen online nach Rat.

Auch Leyla bekommt einen dieser Notfälle mit. Die User nutzen in den Beiträgen manchmal Pseudonyme, aus Sorge, die Polizei könnte mitlesen. Und eine Userin schreibt über eine Person, die sie »Oskar« nennt: *»Oskar hat mittlerweile n gutes Gramm Koks intus ... hat gestern aber 2 Gramm Pep über den Tag verteilt gehabt, uuund Oskar war auch noch nicht schlafen.«* Außerdem habe er sich eine halbe Flasche Nasenspray, in dem *»Wasser mit Fentanyl«* gewesen sei, reingesprüht. *»Was glaubt ihr passiert? Meint ihr, der stirbt dann?«*

Leyla: *»Oskar bringt sich in Gefahr. Oskar könnte eine Atemdepression bekommen und sterben. Oskar sollte Naloxon im Haus haben, aber viel wichtiger, Oskar sollte Opiate/Opioide nicht mit Pep mischen. Fentanyl ist extrem potent, viel stärker als Heroin. Es sollte nur mit Bedacht konsumiert werden.«*

Die Userin kommentiert: *»Ihn würde eh keiner vermissen. Na ja, ich vielleicht n bisschen ... dann wäre da niemand mehr, der für mich losläuft und Pizza holt 😅 😅.«*

Leyla erlebt, wie Menschen, die sie ins Herz schließt, sterben. Als sie auf der Szene nach einem Dealer Ausschau hält, wird sie von einer Frau angesprochen. »Sie hat gesehen, dass ich was suche, und sie meinte: ›Hey, lass dich nicht abziehen, ich zeig dir, wer da was richtig macht‹«, erinnert sie sich. Mehrfach treffen sie auf der Platte aufeinander. »Es war direkt wie eine sehr gute Freundin. Man hat gemerkt, dass sie nicht so verjunkt und scheiße ist. Sie ist abhängig, aber nicht verjunkt. Sie hat Werte, sie hat Moral. Sie war super lieb, hat sich um jeden gekümmert und war eine super herzliche Person. Sozusagen die Plattenmutti.« Die Frau ist selbst drogenabhängig und lebt auf der Straße. Doch als sie draußen auf der Straße schläft, wacht sie eines Tages nicht mehr auf. Die Rettungskräfte können nichts mehr für sie tun, sie stirbt.

Nicht einmal einen Monat nach Olis Tod postet eine junge Frau: *»Kann mir jmd sagen, was ich machen kann, hab 650 mg Tramadol in mir und kack voll ab.«*

Josh kommentiert drei Minuten später: *»Tja.«*

Jemand fragt: *»Schon öfter genommen?«*, ein anderer: *»Wie fühlst du dich?«* *»Selbstschuld* 😉«, schreibt einer.

Drei Leute liken den Kommentar. Als jemand meint: *»Ihr seid ja echt 'ne tolle Hilfe, stellt euch vor, der packt's echt net und kackt wortwörtlich ab* 😉«, antwortet Josh: *»Dann können wir dem au nimmer helfen.«* Es ist mittlerweile eine halbe Stunde vergangen. Keiner hilft, kein Administrator greift ein, und die Nutzerin meldet sich nicht mehr. Jemand schreibt: *»Irgendwie kommt da nix von ihr. Vllt kotzt sie ja.«*

Eine Userin fragt: *»Und wie geht's ihr? Weiß das zufällig jemand?* 😃.«

Einer meint, es wäre nicht die erste Person aus der Gruppe, die *»ins Gras beißt«*.

Die junge Frau, die Tramadol genommen hat, meldet sich am nächsten Tag: *»Also, ich lebe noch.«*

Ein paar Tage später gibt es die nächste Meldung über ein totes Gruppenmitglied. Ein Teenager, achtzehn Jahre alt. Die Adminstratorin wendet sich an die Nutzer: *»Ich hoffe, der ein oder andere denkt ein wenig über den eigenen Konsum nach ... Vor allem denkt an die Menschen, die ihr liebt und die euch lieben!«*

Ein Online-Freund von Josh kommentiert: *»Wer n Problem mit Abkratzen hat, soll sich halt nichts Hartes geben, so einfach^^.«*

Auch Josh bekommt in den Gruppen gefährliche Ratschläge.

Einige Leute in seinem Online-Umfeld fordern ihn zur Steigerung seines Konsums auf. Als jemand fragt, wie viel MDMA denn tödlich sei, schreibt Josh, seine Höchstdosis liege bei einem Gramm. Einer antwortet: »*Das muss mehr werden.* 😃 😉« – »*Es war auf einmal*«, kommentiert Josh. Darauf folgt die Antwort: »*Egal, man muss sich doch steigern, hehe.*«

Josh fragt seine Online-Freunde auch direkt, was er sich als Nächstes einwerfen soll. »*Trüffel oder 1p-lsd? Ich kann mich nicht entscheiden, man* 😆 *helft mir, ma* 😃.« Damit meint er Trüffel, die den Wirkstoff Psilocybin enthalten, das halluzinogen wirkt. 1P-LSD ist eine Prodrug, das bedeutet, dass es beim Konsum im Körper in LSD umgewandelt wird.

Am liebsten konsumiert Josh Research Chemicals. Auch die bekommt er oft kostenlos. »*Bekomm morgen auch erstma 'ne Flasche Clonazolam umsonst* 😃.« Clonazolam ist ein Benzodiazepin, kurz Benzo genannt. Benzodiazepine werden in der Medizin aufgrund ihrer angstlindernden, krampflösenden und entspannenden Wirkung unter anderem als Schlaf- und Beruhigungsmittel eingesetzt. Sie sind verschreibungspflichtig und können schwer abhängig machen. Clonazolam, das Benzo, das Josh konsumieren will, ist hingegen unerforscht, nie als Medikament zugelassen worden und wird damals legal an ihn verschickt. Es ist extrem potent: Schon in Dosen von 0,5 Milligramm kann es Blackouts auslösen.

Ein User schreibt online, dass das Rauchen von Research Chemicals »*einfach nur bestialisch kickt*« und fragt: »*Welche Konsumform bevorzugt ihr?*«

Bis jetzt konsumiert Josh vor allem durch die Nase. »*Fang jtz aber auch mim rauchen an* 😃«, antwortet er. »*Fickt die Lunge bei einigen Sachen ziemlich, und schmecken tut's auch nich so oft* 😅«, meint der User.

Josh: »*schmeckt nach Tod un Verderben bestimmt* 😆.«

User: »*Tod und Verderben schmeckt nach Schokolade im Vergleich zu manchen Rcs.*«

Bald darauf erhitzt Josh die Chemikalien auf einem Stück Alufolie und atmet durch ein Röhrchen den aufsteigenden Dampf ein.

Er antwortet auf Fragen zunehmend mit Scherzen, auch wenn Leute von ihren Problemen berichten.

»Ist es normal, dass man auf LSD voll die Lachkicks schiebt und dass man keinen normalen Satz rausbekommt? 😃«, fragt ein User. Josh tippt *»Ne, du stirbst jtz«* in die Kommentare. 20 Likes bekommt er dafür.

»Na toll, jetzt liegt man im Bett und kann nicht einschlafen, weil man böse Wesen sieht«, schreibt ein anderer. Josh: *»Wichs einfach 'ne Runde, die wollen dir dabei bestimmt nich zuschaun un gehen von alleine.«*

Einige in seinem Online-Umfeld konsumieren in ähnlich bedenklichen Mengen wie er. Darunter Leon, der seit drei Wochen am *»Durchballern«* ist. *»Jetzt ist meine Nase voll verätzt«*, schreibt er. *»Was kann ich tun, weil ich will noch bis Montag durchmachen?«*

Ein paar Leute schreiben, dass er eine Pause einlegen soll. Einer meint, er solle sich Zeit nehmen und alles rausholen, was in der Nase und im Rachen hängt. Die meisten Likes bekommt Joshs Kommentar: *»Einfach ignorieren un weiter ziehn, haha.«* Leon zieht weiter und bekommt Nasenbluten.

Eineinhalb Wochen später sieht Leon Dinge, die nicht da sind. Er postet wieder in die Gruppe: *»Ich brauche Hilfe.«* Er sehe und höre Menschen, *»die gar nicht da sind«*. *»Was kann ich dagegen machen?«*

Der erste Kommentar: *»Vielleicht mal ordentlich kräftig nachdosieren?* 😆.« Die meisten raten ihm zum Schlafen.

Eine Nutzerin empfiehlt *»kiff was«*.

Josh: *»Kiffen verstärkt Halluzinationen.«*

Jemand schreibt: *»Sich einfach mit denen anfreunden, vielleicht sind's ja ganz nette leute* 😅.«

Ein paar wenige machen sich Sorgen. *»Kann das auch mal einer erst nehmen«*, fragt ein User. *»Mein Bruder hatte so was damals auch und heute ist er Psychose-Patient.«*

Und dann gibt es noch die Leute, die schreiben: »*Einfach aus dem Fenster springen.*« Oder: »*Wie wär's mit Selbstmord?*«

Irgendwann, als sich Leon nicht mehr meldet, fällt einigen auf, dass das wohl nicht die besten Ratschläge waren – an jemanden, der womöglich eine Psychose hat. »*Das hört sich nicht gut an … Vllt Überdosis.*«

Ein User schreibt: »*Bin kein Kollege von ihm … checkt mal Überdosis ab … Ich kann das als vorbestrafter Dealer nicht.*«

Doch keiner in den Kommentaren scheint Leon im echten Leben zu kennen. Eine meint, dass Einzige, was sie in der Gruppe tun könnten, sei zu hoffen, dass sich gut um Leon gekümmert wird. Josh: »*Chillt doch, haha, der wird schon noch leben.*«

Obwohl Josh die Folgen seines eigenen Konsums deutlich spürt, obwohl seine Schlafprobleme anhalten, scheint er nicht ans Aufhören zu denken. Über Kräutermischungen schreibt er: »*Ich rauch se fast jeden Tag, und mir geht's blendend* 😆.«

Eine Userin: »*Sobald man was jeden Tag macht, ist es Sucht!*«

Josh: »*Ich hab frei, ich kann's mir grad erlauben^^ süchtig bin ich nich^^.*«

»*Macht ihr euch eigentlich Gedanken an eure Zukunft?*«, fragt jemand. »*Wo werdet ihr in 20 Jahren sein? Oder erst mal 20 werden?*« Auf die Frage geht Josh nicht ein. Er schreibt nur: »*Die Kinder von heute werden doch immer runder und dümmer* 😆.« Ernsthafte Antworten auf solche Fragen gibt er online nicht. Vielleicht weiß er es auch selbst nicht.

Sein Abschlusszeugnis fällt entsprechend aus. Die Noten reichen von mangelhaft über ungenügend bis hin zu »nicht feststellbar«. Unter Bemerkungen steht: »In fünf Fächern ist die Note nicht feststellbar, da Josh schuldhaft fehlte und dem Unterricht fernblieb.« Kurz gesagt: Josh hat das Schuljahr nicht bestanden und damit keinen Schulabschluss.

Hat er seine Drogenvorräte aufgebraucht, greift er nun manchmal zu Alkohol. »Dann hat plötzlich der Whisky gefehlt, der Absinth«, sagt sein Stiefvater. »Und dann stand in seinem Zimmer eine Flasche Tequila.« Josh habe den Tequila mit Drogen gemischt. »Das war schon kritisch. Aber man hat immer gehofft, dass es irgendwann besser wird.«

Als ihm ein Kumpel einige Wochen nach der Zeugnisvergabe schreibt: *»Jetzt erst mal Schule«*, antwortet Josh: *»Woah, du Armer 😃 Ich wart auf Post un trink Tequila.«*

Nachdem er seinen Abschluss vergeigt hat, geht er überhaupt nicht mehr zur Schule. Er fotografiert seinen Schreibtisch. Laut der Anzeige auf seinem Computermonitor ist es ein Montag, 7:33 Uhr, morgens. Rechts neben der Tastatur stehen eine Flasche Tequila sowie ein leeres Schnapsglas.

»Wenn er nicht an Drogen gekommen ist, ist er an den Alkohol gegangen«, sagt seine Mutter. »Ich habe ihn irgendwann wegsperren müssen.«

Josh schickt zwar weiter lachende Emojis, ihm scheint es zu dieser Zeit aber nicht gut zu gehen. Er beschäftigt sich mit dem Thema Suizid.

Als Leyla mit ihrer Mutter einkaufen ist, darf sie sich Bier aussuchen. Sie entscheidet sich für Elephant-Bier. »Das war das stärkste, was mir in die Finger gefallen ist. Dann hab ich immer das genommen.« Mit ihrer Mutter und ihrem Hund geht sie nach dem Einkauf eine Runde spazieren, trinkt dabei Bier und bietet auch ihrer Mutter eins an. Im Gegensatz zu Leyla fühlt die sich aber schon nach einem halben betrunken und bekommt einen »knallroten Kopf«. Leyla merkt bei diesem Spaziergang hingegen, dass ihr Alkohol gefällt. Sie fängt an, weniger Heroin zu nehmen, aber dafür mehr zu trinken, denn Alkohol ist kostengünstig und legal. In dieser Zeit denkt sie viel an Fynn, ihren ehemaligen Klassenkameraden, sie googelt seinen Namen, findet sein Profil und schreibt ihm: »Kennst du mich noch?« Seine Antwort: »Ja, normal.«

»Er hatte irgendwas, das es wert war, ihn Jahre später zu kontaktieren. Er ist in meinem Kopf geblieben. Von da an war klar, dass ich was von ihm will.«

Fynn lebt von Hartz-IV und lädt Leyla auf ein Konzert ein. Sie ist davon überrascht, weil sie weiß, dass er kaum Geld hat. Eigentlich hätten sie auf ein Konzert von K.I.Z. gewollt, aber das sei schon ausverkauft gewesen, deshalb besorgt er Karten für ein Konzert des Drogen-Rappers Herzog in Leylas Nähe.

»Komm zwei Tage vorher zu mir«, schlägt sie Fynn vor, »dann können wir chillen und so. Und ein bisschen Pilze nehmen, Drogen nehmen.« Das machen die beiden dann auch. Leyla will dabei herausfinden, ob Fynn zu ihr passt. Sie chillen in Leylas Wohnung, auf zwei Matratzen unter einer Dachschräge, hören Musik, nehmen Drogen und reden dabei viel. »Wir haben Pilze genommen und die Wand angeguckt, weil sich an der Raufasertapete ein wunderschönes Muster aufgetan hat.« Relativ schnell schieben die beiden ihre Matratzen zusammen. Die Heizung ist kaputt, es ist kalt. Sie kuscheln sich aneinander. Sie ziehen Pep, trinken Alkohol, schlafen am nächsten Tag lang aus.

Einmal sagt Leyla, sie sei »fast schon gay. Damit meine ich, dass ich Männer an sich nicht attraktiv finde.« Doch Fynn hat etwas, was sie anzieht. »Ich finde es toll, wenn ein Junge auch weibliche Züge hat, wenn ein Mann nicht dem typischen Männerbild entspricht. Ich finde, man sollte ein Mischwesen sein, was die Benefits von beiden Geschlechtern vereint.« In Fynn sieht sie das, sie findet ihn attraktiv.

Wichtiger als das Aussehen ist für sie aber, dass er ihre Ansichten und Vorstellungen teilt – und das tut er. Für sie ist damit klar: »Was uns jetzt nur noch fehlt, ist die Zeit. Und ansonsten bist du ganz objektiv gesehen der perfekte Mann für mich. Ohne das gefühlsmäßig so zu sehen. Aber alles, was ich möchte, scheinst du mitzubringen, und ich scheine alles, was du möchtest, mitzubringen. Und dann wäre es doch nur sinnvoll, wenn wir jetzt zusammen wären.« Eine sehr pragmatische Entscheidung, verliebt habe sie sich erst ein paar Tage später.

An einem ihrer ersten Abende gehen sie zur Konzerthalle, trinken auf dem Weg Wodka. Auf das Konzert dürfen sie die Flasche nicht mitnehmen. Doch Leyla will den Wodka nicht wegwerfen, sie will die Flasche erst mit Fynn leeren. Die beiden schlendern zu einem Supermarktparkplatz in der Nähe, setzen sich dort auf die Einkaufswagen und trinken.

Das Konzert beginnt ohne sie. Als die Flasche leer ist, gehen sie hin, es ist halb vorbei. »Dann haben wir ein bisschen Herzog, diese Kindermusik, dieses ein Herz für sonst was, ein bisschen angehört«, sagt Leyla.

Die beiden kommen sich zum ersten Mal näher. Da sie ganz hinten stehen, nimmt Fynn sie auf die Schultern.

Über Herzog sagt Leyla: »Schreckliche Musik, aber netter Mann.« Vom Konzert kriegt sie nur wenig mit, weil sie so betrunken ist.

Leyla sagt, ein paar Herzog-Songs seien ganz okay. »Ich bin kein Fan«, sagt sie. »Das ist so, als wenn du 'nen Kiffer über Heroin reden lässt. Das ist schon ein bisschen Fremdscham, aber es war trotzdem ein schöner Abend. Das Konzert war ja nur Mittel zum Zweck, dass wir uns näherkommen.«

Ein paar Tage später küssen sie sich zum ersten Mal. An den ersten Kuss kann sich keiner der beiden erinnern. »Weil wir dauernd besoffen waren«, sagt Leyla. »Ist eigentlich schade, dass wir das nicht wissen.«

Fynn und Leyla trinken jeden Tag, dazu hören sie vor allem Deutschrap, besonders K.I.Z. und Grim104. Eine Zeile des Rappers ist Leyla besonders im Kopf geblieben:

Hippies tanzen lachend durch die Wälder,
Ich mach kaputt, was mich kaputt macht – mich selber

Mit Fynn ändert sich einiges für sie. »Ich hatte schon Männer, wo ich dachte: Ja, okay, der gefällt mir so optisch. Aber was er gesagt hat ... Nichts ist so schön wie meine Fantasie. Meine Fantasie ist eine wunderschöne Wichsvorlage. Aber wenn wir dann einen Kaffee trinken gehen und er den Mund aufmacht, ist es vorbei, dann hat er meine Wichsvorlage von sich zerstört. Und genau das war anders. Ich hatte schon oft Jungs, wir waren zusammen oder so, aber niemals einen, wo ich sagte: ›Den stelle ich Mami vor.‹ Niemals, weil einfach voll der Hurensohn. Und das war das erste Mal anders. Das ist ein Boy, den kann ich meinen Eltern zumuten.«

Ihre Eltern seien anfangs skeptisch gewesen. Auch mit Fynns Vater und dessen Freundin habe sie Anfangsschwierigkeiten gehabt. »Die fanden das nicht lustig, dass er eine Kanakin am Start hat.«

Auch Fynn hat eine schwierige Beziehung zu seinem Vater. »Mein Vater war immer schwierig – auch zu mir, das hat sie ein bisschen falsch interpretiert. Sie hat gedacht, dass er kalt zu ihr wäre oder abweisend. Aber genauso war er zu mir. Wir haben uns zum Beispiel auf eine Parkbank gesetzt und da haben wir dann eine Stunde lang kein Wort gewechselt.«

Fynn geht nicht mehr zurück in seine Heimat, gibt sein Leben dort auf. Leyla wohnt inzwischen in einer eigenen Wohnung, er zieht bei ihr ein. Im selben Haus wohnt auch Leylas Mutter, sie kochen öfter mal zusammen und die Mutter schaut jeden Tag bei Leyla vorbei. Leylas Vater wohnt ebenfalls in der Nähe, in einer eigenen Wohnung. Ihre Eltern führen inzwischen eine freundschaftliche Beziehung.

Anfangs hat Fynn ein schlechtes Gewissen und schämt sich, weil er kaum Geld hat und das bisschen, das er hat, ihm gegen

Ende des Monats ausgeht. »Ich hab ein bisschen Paras geschoben. Und dann hab ich aber gemerkt, dass das gar keine Rolle spielt. Wir haben von Anfang an das Geld in eine Box geschmissen und dann gemeinsam gehaushaltet.« Mit »Paras« meint er »Paranoia«.

Fynn ist ruhig. Im Interview nimmt er Leylas Hand. Er spricht langsam und so leise, dass man ihn manchmal kaum hört. Bei den Telefonaten mit Leyla ist Fynn manchmal im Hintergrund zu hören. Er kümmert sich um die Haustiere, kocht für Leyla, erinnert sie daran, etwas zu trinken. »Ich bin super happy, ihn zu haben«, sagt sie einmal über ihn. In einer Drogen-Gruppe postet sie Fotos von dem veganen Essen, das Fynn für sie gekocht hat.

Fynn hat eine lange Liste geschrieben mit den Dingen, in die er sich bei Leyla verliebt hat: »Sie ist optisch absolut ein Hingucker, und das Beste ist, dass sie gar nicht versucht, zu gefallen. Es geht ihr nicht um die Rolle der Frau oder des Mannes, sondern sie bricht es einfach aufs Menschsein runter. Und das ist bei ihr schon sehr bewundernswert. Sie ist komplett unsexistisch und behandelt jeden gleich. Sie ist kein Geier. Manche hängen einem schon wegen 'nem Euro hinterher, dass man ihn wiedergeben muss. Da ist sie ganz anders.«

Er verliebt sich in ihren Intellekt. »Dennoch ist sie kein bisschen eingebildet oder arrogant. Sie geht auf die Menschen zu, ist nett und freundlich. Komplexe, schwierige Themen, die andere mit Fachwörtern spicken würden, nur damit sie schlau klingen, bringt sie auf ihre Essenz runter und vermittelt das in Bahnhof-Sprache.«

Was Fynn beschreibt, fällt in den Interviews auf. Wenn Leyla Fachbegriffe nutzt, erklärt sie sie im nächsten Satz. Ihre Sprache ist krass und direkt. Sie ist eine Zitatschleuder, führt Monologe, mit denen man ganze Kapitel füllen könnte, ohne Füllwörter wie äh oder ähm. Bislang bin ich noch keinem Menschen begegnet, der so redegewandt auf spontane Fragen antwortet. Und Leyla ist auch der zuverlässigste Mensch, mit dem ich bislang bei einer Recherche zu tun hatte. Sie bereitet sich auf die Interviews vor, bringt auch ungefragt Fotos mit, keinen einzigen der unzähligen Telefontermine verpasst sie, und wenn sie sich verspätet, gibt sie rechtzeitig Bescheid. Angeforderte Belege liefert sie meistens noch am selben Tag. Das ist ungewöhnlich.

»Sie ist unglaublich mutig«, sagt Fynn. »Ich kann keine Frau gebrauchen, die dann, wenn die Situation brenzlig wird, abhaut und sagt: ›Du bist der Mann, du musst mich beschützen.‹ Die Angst hat, sich ihre Fingernägelchen abzubrechen oder so.«

Dass Leyla in brenzligen Situationen an seiner Seite ist, zeigt sich wenig später. Die beiden schlafen dicht ein. Nachts wird Leyla wach, das Zimmer ist voller Rauch. »Was denkst du, wenn du nicht atmen kannst, alles beißt? Du bist fast benommen, weißt aber, du musst raus, du verreckst sonst.« Dass Leyla rechtzeitig aufwacht, ist Glück, denn eigentlich hat sie einen tiefen Schlaf – und die beiden haben die Rauchmelder ausgemacht, weil einer einmal angesprungen ist, als sie geraucht haben.

Als Leyla den Ernst der Lage realisiert, steht sie auf. Sie versucht, Fynn zu wecken, der durch den Rauch und den Sauerstoffmangel schon benommen ist. Sie bekommt ihn nicht wach. »Bitte, du musst aufstehen, du bist schwer. Ich schaffe es nicht, dich zu tragen«, sagt sie zu ihm.

»Lass mich noch eine Minute, lass mich«, antwortet Fynn.

Er checkt nicht, dass sie »hier am Verrecken sind«. Sie rüttelt ihn wach und schleift ihn Richtung Zimmertür.

Doch sie kriegt die Tür erst nicht auf. Zuerst denkt sie: Hat uns jemand eingeschlossen?

Sie rüttelt an Fynn, der langsam zu sich kommt. Er steht auf, zieht mit viel Kraft an der Tür, kriegt sie doch noch auf.

Beide überleben den Brand.

Fotos lassen erahnen, wie knapp das gewesen sein muss.

Darauf ist das komplett verbrannte Zimmer zu sehen. Der Brand sei durch einen Defekt ausgebrochen. »Das war so heftig, dass die Fenster explodiert sind. Sogar Steine sind von den Decken gefallen, der komplette Putz ist verbrannt, alles ist verbrannt. Das war echt die Hölle. Ich bin so unglaublich dankbar, dass ich noch lebe.«

Seitdem haben Leyla und Fynn funktionierende Rauchmelder.

In der Anfangszeit mit Fynn nimmt Leyla kaum noch Heroin, zeitweise gar nicht. »Ich hab gedacht, wir können ja saufen, das betäubt ja eh, das reicht ja. Aber irgendwann ist das dann wieder durchgebrochen«, erzählt sie.

Zu Beginn ihrer Beziehung trinken Fynn und Leyla täglich, es macht ihnen Spaß. »Was der Magen so mitmacht.« Sie steigern sich. Bald trinken sie nur noch Wodka. Erst eine 0,7-Liter-Flasche am Tag, der billigste, den sie finden, später dann die 1-Liter-Flaschen. Irgendwann sind es zwei Flaschen Wodka am Tag, plus Bier am Vormittag. Direkt nach dem Aufwachen beginnen sie mit dem Trinken.

Der Kater sei manchmal »schon krass« gewesen. Aber dann nimmt Leyla eine andere Droge oder betäubt sich mit noch mehr Alkohol. Fynn kifft, wenn er verkatert ist.

An einem Abend will sie mit ihm Haschisch kaufen. Sie finden einen Dealer, der nur gebrochen Deutsch spricht, aber gut Arabisch. Darum geht Leyla allein mit ihm etwas beiseite, »wegen der Tickerei«. Sie gehen um die Ecke zu einem Café, das bereits geschlossen ist, wo man sie nicht sieht. Weil es Nacht ist, sind die Stühle mit einer Kette verbunden. »Es ist laut, überall ist Musik«, erinnert sich Leyla. »Alle trinken, keiner hört irgendetwas.«

Die Situation schildert Leyla so:

Dealer: »Ist das dein Freund?«

Leyla: »Ja, ist mein Mann.«

Dealer: »Ja, das ist dein Mann, aber ich liebe dich wirklich.«

Die beiden kennen sich nicht.

Leyla: »Okay, okay, Danke. Kannst du mir was verkaufen?«

Leyla will das Geschäft abwickeln, weg von ihm. Doch der Mann hält sie plötzlich an beiden Händen fest. Sie hat Angst.

Dealer: »Aber ich liebe dich wirklich.«

Leyla glaubt, dass der Mann sie vergewaltigen will. Sie will weggehen, doch er lässt sie nicht los. In ihrer Furcht nimmt sie ihre ganze Kraft zusammen – und schubst ihn weg. Leyla kann sich befreien und weglaufen. »Ich habe großes Glück gehabt, weil der Dealer so groß wie ich war und ziemlich besoffen. Ich bin ein Lappen. Wenn es jetzt ein durchtrainierter Mann gewesen wäre oder eine größere Frau, ich hätte nichts zu lachen gehabt.«

Leylas Alkoholkonsum hinterlässt Spuren an ihrem Körper, sie sieht aufgedunsen aus. »Wir haben den Wodka pur getrunken. Also ich zumindest. Weil ich dachte, dass das schlau wäre, die Kalorien von der Cola zu sparen. Weil alle gesagt haben, du wirst fett.«

Das Ausmaß ihres Alkoholkonsums versucht Leyla nach außen zu verheimlichen. Sie kauft billige Mundspülung, grüne oder blaue mit Minzgeschmack. Einen Teil der Mundspülung schüttet sie aus. Mehr als die Hälfte füllt sie mit purem Wodka auf. Sie macht das, weil der Wodka dann die blau-grüne Farbe annimmt. »Das habe ich dann getrunken, damit niemand checkt, dass ich saufe. In dieser Mundspülung ist ja übelst viel Fluorid drin, ich weiß nicht, wie ich das überlebt habe. Ich habe daran nicht gedacht.«

Gegenüber anderen sagt sie, sie müsse ihr Zungenpiercing spülen. Manche wundern sich, warum sie die Spülung schluckt und nicht ausspuckt. Aus diesem Grund spuckt sie manchmal »alibimäßig« ein klein wenig aus. »Das habe ich echt lange gemacht und mir dieses scheiß Fluorid gegeben. Es mag schon sein, dass ich mich dadurch vergiftet habe. Mir ging es schon richtig dreckig.«

Die äußerlichen Veränderungen kann Leyla allerdings nicht

vertuschen. Ihre Mutter meint, sie hätte »Hamsterbacken«. »Das war nicht mehr schön. Zuerst haben wir gedacht, das Kind trinkt zu viel Cola.« Bei einem Treffen zeigt Leyla Vorher-Nachher-Fotos ihres Körpers.

»Da bin ich aufgeschwemmt«, sagt sie – und auf den Bildern ist das gut zu erkennen. Sie fragt Fynn, ob sie anders aussieht. Er sagt: »Mir ging es genauso, und deswegen habe ich das auch nicht gesehen.« Leyla bestätigt: »Er war auch voll aufgeschwemmt. SpongeBob Schwammkopf.«

Leyla denkt, dass es nicht so schlimm sein kann, wenn Fynn es nicht wahrnimmt. »Irgendwann war ich dauernd besoffen.«

Sie beiden horten die leeren Wodkaflaschen in ihrer Wohnung. Als ihre Mutter das sieht, wird sie sauer, sie will, dass Leyla und Fynn alle entsorgen. Damit die Nachbarn nicht mitbekommen, wie viele Wodkaflaschen sie aus der Wohnung tragen, räumt ihre Mutter sie in einer Nacht-und-Nebel-Aktion ins Auto und bringt sie weg.

Am Konsum der beiden ändert das erst mal nichts. An Ramadan eskaliert die Situation. Beim Essen mit Verwandten setzt sich Leyla betrunken an den Tisch, sie lallt. »Ich war laut, einfach dumm und besoffen. In arabischen Kreisen ist das voll No-Go.«

Sie will mitreden, mischt sich in die Gespräche ein. Ihre Mutter versucht, die Situation zu retten. »Wenn sie was gesagt hat, habe ich sie überschallt.« Sie versucht, die Aufmerksamkeit auf sich zu lenken. Doch das klappt nur bedingt.

Als Leyla wieder zu Hause ist, trinkt sie weiter. Ihre Mutter bekommt das mit, schlägt ihr das Glas aus der Hand. Sie macht ihrer Tochter eine Ansage. »Du bist hässlich«, sagt sie. »Guck dich im Spiegel an. Und wenn das nicht irgendeine andere Störung ist, hör auf damit, sofort.«

Leyla betrachtet sich im Spiegel. »Ich war einfach ein Schwamm. Ich bin sehr eitel und wollte nicht hässlich sein.«

Im Nachhinein ist Leyla ihr Verhalten beim gemeinsamen Essen peinlich. »Danach ist mir klar geworden, das bist doch nicht du. Das hat mich selbst angewidert.«

Sie will mit dem Trinken aufhören, es geht ihr dabei auch um ihre Gesundheit. Ein Arzt habe ihr in dieser Zeit gesagt, ihre Leber habe Schaden genommen.

Leyla hört von einem Tag auf den anderen mit dem Alkohol auf. Auch Fynn zieht beim kalten Alkoholentzug mit – ein lebensgefährliches Vorhaben. Es kann je nach Grad der Alkoholabhängigkeit zu einem Delirium kommen, das unbehandelt tödlich verlaufen kann. Darum sollte ein Alkoholentzug unter ärztlicher Aufsicht durchgeführt werden.

Leyla und Fynn haben Glück, sie haben kein Delirium, keine Entzugserscheinungen. Leylas Mutter stellt erste äußerliche Veränderungen fest. »Sie ist innerhalb kürzester Zeit abgeschwollen. Da war das Gesicht plötzlich wieder normal. Der ganze Körper war nicht mehr so wässrig.«

In dieser Phase sind sie bis auf »ein bisschen« Pep und kiffen »relativ clear«. Leyla setzt online einen Post ab. »*Wir sind sehr glücklich, dass wir mit Alkohol nichts mehr zu tun haben*«, schreibt sie und teilt ein verschwommenes Foto, auf dem Fynn sie auf die Wange küsst. »*Können aus der Distanz sagen, es ist mit die schlimmste Droge.*«

Außer Drogen verbinden Leyla und Fynn aber auch andere Interessen, wie ihre Liebe und Begeisterung für Tiere. Sie gehen oft in den Tierpark, um die Otter anzugucken, »wie die schwimmen und planschen«.

Leyla und Fynn fangen dann aber an, vermehrt andere Drogen zu nehmen. Sie besorgen sich kleine, quadratische Papierstückchen, die mit LSD beträufelt sein sollen, auch Pappen genannt. Auf diese sind oft bunte Motive gedruckt. Leyla fotografiert sie und fragt: »*Sollte LSD sein, kennen uns nicht sonderlich aus, deshalb: Kennt sie zufällig jemand? Handelt es sich überhaupt um Acid?*«

Josh antwortet: *»Kannste nie wissen, was da drauf is ^^ musst deinem tikker vertraun.«*

Leylas Angst ist, dass auf den Pappen statt LSD ein Research Chemical sein könnte – ohne Laboranalyse kann sie nicht wissen, mit welcher Substanz das bunte Papier getränkt worden ist.

Ein User rät Leyla, erst einmal eine halbe Pappe zu probieren. *»Wir werden's mal langsam angehen lassen ^^«*, schreibt sie.

Andere posten noch *»Fick auf Safe, knall rein, bis du kotzt«* und *»Wenn man kotzt, heißt das, es klatscht 😆😆😆«*. Ein anderer meint: *»Mit Kotzen versucht mein Körper nur mehr Platz für Drogen zu schaffen 😅😅😅.«*

Leyla weiß zwar immer noch nicht, was drauf ist, probiert die Pappen aber trotzdem. Sie postet eine *»Zwischenmeldung«*: *»Mir ist schlecht, aber ich bin so am senden Alta! Abgehen ihr Schwänze 😀.«* Später schreibt sie noch: *»Meine alten Hände sehen knusprig aus«* und *»Geht abb«*.

Nicht immer verlaufen Leylas Erfahrungen mit Substanzen, die LSD sein sollen, so positiv. Als sie mit Fynn und einem Kumpel draußen in einem Waldgebiet unterwegs ist, halluziniert sie. Sie sieht einen Tunnel und an dessen Ende einen Mann mit einem Kampfhund. »Ich hatte Angst, aber ich wollte – es klingt dumm – die tot machen, kämpfen, damit sie mich nicht tot machen.« In diesem Moment ist Leyla nicht bewusst, dass das nicht real ist.

»Jeder hat seinen eigenen Film geschoben«, sagt Fynn. Er versucht sie zu beruhigen, sagt ihr, dass da nichts ist. Doch Leyla beruhigt das nicht wirklich. Fynn nimmt Leyla an der Hand und zieht sie weiter. Ihr ist nicht klar, dass sie sich im Rausch befindet. »Also, dass ich wirklich im Wahn war. Diese paar Sekunden waren mega prägend«, sagt sie rückblickend. »Da wird man ja seines Leben nicht mehr froh. Stell dir mal vor, ich wäre auf einen Kumpel losgegangen oder so was.«

Sie verlassen das Waldgebiet und laufen durch eine Wohnsiedlung. Auf einer Mülltonne sieht Leyla eine Ratte. »Das war keine normale Ratte, das war eine riesige Mutanten-Ratte. Sie saß auf dem Mülleimer, und der Mülleimer war zu klein für die Ratte. So richtig absurd.«

Sie wirft mit Steinen nach der Ratte. Es ist mitten in der Nacht. »Willst du, dass die Polizei kommt?«, fragt der Kumpel, und Fynn greift ein.

»Das Krasse ist, dass ich wusste, dass ich mir das alles einbilde. Aber der Drang, jetzt diesen Stein zu werfen und die Ratte zu bekämpfen, war größer als die Vernunft. Das ist das Prekäre daran.« Als sie wieder nüchtern ist, findet sie das »gruselig«. »Ich hab mir gedacht, wir müssen das besser organisieren. Wir müssen einen Tripsitter haben. Wir müssen das Setting sicherer gestalten. Und vielleicht nicht durch die Nacht spazieren. Auch zum Schutz der anderen.«

Auch Leylas Mutter probiert mit ihr LSD. Sie will wieder verstehen, wie Leyla sich dabei fühlt. »Das wird niemals bei mir wirken, dieses kleine Stück Papier. Das kann mir nichts anhaben«, sagt sie noch zu Leyla. Doch die Wirkung überfordert sie. »Ich habe das unterschätzt.«

Im Rausch ist ihr kalt, sie glaubt, es ist Winter und sie würden in der Wohnung erfrieren. »Es ist kalt, wir werden erfrieren«, meint sie zu Leyla und fragt: »Wie kann man so was schön finden?«

Leylas Mutter kann nicht verstehen, dass man das erleben möchte. »Das war nicht schön, die Wirkung war nicht schön. Ich möchte immer agieren können, ich möchte bei Bewusstsein sein, ich möchte für jeden, der mir am Herzen liegt, sofort da sein können, und das kann ich unter dieser Droge nicht und das ist scheußlich.«

Der Rausch hält bis zum nächsten Morgen an. Leylas Mutter probiert LSD danach nicht noch mal. Und auch Leyla nimmt LSD nicht mehr, weil sie nicht wissen kann, welche Substanz der Dealer wirklich auf die Pappen geträufelt hat.

Fynn sagt, seine krasseste Drogenerfahrung mit Leyla habe er durch Teile, also Ecstasy-Pillen, und LSD gehabt. »Weil das so unberechenbar ist.« Das Unverantwortlichste in Sachen Drogen, was er je gemacht habe, seien Teile gewesen, »viele Teile«.

An einem Tag isst er nichts, »damit die möglichst gut wirken«. Leyla und er haben Ecstasy-Pillen, grüne Heineken. Sie rechnen erst aus, abhängig von ihrem Körpergewicht, wie viel sie nehmen sollten. Fynn spürt von dieser Dosis keine Wirkung, er will noch mehr nehmen. Leyla ist anfangs dagegen. »Das wirkt wirklich nicht bei mir«, entgegnet Fynn.

Leyla gibt ihm schließlich ihr Okay.

Fynn wirft sich eine Pille nach der anderen ein. Wie viele es am Ende waren, weiß er nicht mehr, wahrscheinlich vier oder fünf. Er ist mit Leyla unterwegs, sie besuchen einen Kumpel, um bei ihm Pep zu kaufen und bei ihm zu chillen. Sie wollen mit der Bahn zurückfahren. »Dann haben die Pillen auf einmal alle zusammen gekracht«, sagt Fynn. Die Bahn fährt ein. »Mir war richtig schlecht und es hat mich durchgeschüttelt, hatte Magenkrämpfe.« Fynn ist durchgeschwitzt, friert. Sie steigen in den hintersten Waggon ein. »Ich habe sofort den nächstbesten Platz gesucht und mich dann leider auf den Boden erbrochen. Danach sind jede Menge Leute reingekommen, und wir haben uns so hingesetzt, als ob wir es nicht gewesen wären. Aber ich habe trotzdem gedacht, dass jeder mir ansehen würde, wie drauf ich bin. Meine Augen fühlten sich an, als wären sie weit aufgerissen, als würde ich das ausstrahlen.«

Nach dem Erbrechen verbessert sich Fynns Zustand. »Danach hat man sich nur noch ein bisschen drauf gefühlt, schon überdosismäßig, aber nicht mehr so, dass ich jetzt Krampfanfälle hatte.«

9

NUR EINMAL HEROIN

Ab und an konsumiert Leyla wieder Heroin, manchmal spritzt sie auch. Fynn weiß erst nichts davon. Mit Heroin an sich hat er kein Problem, aber er ist gegen das Spritzen. »Ich finde es schlimm, wenn sich die Leute die Beine und sonst was zerstechen. Kann ich gar nicht sehen.« Er vermutet, dass Leyla spritzt, ist sich aber nicht sicher. Leyla fällt das auf. »Fynn hat gemerkt, wenn ich einen Löffel genommen habe, ohne was zu essen. Wenn ich an die Besteckschublade gegangen bin, habe ich gespürt, dass er mich im Blick hat.« Fynn sagt erst einmal nichts, er beobachtet ihr Verhalten.

Verschwindet Leyla im Badezimmer, hört er genauer hin. »Manche lassen ja den Wasserhahn laufen, um irgendwelche Geräusche zu überdecken. Aber man hört, ob das Wasser einfach nur läuft oder ob man sich die Hände wäscht.«

Das Wasser läuft gleichbleibend, nicht so, als würde sie duschen oder sich waschen. Die merkwürdige Stille macht Fynn misstrauisch, aber vorerst wartet er ab. Er will Leyla nicht erschrecken, hat Angst, dass sie sich sonst verletzen könnte.

Eine ganze Weile beobachtet er Leyla. Da er sich nicht sicher ist, spricht er es nicht an. Noch nicht. Als Leyla einmal unterwegs ist und ihr Smartphone in der Wohnung liegen gelassen hat, schaut Fynn in ihr Handy. Er will wissen, ob sein Verdacht stimmt. Auf ihrem Smartphone findet er Chatverläufe, in denen sie sich mit anderen über das Spritzen austauscht. Es ist für ihn ein Schock.

Als sie nach Hause zurückkehrt und Fynn begrüßt, merkt sie, dass etwas nicht stimmt. Als sie ihn umarmt, spürt sie, wie schnell sein Herz schlägt. Sie ist besorgt – und glaubt zuerst, Fynn habe selbst heimlich Drogen konsumiert, irgendeine Substanz, die sie noch nicht kennen. Anders kann sie sich seinen extrem schnellen Herzschlag nicht erklären.

»Du hast doch gerade irgendwas genommen«, sagt sie.

»Nein, hab ich nicht«, erwidert er und behauptet, es sei alles gut.

Doch Leyla glaubt ihm nicht, sie lässt nicht locker, bis Fynn ihr sagt, was er auf ihrem Handy entdeckt hat. Er konfrontiert sie damit. Sie gibt es zu. Fynn sagt ihr, dass sie ehrlich zu ihm sein könne. Dass sie keine Sorge zu haben brauche, dass er auch zu spritzen anfange, nur weil sie das tue. »Du weißt, was ich davon halte«, sagt er, »du weißt, was deine Eltern davon halten. Du lebst nicht im Vakuum. Du hast eine Verantwortung gegenüber uns.«

Leyla sieht das ein. Fynn sagt ihr, wenn das noch mal vorkomme, sei sie nicht besser als irgendein »Junkie«, der sich nicht unter Kontrolle habe. Anfangs setzt sie sich keinen Schuss mehr. Doch ganz aufgeben will sie es nicht.

Und auch Fynn möchte Heroin ausprobieren. »Ich will wissen, was du dabei fühlst«, sagt er. Sie möchte nicht, dass er es konsumiert, hat aber einen Plan, wie er schnell das Interesse daran verlieren könnte. »Können wir machen«, sagt sie.

Ihr Hintergedanke: mit Fynn »irgendeine scheiß Straßenshore« probieren, die bei ihm nicht die erwartete Wirkung entfaltet. Und dass sich das erste Mal für ihn womöglich so enttäuschend anfühlt wie für sie. Sie will nicht, dass er spritzt. Sie sagt, Heroin zu rauchen sei genau dasselbe wie spritzen. Was es aber nicht ist. Sie möchte nur, dass er Ruhe gibt, hat Angst, dass er etwas tut, was seiner Gesundheit ernsthaft schadet oder was potenziell tödlich sein kann. Wenn es um sie geht, sieht sie das nicht. Wo es um Fynn geht, sagt sie sich: »Scheiße, dieses ganze Leid soll er doch nicht haben. Nein.«

Über WhatsApp bietet Fynns Dealer ihm eines Tages Heroin an. Eigentlich verkauft er Fynn sonst Pep und dealt auch nicht mit Heroin, doch einer seiner Kunden hat ein paar Bubbles bei ihm auf dem Klo verloren.

Fynn fragt Leyla, ob er es holen darf. Sie sagt Ja – und er holt es ab.

Mit Leyla raucht er dann zum ersten Mal Heroin. Sie bereitet das Blech, also die Alufolie mit dem Heroin vor, zeigt ihm, wie das geht, lässt ihn aber erst einmal nur eine ganz kleine Menge nehmen.

Fynn sagt, Heroin schmeckt ein bisschen nach Wurst. »Wenn man es eine Weile raucht, hat man einen ganz ekligen Geschmack im Mund.« Die ersten Male, als Fynn Heroin konsumiert, kotzt er. Die Wirkung empfindet er als »nichtig«. »Ich war wirklich enttäuscht.«

Zuerst denkt Leyla, ihr Plan geht auf. Doch Fynn will, dass das Heroin auch bei ihm seine Wirkung entfaltet. »Nur einmal«, so wie sie es sich auch bei ihrem ersten Schuss Heroin vorgenommen hatte. Da die Wirkung bei ihm bislang ausgeblieben ist, sagt er: »Aber ich hatte dieses eine Mal noch nicht.«

Leyla kann das nachvollziehen. »Es hat die Gier in mir geweckt, ich meinte, das kann doch nicht alles sein, und dann hat die Platte gerufen. Wir haben einem alten Junkie auf der Szene zugeguckt, wie er Bubbles verteilt.« Er hat krumme Beine, Leyla sieht darin eine Spätfolge des Konsums. Er bunkert den Stoff im Mund. »Nicht vertrauenserweckend, eigentlich jemand, von dem man nicht kaufen sollte.« Sie geht zu ihm hin und sagt: »Gib mir ein Bubble.« Sie bezahlt acht oder zehn Euro dafür.

Mit dem Heroin gehen sie zu H&M, suchen sich eine leere

Umkleide und ziehen es durch die Nase. Fynn sagt, er habe wieder »nix empfunden, nichts von gemerkt«.

Mit Leyla raucht er weiter Heroin. Er kotzt nicht jedes Mal, »aber schon ziemlich oft am Anfang«. Ihn hält das aber nicht davon ab, es wieder zu versuchen.

Fynn findet einen anderen Dealer, kauft dort Heroin, das sie zusammen rauchen. »Das hat dann so reingescheppert, wir haben kein Auge aufbekommen. Das war krass«, sagt Leyla. »Höchstwahrscheinlich war es mit Benzodiazepinen versetzt, sonst hätte so eine kleine Menge nicht zu dieser heftigen Wirkung geführt.«

Fynns Erfahrung: »Da habe ich zum ersten Mal angefangen, den Kopf hängen zu lassen. Da war ich zum ersten Mal richtig dicht davon und hab Gefallen daran gefunden. Es war sehr schön.«

Mit der Zeit lässt das Kotzen bei Fynn nach. Sie konsumieren jetzt täglich Heroin. Fynn mag das Ritual des Rauchens. »Das hat das Dicht-Sein erweitert. Das war was, das Kiffen allein nicht konnte.« Er bezeichnet den Heroinrausch als »Ausschalt-Dicht«. »Es ist ein angenehmes Körpergefühl, alle Anspannung fällt von einem ab. Wie morgens, wenn man aufstehen muss und immer wieder einschläft.«

Spritzen will Fynn weiterhin nicht. »Ich mag Nadeln allgemein nicht so gerne, das ist mir zu sehr ein Eingriff in den körperlichen Kreislauf, da sollte man nicht reinpfuschen.« Hinzu kommen die Geschichten, wie man dadurch abrutschen kann. »Da hat man schon seine Angst.«

Zwei, drei Monate lang rauchen sie jeden Tag Heroin. Leylas Mutter fällt das auf. Die beiden wollen sie davon überzeugen, dass das nicht so schlimm wäre.

»Probier mal«, fordert Leyla sie auf. Ihre Mutter lehnt erst ab, dann denkt sie doch darüber nach, ob sie es versuchen soll. Sie will auch in diesem Fall wissen, was das ist, was ihre Tochter so toll findet. Ein paar Tage später stimmt sie zu. Sie bereiten ein Blech für sie vor. Ihre Mutter inhaliert das Heroin durch ein Röhrchen. Sie spürt nichts. Fynn und Leyla ist klar, dass sie so keine Vorstellung von der Wirkung von Heroin haben kann. »Sie hat nur ein paar Züge genommen, sodass man das gar nicht richtig empfindet«, sagt Fynn.

Doch der Versuch zeigt genau die Wirkung, die sich Leyla und Fynn davon erhofft haben. »Nichts Besonderes«, meint Leylas Mutter. »Was findet ihr daran?«

»Es hatte nicht gewirkt«, erinnert sich ihre Mutter. »Ich habe gedacht: Was ist das? Das wird teuer bezahlt, aber es wirkt nicht.« Ihre Mutter kann sich nicht vorstellen, »dass man da sehr schnell ein Verlangen entwickelt, das täglich haben zu wollen. Es wäre mir nicht in den Sinn gekommen, dass das einen wirklichen Absturz bedeuten könnte. Es war mir einfach nicht in den Sinn gekommen.« Über ihre anfängliche Einstellung zu Heroin sagt sie: »Das war falsch.« Heute schätzt sie es anders ein.

Doch damals können Leyla und Fynn erst einmal weiterkonsumieren wie zuvor. Fynn fallen Veränderungen auf. »Irgendwann habe ich gemerkt, dass es uns nicht so gut ging, wenn wir weniger geraucht haben. Manchmal morgens, wenn man auf dem Weg war, neuen Stoff zu holen, ging es einem nicht ganz so gut. Man war noch nicht affig, aber man hat gemerkt, dass es schon was ausmacht, dass man morgens nur noch ein bisschen was zu rauchen hatte und sich nicht mehr ganz dicht machen konnte. Da habe ich gedacht, man muss dann langsam die Schlussbremse ziehen und mal gucken, wie weit man schon drinsteckt.«

Zu Leyla sagt er: »Wir sollten langsam mal eine Pause einlegen. Ich glaube, das nimmt sonst ein übles Ende.« Er will nicht abhängig sein, hat Sorge, in eine Sucht abzurutschen und dann nur noch schwer vom Heroin wegzukommen. Außerdem befürchtet Fynn, dass Leyla und er sich durch Heroin distanzieren. »Je mehr wir geraucht haben, desto abgestumpfter waren wir. Im Umgangston, man war allgemein nicht mehr nett zueinander. Wir waren eine Zeit lang ziemlich kalt zueinander.«

Leyla empfindet das damals nicht so und will – anders als Fynn – auch nicht aufhören. »Er hat gemeint«, erzählt sie mir einmal, »ich hab kalte Augen bekommen. Meine Gesichtsmuskulatur ist ziemlich gelähmt, gerade wenn ich viel genommen habe. Und da guckt man echt so einem Zombie ins Gesicht. Und wenn man dazu noch abmagert oder manchmal verquollen ist – das ist nicht so schön, einen geliebten Menschen so im Zombie-Modus zu sehen.« Einmal schreibt Leyla online, manchmal mache Heroin *»stumpf und emotionslos«*.

Fynn versucht aufzuhören, Leyla raucht indes weiter Heroin. Leyla postet ein Foto von ihrem Blech, also einem Stück Alufolie mit Heroin darauf. Dazu die Worte: *»Ich hab Heroin genommen, es war wunderschön, wenn dann will ich mit 'nem Lächeln untergehn.«* Es ist ein Zitat aus einem Songtext.

Fynn sieht das. *»Übelzzt geil, aber ich rauch nicht* 😕*«*, kommentiert er.

»Für dich tu ich was zur Seite, wenn du wieder darfst 😃*«*, entgegnet Leyla.

Fynn: *»Ich muss erst mal damit aufhören, bis ich wieder darf, zum Heulen.«*

»Mäuschen, rauch ein Blech für mich mit ...«, so eine Userin.

»Sicher 😃 😘 😘*«*, antwortet Leyla.

Marie schreibt: *»Fentanyl ist viel geiler, aber Heroin ist auch ganz toll* ♡*.«*

»Wie oft konsumierst du?«, fragt einer.

Leyla: *»Seit ungefähr 'nem halben Jahr täglich und dauernd, aber solange ich weder meine Freunde beklaue noch meinen Popo verkaufe, ist alles fluffig.«*

Der User: *»Ist ja dann schon 'ne Sucht und kein normaler Konsum, wenn du täglich konsumierst ...?«*

Leyla: *»Ist sogar 'ne körperliche Abhängigkeit, trotzdem kein Weltuntergang 😀 Egal, ich geb's mir jetzt, viel Spaß beim Diskutieren 😛.«*

Ein anderer User berichtet, ein Bekannter von ihm sei nach dem Konsum von Heroin verrückt geworden und *»wollte aus dem Fenster springen ... Tolles Heroin!«*

Leyla: *»Wenn eine Droge Psychosen auslöst, dann erschafft sie keine, sie löst lediglich etwas sowieso Vorhandenes in der Psyche des Menschen aus! Genauso wie auch jeder Horrortrip. Ich verherrliche Heroin nicht, es hat natürlich auch seine Schattenseiten. Jedoch kann man einer Droge für so was nicht die Schuld geben.«*

Eine andere Userin meint: *»Jajaja, wir müssen jetzt aufhören, weil du schlechte Erfahrungen gemacht hast ... kümmere dich um dein Leben, oder ist das so langweilig?«* Und: *»Bitte heul hier nicht rum, es nervt.«*

Leyla: *»Aufklärung etc. bringt leider wirklich nichts, denkst du, ich wäre nicht aufgeklärt worden? 😀 Wer will, der macht, so ist es einfach.«*

Auch Josh liest sich durch die Kommentare: *»Wenn dein Kollege ned drauf klarkommt, hat er Pech 😆 Und jtz heul ned rum 😆.«*

Der User: *»Er hat Pech? Schon mal was von Empathie gehört?«*

Josh: *»Nö.«*

Der User: *»Ich habe gedacht, er stirbt, so wie er geschrien hat, und du kommst hier mit Pech gehabt. Ich hoffe, du verreckst daran, du dreckiger Untermensch!«*

Josh: *»Man muss mich zurückhalten, will ned schon wieder aus 'ner Gruppe fliegen 😆.«*

Leyla: *»Feel u bro.«*

Josh wird mehrfach aus Drogen-Gruppen geworfen – er tritt aber einfach ein paar Tage später wieder bei und wird von anderen Admins wieder aufgenommen. Und falls nicht, er hat ein zweites Profil unter einem anderen Namen, dann versucht er es eben mit dem. Auch Leyla sagt, sie sei oft aus Drogen-Gruppen geworfen worden. »Entweder wegen Shore oder weil ich mich mit irgendwem in der Wolle hatte.« Wie Josh benutzt auch sie Zweit-Profile.

Fynn reduziert seinen Konsum. Er möchte, dass Leyla sich auch runterdosiert, doch sie konsumiert weiter. »Fand ich nicht gut. Ich wollte, dass sie es auch macht. Aber sie war noch nicht bereit. Deswegen habe ich das erst mal alleine angefangen.« Er bereitet ihr nun die Bleche zum Rauchen vor und portioniert das Heroin, damit sie weniger konsumiert.

Doch Fynns Versuch, sie vom Heroin abzubringen, scheitert. »Ich habe es damals nicht eingesehen«, sagt Leyla. »Mir ging es zu gut. Ich habe lediglich die Benefits gesehen. Ich habe gedacht, ich handle das, ich kriege alles geregelt.«

Sie schaffen es letztlich beide nicht, eine Pause einzulegen, und so konsumieren sie weiter täglich. An einem Abend geht ihnen das Heroin aus. Inzwischen kennt Leyla einen Dealer in der Nähe, von dem sie Heroin bezieht, doch der ist gerade nicht da, vielleicht im Urlaub, und so ist sie auf Heroin von der Szene angewiesen, das sie eigentlich meiden will. Es ist schon spät, die Bahnen fahren um diese Uhrzeit nur noch unregelmäßig. Leyla fragt ihre Mutter, ob sie sie zur Szene fährt, damit sie was holen kann, sie hat sie davor ab und an mal gefragt, doch in der Regel nicht so spät abends. Leylas Mutter will nicht, dass das Leben ihrer Tochter so vom Heroin bestimmt wird. Diesmal sagt sie Nein. »Ich bringe dich nicht und du gehst auch nicht.« Sie weigert sich. »Weil ich gecheckt habe, dass es zu weit geht. Es muss kontrollierbar sein. Es soll nicht dazu führen, dass man sein Weiterkommen, seine Arbeit, all das irgendwann infrage stellt. Das sind Sachen, die sind so existenziell wichtig, da darf nicht dran gerüttelt werden. Und wenn es dann so ist, dass ich da nachts irgendwo hinfahren soll: Das geht zu weit.«

Leyla redet weiter auf sie ein, doch Leylas Mutter will auch nicht, dass ihre Tochter allein rausgeht und sich mitten in der Nacht zur Szene begibt. »Ich will sie in der Nacht nicht an irgendwelchen Stellen weit weg wissen, dann werde ich meines Lebens nicht mehr froh, bis sie wieder da ist.«

Doch Leyla akzeptiert das nicht. Stundenlang redet sie auf sie ein. Ihre Mutter fragt sie schließlich, ob sie wieder spritzt. Sie schaut nicht nach – das macht sie nie, erwartet nicht, dass Leyla ihr die Stellen zeigt – sie will nur eins: eine ehrliche Antwort. Leyla gibt es zu.

Ihre Mutter weint.

Es ist für sie der Punkt, an dem sie begreift, »dass es nicht mehr ganz so einfach ist«. Davor ist sie davon ausgegangen, Leylas Konsum sei kontrollierbar.

Leylas Mutter spricht nicht viel über die Situation. »Den Abend habe ich ziemlich verdrängt«, sagt sie, es sei »fürchterlich« gewesen. Sie habe verdrängt, dass sich ihre Tochter damals Heroin gespritzt hat. »Das wollte ich nicht wahrhaben. Und als das später sogar noch mal vorkam, da habe ich gesagt, das kann ja wohl nicht sein. Dass das überhaupt nicht ausgestanden war, habe ich verdrängt.«

Als ihre Mutter weint, hört Leyla auf, auf sie einzureden.

»Da habe ich verstanden, dass es ihr ernst ist«, sagt sie. »Vorher hatte ich sie bearbeitet, bearbeitet, bearbeitet. Dann habe ich gedacht: Ach du Scheiße, was hab ich denn jetzt hier gemacht?« Sie akzeptiert die Entscheidung ihrer Mutter, sie sagt es Fynn. Die beiden haben kein Heroin mehr, gehen schlafen. Es ist die erste Pause für sie, seit sie gemeinsam konsumieren. Leyla spürt an diesem Abend leichte körperliche Entzugserscheinungen. Es sei aber noch nicht schlimm gewesen.

Doch: »Am nächsten Tag war Armageddon.« Leyla und Fynn winden sich vor Krämpfen im Bett. Leyla erbricht mehrfach. »Es spritzt hinten und vorne raus, bis man leer ist. Mein Magen hat kontrahiert, die ganze Zeit, aber es kommt nix mehr. Man würgt nur noch, aber es kommt einfach nix. Und alles tut so weh. Es ist wirklich die Hölle.«

Als ihre Mutter von der Arbeit kommt, schaut sie bei Leyla und Fynn vorbei und findet die zwei im Bett. Beiden ist durch den Entzug kalt. Mit einem Föhn pusten sie heiße Luft unter die Decke. Leyla hat nochmals einen Kotzkrampf, doch ihr Magen ist bereits leer. Ihre Mutter lacht zuerst, weil sie das Ganze für einen Scherz hält. Als sie erkennt, dass es ihrer Tochter wirklich schlecht geht, dass das Entzugserscheinungen sind, ist sie geschockt. Für sie steht fest: »Die Notbremse ziehen, sofort. Es hat ihr nicht schlecht zu gehen wegen so was. Dazu darf es nicht kommen. Körperliche Gesundheit muss sein. Man darf sich nicht in die Abhängigkeit bringen, dass es so weit kommt, das darf nicht sein.«

»Wir gehen jetzt was holen und ihr dosiert runter«, sagt Leylas Mutter. Sie will Leyla helfen und packt sie in warme Klamotten, fährt sie zur Szene und gibt ihrer Tochter zu verstehen: »Was du kaufst, nehme ich jetzt in die Hand.«

»Es gab den einen oder anderen Tag, wo ich Sorgen hatte«, so Leylas Mutter. Sie habe schon schlaflose Nächte gehabt. In den Interviews erzählt sie nicht viel davon, will nur ungern die ganzen Erinnerungen, die sie »am allerliebsten in die hinterste Ecke schieben möchte, herauskratzen«.

Sie hat vieles verdrängt, das sagt sie immer wieder, und zu manchen Themen äußert sie sich kaum, weicht aus, wenn es darum geht, was das alles emotional mit ihr gemacht hat. Manchmal versucht sie Leyla davon abzuhalten, etwas preiszugeben – aus Sorge, dass es ihr schaden oder negative Folgen haben könnte.

Sie sagt, ihr sei lange nicht bewusst gewesen, dass Leyla überhaupt taktiert. Dass sie Sachen verschweigt. Anderen Eltern empfiehlt sie: »Ganz genau hingucken. Nicht verbieten. Reden, reden, reden.«

Zusammen suchen sie nach einer anderen Quelle als Platten-Heroin. An reineres Heroin kommt Leyla dann durch Zufall. Sie muss sich jetzt den gekauften Stoff für die nächsten Tage einteilen, sie will dadurch auch nicht in Versuchung geraten, etwas zu nehmen, was für einen anderen Tag gedacht ist. Auf diese Weise verringert sie auch stückchenweise ihren Konsum. Und sie schafft es tatsächlich, dass sie die Forderungen ihrer Mutter sogar unterbietet und schneller runterdosiert als erwartet. »Es hat geklappt. Sie hat nicht mehr gekrampft oder irgendwas, nur noch Kälteattacken gehabt«, sagt ihre Mutter.

Fynn kommt bei einem Dealer an Methadon und schafft es so, mit dem Heroin aufzuhören.

Online schreibt Leyla in einem Kommentar, sie mache den Entzug, um ihren Eltern zu beweisen, dass *»ich aufhören kann, wenn ich wirklich will sprich, nicht ganz verloren bin* 😀«. Leyla hat dabei einen Hintergedanken. Sie will zeigen, dass das geht – um danach wieder anzufangen. Im Sinne von: »Guck mal, Mama, ist ja gar nicht so schlimm. Ich kann ja aufhören – mit dem Ziel, die Höllenqualen auszuhalten, um dann wieder freien Flow zu haben, um wieder ungebremst weiter Scheiße bauen zu dürfen.«

Ihr Plan geht auf. Und sie fängt erneut mit dem Heroin an.

»Es war an Silvester, irgendwann haben wir gesoffen, ich hatte mich nicht mehr richtig unter Kontrolle, und ich dachte, ich sollte mich müde machen. Ich habe dann gedacht: Ach, scheiß drauf, heute ist Silvester, da rauche ich mal mehr.« Da am Tag darauf Feiertag ist und Leyla nichts zu tun hat, raucht sie auch an Neujahr Heroin. »Ab da ist es wieder schlimmer geworden.« Der Konsum wird erneut Teil von Leylas Alltag – und auch Fynn fängt wieder damit an.

Während Fynn es geschafft hatte, über Methadon clean zu werden, und das zu einem späteren Zeitpunkt erneut schaffen wird, hat Leyla mit Substitution keinen Erfolg. Ihre Mutter will, dass sie wegkommt vom Heroin, darum beginnt Leyla ein Substitutionsprogramm mit Methadon, ihre Mutter bezahlt die Behandlung, damit nichts über die Sucht in irgendwelchen Papieren oder Dokumenten vermerkt wird. »Ich wollte sie wegbringen von dem Konsum, den sie hatte, und dachte, das ist was Gutes.« Die Behandlung, die sonst in der Regel von der Krankenkasse übernommen wird, habe sie viel Geld gekostet.

Über ein paar Monate bleibt Leyla im Programm. Das Runterdosieren geht nicht so schnell, wie die Mutter es gern hätte. Für manche Menschen funktioniert Substitution gut – Leyla gehört nicht dazu. Ihre Mutter will schließlich nicht mehr, dass sie im Programm bleibt, und auch Leyla hat genug davon. Sie wollen ein anderes Substitut versuchen, das vielversprechend klingt: Diamorphin. Diamorphin ist der Fachbegriff für Heroin, in Deutschland gibt es seit 2009 Substitutionsprogramme mit Diamorphin, also reinem Heroin. Hierbei wird eine Heroinabhängigkeit kontrolliert mit Heroin therapiert.

Auch wenn sich Leyla in der Substitution befindet, hat sie manchmal Beikonsum, nimmt noch andere illegale Drogen, vor allem Heroin und Koks. »Eigentlich ist es der Kopf, der krank ist, körperlich sind die Synapsen so vollgeklatscht und vollgekleistert, dass es eigentlich wenig bringt. Ich hab dann Koks genommen, damit ich wieder braun nehmen kann und wieder ordentlich braun spüre.«

Weil sie unter Aufsicht »sauberen« Urin abgeben muss, hat sie sich eine Vorrichtung mit fremdem Urin gebastelt. »Man nimmt sich dazu einen Frischhaltebeutel und verbindet ihn mit einem kleinen Schlauch.« Diesen klemmt sie sich dann zwischen die Pobacken. »Das kann ein Infusionsschlauch sein, nur ein bisschen dicker, damit es schneller geht. Und selbst wenn das nicht fix geht, sagt man: ›Na ja, ich kann nicht richtig pinkeln. Mit drei Tropfen müsst ihr leben.‹« »Sauberen« Urin nimmt sie von ihrer Mutter oder sonst wem. Als sie aus dem Programm rauswill, gibt sie ihren eigenen Urin ab, der nicht sauber ist. Auch online schreibt sie darüber. *»Deswegen ist mein Beikonsum aufgefallen.«*

Als jemand fragt: *»Ist einer von euch im Methadon-Programm???«*, antwortet Leyla: *»Ich war mal in dem Programm, aber bin hochkant rausgeflogen 😃.«*

Der Drang zu spritzen ist bei Leyla weiterhin da. »Ich kann nicht sagen, dass ich das nie wieder mache«, gibt sie gegenüber Fynn zu. »Aber ich mache das nur noch zu besonderen Ereignissen, Geburtstag oder Feiertage.« Etwas Ähnliches wird sie später in Interviews wiederholen. »Ich wollte dieses Gefühl nicht in meinem Leben missen. Ich wollte schon Kontrolle darüber erlangen. Und ich hab nicht ganz verstanden, dass beides irgendwie nicht geht. Entweder-oder. Bei sehr wenigen Leuten klappt es, Kontrolle zu haben und trotzdem nicht komplett zu verjunken. Bei mir hat es nicht geklappt.«

Darum setzt sie sich ab und an wieder einen Schuss. Diese Ereignisse zelebriert sie auch online. Drei Tage vor ihrem Geburtstag schießt sie ein Foto. Auf ihrem Schoß liegen eingepackte Spritzen. *»Schon alles besorgt – außer das Koks 😄«*, postet sie mit zehn Spritzen-Emojis.

Leyla versucht es noch mit der Diamorphin-Substitution, das über die Krankenkassenkarte einer Bekannten gelaufen sei, denn Leyla ist dafür eigentlich noch zu jung und erfüllt nicht die geforderten Voraussetzungen, außerdem will sie nicht, dass etwas zu ihrer Sucht in ihre Papiere gelangt. Doch das Programm überzeugt sie, es reizt sie, für Heroin nichts mehr bezahlen zu müssen, und die Diamorphin-Ambulanzen wirken auf sie schöner als die, in denen Methadon ausgegeben wird. »Ich habe mich verstanden gefühlt.« Bei unserem ersten Treffen 2018 nimmt sie gerade das Diamorphin-Programm in Anspruch.

»Ich krieg meine Shore direkt vom Doktor«, sagt sie damals.

»Mir hat das sehr geholfen.« Und: »Ich bin im Programm, also ich darf eigentlich keinen Beikonsum haben.«

Leyla erklärt, sie sei eigentlich weg vom Straßenheroin, doch bei unserem ersten Treffen zieht sie mich nach der ersten Hälfte des Gesprächs mit auf die Toilette des kaum besuchten Cafés, in dem wir gerade noch miteinander gesprochen haben, um vor mir zu konsumieren. Auf die Frage, ob sie das wirklich tun will, antwortet sie: »So clean bin ich auch nicht.« Sie klappt ein schwarzes Brillenetui auf, darin liegt Heroin. »Das ist Stoff, den ich kenne. Also, ich werd jetzt nicht an einer Überdosis umfallen.«

Es fühlt sich an, wie früher mit einer guten Freundin aufs Schulklo zu verschwinden. Und als sie mir auf dem Toilettendeckel gegenübersitzt, packt sie das braune Pulver aus. Es hat seltsamerweise nichts Bedrohliches, wenn es jemand tut, der so alt ist wie man selbst und dem man es nicht ansieht. Das braune Pulver wirkt so harmlos auf Leylas Schoß. Und ich frage mich, wie es wohl wirkt. An diesem Tag spritzt sie nicht, sie raucht es von der Alufolie.

»Ich baller auch nicht. Ich rauch einfach ein bisschen«, sagt sie. »Die größte Scheiße am Ballern ist, dass meine Venen dicht sind. Will man mir Blut abnehmen, braucht das wirklich 'ne Stunde. Bei mir wurde letztens, als ich im Krankenhaus war, der Oberarzt gerufen. Das ist wirklich scheiße. Und deswegen, wenn ich spritze, gehe ich eigentlich nur noch in den Oberschenkel.«

Leyla schwärmt vom Heroin – und raucht es. »Völlig bescheuert«, sagt sie, »aber trotzdem rauche ich lieber das schlechtere Heroin, weil ich es irgendwie mehr genieße als das saubere, was ich bei meinem Arzt kriege. Das ist die Atmosphäre, wie wenn du ein Medikament nimmst. Du gehst da hin, als ob du geimpft wirst. Ja, dein Affe ist weg, es ist aber nicht chillig.«

Auch das Diamorphin-Programm ist bei ihr auf Dauer nicht erfolgreich, es gibt einiges, was sie daran ablehnt. »Ich kann nicht bis zu dreimal am Tag dorthin laufen, mich auf einen blöden Stuhl setzen mit zig anderen Junkies und darauf warten, dass man mir hinter der Glasklappe mein Futter wie einem Hund zuschmeißt. Ich hab ein Leben, das hat mir nicht gepasst an der Substitution, an allen Substitutionen. Alleine der Fakt, dass mir da was unter so einer Klappe durchgeworfen wird, als ob ich jetzt mit meinen Junkie-Keimen da in diese Klappe krieche und irgendwen anstecke.« Dieses Setting gefällt ihr nicht.

»Die Substitution hilft mir, sauberer zu konsumieren, wenn ich konsumieren will«, fährt sie fort. »Aber hilft sie mir auch, wenn ich clean leben möchte? Wenn ich arbeiten möchte, dann kann ich doch nicht dreimal am Tag irgendwo hingehen. Keiner muss dreimal. Aber ich hab auch keinen Bock, einmal am Tag zu einer festen Uhrzeit da anzutanzen. Das finde ich respektlos. Und du musst alles nachweisen.«

Vielen Suchtkranken helfen Substitutionsprogramme, sich aus dem Kreislauf aus Beschaffungskriminalität und Verelendung zu befreien. Leyla gibt diese Strategie hingegen auf. Und so raucht sie weiter Heroin von der Alufolie.

10

DROGENGELD

Josh und seine Freunde schicken sich gegenseitig Stoffe zu. »*Wer hat Bock auf'ne WhatsApp-Gruppe*«, fragt ein Nutzer.

»*Ich*«, schreibt Leyla.

»*Jo, mach ich mit*«, kommentiert Josh.

In dieser Zeit entsteht die WhatsApp-Gruppe »Ketamin Cowboys«. Der Name ist angelehnt an einen US-Dokumentarfilm mit dem Titel *Cocaine Cowboys*, der sich um den Kokainhandel in Miami in den Achtzigerjahren dreht.

Josh und Leyla werden Mitglied bei den Ketamin Cowboys. Es entsteht eine Facebook-Seite, über die drogenverherrlichende Inhalte geteilt werden. In der WhatsApp-Gruppe posten die Mitglieder ihren Konsum. »Josh war da sehr aktiv. Später hat sich das zu einer reinen Jungsgruppe entwickelt, ich war dann nicht mehr drin, und das waren dann die Research-Chemicals-Konsumenten«, sagt Leyla.

Josh verdient sich ein wenig Geld, indem er für einen Research-Chemicals-Shop arbeitet, der angeblich legale Substanzen verkauft. Er kümmert sich darum, dass die Website des Shops läuft. Der Betreiber, ein Bekannter aus dem Internet, macht in Drogen-Gruppen Werbung für seinen Shop. »Unsere Produkte fallen nicht unter das Betäubungsmittelgesetz und auch nicht unter das Neue-Psychoaktive-Substanzen-Gesetz«, heißt es in der Shop-Beschreibung.

Und Josh beschafft sich noch auf andere Weise Geld. Einmal fehlen seiner Mutter 100 Euro im Portemonnaie. »Er hat mich beklaut«, sagt sie. Sie spricht ihn darauf an, fragt ihn: »Warst du's?« Josh streitet das ab. »Ich wusste, dass er es war, es konnte kein anderer genommen haben.« Seine Mutter bewahrt daraufhin ihre Geldbörse für Josh unzugänglich auf.

Auf der Platte wird Leyla von Männern angesprochen. »Von räudigen Familienvätern aka Ehemännern, ob ich mit denen irgendwie Prostitution treibe«, sagt sie. »Natürlich aufgrund der Drogensucht. Die denken, wer hier hockt, der ist auf jeden Fall drauf. Und wer drauf ist, der wird mitmachen für ein paar Euro. Das ist leider allgegenwärtig.«

Einer habe gesagt: »Hey, komm mit mir in die 50-Cent-Toilette. Ich will dich auch gar nicht ficken. Ich will nur ein bisschen was sehen.«

»Ich hab wirklich kurz überlegt: Soll ich das machen? Es wäre ja kein Sex. Ich würde da nur rumpimmeln und ihn nicht anfassen und ich würde dafür Geld kriegen. Ich habe mich aber Gott sei Dank dagegen entschieden und gesagt: ›Nee, aber du kannst mir die Füße lecken.‹« Der Mann sei nicht darauf eingegangen.

Über die Drogen-Gruppen schreiben Leyla zudem Menschen, die sich im realen Leben mit ihr treffen wollen. Unter ihnen ein älterer Mann, sie schätzt ihn auf sechzig oder siebzig. Sie vermutet, dass er anhand ihrer Beiträge ihre Dominanz bemerkt hat. Die Begegnung hat sie wie folgt in Erinnerung behalten: Sie trifft sich mit ihm, Fynn ist dabei. Nach dem ersten Treffen sagt der Mann: »Du bist so toll und so schön und ich will dir was schenken.« Daraufhin trifft sie sich mit ihm in einem Einkaufszentrum, er meint, sie dürfe sich was aussuchen.

Auf Shopping hat Leyla aber keine Lust. Sie will Geld für Heroin, und sie sagt ihm das auch. Der Mann gibt ihr dann 100 Euro. Sie erklärt ihm, dass er ihr damit einen sehr großen Gefallen getan hat. »Aber du bist alt, ekelhaft und wir werden nix Sexuelles machen, wie regeln wir das jetzt?«

Der Mann erwidert: »Du kannst mir auch dein Pipi geben.«

Leyla sucht eine McDonald's-Filiale auf und fragt die Angestellten dort nach einem Becher. Sie bekommt ihn, geht damit auf die Toilette und pinkelt rein. Den vollen Becher übergibt sie dem Mann, der ihn dann zum Mund führt und leer trinkt.

Der Mann spricht begeistert über Sklaven und Dominanz. Leyla denkt darüber danach und setzt schließlich Posts ab, in denen sie für ihre Arbeit als Domina wirbt. Sie richtet sich dafür sogar eine eigene Facebook-Seite ein. *»Ich Bewerbe Mich Als Dein Eigentum«*, scheibt ein User unter einen ihrer Posts. Nicht allen gefällt das.

»Mädel, was denkst du eigentlich, wer du bist? So'n charakterlichen Müllhaufen wie dich hab ich ehrlich schon Ewigkeiten nicht mehr gesehen. Dein Fetisch ist übrigens keiner, sondern 'ne geistige Behinderung deiner Persönlichkeit, einfach nur ein mieses Stück Scheiße, das sich an Schwächeren vergeht ... Sollte man vielleicht mal mit dir machen.«

Leyla geht nicht darauf ein.

Andere User kommentieren: *»Sie haben eine pn Herrin.«* Oder: *»Würde mal ein Tier spielen, das man zur Schlachtung führt.«* Oder: *»Ich möchte gerne Ihre Binden haben mit Blut.«*

Auch Josh sieht den Post und kommentiert: *»Dein Fetisch will ich jtz wissen 😃.«*

Leyla antwortet: *»Nur wenn du mit deinem rausrückst. Ne, meiner ist doch voll offensichtlich 😃.«*

Wie sie an den ersten zahlenden Sklaven gekommen ist, weiß sie nicht mehr. »Ich denke, Internet.«

Mit ihm geht sie in eine 50-Cent-Toilette. »Ich hab ihm in den Mund gerotzt, ein paarmal, und ich wusste nicht, wie viel Geld man nimmt.« Sie bekommt von ihm 30 Euro. Krass, ich war mit dem zehn Minuten auf der Toilette und hab 30 Euro, denkt sie sich.

Das findet nicht jeder gut. Jemand sagt ihr: »Ey, du machst dir keine Freunde. Wenn das eine richtige Domina sieht, was du hier für 'ne Scheiße machst, für 30 Euro. Du machst den Markt kaputt, und das ist nicht ungefährlich.«

Daraufhin liest Leyla in Foren, was gängige Preise sind, und passt sich daran an. Inzwischen berechnet Leyla den Satz individuell, je nachdem, was ihr Kunde verdient. »Wenn ein Student oder ein Hartz-IV-Empfänger 50 Euro blecht, ist das mehr wert, als wenn ein Arzt oder Anwalt 200 oder 300 Euro gibt. Der Verzicht ist das, was der Sache den Wert einhaucht. Ist mir die Person sympathisch, frage ich: ›Was hast du denn noch übrig? Wenn du nichts mehr für den Monat hast, dann scheiß drauf, dann zahlst du nächsten Monat.‹ Und wer mir einen Amazon-Gutschein schenkt, dem schreibe ich das gut. Man findet Wege.«

Der Höchstsatz für eine Stunde ist »um die tausend Euro« gewesen. Damit verdient Leyla deutlich mehr als eine Prostituierte, die auf der Szene anschaffen geht. »Die muss ihren Arsch hinhalten. Erniedrigender geht's nicht. Die wird von fremden Männern in den Arsch gefickt, kriegt nicht mehr als 30 Euro und wird behandelt wie ein Stück Scheiße. Mir ist es peinlich, vor so hart arbeitenden Leidensgenossinnen, dass ich es so leicht habe. Ich mache ein bisschen hier und da und krieg so viel wie eine, die den ganzen Tag anschafft.«

Ihren Urin macht Leyla weiterhin zu Geld. »Ich verkaufe mein Pipi, das nennt sich Natursekt, das ist sehr beliebt. Das fülle ich in Sektflaschen ab«, sagt sie. »Sprudeln tut's leider nicht.« Für eine Flasche bekommt sie zwischen 50 Euro und 100 Euro. »Und dann gönnen die sich das bei einem schönen Bad – und trinken mein Pipi.«

Die Arbeit als Domina macht Leyla nicht allein wegen des Geldes. Es entspricht ihrem eigenen Fetisch. Mit dem Klischee von Lack, Leder und Peitsche hat das für sie nichts zu tun. »Dominanz ist 'ne stille Sache, das spürt man einfach. Der Beteiligte im Raum, der devot ist, der merkt das, und der, der Dom ist, der merkt das auch. Und wenn ich anfange, mich krass in Lack und Leder zu werfen, bin ich der Sklave des Sklaven, nicht andersrum, weil ich seinen Fetisch bediene. Es geht nicht um die Klamotte, das ist ein Machtgefälle, das ist etwas Unsichtbares. Das ist nicht Lack, nicht Leder, sondern etwas Unanfechtbares, was da ist. Mir wird gedient, und darum geht's. Natürlich nur einvernehmlich. Die andere Person muss da Bock drauf haben.«

Sitzt man Leyla gegenüber, kann man sich diese Dominanz gut vorstellen. Sie wirkt selbstbewusst und kann Blickkontakt halten, bis es einem unangenehm wird. Ihr ist ihre Sucht nicht anzusehen, sie ist eine Frau, die die meisten Menschen wohl als schön bezeichnen würden – und unter ihren Fotos auf Social Media tun das auch einige. Beim ersten Treffen trägt sie ein enges Sportoberteil, unter dem sich ihre Muskeln abzeichnen. Sie sagt, sie trainiere sich gerade einen Sixpack an. Und während sie einen mit ihrem durchdringenden Blick ansieht, kann man kaum glauben, dass es etwas gibt, das eine Frau wie sie so sehr dominiert: Heroin.

Wer ihre Vorstellungen erfüllt, muss nichts bezahlen. »Meine sexuelle Fantasie ist es sicherlich nicht, dass ich gerne in den Mund rotze. Es ist lustig, macht Spaß, aber es ist nicht meine sexuelle Fantasie. Und für alles, was nicht meine Fantasie ist, muss man zahlen. Ganz einfach. Und so hab ich das gepostet. Und so sind die ersten Leute dann auf mich gekommen.« Mit Fynn spricht sie offen darüber, es ist für ihn okay. »Das ist für mich kein Problem, ich weiß, dass sie mir treu ist. Da habe ich null Bedenken, da stehe ich voll hinter ihr.«

Leyla lebt ihren Fetisch nicht an ihm aus. »Perversitäten hebe ich mir für die Leute auf, die das einvernehmlich wollen.«

Sie erzählt auch ihrer Mutter von ihrer Arbeit als Domina.

»Gib das Geld zurück«, sagt die. »Das ist nicht gut.« Bis heute steht sie Leylas Arbeit kritisch gegenüber. »Ich kann es nicht nachempfinden, kann es nicht verstehen. Ich weiß, es gibt einen ganzen Markt dafür, aber nachvollziehen kann ich es nicht. Das ist widerlich, das ist mir so was von unsympathisch.«

Ihre größte Sorge ist, dass einer dieser Männer womöglich nur so tut, als sei er ein Sklave, aber eigentlich Leyla überwältigen will.

»Daran denkt man natürlich«, gesteht Leyla. »Es ist mir oft begegnet, dass Leute sich als Sklave ausgegeben haben, in Wirklichkeit aber selbst dominant waren. Und da mag ich auf den ersten Blick ein relativ leichtes Opfer sein. Jung, unerfahren, kein Bordellzimmer, keine Kamera, nix.«

Sie sorgt deshalb vor, nimmt entweder einen Kumpel mit oder geht bewaffnet zu den Treffen.

Leylas Vater weiß ebenfalls von ihrer Arbeit. »Der findet das pervers und scheiße.« Er wirkt auf sie ein, das Ganze zu lassen, ohne Erfolg.

Neue Sklaven holt sie nicht selbst ab, das übernehmen Fynn oder Kumpels. Haben die einen komischen Eindruck von dem Typen, raten sie Leyla davon ab, ihn zu sehen. Für die Sessions mietet sie manchmal Hotelzimmer an, manche Sklaven wollen von ihr in der Öffentlichkeit gedemütigt werden. Wenn ihre Kumpels Sklaven zu Leyla weiterleiten, müssen diejenigen sich erst mal bis auf die Unterhose ausziehen. So prüft Leyla, ob die Kunden unbewaffnet sind.

Sie wird mit Männern mit unterschiedlichen Vorlieben konfrontiert. »Das Krasseste, das jemand wollte, war, dass ich ihm den Sack abbinde, ihn zerquetsche und ihn mit meinen bloßen Schuhen kastriere. Er meinte, dass er sich das unbedingt wünscht, so zu leben. Das ist mir dann aber ein zu krasser Einschnitt. Das ist ja schon Verstümmelung.«

Weil jeder Sklave anders ist und mit anderen Neigungen zu ihr kommt, fallen auch die jeweiligen Sessions unterschiedlich aus.

»Ich benutze Kerzenwachs, mache verschiedene Flüssigkeiten heiß und frittier die Typen dann ein bisschen. Ich piss sie an, lauf über sie drüber, lass sie meine Füße spüren, meine Absätze. Einige lecken meine Schuhe sauber.« Manche verlangen von ihr Sessions mit Kot. »Das nennt sich KV – Kaviar –, aber ich habe keinen Bock darauf, irgendwas mit Scheiße zu machen. Ich finde das nur ekelhaft, darum mache ich das nicht. Einmal wollte ein Sklave von mir gegessen werden. Er wollte mir also mit seinem Fleisch dienen.« Leyla lehnt ab.

Einer ihrer Sklaven, sie nennt ihn Stitch, kommt immer wieder zu ihr. Sie hat mit ihm eine einstündige Session geplant. »Er ist eine recht fragile, feingliedrige Person«, sagt Leyla. Er habe vor ihr in Unterhose auf dem Boden gelegen. »Dann hab ich ihm in den Sack getreten, ein paarmal.« Bei einem Tritt sei Stitch dann aber zusammengezuckt. »Ist alles okay?«, habe sie ihn gefragt. Seine Antwort: »Ja, hat irgendwie krasser gezogen als sonst, bis in den Bauch, fast bis in die Brust.« Stitch habe die Session trotzdem weitermachen wollen. Er habe ihr dann noch die Schuhe sauber geleckt und sich mit einem Kuss auf ihre Füße bei ihr verabschiedet.

Durch einen Post erfährt sie später, dass Stitch im Krankenhaus liegt. »Ich hab gedacht, Scheiße, warum liegt der im Krankenhaus? Habe ich vielleicht zu fest zugetreten?« Leyla schreibt Stitch und fragt ihn, was los sei. Er schreibt ihr, dass er wegen der Session im Krankenhaus liege. Es sei dann herausgekommen, »dass er nicht nur einen Leistenbruch hat, sondern dass sich die Nebenhoden verdreht haben. Das war ziemlich schmerzhaft, und ich glaube, Stitch hat mir noch ein Bild von seinem Sack geschickt, der war riesig.«

Leyla beschäftigt das. »Da habe ich schon gedacht, das geht nicht klar, ich kann doch nicht ernsthaft Leute verletzen. Das tat mir so leid.«

Ihre Mutter erfährt ebenfalls von dem Vorfall, Leyla erzählt ihr davon. »Da habe ich ihr gesagt, das ist kein Spaß mehr. Da wollte ich ihr das verbieten.« Von der Arbeit als Domina kann sie Leyla aber nicht abbringen. Genauso wenig wie Stitch die Verletzung davon abbringt, wieder zu Leyla zu kommen.

Das Geld, das Leyla verdient, reicht nicht immer aus, um ihren Konsum zu finanzieren. Leyla dealt deshalb wieder. Ihre Eltern wollen ihr die Drogen bezahlen, bevor sie dealt, aber das möchte sie nicht. »Man hat doch irgendwo seinen Stolz.«

Bei unserem ersten Treffen sagt Leyla noch, dass sie nicht über Facebook verkauft. »Dann kann ich auch freiwillig in den Knast marschieren.« Inzwischen sind die Taten, die sich über Recherche nachvollziehen lassen, verjährt – und sie gibt sie zu.

Sie hat zu diesem Zweck ein Extra-Online-Profil angelegt, »ein Verkaufsprofil«, wie sie sagt. Mit dem Account tritt sie Drogen-Gruppen bei, um Kunden zu generieren. Leyla postet Dinge, von denen sie weiß: »Das ködert.« Und: »Die Leute waren zufrieden und sind oft wiedergekommen.« Für eine Ecstasy-Pille zahlt sie über Kontakte von Bekannten 75 Cent, sie verkauft sie für fünf Euro das Stück. Manchmal auch für sieben. »Je nachdem, wer sie haben will und wie viel Geld derjenige hat«, sagt Fynn.

Einmal stellt Leyla sogar selbst Ecstasy-Pillen her und verkauft sie. Sie zerbröselt dafür MDMA und Koffeintabletten. Die Masse feuchtet sie an und drückt den Brei in einen leeren Blister Paracetamol. Einen Ohrring in Form eines Ankers presst sie auf jede Pille. Ein anderes Mal baut sie Cannabis an. Ein Foto der kleinen Pflänzchen postet sie in einer Drogen-Gruppe. Dieses Geschäft lohnt sich aber nicht. Das Einzige, was sie daran gut findet: Bei Gras aus eigenem Anbau kann man sich sicher sein, dass man keine unbekannten Streckmittel raucht.

Online postet sie Bilder ihres Drogen-Sortiments. »*MDMA KRISTALLE, TEILE, HEROIN, KOKAIN, PEP UND VIELES MEHR!*«, schreibt sie. Auch Josh sieht den Post.

Manchmal, wenn ein Treffen nicht möglich ist, verschickt Leyla die Drogen. Alles sei angekommen. Auch die Bezahlung läuft über die Post, die Kunden sollen das Geld per Brief verschicken. Hierbei gibt es Ausfälle, sodass Leyla sich eher auf den Verkauf im realen Leben fokussiert.

Auch Fynn schleppt Kunden an, einige hat er über das Internet generiert oder im Freundeskreis. Sie lassen die Leute zu sich kommen oder an bestimmte Orte.

Einige Kunden lassen sich leicht täuschen. Einem Typen verkaufen sie Koffein, der es für MDMA hält. »Er hat von anderen echte Drogen bekommen und den Unterschied nicht gepeilt. Der ist trotzdem wiedergekommen.«

Das Speed strecken sie mit Koffein. Einmal verkaufen sie pures Koffein als Pep. Aus »Geldnot«, wie Fynn sagt. Den Käufern sei das aber aufgefallen, sie hätten ihr Geld zurückgefordert.

Leyla verkauft auch härtere Substanzen, Heroin und Benzodiazepine, manchmal auf der Szene. Das Heroin trägt sie dabei wie die anderen Dealer als Bubbles im Mund. Dadurch gerät sie in Situationen, für die sie sich heute schämt.

Sie erzählt diese Geschichte: Ein Mann spricht sie auf der Platte an: »Hast du Rivotril?« Rivotril, ein Benzodiazepin. Leyla kramt die Tabletten aus ihrem Rucksack. Sie hat Kopfhörer im Ohr, sie spürt ein Ziehen am Kabel und dass sich jemand an ihrem Smartphone zu schaffen macht, das sie in der hinteren Hosentasche verstaut hat. »Der Mann steht hinter mir, versucht mir ans Handy zu gehen. Und ich mach den halt weg. Ich schubse den, leg den zu Boden.« Bei solchen Schilderungen bleibt Leyla ungenau. »Hör mal, ich bin ein kleiner Lappen. Ich muss mich doch verteidigen«, sagt sie. »Wenn du nämlich mit Junkies verkehrst, musst du bereit sein, dich zu verteidigen, sonst tanzen sie dir auf der Nase herum. Gerade wenn du verkaufst. Die Sache ist: Die Droge zwingt einen, etwas zu tun, was man so verachtet.« Leyla bezeichnet sich selbst als »Junkie«, doch mit einem Teil der Szene kann sie sich nicht identifizieren.

Sonst sprudelt es aus Leyla heraus, nur bei diesen Fragen zum Thema Gewalt zögert sie, kommt ins Stottern, bleibt oft allgemein. »Ich hasse es, wenn sich Leute gegenseitig grundlos verletzen, aber ich bin nun mal abhängig und ich brauche nun mal die Droge. Und wenn mir jemand die Droge wegnehmen will, muss ich mich wehren. Die Welt ist eben ein sehr sexistischer Ort. Und ich als nun mal weiblich gelesene Person. Die fressen mich auf, wenn ich nett und freundlich bin. Guck dir nur mal die Platte an. Ich hasse Gewalt, aber ich will nicht gefressen werden. So viel sage ich nur dazu. Ich hasse es, selbst zu kassieren, und ich hasse es, jemand anderem bös zu geben, aber man muss es tun, weil man sonst nicht ernst genommen wird. Sonst lachen die Leute über einen. Man schämt sich dafür, kassiert zu haben. Doch wenn man gewinnt, fühlt man sich auch scheiße. Ob man gewinnt oder verliert, es spielt keine Rolle. Es ist Gewalt, und Gewalt ist immer scheiße, ich hasse Gewalt.«

In den Auseinandersetzungen kommt Leyla glimpflich davon. »Entweder habe ich viel Glück gehabt. Oder es sind Leute, die lange nichts gegessen haben. Da ist es als Frau möglich, den Durchschnittsmann zumindest in Schach zu halten.«

Wenn sie so etwas getan hat, fühlt sie sich »ganz, ganz schlimm«. »Wie ein dummes Stück Scheiße, das es nicht wert ist, abends von der Mama umarmt zu werden. Ich denke dann, dass ich es nicht wert bin zu leben. Ich bin ja sowieso schon ein Stück Scheiße, weil ich ja konsumiere. Aber das ist noch irgendwo vertretbar, aber jemandem etwas anzutun, das ist nicht vertretbar, weil ich weiß, wie enttäuscht jeder von mir wäre, weil es vermeidbar ist. Dir geht's gut und du gehst auf die Platte und du bist schuld, weil du auf der Platte nichts zu suchen hast. Und wenn du doch hingehst und dann doch wen plattmachst, dann bist du schuldig. Bei mir ist Gott sei Dank alles glimpflich ausgegangen.«

Erst bekommt ihre Mutter nichts vom Dealen mit. Dann entdeckt sie bei einem ihrer Besuche in Leylas Wohnung einen Beutel mit Ecstasy-Pillen. Ihr ist klar: Das kann kein Eigenbedarf mehr sein.

Sie konfrontiert ihre Tochter mit den Pillen: »Soll das jetzt ein Vorrat sein, oder was?«

Leyla erwidert: »Ich helfe Freunden aus.«

»Hilf denen mal nicht«, sagt ihre Mutter.

Wieder einmal spielt Leyla alles herunter, wieder einmal taktiert sie. Da sie ihre Mutter nur die Spitze des Eisbergs sehen lässt, nimmt diese nicht wahr, wie viel Geld in Leylas Heroinkonsum fließt.

»Ich hab mir gesagt«, so Leylas Mutter, »das kann nicht sein. Sie hat ja alles bekommen, was sie brauchte. Auch Geld.«

Für Leyla geht es weiter wie zuvor. Oft begleitet sie dabei die Angst. »Wie oft ich in meinem Leben schon Angst hatte, dass jemand verreckt oder sich das Leben nimmt oder sich eine Überdosis ballert und dann an dem Zeug meine Fingerabdrücke gefunden werden. Man hat riesige Angst, bis die Person wieder auf der Bildfläche erscheint, und man schwört sich, ihr nie wieder etwas zu verkaufen. Aber man tut es doch.«

Dann sieht ihre Mutter einen Bericht in den Nachrichten – über ein Mädchen, das an einem Ecstasy-Teil gestorben ist. Sie ist entsetzt. »Das fand ich ganz ungeheuerlich. Nur eine einzige Pille. Eine Kinderdroge. Eine Tote ist eine zu viel.«

Zu Leyla sagt sie: »So was darf man nicht unter die Leute bringen. Nicht mal verschenken darfst du diese Pillen.« Ihre Eltern reden ihr ins Gewissen. Leyla sieht das ein, ihr wird der Verkauf von Ecstasy zu heikel, Fynn geht es genauso: »Uns war die Gefahr zu groß, dass die Leute unvorsichtig damit sind und sich damit am Ende noch umbringen.« Da sie die Teile in der Regel nicht selbst herstellen, sondern nur ankaufen, wissen sie auch nicht, was sie enthalten. »Nur wenn man sie selbst getestet hat, weiß man, wie sie wirken, aber nicht, was drin ist.«

Die Pillen verkaufen sie nicht mehr. »Ich habe so viel Geld ausgegeben, ich musste die ganze Ladung wegschmeißen, weil Mama gesagt hat, da ist Scheiße drin. Ich habe danach keinen Krümel mehr von den Kinderdrogen verkauft. Das Einzige, was ich noch hin und wieder gemacht habe, war Shore-Bubbles an Leute abzugeben, die schon längst drauf waren.« Aber auch damit hört sie schließlich auf und postet es online: *»Ich tu euch keine Gefallen mehr, weil ich euch mit so etwas keinen Gefallen tue!«*

Wenn das Geld nicht reicht, fragt sie nun ihre Mutter, die es ihr gibt. Das, was andere als Taschengeld im Monat erhalten, bekommt Leyla am Tag, zwischen 50 und 80 Euro. »Es war mir unangenehm, und ich habe schon geguckt, dass ich das auf anderen Wegen zusammenkriege«, sagt sie. Leylas Mutter verdient gut, sie kann sich das leisten. »Ich kam gar nicht auf die Idee, es ihr nicht zu geben«, sagt sie. »Ich wollte einfach nicht, dass sie sich das irgendwie ... Ja, und ich konnte es. Ich meine, das kann auch nicht jeder. Aber ich konnte es geben. Hätte ich das jetzt nicht geben können, was hätte ich dann gemacht? Sagen wir mal so, andere kaufen sich ein Auto oder sonst irgendwas in dem Alter, das hat sie dann nicht.«

Aufgrund der Sucht bleibt für Leyla auch wenig Zeit für andere Dinge. »Ich bin nicht feiern gegangen, ich hatte keine Hobbys. Ich stehe nicht auf Marken. Eigentlich bin ich pflegeleicht – bis auf das.«

»Du hast mir nie was abgeschlagen«, sagt Leyla mal zu ihrer Mutter.

»Was vielleicht falsch war«, meint diese.

11

ALLES MAL PROBIEREN

»Ein ♡ für Drogen und so 😆 Würd alles mal probieren ^^«, postet Josh online.

Er fragt die, die vor etwas warnen, nach den Resten. Auch als einer schreibt, sein Kumpel habe gerade davon gereihert, fordert Josh ihn auf: *»Schick's lieber mir 😆 Drogen wirft man nicht weg.«* Online tauscht er Substanzen mit anderen Konsumenten. Geschichten über Tote schrecken ihn nicht ab. *»Von fast allen Drogen is schon mal einer gestorben – sollen wir jtz aufhören sie zu nehmen?«*

Einerseits würde Josh, anders als andere Nutzer im Forum, keine unbekannte Pille schlucken. Andererseits ist er interessiert an Stoffen, von denen andere »abkacken«. Er würde einen Drink mit K.-o.-Tropfen nehmen, erklärt er.

In den Gruppen werden Erfahrungsberichte geteilt, um andere vor bestimmten Substanzen zu warnen. Bei Pentedrone, einer psychoaktiven Substanz, die zu den Amphetaminen zählt, berichten einige User von Paranoia. *»Nach einiger Zeit kam ich zur Ruhe, dennoch hatte ich panische Angst, im Schlaf einfach das Atmen aufzuhören«*, heißt es in einem Bericht. Oder: *»Am nächsten Tag wachte ich auf und hatte immer noch ein unwohles Gefühl. Ich hatte Angst, es wieder zu bekommen, dieses Gefühl vom Sterben.«* Ein User meint nach diesen Schilderungen: *»Ich würde es nie anfassen.«*

Josh schreibt hingegen: *»Hört sich lustig an 😃 Ich mag sowas 😃«* und *»Muss mir das Zeug mal holen«*. Als Nächstes will er aber *»erst* *mal a-php«* rauchen. Alpha-Pyrrolidinohexiophenon zählt zu den Uppern, also Substanzen mit aufputschender Wirkung. Es ist verwandt mit MDPV, das Josh bereits kennt. Einen guten Monat später bekommt er a-PHP per Post. Es gibt keinen bestimmten Stoff, nach dem er süchtig ist. Er will experimentieren, halluzinieren, Grenzen austesten.

Seine Exfreundin Jana verfolgt online Joshs Posts und Bilder »mit irgendwelchen chemischen Drogen«. »Für mich war das unverständlich, das so öffentlich zu zeigen«, erzählt sie mir via Skype. »Seine Mama hat immer gesagt, sie hat Angst, aber sieht's kommen, dass er irgendwann mal in einer Ecke liegt und tot ist. Und als ich das dann im Netz gesehen habe, habe ich mich an ihre Worte erinnert und gedacht: Ja, das wird leider Gottes irgendwann passieren.«

Manchmal verlässt Josh noch das Haus, um sich mit Gleichaltrigen zu treffen – doch auch da geht es oft um Drogen. Er ist auf Partys im Proberaum einer Band eingeladen. »Das waren schon heftige Nächte, heftige Partys«, sagt Celina, ein Mädchen aus diesem Freundeskreis. Alkohol, Gras, Speed und »auch mal Pillen« seien konsumiert worden.

Celina begegnet Josh auf einer solchen Party zum ersten Mal. Sie erinnert sich an sein »süßes Grinsen«. »Er war den ganzen Abend über sehr still, hat auch mit den anderen kaum geredet. Vielleicht hatte er da schon irgendetwas genommen. Er war sehr ruhig, so wie ich ihn kennengelernt habe. Fast schon schüchtern irgendwie.« Er wirkt auf sie nicht wie jemand, der viel konsumiert.

Im Laufe des Abends verschwindet Josh kurz mit ein paar anderen – wohl um etwas zu nehmen. »Im Nachhinein hat mir dann jemand gesagt, dass das wohl Ketamin war.«

Im Freundeskreis geht es manchmal um Joshs Konsum. »Sie haben gesagt, dass er schon sehr krass ist, was seine Drogen-Geschichten angeht. Was er nimmt, in welchen Mengen.« Celina gibt das ein ungutes Gefühl, sie ist mit sechzehn die Jüngste in der Gruppe. Sie habe damals »noch nicht so den Draht zu Drogen« gehabt.

»Ich hatte Angst, dass vielleicht jemand stirbt, weil es irgendjemand übertreibt«, sagt sie. »Ich hatte immer ein bisschen Angst, wenn es hieß: ›Josh kommt dazu.‹ Dass es dann außer Kontrolle gerät.«

Josh erscheint zu den Partys aber nur selten – wie schon als Kind verbringt er seine Zeit am liebsten zu Hause. »Es hieß zwar immer, er kommt, aber er war fast nie dabei.« Sie geht auf Distanz zu ihm. »Eigentlich nur wegen den Drogen. Ihn selbst hätte ich gerne näher kennengelernt und als Freund gehabt. Er hat auf mich bei unserer ersten Begegnung einen sehr netten Eindruck gemacht.«

Kurz nachdem sie Josh zum ersten Mal trifft, beginnt sie ebenfalls, Drogen zu nehmen. »Mit ihm hatte das nichts zu tun, mit dem Freundeskreis schon«, sagt sie. Bei ihr sei das »Schlimmste« Speed gewesen. »Ich hab's lang genommen. So ein Jahr. Jedes Wochenende. Es war schon viel.«

Leyla und Fynn erwischen auf der Straße einmal Heroin, das, als sie es auf Alufolie erhitzen, richtig rot wird. Fynn testet die Substanz in kleinen Zügen. Sein Rücken fängt an zu kribbeln. Das bereitet ihnen Sorge, Leyla befürchtet, das Heroin könnte mit Strychnin gestreckt sein. Strychnin wurde früher unter anderem als Rattengift eingesetzt, manchmal wird es als Streckstoff verwendet. In Deutschland ist Strychnin allerdings kein gängiges Streckmittel. Doch die Angst davor bleibt.

»Wie erkenne ich Strychnin in Heroin?«, fragt Leyla online, *»Farbe? Rot? Merke leichtes Kribbeln«*. Den Post setzt sie in zwei Gruppen ab. Josh meint, Strychnin habe *»durchsichtige Kristalle«*.

Eine Userin schreibt: »*Ich weiß es net, Süße ... Ne Freundin von mir hat dadurch 'n Bein verloren ...*«

Leyla: »*Oha, das ist Scheiße, bei uns auf der Platte sind auch viele im Rollstuhl, ich dachte immer, das käme vom in die Leiste ballern, aber ich nehm das Scheißzeug nicht mehr.*«

In der anderen Gruppe schreibt ein User, sie solle das Heroin weglassen. Leyla: »*Also Strychnin nehmen und Heroin weglassen, ja genau. Lol 😜.*«

Ein anderer meint: »*Kiff dir ein und gut ist.*«

Leyla: »*Wat denkt ihr, wie das läuft mit so einer Hero-Abhängigkeit!?!? Einfach Joint rauchen, ja genau.*«

Eine Userin antwortet daraufhin: »*Aufhöööööörn, gibt genug andere Möglichkeiten, um sich wegzuballern. Muss es denn gerade eine der schlimmsten sein?*«

Leyla: »*Aufhören ist grundsätzlich möglich (hab's mal gemacht, um meiner Mama zu beweisen, dass es alles nur Kopfsache ist). Aber war 'ne körperliche und psychische Höllenfahrt. Daher höre ich nur auf, wenn ich aus finanziellen oder gesundheitlichen Gründen kürzertreten müsste, momentan ist das glücklicherweise nicht nötig. Den Eltern zuliebe würde ich meinen Konsum auch einschränken (wenn sie es fordern würden).*«

Auf den Strychnin-Post meldet sich ein User namens Niklas. Er schreibt ihr, wenn das Heroin mit Strychnin gestreckt sei, würde sie es schmecken. »Strychnin ist eine der bittersten Substanzen, die es überhaupt gibt.« Sie chatten ein bisschen hin und her.

Auch unabhängig von diesem Post treffen die beiden online aufeinander. »Es wird in solchen Gruppen sehr viel Scheiße gelabert«, sagt er in einem Telefonat mit mir. »Es kommt halt alles zusammen. Viele haben echte Probleme mit Drogen, da muss man sich nichts vormachen. Leute, die sich gut auskennen, das sind nicht so viele. Es fällt auf, wenn einer mal ein bisschen mehr Ahnung hat. Leyla ist mir aufgefallen, weil sie präzise die richtigen Informationen geliefert hat, weil sie kompetent war. Sie hat keinen Scheiß gelabert.

Ich konnte mit den meisten Leuten nicht so viel anfangen, ich kam denen wahrscheinlich eher wie ein Klugscheißer vor. Und die kamen mir so ein bisschen verblödet vor. Aber ich habe mir trotzdem Mühe gegeben, möglichst gute Informationen in solchen Drogen-Gruppen zur Verfügung zu stellen, weil ich gemerkt habe, gerade gut recherchierte Fachinformationen fehlen. Viele Sachen sind einfach gefährlich, und wenn man da nicht aufpasst oder die Hinweise nicht beachtet, besteht wirkliche Gefahr. Es war mir wichtig, dass die Leute verantwortungsvoll konsumieren. Solange man nicht versucht, ihnen den Konsum selbst madig zu machen, sondern ihnen nur sagt, was sie beachten sollen, wenn sie denn schon Drogen nehmen, dann wird das halbwegs akzeptiert. Wenn's dringend war, habe ich die Leute direkt angeschrieben und gesagt: ›Pass auf, mach das auf keinen Fall.‹«

Niklas begegnet online auch Josh. »Seine Antworten, die er geliefert hat, waren immer ziemlich akkurat.«

Er schreibt ihn an: *»Sag mal, wo hast du dein Clonazolam gekauft? Mein Shop hat es seit Wochen nicht mehr als Pulver im Sortiment.«* Josh nennt ihm den Shop, bei dem er bestellt. *»Alles top quali, konnte mich nie beschweren. Ham auch meistens en bissl zu viel eingepackt«*, es es sei auch *»schön billig 😀.«*

»Und wie viel nimmst du davon? Ich fand, jenseits der 1,5 mg wird das mit dem Erinnern schon recht schwer ...«, so Niklas weiter. Josh konsumiert in ähnlichen Dosen. *»Ich nehm meistens so 1–2 mg, alles drüber is dann bei mir auch schwer zu erinnern.«* Sie tauschen sich auch über andere Research Chemicals aus. Wie Josh konsumiert Niklas zu dieser Zeit »mehr oder weniger täglich irgendwas«.

Auf Niklas wirkt Josh »ziemlich vernünftig«. Ihm fällt zwar auf, dass er »relativ hart konsumiert und relativ intensiv«. Aber er geht davon aus, dass Josh trotzdem noch ungefähr weiß, was er macht. Und wie dieser testet Niklas Grenzen aus und höhere Dosen. Er sei aber »nicht hirnlos« rangegangen, berichtet er, er habe versucht, sich »nicht umzubringen«. »Als ich mir Research Chemicals geholt habe, sind Substanzen dabei gewesen, die waren teilweise im Milligramm-Bereich tödlich. Das heißt also, ein, zwei Milligramm davon hätten einen getötet. Und das ohne ein Labor zu handhaben ist schwierig. Man sucht sich ja nicht die wenig potenten Substanzen aus, man sucht sich ja den härtesten Shit raus.«

Bei den synthetischen Cannabinoiden erwischt Niklas einmal zu viel. »Es wurde immer nur doller und doller und doller. Ich dachte, jetzt ist es vorbei. War aber nicht so, ich bin eine Dreiviertelstunde später wieder aufgewacht.«

Manchmal sei ihm nicht das geschickt worden, was er bestellt hat. Gemerkt habe er das aber erst beim Konsum. »Entweder kennt man die Substanz schon, das heißt, man weiß, so und so soll sie wirken, aber so und so wirkt sie. Oder man kann das anhand von Erfahrungsberichten abgleichen, wenn man sieht: Nein, das ist nicht die Wirkung, die es haben soll.« Was er dann statt der bestellten Substanz genommen hat, weiß er nicht. Aber wie Josh interessiert er sich dafür, wie Substanzen wirken, was sie im Körper machen.

Und ähnlich wie Josh hat Niklas langsam mit den Drogen angefangen. »Bis ich sechzehn war, hatte ich gar nichts damit am Hut.« Er trinkt zuerst Alkohol. »Ich habe das mal ausprobiert, mich einfach besoffen. Fand ich lustig, aber den Kater fand ich ätzend. Warum muss man einen Kater haben? Ist das bei anderen Substanzen auch so?« Niklas liest über andere Drogen. »Von wegen, Drogen sind so schlimm und Alkohol ist keine Droge. Na ja, das fand ich ziemlich absurd, denn ich habe festgestellt: Alkohol ist mit das Härteste. Und deswegen dachte ich: Na gut, wenn du das Härteste schon probiert hast, kannst du alles andere auch mal probieren. Meine Mutti war am Anfang überhaupt nicht begeistert. Sie hat sich darüber aufgeregt, wenn ich drei Tage lang komplett nutzlos rumlag, weil ich ein bisschen überdosiert habe.«

Er ist in der Real-Life-Drogenszene unterwegs. »Habe mich aber auch des Internets bedient. Die großen Kontakte in die Drogenszene habe ich inzwischen nicht mehr, weil das häufig anstrengend ist. Und viele von diesen Leuten sind nicht besonders umgänglich. Die will man dann nicht mehr in seiner Nähe haben, wenn da gewisse Zerfallserscheinungen einsetzen und man da auch nichts mehr machen kann.« Damit meint er Freunde, die die Droge über alles andere stellen und nicht versuchen, etwas gegen ihre Sucht zu tun.

Von manchen Freunden distanziert er sich. »Die Leute, die abhängig geworden und damit nicht klargekommen sind, die hat man dann irgendwann leider aus dem Freundeskreis rausstoßen müssen, weil man immer nur beklaut wurde.« Aus seiner Clique seien sechs oder sieben Leute opioidabhängig geworden. Einer von ihnen sei an Benzodiazepinen und Alkohol gestorben. Die Opioide haben in seinen Freundeskreis eine »ziemliche Schneise reingerissen«.

Aus dem Chat zwischen Leyla und ihm entsteht eine Freundschaft. Oft schicken sie sich Sprachnachrichten, doch im echten Leben haben sie sich bislang nicht getroffen. In ihrem engeren Umfeld ist Niklas der Einzige, der so viel redet wie sie.

Josh experimentiert in seinem Kinderzimmer weiter, kündigt online an, was er sich reinzieht. Überdosis *»geben, aber vom Feinsten«*, schreibt er. Er habe zum ersten Mal 300 Milligramm MXP gedroppt, ein bisschen 1P-LSD. *»Ach fick doch die Welt, sxheis tah.«* Einer seiner Online-Freunde kommentiert: *»Fetzen muss das.«*

Kurze Zeit nachdem Josh diesen Post abgesetzt hat, stolpert er im Haus die Treppen hoch, fällt hin, schlägt sich die Beine auf. »Er war komplett desorientiert, da ging gar nichts mehr«, erinnert sich seine Mutter. Sein Stiefvater ruft den Notarzt. In der Zwischenzeit verschwindet Josh in sein Zimmer – und wirft sich noch mehr ein, bis die Sanitäter eintreffen. Im Krankenwagen wird er in eine Klinik gefahren. Seine Mutter ist bei ihm. Im Krankenhaus ist er »desorientiert«, »akut psychotisch«, »aggressiv gegenüber dem Personal, krankheitsuneinsichtig und weglaufgefährdet«.

Er kommt »notfallmäßig« in die psychiatrische Abteilung und wird am Bett festgeschnallt. Ihm werden Beruhigungsmittel gespritzt, sie schlagen aber erst nicht an, sodass die Dosis erhöht wird.

Einigen Online-Freunden fällt auf, dass Josh nicht mehr erreichbar ist. Einer von ihnen schreibt: *»Lieber Josh, wenn du das hier liest, liegst du wahrscheinlich im KH und gehst aus Langeweile wegen Koma mit deinem Hirn ins Internet. Währenddessen habe ich promoviert, bin Facharzt an deinem KH und reiche gerade eine Petition rum. ›Nicht Wiederbeleben.‹ Spaß, melde dich, sobald du's packst.«*

Ein User kommentiert: *»Ach, was der sich alles gibt – früher oder später is Schluss.«*

Seine Mutter fürchtet indes um sein Leben und stellt deshalb einen Antrag auf rechtliche Betreuung: Sie »gab an, die Angelegenheit sei eilig, da aufgrund des Drogenmissbrauchs eine Suizidgefahr bestehe«. Sollte der Antrag durchgehen, könnte sie als seine gesetzliche Betreuerin seine Post entgegennehmen oder für ihn entscheiden, dass er in eine geschlossene Einrichtung muss. Josh weiß nichts von dem Antrag. Er wird auf Gerichtsbeschluss hin in einer Psychiatrie untergebracht.

In der Begründung heißt es: »Es besteht die Gefahr, dass d. Betroffene krankheitsbedingt sich selbst oder andere gegenwärtig in erheblichem Maße gefährdet.« Sein Bewusstsein sei »getrübt« gewesen. »Nach Mitteilung der Mutter des Betroffenen bestelle sich dieser regelmäßig sog. ›Legal Highs‹ im Internet, die er konsumiere. Auch habe er gegenüber seiner Mutter Suizidäußerungen getätigt. Am dritten Tag des Aufenthalts griff der Betroffene das Personal des Krankenhauses an und versuchte Gegenstände zu beschädigen.« Josh habe bestätigt, dass er Drogen nehme, »Suizidabsichten verneinte er allerdings«.

Joshs Mutter telefoniert einige Stunden nach ihrer Rückkehr vom Krankenhaus mit ihrem Sohn. Einen Teil des Gesprächs schneidet sie mit, um vor Gericht belegen zu können, dass Josh suizidgefährdet ist und Hilfe braucht. »Um etwas in der Hand zu haben.«

Josh schluchzt am Telefon. »Alles scheiße«, sagt er.

»Jetzt müssen wir erst mal abwarten, was ist«, antwortet seine Mutter mit ruhiger Stimme.

Josh wiederholt sich: »Alles scheiße.«

»Was ist alles scheiße?«, fragt seine Mutter.

Josh: »Ja alles.«

Mutter: »Was willst du dann?«

Josh antwortet mit tränenerstickter Stimme: »Ich will gar nichts.«

Mutter: »Ja ... Aber ... Du nimmst nur Drogen, Josh. Willst du so weiterleben?«

Josh: »Dann kann ich wenigstens in meiner eigenen Welt sein.«

Mutter: »Aber das ist doch, das ist aber nicht deine eigene Welt. Warum nimmst du sie?«

Josh: »Weil ich da nicht leben will. Weil ich in meiner Welt leben will.«

Mutter: »Aber das ist doch nicht deine Welt, Josh. Das ist doch eine vorgegaukelte Welt.«

Josh: »Ja und? Wenigstens etwas.«

Mutter: »Ja aber, das ist ... Da muss man doch was dagegen tun.«

Josh: »Warum?«

Mutter: »Dass du normal leben kannst wie jeder andere auch.«

Josh: »Kann ich aber nicht.«

Mutter: »Dann musst du es lernen, Josh.«

Josh: »Ne, kann man nicht.«

Mutter: »Doch, das kann man. Doch, das kann man, Josh.«

Josh schluchzt: »Ne. Kann man nicht.«

Mutter: »Ja, wie dann? Was denkst du denn? Wenn du morgen wieder heimkommst, ist alles wieder beim Alten?«

Josh: »Ne.«

Mutter: »Ach ja, dann geht's gerade so weiter.«

Josh: »Ich erwarte jetzt eh nicht, dass die mich heimlassen. Also von daher ...«

Mutter: »Josh, du bist ein freier Mensch, das werden wir morgen ...«

Josh: »Freier Mensch? Habe gesehen, wie frei ich gerade eben bin.«

Mutter: »Warum? Weil sie dich jetzt festhalten?«

Josh: »Ja, ich darf ja jetzt nicht ...«

Mutter: »Ne, weil sie dich achtundvierzig Stunden festhalten können. Weil ich das so will. Klar, das dürfen sie, und dann werden wir weitersehen und dann wird der Richter entscheiden – morgen. Und so, was du mir jetzt sagst, dass du nicht leben willst, Josh. Muss ich Angst haben, dass du dich umbringst?«

Josh: »Und weiter?«

Mutter: »Was *und weiter*?«

Josh zieht die Nase hoch und seufzt. »Ich weiß doch auch nicht.«

Mutter: »Ja, Josh, deswegen musst du dir helfen lassen.«

Josh: »Nö.«

Mutter: »Doch.«

Josh: »Ich will mir nicht helfen lassen.«

Mutter: »Ja, warum nicht, Josh? Was willst du dann?«

Josh: »Gar nichts. Ich will sterben.«

Mutter, mit leiser Stimme: »Okay.« Nach einer kurzen Pause fährt sie fort: »Deswegen. Und weil du so jung bist, dann stirbt man noch nicht, Josh. Da will man noch nicht sterben. Hmm?«

Josh: »Doch.«

Mutter: »Ne, da will man nicht sterben, Josh. Da will man leben.«

Josh: »Ne, will man nicht. Was gibt's in der scheiß Welt?«

Mutter: »Da gibt's ganz viel, Josh. Du erkennst es noch nicht, weil du nur in deinem Drogenrausch bist.«

Josh: »Na und? Wenigstens besser als die Welt.«

Mutter: »Mhm, okay, Josh. Es bringt jetzt nichts. Ich meld mich morgen früh. Gib mir mal die Schwester, ja?«

Ende der Tonaufnahme.

Josh wird auf der Station untersucht, er sagt laut den ärztlichen Unterlagen, er würde »den Tag am liebsten in seinem Zimmer vor dem Computer verbringen, eventuell mit gleichgesinnten Freunden, welche ebenfalls keine anderen Interessen hätten«. In den Unterlagen steht weiterhin, Josh würde »MCP« konsumieren, ein Mittel gegen Übelkeit. Gemeint war aber wohl MXP, jene dissoziative Droge, die Josh regelmäßig nimmt.

Er hat keine Pläne für die Zukunft, das sagt er auch so: »Auf Zukunftspläne angesprochen gab er an, keine Interessen zu haben und sich im Prinzip sehr gut vorstellen zu können, sein Leben so wie bisher zu verbringen. Leitfiguren, Hobbys oder andere Interessen konnten von ihm nicht benannt werden.« Und er behauptet, eine Betreuung sei »nicht notwendig«.

Er erklärt, dass er Diazepam, THC und Spice (mit synthetischen Cannabinoiden versetzte Kräuter) konsumiere. Josh verschweigt den Ärzten seinen wahren Konsum. Und das wird ihm leicht gemacht, denn ein Großteil der Stoffe, die er einnimmt, lassen sich zu diesem Zeitpunkt mit herkömmlichen Urintests nicht nachweisen. Diese Tests reagieren auf bekannte Substanzen.

Nicht auf das, was vor Kurzem in einem Labor irgendwo auf der Welt geschaffen wurde. Selbst wenn Josh den Ärzten die Namen der Substanzen sagen würde – sie könnten wahrscheinlich nur wenig damit anfangen. Keiner kann sagen, wie gefährlich die Stoffe sind, was sie über die Jahre mit Josh gemacht haben und noch machen werden, wenn er sie weiter konsumiert.

Josh ist inzwischen seit drei Tagen nicht mehr online. Seine Freunde im Netz fragen sich, was los ist. Eine Nutzerin will von Josh in einem Post wissen: *»Lebst du?«*

Ein User antwortet: *»Einer meinte, der liegt im Koma.«* Ein anderer schreibt: *»Hat sich 'ne fette Überdosis gegeben.«*

Jemand fragt: *»Überlebt man das?«*

Die Antwort: *»Ein normaler Mensch wohl kaum^^.«*

Auch Jana bekommt mit, dass Josh nicht mehr online ist. Sie schreibt seiner Mutter, fragt nach, was mit ihm ist. *»Er meldet sich seit vier Tagen bei keinem seiner Freunde. Die machen sich alle saugroße Sorgen und schreiben mich an, ob ich was weiß.«*

Joshs Mutter antwortet: *»Josh geht es nicht gut, aufgrund seines Drogenproblems … Er ist zurzeit im Krankenhaus …«*

Eine Woche nach der Überdosis ist Josh wieder online. Ein Freund fragt: *»Dikkah, alles gut bei dir?«*

Josh erwidert: *»Klar, so schnell krepier ich schon nich von dem Zeugs da 😜.«*

Der Freund meint: *»Eben, deswegen gönn dir ♡.«*

Das nimmt sich Josh dann auch vor. Er verlässt die Klinik neun Tage nach seiner Einlieferung »auf eigenen Wunsch gegen ärztlichen Rat«. Dabei hatte er zuerst einer Behandlung auf freiwilliger Basis zugestimmt.

Und er konsumiert weiter. Er postet: *»Erst mal 200 mg MXP, gleich gibt's dann noch 20 mg MeO-MiPT. Yeah, so muss'n Tag starten.«*

Die Situation belastet Joshs Mutter. »Ich habe Phasen gehabt, wo ich mich zurückgezogen, wo ich mich distanziert habe, von allen, auch von meinen Freunden. Warum, weiß ich nicht. Es war schon eine depressive Phase, wo ich früher immer gesagt habe: Das passiert mir nie. Wo ich mich dann daheim so ein bisschen eingeigelt habe.«

Auf die Frage, vor was sie in dieser Zeit am meisten Angst hatte, antwortet Joshs Mutter mit leiser Stimme: »Dass er stirbt.«

Kurz nach seiner Entlassung wird das Gutachten über ihn fertig. Zu diesem Zeitpunkt konsumiert Josh bereits wieder wie auf dem Level vor der Überdosis. Im Gutachten heißt es: »Er besuche die Schule nicht mehr, habe keine Freunde und keine sozialen Kontakte und verbringe die gesamte Zeit zu Hause.« Er »leidet an einer drogeninduzierten Psychose« und an »Polytoxikomanie mit bereits dreimal aufgetretenen extremen Verhaltensauffälligkeiten mit akuter Eigen- und Fremdgefährdung«.

Obwohl Josh »dringend behandlungsbedürftig« und »krankheitsuneinsichtig« ist, urteilen die Gutachter: »Da die Erkrankung, zumindest zurzeit, noch nicht ein Ausmaß angenommen hat, um eine andauernde Geschäftsunfähigkeit zu verursachen, kann zurzeit keine Betreuung gegen den Willen des Probanden angeordnet werden.« Dadurch scheitert der Antrag von Joshs Mutter auf Einrichtung einer rechtlichen Betreuung.

Seine Eltern verzweifeln an der Situation. Josh braucht Hilfe, aber die Entscheidung darüber, ob er Hilfe bekommt, wird ihm, einem Suchtkranken, selbst überlassen.

In einem WhatsApp-Chat der Ketamin Cowboys wird Josh einmal gefragt, wie lange er *»noch in der Klapse bleiben«* muss.

»Bin doch schon draußen 😆«, antwortet Josh.

»Bist jetzt clean?«, wird er gefragt.

Josh: *»Natürlich* 😃 *Scheiß Drogen fass ich nie wieder an* 😆.«

Als der erste Ketamin Cowboy stirbt, kriegt Josh das erst mal nicht mit. Felix war gerade mal achtzehn Jahre alt. Josh kannte ihn persönlich, war mit ihm befreundet, hat sich online mit ihm über

Kräutermischungen ausgetauscht und ihn auch im echten Leben getroffen.

Die Ketamin Cowboys setzen über ihre Seite einen öffentlichen Post zu ihm ab: *»Lieber Felix, die Trauer um dich in Worte zu fassen, ist schwieriger, als sich selbst einen zu blasen. Du warst nicht besonders klug. Oder begabt in irgendwas. Und bei Gott, du warst hässlich wie die Nacht. Ab jetzt kann das mit deinem Aussehen nur noch besser werden.«*

Josh teilt den Post und schreibt: *»Ers schon 2monate tot«*, *»heute erfahren«* und *»der kann uns doch nich einfach so wegsterben«*.

Am selben Tag tritt Joshs Vater einer der Drogen-Gruppen seines Sohnes bei, mit seinem normalen Profil. Er will wissen, was sein Sohn sich da ansieht, tritt noch weiteren Gruppen bei. Aus einer fliegt er schnell wieder raus, warum, wird ihm nicht mitgeteilt. In einer anderen liest er einige Posts, in denen Substanzen verherrlicht werden. Er scrollt durch Bilder von Tabletten, Tripberichte und Fragen der Nutzer, was gut in Kombination kommt. »Aber das habe ich dann irgendwann alles weggeklickt«, sagt er, nur in einer bleibt er Mitglied, in der Josh sehr aktiv ist.

Felix' Tod scheint keinen Einfluss auf Joshs Konsum zu haben. Vier Monate nach Felix ist der nächste Ketamin Cowboy tot. *»2 von 7 Ketamin Cowboys sind tot. Kranker Scheiß«*, schreibt einer von Joshs Online-Freunden.

Joshs Online-Freunde sterben. Und irgendwie wird das normal. Josh glaubt nicht, dass die Droge schuld am Tod dieser Menschen ist, sondern, dass die Betroffenen einfach nur nicht mit ihr umgehen konnten. Und er selbst hält sich für jemanden, der alles unter Kontrolle hat.

Er konsumiert unverändert weiter, gibt an, schon über 200 Substanzen genommen zu haben, fünf- bis achtmal Meth, und mit jeder Woche wächst seine Liste. Sein Rekord seien sieben Tage ohne Schlaf.

Josh nimmt inzwischen auch U-47700. U-47700, kurz U, ist ein legales Opioid, 1978 wurde es als mögliches Schmerzmittel entwickelt, aber niemals zugelassen. Es ist 7,5-mal so wirksam wie Morphium. Es betäubt, macht euphorisch. Josh wendet sich von Uppern ab, also allem, was aufputscht und wach macht. Er schreibt jetzt, Dissoziativa und Opiate seien *»der shit«*. Seine Lieblingsdissoziativa sind 3-MeO-PCP, ein Research Chemical. Es wird zwar kurz nachdem er es zum ersten Mal genommen hat verboten – Josh kann es trotzdem bestellen. Es gibt genug Shops, die es weiterhin anbieten.

Online geht es indes auch um Überdosen. Eine Userin fragt: *»Gibt es hier eigentlich jemand, der 'ne Überdosis überlebt hat?«*

Josh schreibt, er habe eine Überdosis von Kräutermischungen überlebt. *»Bissl gekrampft.«*

Leyla meldet sich ebenfalls unter dem Post. *»Ich habe schon öfter Überdosen gehabt, und da ich das schreibe, auch überlebt 😃 Ab 'ner bestimmten Toleranz ist es *normal*, dass man die eigentlich letale Dosis überlebt. Nich nachmachen und so …«*

Einer fragt: *»Und du rauchst auf deinem Profilbild 'n Blech, oder was?«*

Leyla: *»Jop.«*

Josh kommentiert: *»So muss das.«*

Ein User meint: *»Schon öfter gehabt, aber ich überleb alles.«*

Eine Woche später fragt Leyla, was man bei einer Überdosis Heroin tun kann. *»Wie kann man sich selbst helfen, wenn grad keiner da ist?«* Sie fragt nach Naloxon, ein Gegenmittel, das bei Opioid-Überdosen Leben retten kann. *»Woher bekomme ich oben genanntes Medikament, wie ist es zu dosieren?«*

»Fentanyl scheppert besser«, schreibt eine Userin.

Josh meint: *»Musst mal zum Arzt gehen. Wenn du dem sagst, dass du was nimmst und Angst hast, verschreiben die des einem meistens.«*

Leyla: *»Bekommt da dann nicht die Krankenkasse Wind von? Schweigepflicht haben die ja schon, aber wenn die über die Krankenkasse abrech-*

nen ...? Will nämlich unter keinen Umständen gejunke in irgendwelchen Papieren.«

Josh empfiehlt ihr, sich mit dieser Frage an andere Heroin-User aus der Gruppe zu wenden. *»Die wissen da besser Bescheid.«*

Ein Nutzer meint, es werde schwierig, sich bei einer Überdosis selbst Naloxon zu geben, *»weil man ja sehr schnell bewusstlos wird«*. Und: *»Man hat halt nicht sehr viel Zeit, bis es zu spät ist.«* Einige Suchthilfe-Organisationen bieten Naloxon-Kurse für Angehörige an, damit diese eingreifen können, sollte der Konsument oder die Konsumentin nicht mehr selbst in der Lage dazu sein.

Andere geben Leyla gefährliche Tipps oder beleidigen sie. Eine Nutzerin schreibt: *»Gleich goldenen Schuss* ins Auge«* setzen, Heroinabhängige seien *»Opfer«* und würden sich *»einscheißen, einpissen, vollkotzen«*. Sogar in der Drogen-Gruppe ist Leyla mit Vorurteilen wie diesen konfrontiert.

Josh fährt bald darauf zu seinem Vater. Während dieser beim Arbeiten ist, ist Josh online. Und er trifft erneut auf Marie, die Teenagerin im »Legalize Crystal Meth«-Shirt

Sie hat ihren Konsum gesteigert, genau wie er.

Wie bei ihm sind es auch bei ihr jetzt nicht mehr die Upper, sondern die Downer, die einem so ein wohlig-warmes Gefühl geben. Sie findet Heroin mittlerweile *»mild«*. Weil sie Angst vor Spritzen hat, setzt sie sich keinen Schuss. Stattdessen ist sie auf Fentanyl umgestiegen. Dass sie abhängig ist – das leugnet sie nicht mehr. Auch Josh interessiert sich weiter für Fentanyl. Nicht für das aus der Apotheke, sondern für die Derivate, die über Research-Chemical-Shops verkauft werden.

Marie postet: *»Jetzt erst mal Acetyl-Furanylfentanyl plus Methamphetamin am Räuchern und zur Abwechslung ab und zu eine Line Ketamin.«*

* tödliche Überdosis durch intravenösen Drogenkonsum

Josh kommentiert: *»Schreib mal pls pn, wie du Furanyl findest.«* So freunden sie sich an.

Furanylfentanyl ist zu diesem Zeitpunkt legal. Es ist ein Derivat von Fentanyl, was bedeutet, dass Furanylfentanyl der chemischen Struktur von Fentanyl ähnlich ist. Anders als Fentanyl ist es unerforscht.

Das Schmerzmittel Fentanyl ist in Deutschland nicht frei verkäuflich, in der Drogenszene wird es zu Rauschzwecken missbraucht. 2021 starben in Deutschland dreißig Menschen an Fentanyl-Überdosen. Laut dem BKA, dem Bundeskriminalamt, sei bei diesen Vergiftungen aufgrund der »schwierigen Erkennbarkeit sowie nicht durchgängig durchgeführter Obduktionen/toxikologischer Gutachten von einem größeren Dunkelfeld auszugehen«.

Während Josh durch die Beiträge scrollt, schluckt er Benzos. *»Benzos ♡ lassen deine Gedanken in Frieden ruhen«*, schreibt er über sie. Einmal postet er seine Lieblingsstelle aus dem Buch *Shore, Stein, Papier,* in dem der ehemals heroinabhängige $ick seine Geschichte erzählt. Darin heißt es: »Benzos sind trügerisch. Selbst wenn man davon schon lallt und torkelt wie ein Besoffener, denkt man immer noch, man sei topfit. Voll asozial eigentlich. Aber irgendwie auch geil.«

Josh weiß, was das heißt. Und sein Vater muss das live erleben. Als er von der Arbeit nach Hause kommt, sitzt Josh auf dem Sofa. »Komm, wir gehen einkaufen«, fordert er ihn auf. Josh kann kaum aufstehen, er spricht langsam, lallt und torkelt herum. Doch ihm scheint überhaupt nicht bewusst zu sein, in welchem Zustand er sich befindet. »Er war gefühlt supergut drauf«, erinnert sich sein Vater. Er nimmt ihn trotzdem mit in den Supermarkt. »Willst du ein paar Äpfel?«, fragt er Josh vor dem Obstregal.

Josh greift in die Obsttheke, nach zwei, drei der runden Früchte. Sie fallen ihm aus der Hand. Er bückt sich danach, fällt selbst hin.

Mitten im Supermarkt. Sein Vater hilft ihm nicht, er holt sein Handy heraus und filmt ihn. Er will seinem Sohn demonstrieren, was er sich antut.

Am nächsten Tag zeigt er Josh das Video. Der sagt: »Das kann nicht sein.« Er wendet sich vom Display ab. »Doch, das bist du«, erwidert sein Vater.

Am Tag darauf fragt Josh in einer Drogen-Gruppe, ob jemand in der Nähe wohnt, mit dem man chillen kann. *»Muss hier voll vergammeln.«* Er verabredet sich mit Nico, einem Ketamin Cowboy, in einer anderen Stadt. Mit ihm zockt er gerne bis in die Nacht und sie tauschen sich online über Drogen aus, aber auch über andere Themen. »Drogen waren am Anfang nur, wie man sich kennengelernt hat. Das ist dann irgendwann in den Hintergrund gefallen. Es war nicht mehr so wichtig«, sagt Nico. »Man hat sich ausgetauscht auf täglicher Basis, wie es einem geht, was man so macht.«

Im realen Leben haben sich die beiden bis dahin noch nicht getroffen. Seinem Vater sagt er, dass er dort übers Wochenende Freunde treffen will. Als der wissen will, woher er dort Freunde hat, erwidert Josh: »Aus dem Internet.«

Joshs Vater stimmt dem Treffen zu, besorgt ihm ein Zugticket. Sie machen ab, dass Josh am Montag wieder zurückkommt.

Auf Nico wirkt Josh zurückhaltend. Er mag ihn. »Ein sehr, sehr netter, lieber Junge«, sagt er über ihn. Josh hat die Drogen, die er konsumieren will, schon dabei. »Es war abzusehen, dass er konsumiert. Das Konsumverhalten von Josh war immer ein Problem.« Was es war, bleibt unklar. Nico nimmt an, es seien Research Chemicals gewesen. Die beiden gehen auf eine Technoparty in einem Club. Nico ist irgendwann müde und hat keine Lust mehr, länger zu bleiben. Er gibt Josh die Schlüssel zu seiner Wohnung, sagt: »Du weißt, wo ich wohne.« Nico geht nach Hause, Josh bleibt und nimmt Drogen.

Im Laufe der Nacht setzt er sich auf den Boden vor den Club. Seine Arme und Beine verkrampfen sich, er kippt um, schabt mit seinem Körper über den Boden, schürft sich das Gesicht und die Unterarme auf. Zwanzig Sekunden lang ist er weg, nicht ansprechbar. »Danach wach, aber desorientiert.« So wird es später in den Krankenhausunterlagen stehen.

Jemand ruft den Notarzt. Der stellt erweiterte Pupillen fest, und Josh sagt ihm, er habe Alkohol getrunken und eine Ecstasy-Pille geworfen. Dem Klinikpersonal erzählt er, er habe vor Jahren schon mal einen Krampfanfall nach der Einnahme von Spice gehabt.

Zu seinem sonstigen Konsumverhalten wird im Krankenhaus notiert: »Gelegentlich Alkohol und Ecstasy, wöchentlich Cannabis.« Mit der Realität haben Joshs Angaben so wenig zu tun wie die Aussagen über seinen Konsum zwei Wochen zuvor.

Die Diagnose: »Epileptischer Anfall bei Intoxikation mit Ecstasy und Cannabinoiden«.

Als Nico mitbekommt, was mit Josh los ist, fährt er direkt ins Krankenhaus. Josh liegt mit einem blauen Auge und einem breiten Grinsen im Bett. »Jo, passiert halt«, sagt er.

»Vom Sturz sah er ziemlich mitgenommen aus«, erinnert sich Nico. Dennoch wirkt er auf ihn »hochzufrieden«. Josh sitzt im Bett und lächelt. Er trägt ein Krankenhaushemd, auf seiner Brust kleben Elektroden, er scheint verkabelt zu sein. Die beiden machen ein Foto und schicken es an die anderen Ketamin Cowboys.

Eine bearbeitete Version des Fotos speichert sich Josh ab. Ihm wurde eine pixelige Sonnenbrille ins Gesicht montiert, und auf dem Bild steht in Großbuchstaben: »KRAMPFEN STATT TANZEN«.

Ein paar Stunden nach Nicos Besuch schaltet Josh sein Handy aus und entlässt sich selbst aus der Klinik. Währenddessen versucht Joshs Vater verzweifelt, seinen Sohn zu erreichen. Seit Joshs

Ankunft weiß er nicht, was mit ihm los ist. Er macht sich Sorgen, hofft aber, dass Josh zur vereinbarten Zeit zurückkehrt. »Ich bin dann trotzdem mal zum Bahnhof gefahren und habe geguckt, ob er vielleicht doch kommt und einfach trotzig war. So Phasen gab es ja auch.« Doch Josh sitzt nicht im Zug.

Er ruft einen von Joshs Kumpels an, der weiß auch nicht, wo er ist. »Er hatte so wie ich zwei Tage nichts mehr von ihm gehört«, erinnert sich sein Vater. Er fragt beim Notdienst nach, befürchtet schon, dass Josh mal wieder im Krankenhaus gelandet sein könnte. Es sei ihm gesagt worden, dass er keine Auskunft bekomme, weil Josh ja schon achtzehn sei.

Joshs Vater interessiert das nicht, in seiner Sorge bleibt er hartnäckig. Jemand sagt ihm dann doch, dass ein Teenager am Vortag wegen einer Überdosis in die Uniklinik eingeliefert wurde. Darum fährt er selbst in die Stadt, um nach seinem Sohn zu suchen. Doch als er in dem Krankenhaus ankommt, ist Josh dort nicht mehr. Diese Info erhält auch Nico, als er Josh ein paar Stunden später abholen will. Der hat sich inzwischen mit einem Typ getroffen, den er kaum kennt. Dort hängt er jetzt rum und konsumiert weiter. Er ist offline. Keiner weiß, wo er ist.

Der Vater schreibt Jana, dass Joshs Handy aus ist und er nicht weiß, wo er ist. *»Kannst du etwas in Erfahrung bringen? Bin um jede Nachricht froh!!!«*

Jana schreibt einem Kumpel von Josh. *»Weißt du, wo Josh ist?«* Der Kumpel weiß es auch nicht. *»Ich dreh mit dem irgendwann noch durch«*, antwortet ihm Jana. Der Kumpel fragt, ob sie noch mit Josh zusammen ist. *»Ne, man. Ich kann mir das mit seinen scheiß Drogen nimmer geben.«*

Sie kontaktiert noch einen anderen Kumpel. Der hat ebenfalls keine Ahnung, wo Josh ist. *»Kannst du vlt versuchen, dich bei ihm zu melden und ihn fragen, wo er is?«*, fragt sie ihn. *»Hier bricht das Chaos aus, weil's keiner weiß, und wir machen uns scheiß Sorgen.«* Sie bittet ihn, Josh zu kontaktieren. »*Einfach normal schreiben, als ob nix wäre und irgendwie herausfinden, wo er is, ohne dass er merkt dass wir nach ihm suchen.*«

Er schreibt ihm. Josh antwortet, er sei »*bei Kollegen*«. Wo genau er ist, verrät er nicht. Die Infos gibt Joshs Kumpel an Jana weiter. »*Danke*«, schreibt sie ihm. »*Wenigstens wissen wir jetzt, dass er noch lebt …*«

Joshs Vater sucht indes in der Stadt nach seinem Sohn. »Ich bin auch am Bahnhof rumgelaufen – habe in den Kneipen nach ihm gefragt«, sagt er. Er ist aufgewühlt, voller Sorge um seinen Sohn. »Ob er dann irgendwo in der Ecke auf der Straße sitzt, wenn er nicht ganz beisammen ist. Da malt man sich die schlimmsten Geschichten aus.« Da Josh nicht auffindbar ist, schaltet er die Polizei ein und meldet ihn vermisst.

Während Joshs Vater verzweifelt seinen Sohn sucht, markiert ein Online-Freund Josh auf einem Post zu einer neuen Kräutermischung. So macht er Werbung für die Sorte.

Irgendwann schaltet Josh sein Handy wieder ein. Geht zu Nico. Sagt kaum etwas, verabschiedet sich, meldet sich wieder bei seinem Vater und fährt nach Hause.

Als Josh wieder da ist, ruft sein Vater den Kumpel erneut an und bedankt sich für die Hilfe, auch wenn sie nichts gebracht hat. Der sagt: »Darf ich Ihnen was sagen, im Vertrauen? Wenn Josh so weitermacht, stirbt er.« Er meint, es sei unfassbar, in welchen Mengen Josh konsumiere.

»Dann habe ich zu der Zeit noch ein paar andere gefragt und die haben eigentlich alle das Gleiche gesagt: Es ist unglaublich, wenn Josh konsumiert, in welchen Mengen er das macht. Und dass er trotzdem mehr oder weniger steht. Er muss immer alles austesten.«

Sein Vater spricht Josh darauf an. Und der gesteht, beinahe stolz: »Ja, ja, ich kann immer mehr als die anderen.« Er gibt sich auch abgeklärt. »Ich kann das ab, ich vertrag das schon, ich weiß genau, was ich mach.«

Einen Monat später kommt Josh erneut wegen einer Überdosis ins Krankenhaus. Bei diesem Klinikaufenthalt filmt Joshs Stiefvater ihn mit dem Handy. In dem Siebzehn-Sekunden-Clip läuft Josh durch eine Tür, ein Pfleger umfasst ihn von hinten, stützt ihn, damit er nicht fällt. Er wirkt unsicher auf den Beinen, wankt. Im Hintergrund sind seine Mutter und sein Stiefvater zu hören. Josh wirkt abwesend, sagt nichts. Er trägt eine schwarze Jogginghose und ein graues Shirt mit einem aufgedruckten Cannabis-Blatt und der Aufschrift: »Einfach mal Gras über die Sache wachsen lassen«.

Nach ein paar Sekunden wird Joshs Stiefvater darauf hingewiesen, dass er hier nicht filmen darf. Das Video bricht ab.

Zwei Tage nach der letzten Überdosis fragt Josh online bereits nach Butyrylfentanyl, ein Fentanyl-Derivat, das er probieren will. *»Hat hier schon mal wer Butyrylfentanyl ausprobiert?«*, fragt er auch in Leylas Gruppe.

Leyla meint, sie kenne nur normales Fentanyl. *»Aber ich könnt mir vorstellen, dass es relativ gleich ist 😃.«*

»Normales kenn ich nich 😃«, antwortet Josh. Er überlegt, sich 50 Milligramm für 70 Euro zu bestellen.

»Das ist viel zu teuer«, meint Leyla, *»so könnte ich's mir nicht leisten, Junkie zu sein 😃.«*

Josh schreibt, er schaue mal. *»Wenn nich, bestell ich mir einfach wieder U-47700«* und ein *»bissl«* Heroin aus dem Darknet.

Es gibt aber auch manchmal Momente, in denen Josh wie früher ist, vor den Drogen. Mit seinem Vater fährt er zehn Tage nach seiner Überdosis zu seinen Großeltern. In dieser Zeit wirkt er klar, er kuschelt mit den Hunden seiner Großeltern, ihm schmeckt's. Nie ist er abwesend. Für seinen Vater ist das unerklärlich. Josh konsumiert zu Hause jeden Tag, aber anscheinend ist er nicht abhängig, kann einfach so darauf verzichten. »Da habe ich nie was festgestellt«, sagt Joshs Vater. »Da bin ich mir auch sicher, dass er nichts dabeihatte. Er hatte keine glasigen Augen, da war er nicht daneben.« Ein paar Tage Normalität. »Nach zwei Wochen gemeinsamem Urlaub war ich überzeugt: Ne, dann ist er nicht süchtig.« Doch als er wieder zurück ist, stürzt Josh auch wieder ab.

Joshs Mutter liebt ihren Sohn so wie keinen anderen Menschen in ihrem Leben. Doch es zermürbt sie, ihn so zu erleben. »Ich habe das irgendwann nicht mehr verkraftet. Also den Zustand, ihn daheim so zu sehen, da gehst du an deine Grenzen. Du kannst es irgendwann auch nicht mehr ertragen. Du entwickelst, obwohl du ja dein Kind liebst, so einen Hass.«

Der Gedanke daran, dass Josh sterben kann, wird Teil des Alltags. »Wenn du nicht stirbst, dann sterbe ich dran«, sagt Joshs Mutter irgendwann zu ihm. Sie ist am Limit. »Das sagt man. Das sagt man wirklich, weil du selbst an deine Grenzen gehst, weil du das nicht mehr aushältst.«

Dass Josh an einer Überdosis sterben kann, ist inzwischen allen bewusst. »Ich habe jedenfalls immer damit gerechnet«, sagt seine Mutter. »Aber man hat auch immer wieder Hoffnung gehabt.«

Der achtzehnjährige Josh will ausziehen, in eine andere Stadt, sagt das auch seiner Mutter. »Josh, du kannst nicht irgendwo hinziehen«, antwortet diese. »Von was willst du leben?«

Sie ruft ihren Bekannten Andreas an. »Sie war völlig aufgelöst«, erinnert er sich. Sie macht sich Sorgen, Josh nicht mehr im Blick zu haben, wenn er in eine andere Stadt zieht. In Andreas' Haus, in dem er auch selbst lebt, wird bald darauf eine Wohnung frei. Andreas bietet ihr an, dass Josh dort einziehen könnte. Für Joshs Eltern klingt das gut.

»Sie haben gesagt, wenn es überhandnimmt, dann wissen wir es zumindest«, sagt Andreas. »Wir können es vielleicht nicht verhindern, wir können es nicht ändern, aber man ist zumindest etwas mehr informiert.« Die Entscheidung liegt aber bei Josh.

Seine Eltern schlagen ihm einen Deal vor: Sein Vater bezahlt die Miete für die Wohnung, wenn er dort einzieht. Josh stimmt zu.

Bevor er seine Sachen packt, möchte sich Andreas mit ihm unterhalten. Auch über Drogen. »Ich wollte ihm signalisieren, dass ich damit grundsätzlich kein Problem habe.« Sie treffen sich zum gemeinsamen Essen im Garten von Joshs Mutter.

Andreas schneidet das Thema an – und Josh beginnt zu reden. »Es war beeindruckend, wie klar, wie umfassend er sich mit dem Thema auseinandergesetzt hat und das auch wiedergeben konnte. Man hatte nicht den Eindruck, dass man mit jemandem spricht, der damit ein Problem hat, sondern eher mit jemandem, der das unterrichtet«, sagt er. Josh erzählt, wie Jugendliche an Drogen kommen, dass man die ganz einfach bestellen kann, dass sie teilweise legal sind, weil das Gesetz sie nicht abdeckt. »Das war interessant, aber auch erschreckend zu hören.«

Und noch etwas fällt ihm an Josh auf. Andreas hat einen Hund, den er zum Essen mitgebracht hat, und Josh hat sofort eine Verbindung zu dem Vierbeiner. »Da habe ich gemerkt: Mit dem Hund kann er besser umgehen als mit Menschen. Bei Tieren hat er recht schnell einen Zugang gehabt. Und der war auch anders als der Zugang zu Menschen. Mit Menschen – das war, glaube ich, nicht so seins.«

Joshs Mutter redet eindringlich mit Andreas. Ob er sich auch bewusst ist, was er sich ins Haus holt. Dass Josh abhängig ist und keiner wissen kann, was er tut, was passiert, wenn er das nächste Mal zu viel erwischt. »Weißt du, auf was du dich einlässt? Willst du das?«, fragt sie ihn. Andreas ist das bewusst, er geht das Risiko ein.

An der Eingangstür zu seinem Haus hängt eine Überwachungskamera. Josh weiß das und findet das okay. Er zieht in die Wohnung. Seine Labradorhündin Jule bleibt bei Joshs Mutter, denn er würde sich wahrscheinlich nicht mehr richtig um sie kümmern.

Josh bekommt jetzt Sozialhilfe, sein Vater zahlt wie besprochen die Miete.

Andreas kontrolliert Josh nicht, aber sollte ihm etwas auffallen, würde er seinen Eltern Bescheid geben. »Woanders wäre er komplett außer Sichtweite gewesen, so war das eine gewisse Beruhigung.« Seine Mutter geht jede Woche mit ihm einkaufen, um Kontrolle über seine Finanzen zu haben. Josh hat keinen Zugriff auf größere Geldmengen.

Wenn seine Eltern ihn besuchen, steht die Bong auf dem Tisch. Im Kühlschrank liegen Drogen, dennoch wirkt es auf sie erst so, als würde sich die Situation bessern. Alle reden wieder miteinander, es gibt auch keine weiteren Krankenhausaufenthalte.

»Ich konnte ein kleines bisschen loslassen, wie er in die Wohnung gezogen ist, weil ich es dann nicht mehr so hautnah mitgekriegt habe«, sagt seine Mutter. Wenn sie Josh besucht, ist er meistens halbwegs gut drauf. »Natürlich hat er auch mal dagelegen und war völlig daneben. In solchen Momenten bin ich wieder gegangen. Aber das war selten. Er hat sich meistens im Griff gehabt, wenn er wusste, dass ich komme. Wir sind immer zusammen einkaufen gegangen. Ich habe ihn dazu schon gezwungen, egal wie er ausgesehen hat.« Gemeinsam gehen sie auch mit Jule spazieren, im Anschluss putzen sie die Wohnung.

»Irgendwann habe ich gesagt, okay, es ist so, wie es ist«, sagt sie. Die Sorge um ihren Sohn bleibt. Als sie wieder nach Hause fährt, fragt sie ihn einmal: »Willst du sterben?«

»Nein, Mama, aber es ist mir egal«, antwortet Josh. »Ich habe keine Angst vor dem Sterben. Ich will zwar nicht, aber dann ist es so.«

Wenn sein Vater ihn besucht, fischt er mit einer Zange die Post aus dem Briefkasten. Josh bekommt das mit – und lässt sich seine Drogenbriefe postlagernd an eine Filiale schicken.

Nicht jeder freut sich über Joshs Umzug in die Nachbarstadt.

»Ich hatte Angst«, sagt Celina, »weil ich dachte: Okay, die Chance, jetzt härtere Dinge zu nehmen für meine Freunde oder für meinen Partner, die ist jetzt in der Stadt.«

Noch am Tag seines Einzugs schreibt Josh, dass MXP bei ihm nur noch in hohen Dosen anschlage. Zwei Tage später bestellt er sich sein *»erstes Fenta«*: Furanylfentanyl. Legal. Anders als Fentanyl sind die Derivate bei dieser Substanz weitgehend unerforscht, es ist unklar, welche Dosis tödlich ist, welche Kurz- und Langzeitfolgen sie verursachen. Josh will es dennoch probieren.

In seinen WhatsApp-Status schreibt er ein Song-Zitat: »Turkey schieben, Drogen lieben. Ein Leben nur für die Trips.« Turkey ist ein anderes Wort für Entzugserscheinungen.

Auch Andreas, sein Vermieter, lebt mit der Sorge um Josh. »Es war allgegenwärtig, dass es jederzeit passieren kann«, sagt er, »und wenn eine gewisse Stille über einen gewissen Zeitraum entsteht, weiß man, dass man mit allem rechnen muss.« Wenn länger keine Geräusche aus der Wohnung kommen, hört er bewusster hin. Er ist beruhigt, wenn Musik durch Joshs Tür dringt oder er Schritte vernimmt.

Joshs Mutter macht keine Kontrollanrufe. »Wenn er nicht gewollt hätte, wäre er eh nicht ans Telefon gegangen.« Das Einzige, was sie immer wieder überprüft: »Ob er online war. Dann hast du gewusst, er lebt.«

Manchmal ist Andreas auf Dienstreise im Ausland. Auch von dort hat er Zugriff auf die Überwachungskamera am Hauseingang. An einem Tag schickt die Kamera ihm eine kurze Videosequenz – darauf zu sehen: Wie jemand von Rettungskräften aus dem Haus geführt wird. Er kann nicht erkennen, ob es sich um Josh handelt, er informiert dessen Mutter.

»Es hat sich dann herausgestellt, das war nicht Josh, sondern ein Freund von ihm, der wohl in der Wohnung kollabiert ist«, sagt Andreas.

Drogen sind auch in Fynns Familie Thema, sein Vater ist seit Jahren alkoholabhängig. »Das gesellschaftstaugliche Bier steht da an«, sagt er. Seine Mutter habe hingegen kaum Alkohol getrunken, ab und zu mal Wein oder ein Radler.

Der Gesundheitszustand seines Vaters verschlechtert sich schließlich zunehmend. »Er war knallgelb, er war aufgedunsen«, erinnert sich Leyla. »Er hatte am Schluss mehrere Liter Wasser im Bauch, die ihm da rausgeholt wurden. Da hat man mit einer Nadel reingestochen, und da kamen dann so zwölf Tüten Wasser raus.« An der Einstellung seiner Familie zum Alkohol habe das erst einmal nichts geändert, sagt Fynn. »Selbst als mein Vater im Sterben lag, selbst da haben die noch zu mir gesagt, dass Kiffen schädlicher ist als Bier trinken. Dass das Quatsch ist, dafür war mein Vater das beste Beispiel.«

Sein Vater schafft es noch, mit dem Alkohol aufzuhören. Doch es ist schon zu spät. Fynns Vater stirbt.

12

DIE DROGE DES ANDEREN

Vor ein paar Monaten wollte Josh noch kein Heroin. Er meinte, er könne es sich holen, brauche es aber nicht. Inzwischen reizt es ihn. Josh liest online unzählige Erfahrungsberichte von Heroin-Konsumenten – viele raten zwar von der Droge ab, berichten gleichzeitig aber davon, wie toll es sich anfühlt. »*H macht abhängig, aber im Vergleich zu vielen anderen Drogen nicht dumm*«, schreibt Leyla unter einen Post, den auch Josh kommentiert. »*Ich will es nicht loben, es ist und bleibt böse. Aber ich lebe ganz gut damit* 😃.« Und weiter: »*Das bisschen Kotzen ist das Gefühl aber einfach wert.*« Heroin sei »*das allerschönste Gefühl der Welt*«.

Heroin begleitet sie inzwischen durch den Tag. Sie nimmt es jeden Morgen nach dem Aufstehen, dann in ungefähr Zwei-Stunden-Abständen, bis sie schlafen geht, und kurz vorher »*noch mal 'ne extra Portion* 😃«.

In einer Nacht wacht Leyla mit Lähmungserscheinungen im Bein auf, sie kann nicht aufstehen. Ihre Vermutung ist, dass ihr Zustand mit ihrem Konsum zusammenhängt. In einer Drogen-Gruppe postet sie: »*Der ganze Fuß ist komplett taub, ich spüre rein gar nichts!*« Das Taubheitsgefühl lässt mit der Zeit zwar nach, aber es macht ihr Angst. Sie fragt: »*Was passiert, wenn der nicht durchblutete Teil mal nicht mein Fuß, sondern mein Gehirn ist, und ich penne und bekomm das nicht mit* 😮*?*« Ans Ende ihres Posts schreibt sie dennoch: »*Ich kann mit der Substanz umgehen.*«

Worte wie diese benutzen viele User, deren Leben längst von der Droge bestimmt wird. Leyla betont immer wieder, wie hervorragend sie ihren Alltag trotz Heroin geregelt bekommt. Gut, manchmal erwischt sie zu viel, dennoch will sie nicht darauf verzichten.

Leyla ist bewusst, dass sie in Gruppen postet, in denen auch Kinder unbemerkt Mitglied sein könnten. Und dass sie diese jungen Menschen mit Themen wie Heroin konfrontiert.

»Heroin ist wunderschön. Normal, das hab ich gesagt, zweifelsohne. Aber ich finde, man darf es nicht aus dem Kontext reißen, weil das impliziert, dass ich sage: ›Oh, es ist wunderschön, jeder soll es nehmen.‹ Und genau das ist eben nicht wahr.« Bei ihren alten Posts wirkt das aber manchmal so, in einem Gespräch ein paar Jahre später ist sie etwas anderer Meinung: »Ich bleib schon dabei, wenn ich mir 'nen Schuss setze, dann ist das erst mal wunderschön. Dann kann das das schönste Gefühl sein, was ich je gehabt hab. Aber es ist es nicht wert. Viel zu lange habe ich den Dreck glorifiziert und den Lifestyle romantisiert, dafür schäme ich mich heute sehr.«

Was Leyla damit meint, dass es das nicht wert ist, wird klar, wenn man ihr im echten Leben begegnet. Als wir in einem Imbiss Linsensuppe essen, wird sie unruhig. Sie verschwindet auf der Toilette, raucht dort Heroin. Zu dieser Zeit gibt es Momente, in denen Leyla ganz bewusst wahrnimmt, was ihr die Abhängigkeit stiehlt: ein enormes Stück Freiheit. Und obwohl sie es wahrnimmt, kommt sie nicht davon weg. Sie betont mehrfach, früher sei es schlimmer gewesen, dass es bei ihr noch glimpflich abgelaufen sei. Sie sieht zwar nicht aus wie die Menschen, die uns an der Szene entgegenkommen, aber die sind teilweise auch zwanzig Jahre älter als sie.

Für sie ist ein Zustand normal geworden, der für mich mit unvorstellbaren Einschränkungen meiner Freiheit verbunden wäre. Das einzige Bedürfnis, was bei mir in dem vierstündigen Gespräch aufkommt, ist das nach einer Mahlzeit und etwas zu trinken. Leyla hat ein Grundbedürfnis, das schlimmer ist als Hunger. Wichtiger als eine Mahlzeit.

Einige Monate später sieht sie das selbst.

»Du bist nicht mehr frei. Essen und Trinken, ja, das ist ein Grundbedürfnis, das einen nicht quält«, sagt sie. »Aber Heroin ist ein Grundbedürfnis, wie du es dir nicht vorstellen kannst. Es quält einen. Es ist ein ziemlicher Abfuck.«

Einmal, als ich nach einem gemeinsamen Treffen mit ihrer Mutter mit Leyla allein bin, sprudelt es aus ihr heraus: »Für mich ist jeder Tag, an dem ich nicht während eines Familienessens verschwinde, ein gewonnener Tag. Für mich ist jeder Tag, an dem ich gegen die Droge gewinne, und wenn ich nur ein Essen lang gewinne, und wenn ich nur ein Grillen lang, ein Familienfest gewinne, das ist für mich ein Gewinn. Die Zeit verschluckt das Leben meiner Eltern, die Zeit verschluckt unser Leben, und jeden Tag tritt man aufs Neue an. Jeden verdammten Tag. Ich werde nie gesund werden, das weiß ich. Ich weiß, dass ich für immer krank bin. Meine Mutter blendet das aus, alles super. Ja, es ist alles super, Gott sei Dank ist alles super. Aber unterm Strich bleibt immer eine Krankheit zurück, die mir die Zeit klaut. Und ich mach die Augen zu, die Augen auf, schon wieder sind zwei Jahre weg. Ich sehe die Leute um mich herum altern. Heroin hält mich im Zeitraffer gefangen. Und deswegen bin ich für jeden einzelnen Tag froh, an dem ich Willenskraft entwickle und an dem ich mich dagegen entscheide, an dem ich mir keine Pumpe setze, an dem ich mir denke, scheiß drauf, ich bleib jetzt bei der Familie, scheiß drauf, ich fahr jetzt nicht wieder in die Stadt. Und ja, jedes Mal ist ein Gewinn. Und wenn es nur ein kleiner Gewinn ist. Die Scheiße ist, Neuronen haben ihren Weg fest eingebrannt, dass die Sucht da ist, und ich kann immer gegen die Sucht kämpfen, ich kann immer sagen:

›Mach's nicht‹, natürlich kann ich sagen: ›Ich brauch's nicht.‹ Bin ja nicht gefangen. Aber es wird trotzdem immer an mir ziehen. Ich werde beim Essen mit der Familie, wenn es lange dauert, ich werde nicht entspannt sein. Ein Teil von mir will immer auf Klo laufen und sich einen Schuss machen, und das werde ich mit ins Grab nehmen.«

Bekommt Leyla kein Heroin, setzen die Entzugserscheinungen bereits nach ein paar Stunden ein. Der Konsum kostet Geld und vor allem Zeit. »Für uns ist das der dreckige Alltag«, sagt sie. »Du brauchst es, um aufzustehen, um zu funktionieren.« Das sagt sie, wenn man ihr gegenübersitzt, doch online, in Drogen-Gruppen, hat sie früher anders darüber geschrieben.

Im Imbiss krempeln wir beide die Ärmel hoch. In Leylas Armbeugen sind – anders als erwartet – äußerlich keine vernarbten Einstichstellen zu erkennen. An meinen schon, vom Plasmaspenden. »Guck mal, du hast vernarbtere Armbeugen als ein Junkie«, sagt Leyla. Das ist eine Momentaufnahme, denn Leyla spritzt gerade nicht. Sie zeigt Fotos, auf denen Hämatome an ihren Armen zu erkennen sind, Fotos geröteter Einstichstellen. Im Sommer trug sie dann lange Pullover. Doch auch wenn man es äußerlich nicht mehr sieht, Leyla hat ihre Venen durchs Spritzen geschädigt. »Die sind so was von kaputt«, sagt sie. »Die Armbeugen waren bei mir direkt tot, da geht gar nichts.«

Josh weiß, dass Heroin abhängig machen kann, glaubt aber, dass die Leute, die süchtig werden, einfach nur eine scheiß Psyche haben. Immer wieder betont er, er habe mit dem Rauchen und dem Kiffen von einem Tag auf den anderen aufhören können. Deswegen kann er sich nicht vorstellen, dass das bei Drogen wie Heroin anders sein könnte.

Ein Heroin-Entzug lässt sich jedenfalls nicht mit den Entzugserscheinungen vergleichen, die auftreten, wenn man das Zigarettenrauchen lässt. »Mit Kippen aufhören ist nichts dagegen«, meint Leyla, »eine Kleinigkeit. Oder mit Pep. Wenn Leute sagen, ich hab ’nen Pep-Entzug oder ich hab ’nen Gras-Entzug: Hurensöhne.« Leyla lacht.

Die Leute in den Gruppen, die Heroin konsumieren, sind zum Großteil keine abgerissenen Gestalten, keine Leute, die abschreckend wirken. Viele sind wie Leyla: Jung und man sieht ihnen den Konsum nicht an. Und auf Social Media sieht man auch nicht, wie weit sie gehen, um an Stoff zu kommen, und welche unschönen Dinge die Sucht mit ihnen macht.

Sie posten keine Selfies von sich, wenn sie mit Entzugserscheinungen im Bett liegen und sich übergeben. Keine Selfies vom Klo, wenn sie mit Verstopfung auf der Toilette sitzen, weil Heroin Teile des Magen-Darm-Trakts lähmt und die Verdauung nur noch verlangsamt funktioniert. Sie posten ihre Spritzen, blutverschmierte Papiertaschentücher und schwärmen vom Heroin. Davon, wie sie sich drauf wie in Watte gepackt fühlen. Leyla schreibt, Heroin ist schön. Und selbst als sie mit einem Affen im Bett liegt, postet sie noch, das sei es wert.

Leyla wollte wissen, wie sich dieses Heroin anfühlt, für das sich Menschen prostituieren. Auch Josh will es probieren. *»Können wa uns vieleicht mal austauschen wegen H«*, fragt er Leyla im Chat. *»Hier geht meist nich so Besonderes, würd dir dann Geld schicken ^^.«*

»Grundsätzlich würd das natürlich gehen«, antwortet sie, *»aber schicken ist eigentlich immer scheiße. Aber vielleicht gibt es ja noch ’nen anderen Weg.«* Sie schlägt ein Treffen vor, Josh lehnt ab. Er braucht sie nicht, um an Heroin zu kommen. Er hat eine andere Quelle gefunden: das Darknet. *»Dann mach ich’s einfach übers Darknet, wollt mir heut eh Keta bestellen, haha«*, schreibt er ihr.

Übers Darknet sei es *»bestimmt auch viel geiler«*, meint Leyla. Josh: *»Jop, da gibt’s schon nette Angebote 😃.«*

Andere User suchen im Clearnet nach illegalen Drogen. Es gibt Gruppen, bei denen sich alles um den Drogenhandel dreht, bei denen ein »Aushelfen erwünscht« ist. Manche Nutzer posten Messbecher oder Beutel voll Ecstasy-Pillen. Und es gibt Leute, die über Facebook Dealer suchen – und welche finden. Ein Administrator der Gruppe »Ein Herz für Drogen« gibt offen zu, dass er welche verkauft. »*Ich ziehe keine Leute ab!*«, postet er. »*Locker ein Viertel der Drogen, die hier gepostet werden, sind von mir. Und alle Kunden sind zufrieden* 😛.« Josh fragt: »*Wie soll es Beweise geben, wenn du sie angeblich abgezogen hast?* 😃.« Einige schreiben, er sei vertrauenswürdig und sie hätten schon bei ihm bestellt.

Josh hält nicht viel davon. Illegale Substanzen bestellt er lieber im Darknet.

Damit hat er – anders als beim Kauf auf der Straße – bislang gute Erfahrungen gemacht. Die Drogenbriefe landen bei ihm meistens drei Tage nach der Bestellung im Briefkasten. Verloren gegangen sei bislang keine der Sendungen, berichtet er. »*Noch nie was schiefgegangen* 😃.« Zum Dealer muss Josh so auch nicht mehr.

Ein Meme postet Josh immer wieder: »Zu spät geboren, um die Erde zu erkunden, zu früh geboren, um das Weltall zu erkunden, gerade rechtzeitig geboren, um Psychedelika aus dem Internet zu bestellen.«

Auch Leyla versucht es im Darknet. Sie gelangt zwar auf die Seiten, das Kaufen klappt jedoch nicht. Sie braucht das Darknet aber auch nicht, sie hat ja die Szene.

Bei Josh kommt das Heroin wie erwartet an. Auf Instagram postet er ein Foto von zwei Plastiktütchen: eines mit weißem Pulver und der Aufschrift »Furanylfentanyl« und ein Tütchen mit braunem. Sie liegen auf weißem Papier mit einem Knick in der Mitte. Vermutlich hat der Verkäufer sie darin eingeschlagen verschickt.

»*Fenta und h beste*«, schreibt Josh. Er hat jetzt also Heroin. Er erzählt Robin, seinem alten Internatskumpel, davon. »Heroin ist schon 'ne andere Nummer, als wenn du Koks oder so was ziehst«, sagt Robin. »Aber ich bin generell kein Mensch, der sich groß ein Urteil über andere erlaubt. Ich bin nicht seine Mutter – Freunde hin oder her –, und ich ruiniere mich ja selbst genug mit anderen Sachen. Da bin ich wirklich nicht in der Position, um zu sagen: ›Hey, krieg mal dein Leben auf die Reihe‹, weil bei mir läuft's ja auch nicht so toll.«

Mit Freunden aus der echten Welt hat Josh kaum noch zu tun. Robin und Josh sehen sich auch seltener. Das liegt unter anderem daran, dass Robin das Interesse an Drogen verliert. »Das Zeug hat mir irgendwann keinen Spaß mehr gemacht«, sagt er. »Am Tag danach geht es dir dann so scheiße, je älter du wirst. Mit sechzehn, siebzehn ist das kein Problem. Mit neunzehn, zwanzig brauchst du dann schon ein Wochenende, bis du wieder arbeiten gehen kannst. Und macht das keinen Spaß mehr, hörst du damit auf. Und die Leute, die weiter Drogen nehmen, passen nicht mehr so wie früher. Du hast keinen Draht mehr zu denen. Die hängen dann in ihrer pillengetriebenen Spaßwelt, und du trinkst dein Bierchen, rauchst deine Zigarette und denkst dir: Alter, was mache ich eigentlich hier? Die machen da Flicflacs, so voll auf Droge, und du hockst da nüchtern. Mit so Leuten triffst du dich dann nicht mehr. Ich denke, das ist natürlich. Auf die eine oder andere Art macht das jeder, auch wenn du keine Drogen nimmst. Du hast Leute, die sich in eine andere Richtung entwickeln, also hängen bleiben in der Zeit. Dann distanzierst du dich von so jemandem. Ich glaub, das war mehr unterbewusst bei mir und Josh.«

Auch Josh meldet sich seltener bei Robin, antwortet auf seine Nachrichten erst spät oder gar nicht. Bis auch Robin ihm nicht mehr schreibt.

Während Josh sich aus der realen Welt entfernt, seine Freundschaften vernachlässigt, wächst seine Freundesliste im Netz. Hunderte Freunde, die er nicht kennt. Manche bieten Drogen an, Legal

Highs – aber auch illegale Substanzen. Beinahe jeder hat irgendeinen Bezug zu Drogen.

Unter einigen Posts eskaliert es. In Joshs Freundesliste sind Leute, die dazu beitragen. Einer kommentiert »*Geh sterben!*«, als jemand nach Meth fragt. Josh liest das. »*Verpiss dich doch einfach*«, antwortet er. »*Ich geh doch auch nich zu Christen un mach die runter, weil mir des nicht passt.*« Dann stellt er fest, dass er selbst mit diesem User »befreundet« ist. »*Ohh Gott, ich hab den in meiner Liste. Was'n mit mir los?*«

Das Heroin scheint Josh indes nicht zu überzeugen, zumindest berichtet er das einem seiner Online-Freunde, er habe es geraucht. Dass die Wirkung ihn nicht sonderlich beeindruckt, ist nicht verwunderlich. Die legalen Drogen, die er nimmt, sind zum Teil potenter, also stärker als Heroin. Durch seine Drogenexperimente hat er eine hohe Toleranz entwickelt. Er will mehr davon probieren. Einige User diskutieren über Kratom, eine legale Droge, die aus den Blättern des in Südostasien beheimateten Kratombaums gewonnen wird. Kratom wird online vor allem als Pulver oder Kapseln angeboten, manche mischen es sich in Joghurt, es schmeckt bitter. Einige vergleichen die Wirkung mit der von Heroin.

Auch Leyla interessiert sich dafür – weil es günstig ist. Sie bestellt 20 Gramm in einem Shop im Clearnet, es kommt an. Sie nimmt es mit Fynn, sie wickeln das Pulver in Zigarettenpapier ein und schlucken es runter – beide sind enttäuscht von der Wirkung. Leyla wird davon vor allem eins: schlecht. Die darauffolgenden Stunden hat sie so in Erinnerung: Sie erbricht mehrfach, bekommt Durchfall. Alles, was sie trinkt, erbricht sie erneut. Sie verliert viel Flüssigkeit, behält nichts bei sich. Als sich ihr Zustand nach mehreren Stunden nicht bessert, habe ihre Mutter sie ins Krankenhaus gefahren. Dort habe sie eine Infusion bekommen und Gemüsesuppe aus einem Automaten getrunken, die sie nicht wieder ausgekotzt habe. Ihr Zustand bessert sich, sie kann wieder nach Hause. Online schreibt sie über die Erfahrung: *»Ich hasse das Zeug, kommt längst nicht an Heroin ran.«* Es fühle sich eher wie eine *»Vergiftung«* an.

»Kann es so allgemein irgendwas – oder ises echt gar nich zu gebrauchen?«, fragt Josh. Leyla meint, sie habe voll die Nebenwirkungen gespürt, aber sie sei *»einfach nicht dicht geworden«*. Josh reicht die Antwort, er will es nicht mehr nehmen. *»Denke, wenn man 'ne halbwegs gute Toleranz hat, kann man das eh wegwerfen, haha.«*

Er hat inzwischen Meth, Heroin, Fentanyl-Derivate probiert. Bei allem konnte er wieder aufhören. Doch bei U-47700 ist das schwer. Für ihn ist das die Droge, die am schlimmsten abhängig macht. Er entwickelt schnell eine Toleranz. Während seine Online-Freunde fünf bis zehn Milligramm für einen Turn verwenden, zieht Josh bald schon 100. Doch nicht jedes Mal ist der Stoff gleich stark, was das weiße Pulver unberechenbar macht.

Auch Leyla verfolgt die Posts von Nutzern über U-47700. *»Würde mich mal interessieren«*, schreibt sie. *»Zeigt es noch Wirkung trotz Kreuztoleranz mit Heroin? Das Zeug ist auch noch legal, neh?«* Josh meint, es sei ganz nice. *»Der Batch, der aktuell rumgeht, kann ich dir aber nich empfehlen.«* Mit Batch meint Josh die Charge der Substanz, die aktuell im Umlauf ist. Leyla lässt es dann.

Seinen Freunden ist klar, dass Josh mit seinen Drogenexperimenten, den immer höheren Dosen sein Leben riskiert. Als er seinen Beziehungsstatus ändert, schreibt ein Freund darunter: *»Kann die erste Hilfe, wäre von Vorteil, wenn se länger was von dir haben will haha.«* Sieben Leute liken den Kommentar.

Einige Substanzen zeigen bei ihm nur noch in hohen Dosen Wirkung. Er wollte alles probieren, doch inzwischen will er manches erst gar nicht versuchen, weil er weiß, es würde ohnehin nicht oder kaum bei ihm wirken. Er will stärkere Substanzen, doch es gibt kaum noch Stoffe, die stärker sind als das, was er schon kennt. Er denkt darüber nach, seine Lieblingsdrogen anders zu konsumieren, um die Wirkung zu intensivieren. Bis jetzt hat er sie geschluckt, durch die Nase gezogen oder geraucht.

In seiner Timeline sieht er das Foto einer jungen Frau, zwischen den Zähnen hat sie eine Spritze eingeklemmt. Sie lächelt und blickt auf das schwarze Band, mit dem sie sich den Oberarm abschnürt. »*Und sie lächelt vor Glück mit der Spritze im Arm*«, schreibt sie. 135 User liken das Bild. Josh wünscht »*Viel Spaß*«.

Seine Eltern haben Angst davor, dass er auch so weit geht. Wenn Josh langärmlige Shirts trägt, sind sie alarmiert. Hat er sich wieder geritzt? Oder finden sie, wenn er die Ärmel hochkrempelt, eine Einstichstelle? Seine Mutter untersucht ihn, kontrolliert sogar die Haut zwischen den Zehen. Sie findet nichts. Josh hat sich noch keine Nadel in die Venen gedrückt, aber er möchte es.

Inzwischen nimmt er regelmäßig Opiate und Opioide, in der Szene »Opis« genannt, meist in Form von Research Chemicals. Als ein User ein Jahr zuvor online fragte: »*'N Kumpel hat sich 'n Gramm Pep gezogen und 3 Gramm Weed geraucht, jetzt hat er sich 1,5 Teile auf einmal geknallt und kann seitdem nicht mehr pissen. Sagt mir bitte, was er tun kann. Er versucht es seit einer Stunde krampfhaft*«, antwortete Josh noch: »*Ihr habt komische Probleme lol.*«

Inzwischen kennt er das Problem. Er schreibt Leyla im Chat an. »*Ja, moin 😀 Kurze Frage 😀 Gibt's da irgendeinen Trick, dass man pinkeln kann auf Opis, oder einfach abwarten?*«

»*Das mit dem Pinkeln kenn ich zu gut*«, erwidert Leyla. »*Hört sich eklig an, aber du musst sozusagen ›richtig anspannen‹, also die Pisse rausdrücken 😀 😀.*«

Josh fragt Leyla, was ihr Lieblings-Opi sei.

»*Heroin, aber nur gespritzt kommt die Euphorie, geraucht oder gezogen wirst du enttäuscht sein, war ich auch damals.*« Und: »*Fentanyl ist eigentlich ganz cool (geraucht).*«

Sie warnt ihn, den Fehler zu machen, sich »*mit sehr starken Opis*« wie Oxycodon oder Fentanyl »*zuzuballern, weil irgendwann kannst du dann an Heroin und Co. keinen Spaß mehr haben«*. Tilidin sei *»voll lahm«*. Für den Notfall solle er Naloxon im Haus haben.

»Spritzen will ich noch nich«, schreibt Josh.

Doch das Verlangen steigt. Gegenüber einem ehemaligen Internatskumpel erwähnt er, dass er übers Spritzen nachdenkt. »Da war ich entsetzt«, erinnert der sich. »Absolutes No-Go. Und dann habe ich ihm gesagt, dass er das absolut nicht machen soll.«

Josh wendet sich an Leyla gerade mal einen Monat, nachdem er geschrieben hat, er wolle nicht spritzen. Er will von ihr wissen, wie viel *»Spritzen und 'ne Kanüle«* in der Apotheke kosten. Sie rät ihm zu Spritzen aus einem Spritzen-Automaten und dass er in einen Konsumraum gehen soll.

»Hab gehört, manche Spritzen sind nich so gut, oder sind das nur verschiedene Vorlieben? ^^«, fragt Josh. Sie antwortet: *»ne, manche eignen sich wirklich nicht! Die am Automaten sind aber genau für Junkie-Bedürfnisse abgestimmt 😃 Viele nehmen die Insulinpumpen im 100er Set, die sind aber voll scheiße (angeblich können die in der Vene abbrechen). Ich würd an deiner Stelle einfach zum Automaten gehen, mach ich auch immer.«*

Die Spritzenautomaten, die sie meint, gibt es in Rheinland-Pfalz aber nicht. Genauso wenig wie Konsumräume, in denen sich Josh einen Schuss unter Aufsicht setzen könnte. Er macht sich zuerst auf den Weg, um eine Apotheke zu finden, doch keine hat noch geöffnet. Daraufhin beschließt er, *»einfach mal auf Amazon«* nach Spritzen zu schauen. *»Die ham eh alles.«*

Leyla hält er auf dem Laufenden. *»Sooo, mein u47 is da 😃.«* Am nächsten Tag sollen die Spritzen ankommen und bald darauf eine Ampulle Ketamin. *»Wünsch mir glück 😆.«* Sie schreibt: *»Beim Pumpen brauchst du vieeeeel weniger als beim Ziehen oder Rauchen«*, und er solle sich jemanden mit Erfahrung dazuholen, doch Josh kennt keinen, dem er vertraut. Sie meint daraufhin, sie würde sich auch keinen *»ranzigen Plattenfixer«* in die Bude holen, *»da kriegste ja 'ne Thrombose vom Hinschauen«*.

Sie fragt ihn, wo er wohnt, doch Josh ist zu weit weg für ein spontanes Treffen. *»Schade«*, schreibt sie.

Josh meint, er werde mit 50 Milligramm Ketamin anfangen. *»Dann kommen paar Opis ran.«*

Leyla schreibt weiter, beim Spritzen kann es *»echt leicht zu viel sein, auch wenn du 'ne krasse Toleranz hast. Musst du echt googeln. Und drück die Pumpe nicht auf einmal ab. Immer nur ein bisschen abdrücken, in der Vene lassen, abwarten und noch mal abdrücken.«*

Josh erklärt, er ziehe inzwischen mindestens 300 Milligramm Ketamin durch die Nase. Er wolle sich diese Substanz spritzen, weil es *»rein«* sei und er bereits eine hohe Toleranz habe. *»Da trau ich's mir eher zu ^^.«* Dann fügt er noch hinzu: *»Freu mich voll 😆.«*

»Das Klebenbleiben geht leider voll schnell, Keep Care und so«, antwortet Leyla. In einem Interview mit mir sagt sie: »Ich war ihm nicht so nah, dass ich sagen konnte: ›Mach's nicht.‹« Josh spritzt sich das Ketamin dann wohl doch nicht.

U-47700 zieht Josh weiterhin in hohen Dosen durch die Nase. »Zerstört die Nase voll«, schreibt er. Er schießt Selfies von sich, auch im Rausch. Auf einem reißt er seine Augen weit auf, zieht die Augenbrauen hoch, streckt die Zunge raus. Er hat sich von unten fotografiert. An beiden Nasenlöchern sind rote Ablagerungen zu erkennen, wahrscheinlich Blut. Seine Nase sieht wund aus.

Einer seiner Online-Bekannten berichtet über seinen eigenen Konsum, er habe U-47700 *»erst gezogen, bis die Nase gefickt war«*, dann habe er es *»rektal versucht«* und schließlich *»geballert«*, also gespritzt. Er habe sich *»alles kaputt gemacht ...«*. Nach drei bis vier Schüssen *»war es das mit der Vene«*. Auch andere spritzen sich U-47700 – offenbar mit schwerwiegenden Folgen.

Ein Kumpel habe sich mit U-47700 *»die Venen in kürzester Zeit so kaputt penetriert«*, wie es andere in Jahren nicht schaffen würden, berichtet ein User unter einem von Joshs Posts. Sein Freund Luca kommentiert, er habe nie wieder was von den Menschen gehört, die angekündigt hätten, sich U-47700 zu spritzen. *»Ich denk, die sind einfach echt tot* 😃«, schreibt er. *»Kann nich jeder so viel Glück wie wir im Leben ham* 😃«, antwortet Josh, so was passiere halt. *»Kann man nix machen* 😆.«

Auch Leyla fängt an, sich für legale Drogen zu interessieren, für Kräutermischungen, die Josh täglich raucht. Sie kennt die Berichte über damit verbundene Horrortrips und Todesfälle, doch das schreckt sie nicht ab, die Neugier ist stärker. »Ja komm, paar Krümel kannst ja mal probieren«, sagt sie sich. Der geringe Preis reizt sie.

Sie bestellt eine Packung. Sieben Euro für ein Gramm oder 13 Euro für zwei Gramm bezahlt sie dafür, erinnert sie sich. Auf die Packung ist Luigi gedruckt, der Bruder der Videospielfigur Super Mario, als Zombie.

»Die Zielgruppe ist ganz klar minderjährig«, sagt Leyla.

Sie probiert die »Krümel« mit Fynn und einem Kumpel aus, sie rauchen die Kräuter durch eine Bong.

»Das war einfach nur wie heftig starkes Gras.« Das habe »auch gut dicht gemacht«, sagt Fynn. »Dann haben wir gemerkt, dass es richtig heftiger Shit ist.« Und Leyla: »Es fühlte sich nach nichts an. Ich hatte keine Substanz in der Lunge. Wenn du eine Droge nimmst, spürst du ja, dass was passiert. Aber das war einfach wie Luft, rausgepustet. Das Krasse war, es war nicht so, wie wenn du dicht wirst von Gras, sondern ich kam langsam hoch. Ich würde es mit Ecstasy vergleichen, aber du bist nicht auf Ecstasy, sondern dicht. Und du rauchst nicht weiter, aber du wirst dichter, dichter, dichter. Die Krisis war aber nur zehn Minuten. Danach ging's wieder klar. Es war ganz komisch und ich hatte seltsam verschrobene Gedanken.«

Fynn und Leyla bestellen ein paarmal Kräutermischungen. Da

der Rausch nach einigen Minuten wieder vorbei ist, beginnt Leyla Kräuter zu rauchen, wenn die Zeit für eine andere Droge nicht ausreicht. Einmal wird Leyla im Rausch paranoid. Sie glaubt, Menschen würden sie beobachten und sehen, was sie macht. Dabei ist sie im obersten Stockwerk, es ist unmöglich, von der Straße aus in die Wohnung zu gucken. Sie will, dass alle Rollläden heruntergelassen werden. Rückblickend findet sie das erschreckend. Fynn versucht sie zu beruhigen, das nützt aber nichts.

Über das Internet kommt Leyla in Kontakt mit einem Mann, der kostenlose Proben anbietet. Schon bald erhält sie eine, die sich »Bubble Trouble« nennt. Bei Labortests wird das synthetische Cannabinoid 5F-MDMB-PINACA in einer Packung mit dieser Aufschrift festgestellt. Eine Substanz, die in Deutschland in Zusammenhang mit Todesfällen steht und auch in Kräutermischungen mit anderen Namen nachgewiesen werden konnte.

In einer Doktorarbeit werden zwei der Todesfälle in Zusammenhang mit 5F-MDMB-PINACA näher geschildert. Einer der Fälle trat im Raum Freiburg auf, ein vierundvierzigjähriger »Mann, der in seinem Rollstuhl am Schreibtisch tot aufgefunden wurde. Der PC war eingeschaltet, auf dem Tisch lag eine geöffnete Packung ›New Dimension Green Organic Revolution‹, eine benutzte ›Glasbong‹ und eine Cannabismühle. Bei dem Toten handelte es sich um einen bekannten Cannabiskonsumenten, der nach Aussage seiner Betreuerin bisher keine ›Legal Highs‹ konsumiert hatte.«

Zur Ursache des Todes schreibt die Autorin Verena Angerer: »Bei Herzvorschädigungen ... kann es nach Konsum synthetischer Cannabinoide zu lebensgefährlichen Nebenwirkungen (Krampfanfälle, Koma mit Erbrechen) kommen. Damit ist im vorliegenden Fall von einem Todeseintritt als Folge eines kombinierten Konsums von Cannabis und 5F-MDMB-PINACA bei vorbestehender Herzschädigung auszugehen.«

Ein weiterer Fall ereignete sich im Raum Dresden: Ein einundvierzig Jahre alter Mann, der als Meth-Konsument bekannt war, wird leblos in seiner Wohnung gefunden. »Der Tote lag auf seinem Bauch auf dem Boden des Wohnzimmers. Unter seinem Gesicht befand sich viel Erbrochenes. Ein nicht näher beschriftetes Plastiktütchen mit Kräutermischung befand sich in der Nähe des Verstorbenen.«

Zur Todesursache wird in der Dissertation aufgrund der Obduktionsergebnisse geschlussfolgert, »dass der Konsum von 5F-MDMB-PINACA in Kombination mit den in therapeutischen Konzentrationen vorliegenden Medikamenten ... zu einem komatösen Zustand und letztlich zu einem Ersticken nach Aspiration von Erbrochenem führte«. Anders ausgedrückt: Der Mann ist an seinem eigenen Erbrochenen erstickt.

Zusammenfassend heißt es, das synthetische Cannabinoid sei »als wahrscheinlichste Todesursache anzusehen«. Auffallend sei dabei, dass »ein komatöser Zustand, der mit hoher Wahrscheinlichkeit durch das konsumierte synthetische Cannabinoid verursacht worden war, zum Tode führte. Dies steht im Einklang mit der häufig bei Vergiftungsfällen beobachteten Bewusstlosigkeit.«

Was genau in der Bubble-Trouble-Packung von Leyla enthalten ist, bleibt unklar. Da sie und Fynn bereits erste Erfahrungen mit Kräutermischungen gesammelt haben, gehen sie davon aus, dass sie damit umgehen können.

Fynn stopft die Kräuter in die Bong. »Meinst du, das ist zu viel?«, fragt er noch. Es sind etwa zweieinhalb Krümel.

Er zieht an der Bong. Am Anfang ist es wie bei den Malen davor, er wird dicht. Aber es hört nicht auf. Leylas Mutter ist auch in der Wohnung, um gemeinsam mit ihrer Tochter was zum Essen vorzubereiten. Dabei fällt ihnen auf, dass Fynn nur noch auf dem Sofa sitzt, sich nicht mehr bewegt und nichts sagt. Sie fragen ihn: »Ist alles okay?«

»Ich habe gemerkt, wie das Dichtsein immer stärker wurde«, sagt Fynn. »Am Anfang habe ich noch versucht, mich zusammenzureißen.« Er presst ein »Okay« heraus. Er kann kaum noch sprechen, und der Rausch steigt weiter an.

Er fragt Leyla und ihre Mutter, wie sie heißen. Sie kennen sich seit Jahren, aber er weiß ihre Namen nicht mehr. »Ich hab die Namen dann bei denen auf der Stirn stehen sehen, konnte die aber nicht aussprechen. Wie in großen Buchstaben, in Weiß.«

Er fragt Leylas Mutter, ob der Name, der auf ihrer Stirn steht, wirklich ihr Name ist. Fynn stammelt noch etwas von weißem Licht. Sein Kiefer ist wie gelähmt. »Ich konnte mich keinen Millimeter bewegen«, erinnert er sich. »Ich hatte keine Steuerung mehr über irgendwas.« Fynn wird panisch, er will sich aber nichts anmerken lassen. »Weil ich nicht wollte, dass die Angst bekommen und sich Sorgen machen. Und dann habe ich da nur wie gelähmt gesessen und gehofft, dass es vorbeigeht. Ich habe gedacht: Bitte, bitte, halt an und werd nicht noch dichter.« Doch es steigert sich weiter. »Irgendwann war es dann schwarz.« Fynn verliert das Bewusstsein. Er legt seinen Kopf in den Nacken, überstreckt sich und krampft. Er hört auf zu atmen.

Leyla ist bei ihm, versucht ihm zu helfen. »Sein Herz hat ganz krass geschlagen, komische Sprünge gemacht, einen Taktfehler gehabt.« Sie versucht ihn zu beatmen, aber sein Mund ist zu verkrampft. »Ich hab ihm dann mit Gewalt den Mund geöffnet, aber er war voll am Krampfen und hat zugebissen.« Er beißt Leyla ein Stück aus der Lippe. Leylas Mutter ruft den Notarzt. Doch bis der eintrifft, vergehen Minuten. Leyla hat keine Ahnung, wie eine Herzmassage funktioniert, und über den Mund kann sie ihn nicht beatmen. Sie pustet ihm in die Nase, dabei bemerkt sie einen Gegendruck. Fynn stößt kurz Luft aus, und danach setzt seine Atmung wieder ein.

Leyla und ihre Mutter rütteln an ihm, sprechen ihn an. Fynn kommt wieder zu sich.

»Was is'n los?«, fragt er. »Ich bin doch nur dicht.« Er begreift nicht, dass er in Gefahr ist, er macht sich Sorgen um Leyla und will wissen, warum ihr Gesicht voll Blut ist.

»Ich hab die ganze Situation nicht verstanden«, sagt er. »Und dann kamen schon der Notarzt und Sanitäter reingestürmt.« Fynn steht auf, er will nicht mit ins Krankenhaus. »Was ist denn los mit euch allen?«

Doch Leylas Mutter besteht darauf, dass die Rettungskräfte ihn mitnehmen. Er sei auf die Intensivstation gebracht worden. Da Fynn körperlich von Heroin abhängig ist und langsam die ersten Entzugserscheinungen einsetzen, hat Leyla ihm etwas H in die Klinik geschmuggelt. Sie macht mit ihrem Handy ein Foto von ihm, wie er im Krankenhausbett liegt und in der Hand ein Blech mit Heroin hält.

Doch die Dosis reicht nicht aus. »Das war so wenig«, sagt Fynn. »Das hat nicht den Affen weggemacht, und deswegen war die Nacht ganz schlimm. Ich habe durch den Entzug Herzrasen bekommen und immer wieder Schweißausbrüche.« Aber auch psychisch geht es Fynn nicht gut. Als Leyla und ihre Mutter aufgefordert werden zu gehen, fängt er an zu weinen.

Am nächsten Abend holen sie ihn ab. »Da war ich ganz angeknackst und weinerlich drauf«, sagt Fynn. »Ich hatte Angst, dass das irgendetwas kaputt gemacht hat. Aber ich hatte keine Ahnung, was.«

Fynn erinnert sich nicht daran, was in der Zeit war, als Leyla und ihre Mutter verzweifelt versuchten, ihn wieder wach zu bekommen. »Wären die beiden nicht dabei gewesen, ich hätte gar nichts davon gewusst«, erklärt er. »Ich wäre dicht wieder zu mir gekommen und hätte gedacht: Boah, geil, ich bin dicht.« – »Oder du wärst gestorben«, sagt Leyla.

Nach Fynns Überdosis kontaktiert sie den Shop-Betreiber und erzählt ihm, dass Fynn fast »verreckt« wäre. »Er hat sich dann damit gebrüstet, dass sein Zeug so potent ist«, erzählt Leyla. »Er hat gesagt, dass mein Freund fast verreckt ist, könnte er als Werbung für sich nutzen. Keine illegale Droge hat nur ansatzweise das gemacht, was diese legale Scheiße angerichtet hat.«

Leyla und Fynn hören anschließend mit Kräutern auf. Auch andere Research Chemicals, die Leyla als Samples zu Hause hat, rühren sie nicht an. Sie bleiben beim Heroin.

13

EINE COMMUNITY, DIE KEINE IST

Akzeptiert sind in den Drogen-Gruppen Marihuana, Ecstasy, Pep, LSD, Pilze Bei Heroin, Crystal Meth, Medikamenten oder Legal Highs hört bei vielen Mitgliedern die Toleranz auf. »Substanzfaschisten« werden die Leute genannt, die Hass-Kommentare schreiben – nur weil jemand etwas anderes konsumiert als man selbst. Und davon gibt es in den Gruppen eine ganze Menge. Eigentlich sind diese auch keine Communitys. Heroin-Konsumenten sind Hass ausgesetzt, Leute, die Medikamente schlucken, ebenso. Und die, die wie Josh Research Chemicals nehmen, erst recht.

Der Ton ist rau, sogar Josh ist manchmal nur noch fassungslos, da manche Konsumenten sich anderen überlegen fühlen, die in ihren Augen »Dreck« konsumieren. Besonders krass entlädt sich die Verachtung unter Posts von Menschen, die sich einen Schuss setzen. »*Guten Morgen*«, schreibt Jennifer in eine Gruppe mit Spritzen-Emojis. Sie postet ein Foto einer Spritze, daneben liegt ein blutiges Papiertaschentuch. Sie habe sich Methadon gespritzt. Dafür machen sie andere User fertig.

»*Schon krank, die Alte*«, kommentiert ein Nutzer. »*Mama wär bestimmt stolz auf ihre Kleine* 😅«, schreibt ein anderer.

»*Wenigstens konsumieren wir nicht den Tod wie du* 😅«, meint eine Userin. Andere beleidigen sie heftig: »*Opfer* 🙂 😅 🙂«, »*Hure altaa*«, »*Du Hero-Opfer*« oder »*Opfer, Opfer, Oooooopfer* 😉«.

Jennifer liest die Kommentare unter ihrem Post. »*Bin davon ausgegangen, dass es hier eine Gruppe ist, die respektvoll untereinander umgeht«*, schreibt sie. *»Wie wäre denn mal ein Kommentar gewesen mit ›Hey, echt Scheiße! Brauchst du vielleicht Hilfe?‹«*

Darauf folgen Antworten wie: *»Wer mit Spritzen anfängt, hat sich das selber zuzuschreiben.«* Oder: *»So was verdient keine Hilfe.«*

Jennifer schreibt: *»Ich habe damals gesagt, dass ich niemals spritzen würde. Und nun ist es so.«* Sie bereue es, damit angefangen zu haben. *»Mein Arzt weiß das, ist aber nicht in der Lage, mir zu helfen.«* Auch Leyla wird auf den Post aufmerksam. *»Richtige Kinder, wenn die 'ne Spritze sehen, fangen se an zu heulen!!!«* Dazu postet sie ein Bild von einem Schreibblock, auf dem ein Feuerzeug, ein verbogener Löffel und drei eingepackte Spritzen liegen.

Jennifers Post weckt in manchen die Lust auf einen Schuss. *»Ich bekomm immer Suchtdruck, wenn ich eine Nadel seh, weil ich war mal drauf«*, kommentiert ein Nutzer.

Als der Rausch nachlässt, meldet sich Jennifer erneut: *»Bitte, nicht nachmachen!!! Es ist die reinste Hölle!«* Und: *»Bin froh, dass ich noch lebe.«* Sie sei auch froh, dass sie die Chance auf eine Therapie bekomme, ihr erster Anlauf. Und sie fährt fort: *»Ich wünsche keinem diese Qualen ... Hätte ich ein Problem mit meinem Selbstbewusstsein, ich hätte mich nach einigen Kommentaren hier aufgehängt. Denkt mal drüber nach.«*

Es ist ein Samstag im Juli. Während andere junge Menschen den Sommer in vollen Zügen genießen, liegt Leyla im Bett. Ihr ist *»Übelz kalt«*, berichtet sie online. *»Alles tut weh, jede Lage, egal wie ich mich auch hinsetze, es kommt keine Linderung!!!!! ... Ich kann meinen Nacken kaum bewegen, mir läuft die Rotze aus der Nase (aber so was von), die Augen tränen, als hätte ich zehn Tage durch geflennt, und ich hab Krämpfe, unter anderem auch Würgekrämpfe, sprich Kotzen.«* Doch das ist nicht alles. *»Es kommt noch perverser«*, fährt sie fort. Alle Körperöffnungen seien von den Entzugserscheinungen betroffen. *»Hinten, vorne, Augen tränen, Nase läuft, meine ›tschuldigung‹-Pussy ist ganz* *komisch drauf, pissen tut weh, die Ohren produzieren auch mehr Kram als sonst 😃.«*

»Beim Heroin-Entzug habe ich geweint, und ich weine nie«, sagt Leyla. »Die Tränen fließen einem so runter, man weint nicht, aber der Körper weint halt.«

Leyla denkt vor allem an eins: an den Moment, in dem sie die nächste Dosis nehmen kann, damit die Entzugserscheinungen verschwinden – zumindest für die nächsten paar Stunden. Doch an das Heroin kommt sie erst am nächsten Morgen. *»Dafür muss ich zehn Kilometer (in diesem bzw. dann noch schlechterem Zustand) mit dem Fahrrad fahren, aber das ist mir scheißegal.«* Sie zählt die Minuten, bis sie an die nächste Dosis kommt. *»Das ist Heroin, und ich liebe es. Krank, neh? 😃.«*

Leylas Kommentar löst in der Community eine Diskussion aus. Einer will wissen, wie lange sie ohne Stoff auskommt. *»So nach 6 bis 8 Stunden fangen die ersten Anzeichen an«. – »Also 2 Tage würdest du es nicht mehr ohne schaffen?« – »Na ja, überleben würde ich natürlich schon, aber ist halt 'ne Qual.«*

Leylas Leben ist geprägt von der Sucht. »Wie scheiße drauf wir waren. Das ist mir mittlerweile schleierhaft, wie krass das war.« Das sagt sie, als sie den Post ein paar Jahre später noch einmal liest.

»Wir waren eigentlich den ganzen Tag unterwegs, um Geld oder Stoff klarzumachen. Also andauernd komplett durchgeschwitzt, komplett affig. Zwischendurch mal angehalten, zwischendurch mal irgendwie auf 'nem Geburtstag gewesen. Aber dann wieder schnell weg. Dauernd im Rush. Die Droge hat uns keine zehn Minuten Verschnaufpause gelassen«, sagt Leyla. »Wir waren beispielsweise in der Stadt, haben Stoff geholt, haben es auf irgendeinem Spielplatz in irgendeiner Ecke konsumiert. Wenn wir dann kein Geld, keinen Stoff mehr hatten, habe ich geguckt im Handy, welchen Sklaven man jetzt machen könnte, hab ich den in die Stadt bestellt, hab den in der 50-Cent-Toilette ein bisschen zusammengerotzt, hab das Geld genommen, hab neu geholt, war voll verschwitzt. Manchmal war mir peinlich, so einen Sklaven zu empfangen, so räudig.« Ein nicht enden wollender Kreislauf. »Immer auf der Jagd«, wirft Fynn ein.

Leyla sagt, Sucht ist eine Suche. Eine Suche, ohne jemals zu finden. »Sucht ist scheiße und unbefriedigend. Willst du dein Leben verschwenden? Deine Liebsten altern sehen und die Zeit unwiderruflich verlieren? Von Schuldgefühlen zerfressen werden? Wenn du verstehst, dass sie gegen dich arbeitet, ist es schon zu spät. Stell dir vor: Du hast dich in deinem Zimmer eingeschlossen und willst wieder raus, doch du hast den Schlüssel verloren. Du suchst dein Zimmer ab und schaust unter jedem Kissen nach, siehst in jede Ecke, aber dein Schlüssel ist nirgendwo, du suchst immer weiter. Du bist andauernd mit der Suche nach dem Schlüssel beschäftigt. Du hast keine Zeit mehr, irgendetwas anderes zu tun. Du willst etwas essen, du willst deine Familie treffen, du willst duschen, aber in diesem Zimmer gibt es kein Essen, es gibt keine Dusche und es gibt keine Familie. Es gibt nur dich und den niemals aufzufindenden Schlüssel, und solange du diesen Schlüssel nicht hast, kommst du nicht raus aus diesem gnadenlosen Zimmer.

In diesem Zimmer gibt es nur dich und deine Sucht, ohne Entkommen! Alles, was außerhalb dieses Zimmers liegt: deine Arbeit, deine Freunde, deine Dusche, zu alldem hast du keinen Zugang mehr. Und jetzt stell dir vor, du bist in diesem Zimmer gefangen, bis du irgendwann stirbst. Das ist suchen, ohne zu finden, das ist Heroinsucht. Dieses verzweifelte Gefühl, etwas unbedingt zu brauchen, aber es nicht zu finden, und hektisch danach zu suchen, das ist die Sucht. Es ist zwar offensichtlich sinnlos, aber die Droge, welche zur inneren Stimme geworden ist, zwingt einen weiterzusuchen. Sie dominiert dich. Es fühlt sich scheußlich an.

Heroin ist eine Domina, die dir alles nimmt, sie bringt dich dazu, deine Familie zu beklauen und zu belügen. Du schämst dich so sehr, aber du tust es trotzdem. Sie ist eine Domina ohne Safeword. Warst du deiner Herrin nicht gehorsam, peitscht sie dich aus, in Form des Entzugs. Jeden Tag peitscht sie dich schweißgebadet aus dem Bett, du darfst nicht mehr ausschlafen, da, wenn du eine Stunde einbüßt und weiterschläfst, schon der Entzug anklopft. Du musst jeden Tag für sie arbeiten, deine Chefin ist gnadenlos.

Egal wie krank du bist, sie peitscht dich aus dem Bett und zwingt dich, Drogen zu besorgen. Du kannst dir niemals freinehmen, niemals hast du Urlaub oder Pause, diese Chefin kennt keine Gnade. Und sie vergreift sich auch an deinen Nächsten und ergötzt sich an ihrem Leid, während sie zusieht, wie sie um dich trauern und von dir enttäuscht werden. Sie schaut zu, wie du kaputtgehst und deine Angehörigen deinem Niedergang beiwohnen. Sie lebt von deinem Niedergang. Und du dummer Sklave denkst, sie gäbe dir Liebe, denkst, sie gäbe dir Wärme: Nein, sie ist dein Tod, dein Untergang. Denn für jede Minute vermeintlichen Friedens und trügerischer Wärme bezahlst du mit unwiederbringlicher Lebenszeit.«

In die Gruppen schreibt sie das damals nicht. Und dann kommen da die Kommentare, in denen es heißt, sie solle doch »einfach« damit aufhören.

»Dann hör damit doch auf, haha. Besorg dir paar RCs ... sind besser ... Komm mal klar, Mädchen 😀.«

»Wäre ich dein Freund, hätte ich dir die Spritzen schon alle in den Hintern gestochen. Krass, dass der das akzeptiert«, kommentiert einer. Auch Fynn ist in der Gruppe aktiv, Leyla erwähnt ihn manchmal in ihren Posts.

»Mein Freund hat dadrüber doch nicht zu bestimmen!«, schreibt Leyla. *»Das würde er auch nie, wenn 'ne Beziehung klappen soll, dann verbietet man sich gegenseitig nichts.«* Und: *»Abgesehen davon ist er selber drauf.«*

»Trotzdem ist der intravenöse Konsum von H (aufgrund von Streckmitteln) total gefährlich, und ich wollte nicht, dass meine Freundin sich so einem Risiko aussetzt«, antwortet der User. *»Klar sollte man sich nichts verbieten, aber bei solchen Sachen MÜSSTE man, nüchtern gesehen, eingreifen und sagen, dass jetzt mal Schluss ist mit dem Mist.«*

Leyla meint, er habe zwar grundsätzlich recht damit, *»nur eingreifen kann da keiner, ich muss damit schon selber richtig auf die Fresse fallen, um genug zu bekommen, das ist bei mir mit allen Sachen so. Ich kann nur aufhören, wenn ich es intrinsisch möchte.«* Und: *»Mein Freund ist sogar wegen mir draufgekommen, natürlich ist das richtig scheiße, aber letztendlich seine eigene Entscheidung.«*

»Wer sich so was gibt, sollte sich bitte sofort 'nen Strick nehmen, geht schneller«, kommentiert eine Userin unter einen Heroin-Post von Leyla und schreibt: *»So was gehört zurück gefickt und abgetrieben.«*

Leyla bleibt sachlich. *»Jeder normale Mensch, der unsere Unterhaltung lesen würde, würde denken, dass der Fehler bei dir liegt. Habe ich dich bis jetzt nur einmal beleidigt? Du hast keine Ahnung und keine Argumente ... Ein Admin sollte dich der Gruppe verweisen.«* Die Userin verlässt freiwillig die Gruppe.

Das Buch *Wir Kinder vom Bahnhof Zoo* über Christiane F. und ihre Heroinsucht wirkt in der Community bis heute nach. Manche glauben, das Buch und der Film seien Grund genug, nicht mit Heroin anzufangen, und wer es doch tue, sei selbst schuld. Dabei sind diejenigen selbst Mitglieder einer Drogen-Gruppe und nehmen Drogen, nur halt nicht Heroin. Leyla regt das auf.

Sie hat durch den erfahrenen Hass eine geheime Gruppe für Heroin-Konsumenten gegründet. »Ich wollte, dass die Leute, die woanders ausgeschlossen werden, einen Platz haben«, sagt sie. »Die Gruppe ist eigentlich dafür da, dass keine anderen mit reingezogen werden. Also, dass wir die Abhängigkeit nicht an andere weitergeben.«

Es soll ein geschützter Raum sein, ohne negative Kommentare.

Auch ehemalige Heroin-Konsumenten sind willkommen. *»Aber Vorsicht: Triggergefahr!«*

Nach einer längeren Pause nach ihrem Abitur schreibt Leyla sich für einen Studiengang ein. Als sie dann die Uni besucht, ist sie noch immer körperlich drauf, sie versucht, ihre Sucht vor den anderen zu verheimlichen. Die erste Zeit ist für sie schwierig. »Die Studenten und Studentinnen waren so befremdlich für mich, ich bin nicht wirklich mit ihnen klargekommen. Es war, als wäre ich im falschen Film gelandet.« Sie beschreibt es als »Ich gehöre da nicht hin«-Feeling. Im Vorlesungssaal setzt sie sich weit nach hinten, um schnell gehen zu können, denn sie muss mindestens alle zwei Stunden ein Blech rauchen.

Zu Hause konsumiert sie inzwischen noch öfter. »Andauernd hab ich die Scheiße im Mund gehabt und gesuckelt.« Manchmal nimmt sie sogar auf Autofahrten Heroin, wenn ihre Mutter sie irgendwohin fährt. »Dann habe ich im Auto konsumiert, obwohl es mir peinlich vor ihr war. Ich konnte wirklich keine Stunde, keine zwei Stunden aushalten.« Damals fällt ihr das aber nicht auf.

An freien Tagen raucht oder spritzt Leyla manchmal durchgängig H. Einmal postet sie ein Foto von sich, sie sitzt in Unterwäsche in einem mit Wasser gefüllten Planschbecken, in einer Hand eine Dose Bier, in der anderen ein Blech Heroin. *»Ich chill am Pool, in meinem Zimmer mit Blick auf den Fernseher, und rauch mein Blech im Wasser, ein Bier zur Vorsorge ist auch da«*, schreibt sie dazu.

Wenn sie konsumiert, schaut sie nebenbei Dokus oder Serien. »Ich habe mich immer abgelenkt, denn ich konnte diesen Ekel nicht ertragen, mich selbst beim Konsumieren zu sehen, wie ich mich zerstechere, mein Blut vergieße. Ich musste mich immer ablenken. Ich musste irgendetwas dabei anhaben. Weil, wenn das wegfällt und ich ertragen muss, was ich da gerade für eine Scheiße mache, und in das Gefühl reingehe, in den Ekel, was da gerade passiert – für mein Gehirn, das verdrängen wollte, wäre das unaushaltbar gewesen.«

Die Sucht bestimmt ihren Alltag. Wie früher in der Schule sorgt auch jetzt ihr Umfeld dafür, dass sie das Studium schafft. Fynn weckt sie, macht ihr Frühstück. Ihre Mutter fährt sie zur Uni, ihr Vater holt sie ab. »Letztendlich habe ich gar nichts geschafft, weil die haben das alles gemacht. Ich war nur das Objekt, was von A nach B gesetzt wurde.«

Dabei kümmert sie sich immer weniger um sich selbst. Manchmal duscht sie einige Wochen am Stück nicht, weil die Droge den kompletten Tag einnimmt. Bemerkt wurde das nicht, so Leyla, weil sie nicht gestunken habe. »Ich bin nicht so krass aufgefallen. Ich war kein Penner im Straßenbild, darum bin ich nie angeeckt deswegen.« Auch ihre Zähne putzt sie nicht mehr regelmäßig. Und ihre Zunge verfärbt sich durch den Konsum. Sie ist an der Spitze dunkler geworden. »Die oberen Zellen waren von der Hitze abgestorben und schwarz. Also Shore-Ablagerungen plus totes Gewebe.«

Ungepflegt wirkt Leyla bei unseren Treffen tatsächlich nicht. Was aber auffällt, sind ihre Zähne. An ihnen und in den Zahnzwischenräumen sind schwarze Ablagerungen zu erkennen – Heroin. Es hat sich beim Rauchen auf ihren Zähnen abgelagert und wirkt wie Karies.

Auf ihre Zähne haben Leyla nur ihre Eltern, Fynn und ein Freund angesprochen. »So im Rückblick – ja, das war schon ziemlich ungepflegt. Aber andere Leute sind zu pietätvoll. Die sprechen das nicht an, und so merkt man gar nicht, was andere von einem denken, dabei haben sie schon längst ihr Urteil gebildet. Mir wäre viel lieber, die würden was sagen, aber die sagen nichts und bilden sich ihre Meinung.«

Ihr Konsum wirkt sich aber nicht nur auf Äußerlichkeiten aus. Ihr Gesundheitszustand verschlechtert sich.

»Ich hatte ein Kribbeln. Mir war ganz kalt, eiskalt. Ich hatte übelste Gelenkschmerzen und so ein Sausen im Kopf. Dass ich mein Blut gehört habe.« Sie kann kaum noch schlafen. »Ich habe mich gefühlt, als ob ich voll unter Strom stehe, aber mein Körper war dabei unglaublich müde.« Ihr Herz schlägt schnell, aber trotzdem fühlt sie sich schlapp, und wenn sie sich hinlegt, wird das Herzrasen noch schlimmer. Zudem entwickelt sie eine Sprachstörung, kann sich an manche deutsche oder arabische Wörter nicht mehr erinnern und fühlt sich »mega dement«.

Ihr ganzer Körper ist betroffen, Leyla beschreibt diesen Zustand als »Dauerabgefucktheit«. »Ich hab gemerkt, dass etwas nicht mit mir stimmt.« Die Haare fallen ihr »büschelweise« aus, auch die Wimpern.

Zuerst glaubt Leyla, mit dem Heroin würde etwas nicht stimmen. Sie lässt es in der Schweiz testen. Es seien darin aber keine bedenklichen Streckstoffe gefunden worden. Schließlich hält sie das, was sie durchlebt, für eine Aluminiumvergiftung. Eine offizielle Diagnose darüber hat sie aber nicht.

»Bei einer Studie in Großbritannien wurden 2007 bei ›Blech-Rauchern‹ erhöhte Aluminiumwerte festgestellt – ob diese für eine klinisch feststellbare Vergiftung ausreichen, ist schwierig zu sagen«, erklärt Toxikologe Dr. Fabian Pitter Steinmetz. Und ein Konsumraum in Frankfurt schreibt in einer Safer-Use-Erklärung über das Blechrauchen: »Es ist nicht eindeutig geklärt, ob das Rauchen von Heroin auf Aluminiumfolie weitere, eventuell sogar erheblichere gesundheitliche Schädigungen nach sich ziehen kann. So bleiben zum Beispiel folgende Fragen offen:

- Lösen sich beim Folierauchen Bestandteile des Aluminiums, die bei Inhalation zu gesundheitlichen Schäden führen können?
- Kann dies dazu führen, dass aus dem Heroin selbst oder aus beigemengten Stoffen verursachende Bestandteile

freigesetzt werden, die gesundheitlich bedenklich bzw. schädlich sein könnten?
- Was hat es mit jenen Folierauchern auf sich, bei denen es zu neurologischen Gehirnschädigungen gekommen ist und die teilweise in Krankenhäusern gestorben oder zu pflegebedürftigen PatientInnen geworden sind? Ist das Folierauchen ursächlich für deren Schäden verantwortlich?
- Folie rauchen = Safer use! Trotz bestehender Bedenken und Unklarheiten kann doch gesagt werden, dass Folierauchen im Gegensatz zum i.v. Konsum gesundheitlich deutlich weniger riskant ist.«

Ihr Zustand verbessert sich jedenfalls, als sie aufhört, über Alufolie zu konsumieren, sagt Leyla, und stattdessen durch eine Glaspfeife raucht.

In der Heroin-Gruppe postet sie darüber: »*Wie ihr wisst, bin ich seit langer Zeit H-abhängig. Und das nicht zu knapp, habe es zwar etwas eingeschränkt, aber es ist immer noch mehr als scheiße. Mein Erfolg ist nun, dass ich seit zwei Wochen kein Blech mehr rauche – und zwar, weil ich davon sehr, sehr krank geworden bin.*« In dem Post warnt sie die anderen noch eindringlich vor dem Konsum über Alufolie.

Bei Fynn hinterlässt das Heroinrauchen andere Spuren. Durch den ständigen Konsum isst er weniger, nimmt extrem ab. Mehr als fünfzehn Kilo, laut Leyla. Sie schickt mir alte Fotos von ihm. Eins davon trägt sie in ihrem Portemonnaie bei sich. Die Aufnahmen zeigen Fynn vor dem Heroin, sein Gesicht wirkt runder, die Lippen voller. »Es ist Fakt, dass er nicht mehr so aussieht, wie er aussieht. Und dass es nicht schöner, sondern hässlicher ist. Er hat auch so was Verrücktes bekommen, dadurch, dass er so ein dünnes Gesicht hat.« Und zu ihm gewandt: »Sorry, ich liebe dich. Aber was so fünfzehn Kilo ausmachen, das ist enorm.«

14

DROGEN-PLÄNE UND EIN BISSCHEN HOFFNUNG

Online wirkt Josh oft gut gelaunt. Einige feiern seinen Humor. Als jemand fragt: *»Für wie viel kann man Morphiumtabletten verkaufen?«*, antwortet er: *»Kommt drauf an, wie dumm die Leute sind, die du kennst* 😀.«

Auch wenn Josh lachende Emojis ins Kommentarfeld tippt, geht es ihm oft schlecht, phasenweise ritzt er sich. Er spricht nicht viel über seine Gefühle, er postet dann stattdessen traurige Memes.

»Es muss schon ein heftiger Grund sein, dass man so agiert. Dass er eine Depression hatte, das war klar. Dass er traurig war, auch. Dass das Leben scheiße war, ebenfalls. Aber was jetzt der Ursprung des Übels war, also irgendwelche privaten Sachen, darüber hat er mit mir nicht geredet«, sagt Leyla. Eine Diagnose über eine Depression gibt es nicht. Auch Joshs Mutter rätselt weiter, was mit ihrem Sohn los ist. »Ich habe es nie so ganz verstanden«, sagt sie. »Ich wollte immer, dass er mit mir darüber spricht, warum, wieso und an was es liegt. Und oft habe ich zu ihm gesagt, wenn er zum Psychiater geht, dann kann er mit ihm darüber sprechen. Aber dann hat er wieder gemeint, wenn er es mir nicht sagt, sagt er es auch keinem anderen. Wir sind nie dahintergekommen, was der Auslöser war. Was er erlebt hat oder nicht. Ich habe immer gedacht, vielleicht ist es doch das Internat gewesen, dass irgendwas dort vorgefallen ist, was wir nicht wissen.« Andererseits sei Josh schon als Kind anders gewesen.

Josh tritt der Gruppe »Depression und Angst Medikamentenabhängigkeit« bei. Fünf Tage später stellt er sich an einer neuen Schule vor. Und er wird angenommen.

»*Jeah, back in school again*«, schreibt er online. »*Hab ich'n Hass* 😆.«

In ihrer Heroin-Gruppe berichtet Leyla von ihrem Studium. »*Läuft ganz gut.*« Aber: »*Leute sind nicht auf meiner Wellenlänge … Aber durchziehen! Häschtäg Quotenjunk.*« Dazu postet sie ein Foto, auf dem Alufolie zu sehen ist, an der Heroin klebt, und eine eingepackte Spritze. Inzwischen ist auch Josh Mitglied in Leylas Heroin-Gruppe.

»*Ich mach auch grad mein Abschluss nach*«, kommentiert er Leylas Post. »*War zwar bis jtz erst 1 Tag da, aber na ja* 😆.«

»*Durchziehen!!!!!*«, antwortet Leyla.

Josh: »*Ich probier mein Bestes* 😃.«

Doch Josh bricht die Schule bald darauf wieder ab. Ihn nervt das Niveau seiner Mitschüler, zumindest sagt er das. Gegenüber Freunden gesteht er, dass er es sich mit der Schule verkackt hat.

Dabei ist er talentiert, er lernt auch freiwillig – nur eben nichts, für das es in der Schule Noten geben würde. Er bringt sich selbst die Programmiersprache Python bei, baut die Komponenten seines PCs zusammen, eignet sich an, wie man hackt. Seiner Mutter ist es nicht mehr wichtig, ob Josh zur Schule geht oder nicht: »Ich hab immer probiert, ihn irgendwie durch die Schule zu bringen, weil ich gedacht habe, das ist halt wichtig im Leben. Aber irgendwann war auch das nicht mehr wichtig. Da ging es dann nur noch darum, dass er das überlebt und von den Drogen wegkommt. Da war alles andere dann unwichtig.«

Leyla will vor ihren Mitstudenten ihre Heroinsucht geheim halten – doch das ist schwierig. Die Toilettenkabinen an der Uni sind oben und unten offen. Gerade wenn außer ihr noch jemand in der

Toilette ist, kann sie nicht rauchen, der Geruch von Heroin würde nach außen dringen. »Wieder hatte ich diese Minute verloren, bis die Person sich endlich verpisst hat. Es war ein einziger Graus.«

Die Zeit spielt bei ihren Konsumentscheidungen eine große Rolle, wenn sie weiß, dass ihr nur wenige Minuten bis zur nächsten Vorlesung, zum nächsten Seminar bleiben. »Das hat mich kopfmäßig wieder in die Spritzerei getrieben, von wegen Rauchen, ach, da reichen die fünf Minuten nicht, mach dir schnell 'nen Schuss. Da musste ich voll oft spritzen, obwohl ich gar nicht spritzen wollte.«

Aus Angst aufzufliegen setzt sie sich jetzt öfter einen Schuss. Dabei muss sie aufpassen, dass kein Blut an die Wände spritzt. Doch auch hier geht sie nun anders vor als früher. Sie sticht sich weit neben der Vene ins Fleisch, schräg, damit die Einstichstelle nicht auf der Vene liegt. »Wie man reinsticht, ist letztendlich scheißegal, wenn man die Vene trifft, dann ballert das. Scheißegal, mit welchen Umwegen ich die Nadel da reinstecke. Vene getroffen, alles gut. Und wenn die Nadel stumpf ist, kann man das sogar knacken hören, als kleinen Wegweiser. Einmal knackt das in der Haut und einmal knackt das noch mal, wenn man die Vene getroffen hat.« Sie bezeichnet dieses Vorgehen heute als krank.

Angefangen hat sie mit der »Querstecherei« zunächst, um ihren Konsum vor ihrem Vater zu verbergen. Zugleich überlegt sie sich Ausreden, falls sie mal jemand in der Uni darauf ansprechen sollte, etwa: »Ich werde oft von Mücken gestochen.« Das klappt immerhin.

Schwieriger wird es, wenn sie in Hektik ist, den Schuss nicht sauber machen kann und an der Einstichstelle ein blauer Fleck zurückbleibt.

In jeder Pause konsumiert sie. Doch das reicht nicht immer aus. Sogar während der Vorlesungen setzt sie sich Schüsse. Dazu begibt sie sich in die letzte Reihe, die meist leer ist. Um das Heroin möglichst unbemerkt aufzukochen, nutzt sie ein Feuerzeug, das leise zu entzünden ist, und ein Teelicht. Die Kerze hält sie in der Hand oder stellt sie auf ihrem Oberschenkel ab. Zum Aufkochen des Heroins benutzt sie keinen Löffel, sondern ein kleines Aufkochpfännchen. »Dann hab ich den Membranfilter auf die Spritze aufgezogen, Nadel drauf und den Stoff reingehämmert.« Das Schlimmste sei das Auspusten der Kerze gewesen, so Leyla, nicht das Schussmachen selbst. Erwischt worden sei sie aber nie.

Einmal, an einem Mittwoch, postet sie ein Foto ihres Arms in der Heroin-Gruppe. In der Nähe der Armbeuge sind über ein Dutzend gerötete Einstichstellen zu erkennen. *»1000 Versuche, aber nur ein Treffer!«*, schreibt sie dazu. Was auffällt: Die meisten Einstiche befinden sich tatsächlich ein gutes Stück von der bläulich durch die Haut schimmernden Vene entfernt.

Sie findet es scheiße, dass sie ihren Mitstudenten an der Uni nichts von ihrer Sucht erzählen kann, sie hat Angst vor dem Stigma, dann nur noch als die Heroinabhängige gesehen zu werden. Nur mit den Leuten in den Drogen-Gruppen oder auf der Platte kann sie offen reden.

»Das macht ja einen Teil der Privatsphäre aus. Und wenn man das nicht ansprechen kann – wie weit kann man das dann Freundschaft nennen, wenn man sich nicht so privat kennt? Es macht einsam. Aber der typische Junkie kann ja auch nicht mein Freund sein, da mein Anspruch an eine Freundschaft ist, dass: He has to put me first. Ich muss first kommen. Und wenn das ein Junkie ist, geht das nicht, weil dann kommt ja die Droge first und das schließt ihn schon mal aus. Ich kann nicht jemanden meinen Kumpel nennen, der mir am Ende das Handy oder das letzte Zeug abzieht oder der nicht mit mir teilt. Deswegen ist die Auswahl so rar.

Einerseits will ich den Junkie gut darstellen, weil er nichts dafürkann. Es ist ihm so passiert. Böses Schicksal und so. Ich hatte Glück. Er hatte Pech. Schade für ihn. Schlimm. Andererseits will ich aber auch zeigen: Die Sucht ist so stark – der Junkie beklaut dich, und wenn er dich einmal beklaut hat, wird er dich wieder und wieder beklauen. Und mit einem Junkie kann man nicht reden. Einerseits möchte ich, dass man die Augen offen hat für die Leute, andererseits möchte ich, dass man sieht: Hey, der Junkie bringt dich in Gefahr. Der Junkie ist nicht dein Freund, der gibt einen Fick auf dich. Früher habe ich gedacht, nicht die Droge ist das Problem, sondern dein scheiß Charakter, der durch die Droge rausgekehrt wird. Aber mittlerweile denke ich, dass Schwäche keine Bösartigkeit ist. Es sind Menschen, die ein menschenwürdiges Leben verdient haben, auch wenn sie sich situationsbedingt nicht so verhalten können.«

Sie sagt, wer Suchtkranke in seinem Umfeld habe, solle sein eigenes Verhalten auf Naivität checken. »Also: Vorsicht walten lassen, aber dennoch unvoreingenommen und empathisch sein.«

Wirkliche Hilfe kann aber eigentlich nur, so Leyla weiter, vonseiten der Politik geleistet werden: »Wenn die Droge legalisiert ist und verantwortungsvoll ausgegeben wird, fällt die Beschaffungskriminalität weg, der Heroinstrich wäre Geschichte und somit ein Großteil der illegalen Prostitution. Es gäbe weniger Infektionskrankheiten. Die Kriminalitätsrate würde sinken. Es gäbe keine Dealer mehr, da die Konsumenten ihren Stoff vom Arzt bekämen. Der Staat würde Unsummen sparen, aber was noch viel wichtiger ist: Es gäbe keine Toten mehr durch giftige Streckstoffe und Beimengungen. Die Qualität wäre konstant und somit würden versehentliche Überdosen wegfallen.«

Sie ist sich sicher: »Die Kriminalisierung kostet den Staat so unglaublich viel. Es ist viel teurer, einen drogensüchtigen Kleinkriminellen von Therapie zu Therapie zu schleusen, oft ist es nämlich so: Er wird in seinem Leben nicht mehr clean und deshalb auch immer wieder straffällig. Und dann klaut er noch ein Parfum, überfällt, bettelt aggressiv und sammelt tausend Anzeigen. Von einer Legalisierung würde also im Grunde jeder profitieren. Die ganzen Kleinkriminellen wären weg, die ganzen Ticker, die ganzen Streckmittel-Toten wären Geschichte. Ich versteh das, Heroin zu legalisieren – oh, wie schlimm. Aber was ist denn die Diamorphin-Ambulanz? Doch nichts anderes als legalisiertes Heroin. Und es sollte nicht nur Heroin, sondern alle Drogen betreffen. Alle Drogen mit Abhängigkeitspotenzial.

Süchtige müssten keine Zeit mehr in die Besorgung der Droge investieren, könnten arbeiten gehen und sich wieder in ein normales Leben integrieren. Ein Süchtiger könnte ein Steuerzahler sein statt ein Kleinkrimineller. Der Staat würde unglaublich viel Geld sparen, und vor allen Dingen könnte man so Abertausende Leben retten!«

Einige Länder sind in Sachen Drogenpolitik weiter als Deutschland. Österreich und die Schweiz, was Drug-Checking-Angebote angeht. Portugal bei der Entkriminalisierung von Konsumenten. Die Erfolge, die Portugal damit seit der Einführung 2001 erzielt hat, sprechen für sich. Drogenbesitz ist nur noch eine Ordnungswidrigkeit – wie Falschparken. Wer mit geringen Mengen erwischt wird, wird über Gefahren aufgeklärt und bekommt Therapie-Angebote. Dealer werden weiterhin bestraft.

Diese Strategie wirkt – die Zahl der Konsumenten ist gesunken und, noch wichtiger: Auch die Zahl der Drogentoten hat sich im Vergleich zum Jahr 2001 deutlich verringert, in den letzten Jahren ist sie zwar auch wieder gestiegen, ist im EU-Vergleich dennoch weiterhin gering. In Portugal starben im Jahr 2019 dreiundsechzig Menschen an Drogen, das sind sechs pro eine Million Einwohner. In Deutschland waren es im selben Jahr 1398 Drogentote und damit siebzehn pro eine Million. Seitdem ist die Zahl der Drogentoten in Deutschland weiter angestiegen, 2021 lag sie bei 1826 Menschen – das sind 22 pro eine Million Einwohner. Zahlen für Portugal im Jahr 2021 lagen bis Redaktionsschluss nicht vor.

Das Versteckspiel für Leyla geht indes auch zu Hause weiter. Ihre Mutter kontrolliert ihren Körper aber nicht auf Einstichstellen, so kann Leyla das Spritzen vor ihr verbergen. Bei ihrem Vater ist das nicht so einfach, er ist »ein bisschen kontrollsüchtig«. Unabhängig von den Einstichstellen hinterlässt die Sucht andere sichtbare Spuren. Leyla sagt, sie habe »verjunkt« ausgesehen, teilweise unglaublich verquollen und sich dafür geschämt.

Es ist ihr unangenehm, vor allem gegenüber ihrem Vater überschminkt sie ihre Augenringe, bevor sie ihn besucht. Sie möchte ihm eine »heile Welt vorgaukeln«. Aber der Vater nimmt ihr die nicht ab, sondern wartet vor der Tür, wenn sie im Bad ist. Wenn es ihm zu lange dauert, sagt er: »Ich komme jetzt rein.« Er weiß, dass Leyla Sachen unausgesprochen lässt. Er kontrolliert die Körperstellen, die sie zum Spritzen nutzen könnte, nach Spuren. An ihrem Bein wird er fündig. Er ist enttäuscht, er fragt Leyla, was das soll, sagt ihr, dass das nicht geht. Wie sie sich ihre Zukunft vorstellt, wenn jemand die Male bemerkt. »Wenn er seine eigene Traurigkeit nach außen kehrt, dann nehme ich ihn auch ernst. Aber seine Gründe von wegen hör mal, du hast dein Studium noch nicht abgeschlossen. Du pimmelst nur rum. Was sollen andere darüber denken? Das ist mir so scheißegal. Mein Vater liebt mich, er meint das nicht böse, aber ihm ist super wichtig, dass ich funktioniere, studiere, dass alles seinen Gang geht.«

Um solche Situationen in Zukunft zu verhindern, will sie die Einstichstellen kaschieren. Mit einem Feuerzeug erhitzt sie eine Glaspfeife und drückt das heiße Glas auf die Einstichstellen, um sich zu verbrennen. »Spaß macht das nicht, aber so betäubt, wie ich war ... Ich habe in den schlimmen Zeiten so wenig gespürt.« Ihrem Vater zeigt sie die Brandwunden und erklärt: »Ich habe mich verbrannt.« Sie sorgt vor, dass es keine aktuellen Einstichstellen gibt, und die Stellen, die er untersucht, meidet sie beim Spritzen, vor allem die Armbeuge.

Leylas Vater ist nicht zu einem Gespräch mit mir bereit. Darum interviewt Leyla ihn selbst und spielt die kurzen Tonspuren beim Treffen vor. Die Qualität ist schlecht, ihr Vater ist nur schwer zu verstehen, aber zu ihren Fragen äußert er sich kaum.

Über Drogen sagt er nur: »Sie sind eine schlimme Sache, sehr gefährlich.« Und zum Konsum: »Macht die Gesundheit kaputt, auch die Zukunft.« Er spricht so, als würde es ihn und seine Tochter nicht betreffen. »Es ist ihm nicht möglich, über meinen Konsum zu reden«, bemerkt Leyla zu den Aufnahmen. »Er wird still. Er fängt an zu stottern. Also, es ist nicht nur das Problem der deutschen Sprache, sondern auch auf Arabisch kriegt er kein Wort raus.« Und: »Das ist für ihn 'ne Sache, die nicht greifbar ist und die mit seiner kleinen Tochter nichts zu tun hat.«

Seine Meinung respektiert sie, trotzdem ist sie manchmal genervt. »Wenn ich das Gespräch suche, kann er das nicht, weil ihn das emotional überfordert und traurig macht. Dann geht es mir auf den Sack, dass er so überbesorgt ist.«

Dennoch kann Leyla nachvollziehen, dass ihr Vater ihrem Konsum anders gegenübersteht als ihre Mutter. »Mein Vater kommt aus 'nem Land, durch das er weiß, was Heroin heißt. Wer so viel Schlimmes erlebt hat und den Krieg, der einfach nicht enden will, der hat kein Verständnis dafür, dass sich jemand, der gesund ist, in Gefahr begibt.«

Sie überlegt sich neue Strategien, um ihren Konsum zu verbergen. Einmal, als sie im Krankenhaus ist und kurz vor der Entlassung steht, versteckt sie den Zugang in ihrer Armbeuge vor dem Klinikpersonal und sagt, er sei ihr schon gezogen worden. Sie behält den Zugang im Arm, damit sie sich direkt durch diesen einen Schuss setzen kann und keine Vene mehr suchen muss. »Der sah schon blutig, ranzig, eklig aus. Mir war's scheißegal. Ich hätte den Zugang da ewig drin verweilen lassen, damit ich nicht die Vene treffen muss. Das war voll schwer, dieses Geballer, gerade in der Uni.«

Einmal postet sie ein Foto von ihrem Arm. In ihrer Armbeuge steckt der Zugang, Blut ist an den Seiten rausgelaufen und hat die Kompressen an ihrer Armbeuge rot gefärbt. »So 'n Zugang ist wirklich klasse zum Ballern, ohne viel Aufwand, kann man auch ganz praktisch zudrehen. Aber sollte halt nicht zu lange drin sein!!« Das schreibt sie online. Sie legt sich selbst Zugänge, klaut diese in Arztzimmern, um sich im Studium leichter einen Schuss setzen zu können. »So konnte ich die Drogen aufkochen und brauchte keine Nadel, sondern habe die Spritze dort aufgesteckt, wo man sonst die Infusion reinmacht, und habe mir das Heroin direkt in die Vene geschossen.« Den Zugang versteckt sie vor anderen, und sollte er doch entdeckt werden, kann sie einfach sagen, dass sie gerade aus dem Krankenhaus entlassen wurde.

Inzwischen sieht sie diese Methode kritisch: »Es ist super gefährlich, weil sie das Ballern so leicht macht. Man muss nicht suchen, sondern nur die Spritze draufpfropfen, losdrücken und den Zugang wieder zumachen. Das Schlimme daran ist, dass man den Bezug dazu verliert, was man eigentlich tut, weil es so kinderleicht ist. Als ob ich jetzt eine Krankenschwester bin. Das fühlt sich nicht nach dem an, was es ist. Das ist lebensgefährlich, wenn man sich da nicht medizinisch drum kümmert, kann es tödlich enden.«

Doch ein solcher Zugang hält auf Dauer nicht dicht. »Wenn er nicht ganz ordentlich festgeklebt ist und du den lange drin hast, weitet sich das Zugangsloch. Dann fließt nicht nur Blut aus dem Zugang, sondern auch links und rechts vorbei. Und an dem Punkt ist dann komplett vorbei. Das wird dann so siffig, dass man damit nicht mehr arbeiten kann. Die Angelegenheit ist blutiger, als man denkt.« Sie habe viele Klamotten, die sie eigentlich mochte, in dieser Zeit entsorgen müssen. »Wenn man dann gefragt wird: Wo ist denn dies oder jenes – das ist nicht angenehm. Ich kann ja schlecht sagen: Ja, das ist mit Blut versifft, liebe Tante, habe ich deswegen leider wegschmeißen müssen.«

In dieser Zeit arbeitet Leyla mit einer Kommilitonin an einem Projekt, sie müssen dazu gemeinsam Buch führen. Leyla nimmt die Kladde mit nach Hause, um noch etwas fertigzustellen. Sie macht sich – wie so oft – nebenbei einen Schuss. An diesem Tag geht es schief, der Zugang hält nicht dicht, sie blutet das Buch voll. Es ist nicht mehr zu retten. Leylas Problem: Sie kann nicht erklären, wie es dazu gekommen ist.

Sie besorgt sich eine neue Kladde, die genauso aussieht wie die ursprüngliche. In einer Nacht-und-Nebel-Aktion arbeitet sie alles nach, fälscht die unterschiedlichen Handschriften. »Wie ein Mädchen, das früher versucht hat, seine Eltern zu verarschen.« Sie schafft es rechtzeitig, hat aber Angst aufzufliegen. Doch sie hat Glück.

Die Sucht bringt Leyla immer wieder in unangenehme Situationen. Eine davon schildert sie so: Mit einem Kumpel, Nadim, und ihrem Vater geht sie essen, in ein Restaurant mit Buffet. Nach dem ersten Teller werden sie und Nadim hibbelig, weil sie sich einen Schuss setzen wollen.

Nadim sagt schließlich: »Ich geh eine rauchen.« Sie folgt ihm nach draußen, danach schleichen sie um das Restaurant und gehen durch den Hintereingang wieder rein, um dann die Damentoilette aufzusuchen. Leyla setzt sich in der Kabine einen Schuss, Nadim versucht es in der Armbeuge, trifft aber nicht. Sie bietet ihm an, ihm zu helfen und ihm die Spritze in den Hals zu drücken. Er will das aber nicht, weil er nur ein T-Shirt trägt und die Einstichstelle dann sichtbar wäre. Er versucht es stattdessen in der Leiste. Doch das geht ebenfalls schief, er schlitzt sich dabei die Vene auf. Viel Blut fließt, ein großer Blutfleck bildet sich auf seiner Hose. »Er hat einen übelsten Blutfleck in der Hose, sitzt da mit offener Hose.« Währenddessen betreten Frauen die Damentoilette und warten darauf, dass die Kabine frei wird. Aber auch Leylas Vater sucht indes nach ihr und kommt in die Toilette. Er klopft an die Kabinentür, doch die beiden machen nicht auf. Er ruft nach ihr und fragt, ob ihr Kumpel bei ihr ist.

»Sag jetzt etwas, ich weiß, dass ihr drin seid«, fordert ihr Vater sie auf.

»Ich komm gleich raus«, antwortet Leyla, während ihr Kumpel die Wunde zudrückt und sie versucht, das Blut mit Klopapier von den Fliesen wegzuputzen. Es klappt nicht, sie verschmiert es nur noch mehr.

Wir sind so was von gefickt, denkt sie, wir werden hochkant aus dem Restaurant fliegen.

Ihr Vater schickt die anderen Leute aus der Toilette. »Meiner Tochter geht's nicht gut. Bitte lassen Sie uns allein«, sagt er. Die Frauen gehen raus.

Leyla öffnet danach die Kabinentür, und ihr Vater sieht sofort das Blut. Er ist schockiert.

Nadim klemmt sich noch einen Stapel Papiertücher in den Hosenbund und drückt drauf, um die Blutung zu stoppen.

Leylas Vater schaut seine Tochter an und schüttelt nur den Kopf. Er sagt nicht viel. Nur: »Komm, wir gehen raus.« Er klingt streng – und enttäuscht.

Leyla hakt sich bei Nadim ein, sie hinkt und tut so, als sei er ihr Pfleger, der sie auf die Toilette begleitet hat. Dabei verdeckt sie mit ihrem Körper den Blutfleck auf seiner Hose.

Als ihr ein Mitarbeiter des Restaurants entgegenkommt, sagt sie zu ihm: »Boah, in der Toilette sieht's aus, echt unmöglich.«

Ihr Vater steht nur irritiert daneben, die Lust aufs Essen ist ihm vergangen. Sie fahren nach Hause. Nadim schafft es, die Blutung selbst zu stillen.

Es gibt Phasen, in denen Josh fast nur in Gruppen postet, in denen es allein um Gras geht. In ihnen sieht es so aus, als ob er sich von härteren Substanzen distanziert. »Er hatte wohl Momente, in denen er bewusst darauf verzichtete«, sagt sein Vater. Mit der Zeit werden diese seltener, bis sie ganz aufhören.

In seinem Handy, in seinem PC ist die Drogenszene. Da sind die Menschen, die zu seinen Freunden geworden sind und die selbst weiter konsumieren. Und Josh macht wieder mit, kommentiert zwanzig Posts am Tag.

In seiner Wohnung experimentiert er nun verstärkt mit verschiedenen Stoffen. Aus der Apotheke hat er sich Tropfflaschen besorgt und online eine Feinwaage, mit der er die Stoffe abwiegt. Das *»Beste«* sei, ein paar Opis mit Benzos, GBL, Alkohol und Räuchermischungen zu kombinieren. *»Richtiger Hirnfurz, was da entsteht«*, schreibt er.

Es ist ein lebensgefährlicher Mischkonsum. Er erzählt seinem Vater, dass er im Rausch manchmal nicht mehr wisse, wie viel er schon genommen habe, und dass er dann noch mehr konsumiere. Gegenüber seiner Mutter regt er sich auf, dass er, ohne es zu merken, seine Drogen aufbraucht.

»Ich nehm Drogen, nich um mich geliebt zu fühlen«, schreibt Josh an seinem neunzehnten Geburtstag. *»Ich weiß, dass ich geliebt werde, brauch dafür keine Drogen* 😆.« Er tue es, *»weil's Spaß macht* 😆 *Ich nehm Amphetamine etc. doch nich, um zu mir zu finden* 😆.« Josh besorgt sich an diesem Tag einen Blister Tilidin-Tabletten. Drogen nutzt er, um der Realität zu entfliehen. Doch die holt ihn immer wieder ein. *»Macht doch fast jeder mal, mit Drogen irgendwas zu unterdrücken«*, schreibt Josh einmal online, *»ist doch ganz normal.«*

Drei Tage nach seinem Geburtstag postet er einen Screenshot einer Benachrichtigung von Facebook. »Dein/e FreundIn macht sich Sorgen um dich«, heißt es darin. »Du erhältst diese Nachricht, weil einer deiner Freunde befürchtet, dass du Probleme mit Suchtstoffmissbrauch hast. Facebook hat sich mit Hilfsorganisationen zusammengetan, um Menschen mit derartigen Problemen Unterstützung bieten zu können.« Josh findet das offenbar lustig. *»Bin* *erstaunt, dass das jtz erst kommt 😆.«* Auch Leyla kennt die Meldung. *»Genau das hat Fb mir auch schon paarmal geschickt 😀«*, schreibt sie.

Am Tag darauf stöbert Josh durch Trip-Berichte zu Opiaten auf Reddit. *»Das klingt alles viel zu nice 😆«*, kommentiert er. Dann will Josh wissen, wer eigentlich auf die Idee mit dem U-47700 gekommen sei. Sein Freund Luca meint: *»Warst das nicht zuallererst du? Aber da hatten wir nur so'n Sample.«* Josh erinnert sich: *»War wohl nich die beste Idee 😆.«*

Die beiden beraten sich, was man kombinieren kann. Das Risiko von Überdosis und Atemdepression – *»das juckt uns glaub nie 😀«*, erklärt Luca.

Was Josh mit seinen Online-Freunden verbindet, ist dieses Gefühl der Unsterblichkeit. Atemdepression, Herzstillstand – das passiert den anderen.

Er schreibt, dass er auf U-47700 manchmal schizophren werde. *»Voll lustig, wenn du mit dir selbst reden kannst und irgendwer gibt Antworten.«* U-47700 ist die erste Substanz, von der er abhängig wird. In Leylas Heroin-Gruppe wird er zum Moderator ernannt. *»Ayy, bin ja Moderator 😆 Was gibt mir die Ehre? 😀«*, fragt er.

»Einen besonderen Grund gab's nicht«, sagt Leyla. *»Den Grund weiß er selber nicht, und ich auch nicht wirklich.«* Es habe vor allem an seiner Präsenz gelegen. *»Dass er ein gewisses Know-how mitgebracht hat. Er war nicht der klassische Junkie. Es sind letztlich fremde Personen, aber von dem Eindruck, den er gemacht hat: interessiert, wach, neugierig, gebildet.«*

Josh postet einen geplanten Gesetzesentwurf, der über das Verbot seiner bislang legalen Lieblingsdrogen entscheiden soll. Er hält nichts davon. *»Es is ganz und gar nich sinnvoll, noch mehr Sachen zu verbieten. Zudröhnen wird sich die Menschheit immer irgendwie.«* Für ihn wird sich durch ein solches Verbot nicht viel verändern. Die Shops werfen neue legale Stoffe auf den Markt, und es gibt ja noch das Darknet. Über Kräutermischungen schreibt er außerdem: *»Ich* *bestell eh immer die illegalen … mich juckt das wenig* 😆.« Einmal erklärt er: »*Jede Droge gehört legal.*«

Während Josh sich mit U-47700 wegschießt, beraten Experten darüber, ob dieser Stoff ins Betäubungsmittelgesetz aufgenommen werden soll oder nicht. Der Sachverständigenausschuss der Bundesopiumstelle empfiehlt schließlich das Verbot von Acrylfentanyl, Butyrfentanyl, Furanylfentanyl und U-47700. Den Link dazu postet Josh und antwortet auf die Frage, wann das Gesetz in Kraft tritt: »*Dauert wahrscheinlich noch ewig.*«

In den Gruppen geht die Gratwanderung zwischen Leben und Tod weiter. An einem Samstag postet ein junger Nutzer, Jonas, um 21:50 Uhr: »*NOTFALL!!!!!!*« Ein Kumpel »*hat Ketamin mit Pep verwechselt und sich eine richtig große Nase gelegt. Was kann er tun?*«

In den ersten drei Minuten schreiben Nutzer: »*Als Erstes keine Paras schieben* 😃«, »*Beten!*« oder »*Der is gleich voll weg* 😅«.

Um 21:53 Uhr meldet sich Jonas erneut: »*Eben hat er mal gekotzt.*« Jemand schreibt: »*Sag ihm, er soll seine Hand auf eine Herdplatte legen und gucken, ob er noch lebt.*« Zwanzig Leute drücken »Gefällt mir«.

Nach vier Minuten fordern einige: »*Notarzt sofort*« und »*Keta verursacht Atemdepressionen, und dann stirbt er*«. Weitere vier Minuten vergehen.

Jonas fragt: »*Notarzt oder nicht, er atmet, ist mega verwirrt, hat eben gekotzt und schaut nid so ganz geradeaus.*«

Einer meint, er solle, wenn er den Notarzt rufe, am Telefon nicht sagen, was passiert sei. »*Sonst kommt die Polizei mit.*«

Erst zehn Minuten nachdem Jonas online gefragt hat, wird der Notarzt gerufen. Als der bereits alarmiert ist, sieht Josh den Post und schreibt: »*Solang er noch ein Wort rausdrückt, is doch alles gut* 😆.«

Der Betroffene hat laut Jonas auf dem Weg ins Krankenhaus einen Herzstillstand. Als alles schon vorbei ist, wird eine Administratorin auf den Post aufmerksam. Sie wirft ein paar Leute aus der Gruppe und schreibt: »*Hätte er auf euch gehört, wäre der Jung jetzt tot!*«

15

OFFLINE

Als Andreas nachts noch arbeitet, fällt ihm auf, dass Josh gegen dreiundzwanzig Uhr oder Mitternacht das Haus verlässt und erst zwei, drei Stunden später wieder zurückkommt. Wo sich Josh in dieser Zeit aufhält, ist unklar.

Dann verliert er eines Tages den Schlüssel. »Die Anlage ist älter, ich konnte keinen Nachschlüssel machen«, sagt Andreas.

Josh geht trotzdem erneut spätabends noch raus – rein kommt er ohne Schlüssel aber nicht. Er klingelt Andreas nachts um vier aus dem Bett. Josh wirkt auf ihn »stockbesoffen«. »Er hat irgendwas gelallt. Ich hab nicht verstanden, was er gesagt hat. Er ist dann in seine Wohnung getorkelt.« Damit so etwas nicht nochmals passiert, gibt Joshs Mutter ihren Schlüssel ab.

Ein paar Tage nach dem Vorfall treffen Josh und Andreas im Hausflur aufeinander. Josh sagt: »Sorry.« Andreas freut sich darüber. Die kleine Entschuldigung ist ihm genug. Er weiß ja, Josh ist nicht gesprächig.

In seiner Wohnung konsumiert Josh weiter. Auf seinem Profil berichtet er von einem Blackout durch das Benzodiazepin Diclazepam und 500 Milligramm opce, ein Ketamin-Derivat. »*Kann ja nur stark sein*«, urteilt er.

»*500 Milligramm? Was für 'n scheiß Batch hast du denn?*«, fragt ein Online-Freund. »*Wenn der gut gewesen wäre, hätten dich 500 Milligramm gekillt, Alter* 😆.« Josh antwortet: »*Ne, man kennt mich doch* 😆.«

Der Freund schreibt, zehn Milligramm intravenös gespritzt, hätten ihn »*vollkommen ausgeknockt*«. Josh meint, diese Dosis sei für ihn »*voll der Furz*«.

Der Freund weist ihn darauf hin, dass er nicht durch die Nase ziehen meint, sondern Spritzen. Er schreibt, Josh solle das mal intravenös ballern, »*dann weißt du, was das Zeug wirklich kann* 😉 *geht richtig ab, hehe*«.

Josh: »*Glaub ich dir, hehe* 😃.«

Josh ist angepisst davon, dass er jetzt schon alles verbraucht hat, dabei wollte er sich »*'ne chillige Woche machen*«. Ein anderer Online-Freund schreibt: »*Kriegst von mir auch 3meo pce und opce* ♡.«

Josh: »*Fett* 😃.«

»Ich glaube, er hat sehr viele falsche Freunde gehabt, viele Leute in seinem Umfeld, die ihm nicht gutgetan haben«, sagt Nico, sein Freund von den Ketamin Cowboys, im Interview.

Wenige Tage später ruft Josh verzweifelt seine Mutter an, sie fährt zu ihm. Er hat Angst und sieht Dinge, die nicht da sind, hat versucht, sich in einem Schränkchen in seiner Wohnung zu verstecken. »Er muss probiert haben, sich da reinzusetzen. Da war eigentlich Bettwäsche und so drin. Das war alles rausgerissen. Die Rückwand war weg.« Sie nimmt ihn zu sich. Josh bleibt ein paar Tage bei ihr und spricht sogar freiwillig mit einer Psychologin. Seine Eltern schöpfen neue Hoffnung. Seine Mutter denkt, dass er es vielleicht doch schafft. Dass es vielleicht »Klick« macht.

Als Josh bei seiner Mutter im Auto sitzt, sagt er: »Mama, ich muss dir noch was sagen.« Er krempelt die Ärmel hoch. »Er hat wirklich in beide Arme, von oben bis unten, kreuz und quer reingeschnitten gehabt«, erinnert sich seine Mutter. »Ich konnte nichts sagen. Was soll ich sagen? Warum? Das weiß er selbst nicht.«

Nach ein paar Tagen bei seiner Mutter will Josh wieder zurück in seine Wohnung.

Ein Online-Freund hat ein Meme gepostet und Josh darauf

markiert. Das Meme besteht aus zwei Bildern. Auf dem oberen sind zwei Soldaten im Einsatz zu sehen, auf dem unteren eine Hand, die eine braune Flüssigkeit mit einer Spritze von einem Löffel aufzieht – wahrscheinlich Heroin. Darauf steht: »Du wirst nie Freunde haben wie die, mit denen du fast stirbst.« Josh likt das Meme und kommentiert: *»True love ♡.«*

Unter einen anderen Drogen-Post schreibt er: *»Alles kann tödlich sein.«* Am nächsten Tag fragt eine Userin: *»Welche Droge macht am schlimmsten abhängig außer Heroin?«*

»Fucking U-47700«, schreibt Josh. Heroin sei *»nix«* dagegen. *»Ich nehm Heroin, um damit Spaß zu haben lul.«*

Bei seinem Blackout hat er einen Großteil seiner Drogen vernichtet, es ist Ende des Monats, er hat kaum Geld. Immer mal wieder versucht er seine Mutter anzupumpen, doch seine Eltern bleiben strikt. Wenn er Geld für etwas möchte, ein Spiel oder ein Headset, bestellen sie es ihm. Eine seriöse Bank würde ihm, einem arbeitslosen Teenager, wahrscheinlich keinen Kredit geben. Aber Geld, auch das kann er sich über das Internet beschaffen. Er nimmt über eine Internetseite einen Kredit über 1000 Euro auf. Dafür braucht er nichts außer seinen Ausweis und eine Webcam. Ein paar Freunden erzählt er davon.

»Er hat sich relativ viel bestellt, im Darknet und im Clearnet«, sagt einer. Er fragt Josh, woher er das Geld hat. »Kredit«, antwortet der. Er schickt dem Kumpel einen Link zur Seite. »Das kam mir schon ein bisschen komisch vor, weil er ja nie gearbeitet hat. Es hat mich schon gewundert: Wo kriegt der 'nen Kredit her?«

Leyla erinnert sich an einen Post von Josh, in dem er geschrieben habe, er sei einige Stunden von U-47700 bewusstlos gewesen. »Und ich hab noch irgendwas kommentiert, ich hätte ihn jetzt persönlich anschreiben und mit ihm reden müssen. Gut, das hab ich nicht gemacht. Ich hab lediglich unter dem Post kommentiert. Er hat die

Gefahr in dem Ganzen nicht gesehen. Ehrlich gesagt, ich hab's auch nicht ernst genommen. Ich hab gedacht, ja, hmm, vielleicht ist er einfach eingeschlafen oder so. Weil diese ganze legale Szene ist mir suspekt. Mit den legalen Sachen kenne ich mich nicht aus. Ich habe auch nicht so ernst genommen, dass man daran wirklich sterben kann. Obwohl ich's ja eigentlich wusste. Das war voll der Hilferuf, und keiner hat reagiert.« Dieser Post von Josh ist nicht auffindbar.

Am nächsten Tag, ein Donnerstag, habe Josh angekündigt, dass er diesmal noch mehr von dieser Substanz nehmen werde als am Tag davor. Auch dieser Post ist nicht auffindbar. Es spricht aber einiges dafür, dass es die Posts gab, von denen Leyla berichtet.

Am Abend bekommt Josh Besuch.

Nach Mitternacht kommentiert Josh noch ein Video, unter dem ihn eine Online-Freundin markiert hat.

Gegen zwei Uhr brennt Licht im Hausflur. Andreas ist noch wach, er arbeitet. Er hört, wie jemand Joshs Wohnung verlässt. Wenig später geht er nach oben – er wohnt über Josh, arbeitet aber in den unteren Räumen – und holt sich einen Kaffee. Aus Joshs Wohnung schallt Musik, jedes Geräusch ist beruhigend. Es brennt noch Licht, das durch das Glas der Wohnungstür dringt.

Josh setzt sich auf die Toilette. Er verliert das Bewusstsein. Kippt nach vorne.

Als Andreas gegen sechs nochmals an der Wohnung vorbeigeht, ist die Musik verstummt, doch weiterhin schimmert Licht durch die Wohnungstür. »Ich hab mir nichts dabei gedacht«, sagt er. Er geht davon aus, dass Josh eingeschlafen ist.

Joshs Mutter ist indes beunruhigt, sie hat ein komisches Gefühl. Josh war seit Donnerstagabend nicht mehr auf WhatsApp online. Direkt nach der Arbeit fährt sie zu ihm. Als sie am Haus ankommt, sieht sie in Joshs Wohnung Licht, und das am helllichten Tag. Sie klingelt, doch er macht nicht auf. Ungewöhnlich ist das nicht. »Er hat oft die Klingel nicht gehört«, sagt Andreas.

Er öffnet Joshs Mutter die Tür. Er erzählt ihr, dass nachts Bewegung in der Wohnung ihres Sohnes war. Vielleicht schläft Josh noch, wie so oft. Sie gehen in Andreas' Wohnung, trinken Kaffee und unterhalten sich. Danach will sie bei Josh putzen. Nach einer Stunde gehen die beiden runter zu seiner Wohnung.

Das Licht brennt immer noch. Andreas schließt die Tür auf, Joshs Mutter geht zuerst in die Wohnung, nach links, sie folgt dem Licht aus dem Bad, geht hinein. Sie findet Josh im Badezimmer.

»Er ist tot«, sagt sie. An das, was folgt, erinnert sie sich zum Teil nur verschwommen. Andreas folgt ihr, sieht sie vor Josh knien, sie hält ihn im Arm. Andreas ist sich bewusst, falls Josh noch zu helfen ist, so ist seine Mutter dazu nicht imstande. Er zieht sie von Josh weg, um zu sehen, was los ist.

Josh liegt halb sitzend, halb kniend vor der Toilette. Aus seiner Nase und seinem Mund läuft Blut.

»Ich hab ihm an den Hals gegriffen, was man eben so instinktiv macht«, sagt Andreas. Josh hat keinen Puls. »Er war kalt.«

Er bringt Joshs Mutter ins Wohnzimmer und schließt die Badezimmertür, damit sie ihn nicht sieht. Sie weint. »Da geht dir durch den Kopf: Du sitzt da bei einem Freund ... Und dein Kind stirbt und du kriegst es gar nicht mit. Oder ist er in dem Moment gestorben, als ich schon da war?« Andreas ruft die Polizei.

Die Polizisten sperren nach ihrer Ankunft das Badezimmer ab, suchen nach Spuren, packen Joshs Computer ein und sein Handy. Bei der Durchsuchung finden sie »mehrere Gefäße mit Flüssigkeiten und Substanzen« sowie »Reste eines weißen Pulvers«. Während sie die Wohnung durchsuchen, bekommt Josh Post. Ein Einschreiben aus Spanien. Darin: Butyrfentanyl.

Josh wird in die Gerichtsmedizin gebracht und obduziert. Im Bericht heißt es: »Er sei ein Einzelgänger gewesen ... In der Wohnung hätten sich keine Hinweise für Kampfhandlungen ergeben ... Vorerkrankungen, die das Todesgeschehen beeinflusst hätten, fanden sich nicht.« Die Mediziner entdecken Schnitte an seinem linken Unterarm. Manche sind frisch, manche nur noch Narben. Als seine Mutter ihn gefunden hat, war Josh dem Bericht zufolge schon einige Stunden tot.

In seinem Körper finden die Mediziner Spuren von Diclazepam, Delorazepam, Lorazepam, 3-MeO-PCP, 4-MeO-Butyrfentanyl, U-47700, GHB. Es sind Spuren des lebensgefährlichen Mischkonsums, den er gut drei Monate zuvor als »Hirnfurz« bezeichnet hat.

Die Rechtsmediziner gehen anhand der Untersuchungsergebnisse davon aus, dass Josh 3-MeO-PCP, 4-MeO-Butyrfentanyl, U-47700 und Diclazepam konsumiert hat. Fast alle der Stoffe sind zu diesem Zeitpunkt verboten – außer 4-MeO-Butyrfentanyl und U-47700. Die Stoffe, an denen er gestorben ist – oder wie es die Rechtsmediziner ausdrücken: die Substanzen, denen »eine todeskausale Bedeutung beizumessen« sei. Josh ist damit eine Nummer in der Statistik über Drogentote in Deutschland.

Nach seinem Tod stehen seine Eltern vor ungeklärten Fragen. Als sie sein Konto auflösen wollen, erfahren sie, dass ihr Sohn einen Kredit aufgenommen hat. Von dem Geld ist kaum noch etwas übrig. Was damit passiert ist, wissen sie nicht.

Robin, der Internatsfreund, entdeckt nach Joshs Tod in einem Online-Shop, der mit den Ketamin Cowboys zusammenhängt, ein T-Shirt. »Tribute to josh« heißt es. »Mit seinem Gesicht darauf, wie er da irgendwie so hängt. Blaues Auge und überall Wunden im Gesicht. Richtig kaputt von den Drogen.« Robin macht das fassungslos. »Das kann doch nicht wahr sein. Also, der Kerl ist tot. Das geht doch nicht.«

Er informiert am selben Tag Joshs Vater, und dieser wendet sich an die Betreiber. Auf die Bitte des Vaters wird das Shirt aus dem Shop genommen.

In einer von Joshs Drogen-Gruppen postet er. *»Hey, ihr Drogenfans, Josh, einer von euch, wahrscheinlich vielen bekannt, ist gestern Abend genau an diesen Drogen, welche ihr so verherrlicht, gestorben!!!!! Denkt mal darüber nach!!!! Ein Toter mehr ist genug. Ihr wisst nicht, was ihr euren Eltern und euren Freunden antut!!!«* Und: *»Alle glauben, es ist die Ausnahme und genau dir wird es nicht passieren, in diesem Glauben lebte mein Sohn und ich lebte in dieser Hoffnung.«*

Viele sprechen Joshs Vater ihr Beileid aus. Einer schreibt: *»Als Vater hätte man schon eine gewisse Verantwortung, sag ich jetzt einfach mal so direkt.«*

Joshs Vater liest die Kommentare. Auf manche reagiert er, spricht in seiner Trauer anderen Mut zu. Rät einem jungen Mann, wieder auf seine Mutter zuzugehen, sich helfen zu lassen. *»Nur gemeinsam kann man es schaffen, nicht aufgeben. Josh glaubte immer, er hätte seinen Konsum im Griff und alles unter Kontrolle, das stimmte nicht – ›Die Drogen haben ihn belogen.‹ Bitte, lasst euch helfen, wenn ihr in dieselbe Falle geratet.«*

Auch Leyla sieht, was Joshs Vater geschrieben hat. Ein paar Tage später lädt er eine Collage aus Fotos von Josh hoch. Leyla kommentiert: *»Das will mir echt nich in den Kopf gehen, er war doch erst 19!!!!! Seiner Seele alles nur erdenklich Gute …«*

Auch die Ketamin Cowboys setzen einen Post zu Joshs Tod ab: *»Lieber Josh, als ich dich das erste Mal sah, musste ich dich aus der Notaufnahme abholen. Weil du gekrampft hast. Anschließend bist du 4 Tage verschwunden, um dir bei einem Junkie die Kante zu geben. Es endete damit, dass du seinen Glastisch zerstört hast. Und dein Vater eine Vermisstenanzeige bei der Polizei aufgegeben hat. Dass du tot bist, fühlt sich immer noch an wie ein schlechter Witz … Einige von uns sind in Tränen ausgebrochen, andere weinen immer noch … Wir werden dich niemals vergessen. Wir werden dich immer lieben … In tiefer Trauer und Fassungslosigkeit, deine Ketamin Cowboys.«* Nico hat diese Sätze verfasst.

Danach posten die Ketamin Cowboys zwei Warnmeldungen

zu Fentanyl und U-47700. Darauf folgen wieder drogenverherrlichende Posts.

Leyla überlegt, ob sie die Kommentare von Josh aus der Heroin-Gruppe entfernen sollte. »Falls da seine Eltern irgendwas komisch finden. Dann hab ich aber gedacht, wenn ich die nach seinem Tod rausnehme, dann ist das erst recht komisch. Wir haben uns beraten und meinten am Ende: Lassen wir ihn als Ehrenmitglied.«

Unter einen der Posts von Joshs Vater, Monate nach Joshs Tod, schreibt Leyla: »*Schön, dass immer wieder was gepostet wird* ☺.«

Für sie ist Josh »einer von vielen. Tut mir leid, das so zu sagen, aber seitdem ich in der Szene bin – es sterben andauernd Leute. Das gehört zum Alltag. Es wird einfach normal, dass Menschen sterben. Man wird kurz nachdenklich, aber dann ist es vergessen. Man denkt, hätte ich sein können. Alle schreien kurz auf. Aber danach kommt das nächste Ereignis. Ey, der da hat das beste Koks. Schon ist es wieder vergessen. Es ist traurig.«

Joshs Tod führt bei Andreas zu psychischen Problemen. »Ich hatte Panik«, sagt er. »Zwei Tage nach dem Vorfall stand ich in meinem Schlafzimmer und konnte nicht in den Hausflur. Ich stand da bestimmt eine Stunde.« Er lässt sich behandeln.

Joshs Mutter und sein Stiefvater verarbeiten den Tod unterschiedlich. Sein Stiefvater hat das Gefühl, nie die richtigen Worte zu finden. »War vielleicht ein Fehler, weil ich nicht so getrauert habe wie sie«, sagt er. »Aber das konnte ich nicht. Es war nicht mein Kind. Es war ihr Kind.« Zwei Monate nach Joshs Tod trennen sie sich.

Joshs leiblicher Vater erfährt nach dem Tod Dinge über seinen Sohn, die ihm gar nicht bewusst waren. Einige von den Online-Freunden seines Sohnes suchen Kontakt zu ihm. »Ich hatte immer den Eindruck, dass man sich in dieser Internet-Generation heute gar nicht mehr richtig begegnet«, erzählt er. Sie schreiben ihm, dass ihnen Josh tatsächlich etwas bedeutet hat. Manche fragen nach seinem Grab.

Eine Userin postet einen Screenshot von einem Videocall auf Joshs Profil. Er ist dabei mit Headset auf dem Kopf eingeschlafen. *»Du warst immer da und hast mir zugehört. Mit dir konnte man lachen!«*

Und er, der sich mit Joshs Werdegang allein gefühlt hat, erfährt, dass es vielen Eltern in seinem Umfeld ähnlich geht. Eltern, die ihn jetzt anrufen und ihm erzählen, dass ihre Kinder ebenfalls Drogen nehmen. Joshs Eltern nähern sich durch den Tod ihres Kindes wieder an und sind heute enge Freunde.

Josh hatte keine Pläne für seine berufliche Zukunft, aber er hatte Pläne. Nico wollte mit ihm zelten gehen. Ein anderer Freund wollte mit Josh auf ein Festival sparen.

Viereinhalb Monate nach seinem Tod wird U-47700 verboten. Die Polizei nimmt die Darknet-Handelsplattform AlphaBay hoch, auf der auch Josh bestellt hat. Ein paar Drogen-Gruppen verschwinden auf Facebook. Seit Joshs Tod hat sich viel verändert – aber gleichzeitig irgendwie auch nichts.

Die Verbotspolitik hat Josh nicht geschützt – genauso wenig wie seine Online-Freunde. Wer Drogen will, kommt dran, das war schon immer so und wird sich durch Kriminalisierung und Razzien nicht ändern. Weitere Menschen aus Joshs Online- und Offline-Drogenumfeld sind in der Zwischenzeit gestorben. Die Darknet-Dealer verkaufen jetzt eben über andere Handelsplattformen. U-47700 mag illegal sein, es gibt aber immer noch Shops, die es im Angebot haben. In Online-Foren werden weiter lebensgefährliche Tipps gegeben, zwar schlafen die Gruppen auf Facebook ein, dafür geht der Drogenhandel auf Tik Tok, Instagram und Telegram weiter.

Die Ketamin Cowboys feiern nach Joshs Tod ihr zweijähriges Bestehen. Drei Ketamin Cowboys sind da bereits tot. *»Auf die nächs-*

ten 2 Jahre, 3 Tote und 2 Häftlinge, ihr Bastarde!«, heißt es in einem ihrer Posts.

»Der Tod war immer so ein fernes Ding«, sagt Nico. Erst durch Joshs Tod hat er verstanden, dass er nicht unantastbar ist. Dass keiner das ist. Seitdem konsumiert er nicht mehr und meint, die Ketamin Cowboys gebe es inzwischen nicht mehr. Er macht sich Vorwürfe. Dass er etwas hätte tun müssen. Er fragt sich: »Hätten wir es verhindern können? Hätten wir die Eltern besser informieren sollen?« Ob es was geholfen hätte, wenn er mehr gesagt hätte. In seinen Augen sammeln sich für einen Moment lang Tränen. »Ich habe immer noch Schuldgefühle, dass wir zu wenig gemacht haben.«

Einige Menschen sind der Ansicht, Joshs Eltern seien auf der Suche nach Schuldigen. Auch Leyla vermutet das bei unserem ersten Treffen und erklärt, ohne dass ich danach gefragt habe: »Ich habe mir in der Sache nichts zuschulden kommen lassen.« Doch Joshs Eltern suchen keine Schuldigen. »Ich gebe niemandem die Schuld«, sagt Joshs Mutter. Und den Vater interessiert bei meiner Recherche vor allem, was Josh seinen Online-Freunden bedeutet hat. Ob es nur um die Drogen ging oder ob sie darüber hinaus eine Verbindung hatten.

Für Nico war Josh jedenfalls mehr. Er war ein Freund. Ein Freund, den er vermisst. Denn Freundschaften heute, sie hängen nicht davon ab, wie oft man sich sieht.

Wenn Joshs Mutter von ihrem Sohn spricht, hat man das Gefühl, er wäre noch da. Auch Jahre nach seinem Tod fallen ihr manchmal Tütchen mit Drogen entgegen, die Josh im Haus versteckt hat. »Finde ich heute noch, die Reste.«

16

LEYLAS NEUES LEBEN

Durch Joshs Tod verändert sich für Leyla erst einmal nichts. Sie konsumiert weiter. Doch dann, eineinhalb Monate nach Joshs Tod, schreibt sie: *»Das Runterdosieren klappt wie geschmiert!«* Diese kleinen Erfolge halten jedoch nicht lange an. Auf Phasen geringeren Konsums folgen Zeiten, in denen sie wieder mehr nimmt. Eine Woche nach ihrem Post, in dem es ums Runterdosieren geht, lädt sie ein Foto hoch von mehreren Stücken Alufolie mit frischem und zerlaufenem Heroin und darauf einer eingepackten Spritze. *»Ich bin mir noch nicht ganz schlüssig«*, schreibt sie dazu.

Der Drang zu spritzen begleitet sie. *»Soll ich oder soll ich nicht?«*, fragt sie online. *»Eigentlich hab ich mir vorgenommen, erst Silvester wieder … Bin im Zwiespalt … Doch ein Drücker!!! Oder …!?«* Es ist Juni, bis Silvester wären es noch sechs Monate. Auf dem Foto dazu ist ein Spritzen-Set zu sehen.

Leylas Dealer hört plötzlich mit dem Heroin-Verkauf auf und teilt ihr das via Chat mit: *»Ich werde in der nächsten Zeit nicht erreichbar sein, bin gegen Ende der Woche in Entgiftung. Ich wollte bis dahin zwar noch arbeiten, aber etwas ist schiefgelaufen. Sobald sich was ändert, meld ich mich. Wird aber länger werden.«*

Leyla antwortet: *»Können wir uns bitte noch ein letztes Mal treffen?«* Doch ihr Dealer reagiert nicht darauf, er hat seine »Arbeit« wirklich eingestellt. Sie postet einen Screenshot seiner Nachricht in ihrer Heroin-Gruppe. *»Mein Ticker macht nicht mehr, von jetzt auf* *gleich, ich bin aufgeschmissen ☹ Um nicht zu sagen, am Boden zerstört ... Ich habe Angst vor Strychnin etc. und möchte nicht bei anderen holen, eben aus Angst vor Rattengift ... Kann mir einer von euch helfen (ABER NUR MIT ZEUG, WAS IHR AUCH SELBST KONSUMIERT)?????«*

Über den Post kommt sie nicht an Kontakte, dafür aber durch Menschen aus ihrem Umfeld. Sie überlegt, sich im Konsumraum zu registrieren. Dort könnte sie unter Aufsicht spritzen, und wenn sie zu viel erwischt, hätte sie Menschen um sich, die ihr unmittelbar helfen können. Ihre Mutter ist erst dagegen. »Die Atmosphäre, könnte ich mir denken, ist sehr niederschmetternd und runterziehend. Man muss sich ausweisen.« Sie will nicht, dass irgendetwas in Leylas Papieren landet, das Auskunft über ihre Sucht gibt. Am Ende stimmt sie dann aber doch zu. Leyla meldet sich dort an, muss dazu ein Vorgespräch führen, in dem sie ihre Drogengeschichte erläutert.

»Ich war im Konsumraum nicht so gerne, weil es ja Zeugen gab«, sagt Leyla. Ihre Besuche werden erfasst. Darum geht sie auch wieder öfter in die 50-Cent-Toiletten, um sich dort einen Schuss zu setzen. »Meine Familie sagt sogar, wenn du es machen musst, dann mach es besser hier, wo wir sind, wo wir dir helfen können. Aber das war mir nicht möglich, weil ich mich unglaublich geschämt habe dafür.«

Als Leyla sich einmal im Konsumraum einen Schuss setzt, wird sie von einem älteren Mann angesprochen. Er heißt Aziz und ist selbst Heroin-Konsument. Er gibt ihr Tipps, wie sie spritzen soll, damit sie keine Hämatome bekommt. Ratschläge, die Leyla angesichts ihrer Suchtgeschichte nicht mehr braucht. »Der hat mich innerlich kirre gemacht. Dieser ältere islamisch wirkende Mann hat mich an meinen Vater erinnert. Es war einfach in der Grundstimmung ein unangenehmes Gefühl für mich, dass er das beobachtet, wie ich das mache, und dass er sich da mit seinen Tipps nicht zurückhält.« Sie sieht ihn genauer an. »Ich hab das Bild auf mich wirken lassen. Dieser Mann, der hat doch auf der Szene nichts zu suchen, dachte ich. Was macht er denn hier? Neben den ganzen Asseln sitzt er da. Voll der normale Typ. Will der hier Prostituierte generieren? Der war einfach komisch. Der hat nicht ins Bild gepasst und deswegen ist mein Misstrauen immer weitergewachsen.«

Sie hält ihn für einen Zuhälter. »Ich habe mir gedacht: Was möchte denn dieser alte Zuhälter von mir? Ich will nicht anschaffen gehen. Ich hab kein Interesse. Ich war ihm gegenüber erst einmal ziemlich ablehnend. So von wegen, spar dir deinen väterlichen Rat.«

Leyla fällt auf, dass Aziz nicht in die Szene passt. Wie sie entspricht er nicht dem Klischee eines Heroinabhängigen, man sieht ihm die Sucht nicht an, zumindest nicht auf den ersten Blick. Leyla kommt dann doch mit Aziz ins Gespräch, er ist kein Zuhälter. Nach einiger Zeit geht sie auch mit in seine Wohnung. Sie ist überrascht davon, wie sauber es ist, von den Babybildern an der Wand, Fotos von seinen Kindern. Sie fühlt sich deplatziert.

Aziz bietet ihr Eistee an. Sie verlangt von ihm, selbst einen Schluck davon zu trinken, da sie befürchtet, er habe ihr etwas ins Getränk getan. Er nimmt einen Schluck, sie wartet eine halbe Stunde, nichts passiert. »Dann habe ich gemeint: Wollen wir Freunde sein?«

»Ich hatte wirklich Geduld«, sagt Aziz. Bei unserem ersten Treffen trägt er ein hellblaues Hemd und wirkt wie ein Geschäftsmann.

Er ist für Leyla da, sie stellt ihn ihren Eltern vor. Leylas Mutter ist ihm gegenüber anfangs »ein bisschen skeptisch«. Inzwischen bezeichnet sie ihn als »Freund der Familie«.

Aziz will weniger konsumieren, Leyla zieht mit. Sie nehmen sich vor, nicht mehr in den Konsumraum zu gehen, und melden sich im Fitnessstudio an, um gemeinsam zum Sport zu gehen. So motivieren sie sich gegenseitig.

In ihrer Heroin-Gruppe versucht Leyla, andere zum Sport zu animieren. *»Ist von euch zufällig jemand am Trainieren?«*, fragt sie. Sie will eine WhatsApp-Gruppe gründen. *»Sich gegenseitig motivieren, Essen posten, Erfolge teilen und beklatschen.«*

Aziz sagt, früher sei es anders in der Szene gewesen. Nicht so gnadenlos wie heute. »Früher bist du dort hingekommen, jeder hat dir geholfen. Damals kannten sich die Leute jahrelang, die haben gegenseitiges Vertrauen gehabt. Jetzt denkt jeder an sich.« Aziz ist ruhig, spricht langsam, und wenn Leyla oder er auf der Szene angebettelt werden, kramen beide in ihren Taschen nach Kleingeld und geben etwas ab.

Aziz' Kinder wissen nichts von seiner Sucht. »Muss ich irgendwann aber offenbaren. So geht das auch nicht. Ich bin hin- und hergerissen. Ich habe Angst, wenn ich das sage – was wäre die Konsequenz? Was werden sie denken? Vielleicht, ach, mein Vater hat das auch gemacht, ist ja nichts passiert, kann ich ja auch. Oder wird es sie abschrecken? Das könnte nach hinten losgehen.«

Aziz erzählt, er habe noch keine schlechte Erfahrung mit Drogen gemacht, noch nie eine Überdosis gehabt. Trotzdem bereue er, damit angefangen zu haben. Manches mag zwar schön gewesen sein, aber er habe vieles verloren. Vor allem Zeit und Erinnerungen. »Ich habe jetzt meine Kinder. Man ist da, aber nicht anwesend. Die Zeit mit ihnen – du erinnerst dich nicht daran. Wenn man Kinder hat, sollte man Drogen überhaupt nicht anfassen. Man erinnert sich nicht, wenn man mit ihnen irgendwas Schönes gemacht hat, wenn man so richtig dicht ist. Das ist schade, weil das, was am Ende bleibt, ist ja eigentlich die Erinnerung.«

Außerdem spürt er inzwischen die Langzeitfolgen, über einige Jahre hat er sich den Stoff auch gespritzt. »Aufgrund des langjährigen Konsums sind meine Knochen richtig weich. Ich bin nicht alt, aber ich kriege jetzt wahrscheinlich überall Arthrose.«

»Du siehst nicht, wie's unter seinen Klamotten aussieht«, sagt

Leyla, »du denkst, es läuft bestens, weil er die Fassade aufrechthält und weil er mittlerweile ein gutes Leben führt. Das war auch mal anders.«

Fynn ist bei Aziz erst skeptisch, als er ihn besser kennenlernt, schließt er ihn aber ins Herz. »Er ist ein wunderbarer Mensch«, sagt Fynn, einer, der ihm in einer schweren Phase beisteht und auch für ihn da ist.

Leyla begleitet Aziz einmal zum Arzt, zu einer Operation an seinen Venen. Dabei sieht sie zum ersten Mal seine Füße und Beine – sie ist schockiert. Der Tod ist plötzlich greifbar. »Während er operiert wurde, war ich die ganze Zeit im Wartezimmer, und da hab ich gedacht: All diese Scheiße, die ihm so gefährlich wird – da habe ich keinen Bock drauf. Da habe ich entschieden: Ne, muss nicht sein.«

Leyla zeigt ein Video. Darin steht Aziz barfuß auf einem hellblauen Handtuch. Sie drückt mit einem Finger an seinen Füßen herum. Die Füße sind rötlich, eine Stelle ist weiß, es wirkt ein bisschen wie Schimmel. Die Zehennägel sind gelb. Das ist kein Nagelpilz, sagt Leyla, das liegt an der schlechten Durchblutung. Seine Venen sind »komplett kaputt«.

Nach einiger Zeit lernt sie auch Aziz' Kinder kennen. Der Umgang mit ihnen hemmt sie in ihrem Konsum. Hilft ihr, sich zusammenzureißen, zumindest vor ihnen.

Tatsächlich geht Leyla seit dieser Begegnung nicht mehr in den Konsumraum, was aber nicht heißt, dass sie jetzt nicht mehr spritzt. Eher ist es so, dass sie nach einer Phase des Runterdosierens auch wieder mehr nimmt.

Im Alltag kann Leyla ihre Sucht meist gut verbergen. Aber in Situationen, in denen sie auf medizinische Hilfe angewiesen ist, ist das nicht möglich. Als sie ins Krankenhaus muss, weil Verdacht auf Lebensgefahr besteht – es hat nichts mit Drogen zu tun –, setzen bei ihr Entzugserscheinungen ein. Das Klinikpersonal weiß den Unterlagen zufolge von Leylas Heroinabhängigkeit, es wurde »Heroin-Abusus« notiert. »Und dann hab ich gemerkt, dass sie mich liegen lassen. Dass die Leute sich keine Mühe geben, weil ich ein Junkie bin.«

Stunde um Stunde habe sie gewartet, gezittert, ausgeharrt. Sie hat Angst. Sie weiß, was die Verdachtsdiagnose bedeutet, dass sie sofort behandelt werden muss.

Auch ihre Eltern kommen in die Klinik. »Sie hatten beide Tränen in den Augen. Sowohl mein Vater als auch meine Mutter. Mein Vater war mega schick von der Arbeit gekommen, im Anzug, und es war nicht ersichtlich, dass diese Eltern zu dem Junkie da gehören, also zu mir.«

Besonders an eine Ärztin erinnert sich Leyla. »Die fing an, mich spüren zu lassen, dass sie keinen Bock hat, mir zu helfen, weil ich mir die Sache selbst eingebrockt habe. Was nicht so war. Aber sie wollte mir signalisieren: Du sitzt jetzt in der Misere und das ist deine verfickte Schuld.« Leyla passt einen Moment ab, als sie mit der Ärztin allein ist, um sie darauf anzusprechen: »Ich weiß, dass Sie sich mit mir keine Mühe geben. Ich weiß, dass ich für Sie nur ein Junkie bin, und ich weiß, wenn ich Ihnen während der OP wegsterbe, wie Sie das sehen. Doch bitte bedenken Sie, sollte ich sterben, dass das nicht nur mich betrifft. Die Leute in dem Raum nebenan, die da gerade um mich weinen, sind meine Eltern. Geben Sie sich bitte Mühe. So als ob ich kein Junkie wäre. Geben Sie sich bitte Mühe, mein Leben zu retten, als ob ich ein normaler Mensch wäre.«

Sie habe um die Operation gebettelt. Was Leyla besonders trifft, sind ihre eigenen Worte. Ihr wird in diesem Augenblick klar, wie wertlos ein Junkie-Leben angesehen wird.

Die Ärztin habe im ersten Moment geschwiegen. Leyla habe noch hinzugefügt: »Ich weiß, ich bin abhängig von Heroin, und das ist scheiße. Aber immer noch besser als von einem Mann.«

Die Ärztin habe darauf erwidert: »Na ja, man soll von gar nichts abhängig sein.«

Für Leyla geht die Situation am Ende gut aus.

Als sie ein anderes Mal ins Krankenhaus kommt, finden die Pflegekräfte keine Vene mehr, über die sie ihr einen Zugang legen können. Eine Krankenpflegerin sticht mehrmals daneben, weil ihre Venen so vernarbt sind. Ein »genervter Arzt« habe ihr dann den Zugang direkt an der Haut zwischen Daumen und Zeigefinger gelegt, eine Stelle, die sehr schmerzempfindlich ist.

Einige Wochen nach diesem Vorfall postet Leyla ein Foto der betroffenen Hand in die Heroin-Gruppe: »Als ich dem Arzt mitteilte, dass er einen Nerv getroffen hat, meinte der nur, dass ich ein Schmerzmittel bekomme und mich ›beruhigen soll‹.« Sie hat drei Monate später noch immer Schmerzen in der Hand.

Wie anders Menschen behandelt werden, denen man ihre Sucht ansieht, wird bei einem Interview deutlich. Leyla nimmt mich auf die Szene mit. »Gehen wir Junkies gucken«, sagt sie. »Pass auf, dass dir nichts geklaut wird. Die versuchen Geld aus dir herauszuquetschen, aber lass dich nicht belabern. Gutmütigkeit wird meistens ausgenutzt.«

Leyla wahrt die Distanz, aber sie behandelt die Menschen mit Respekt, spricht mit ihnen auf Augenhöhe. Bei unseren Treffen wird klar, dass das in unserer Gesellschaft alles andere als selbstverständlich ist. In der Nähe der Szene kaufen wir uns in einem Drogeriemarkt etwas zu trinken. Als ich mit Leyla an der Kasse stehe, kommt eine Frau in den Laden. Sie lallt. Es ist Winter, es ist kalt, doch ihre Kleidung sitzt nicht richtig, ihr nackter Bauch hängt unter ihrem Pulli heraus.

Sie spricht die Kassiererin an unserer Kasse an. »Hier wurde vor einer Stunde die Polizei gerufen wegen einem Überfall?« Die Kassiererin ignoriert sie zuerst. Die Frau fragt weiter. Dann geht sie in den Laden.

»Kann einer die rauswerfen?«, ruft die Kassiererin und deutet in Richtung der Frau, die zwischen den Regalen des Drogeriemarkts steht.

»Ja, das kann Heroin auch machen«, flüstert Leyla mir zu. »Es ist nicht so, dass alles rosig ist.« Die Frau ist immer noch im Laden. »Weg damit, raus«, ruft die Kassiererin ihren Kollegen zu. Als wäre diese Frau kein Mensch mehr, sondern Ungeziefer, ein Parasit, den man möglichst schnell aus dem Laden entfernen muss.

»Die muss raus. Irgendwas stimmt mit der nicht.« Ein paar Mitarbeiter des Drogeriemarkts gehen auf die Frau zu, um sie aus dem Laden zu bringen. Die Kassiererin wendet sich uns zu.

»Hallo.«

Leyla: »Hallo.«

Die Kassiererin schaut der Frau hinterher, die rausgeführt wird. »Genau, raus damit«, sagt sie. »Das geht nicht.« Sie weiß nicht, dass die junge Frau, die ihr gegenübersteht, auch ein »Junkie« ist.

Weil man Leyla ihre Sucht nicht ansieht, wird sie oft anders behandelt, besser als die, die ganz abgestürzt sind. Die nicht so privilegiert sind. Was das mit Leyla macht, lässt sich nur erahnen. »Wenn jemand am Boden liegt, wieso tritt man drauf?«, fragt Leyla einmal. »Ich will nicht, dass die Leute denken, wenn die Drogen nehmen, dann ist das Schlimmste, was denen passiert, das, was mein Leben ist. Es kann verdammt noch mal auf dem Straßenstrich mit HIV und zerrissener Rosette enden. Amputiertes Bein, in die Leiste gefixt, Abszess bekommen, Nadel stecken geblieben, Blutvergiftung, langsam verreckt, dreckiger Freier, von irgendeinem scheiß Freier geschwängert. Dagegen bin ich ein dummes Vorstadtmädchen. Ich bin nicht repräsentativ, Josh war es auch nicht.

Wir waren nie obdachlos, wir mussten unseren Körper nie verkaufen, und wir haben beziehungsweise hatten eine Familie, die hinter uns steht. Josh war noch nicht einmal ansatzweise in der Drogenszene. Er war ein Junge, der sich übers Internet irgendwas bestellt hat. Repräsentativ ist etwas anderes. Repräsentativ ist die Hölle.« Leyla hat Berührungspunkte mit dieser Hölle, die Hölle, in der man Menschen beim Verfall zusehen kann. Es sind Menschen, die alles verloren haben.

Auf der Szene fällt Leyla ein »hübscher Junge« auf, er heißt Luis. Sie begegnen sich immer wieder. In dieser Zeit baut Luis körperlich stark ab. Erst humpelt er an Krücken, dann, zwei Jahre später, ist er kaum wiederzuerkennen. Er sitzt im Rollstuhl und wird von einem Mann geschoben.

Leyla kramt einen Fünfeuroschein heraus, rennt Luis hinterher. »Hey, warte«, ruft sie, als der Mann Luis in eine 50-Cent-Toilette schiebt. Doch keiner der beiden reagiert.

»Stopp, Stopp, Stopp!«, schreit Leyla.

Die Tür schließt vor ihr.

»Hätte dir fünf Euro gegeben. Dann halt nicht«, sagt sie. Später trifft sie erneut auf die beiden. Sie schaut ihnen hinterher, während der Mann den Rollstuhl mit Luis in Richtung Bahnhof schiebt. »Soll ich?«, fragt Leyla ihren Freund Aziz. Wieder will sie Luis die fünf Euro geben.

Aziz: »Ach, jetzt hat er sich gerade einen Schuss gesetzt, jetzt wird er wahrscheinlich nicht wissen, wer du bist.«

Leyla lässt es bleiben. »Mittlerweile geht er auf den Tod zu«, sagt sie.

Und über die Platte allgemein sagt sie: »Es ist der ewig gleiche Kreislauf. Es ist der grausame Sumpf, der die Geschöpfe verschluckt und uns zu einer grauen, nichtssagenden Masse schlingt. Und die ganzen Charaktere ersticken in dem Sumpf und es bleibt eine nichtige, gesichtslose Masse. Alle Frauen haben dieselbe nasale Junkie-Stimme. Alle Männer reden dasselbe, alle Frauen reden dasselbe. Alles vermischt sich zu einem Brei, der einfach nur ein Gesicht hat und zwar: Heroin, Heroin auf zwei Beinen. Und das ist das Schlimme. Es schluckt Persönlichkeiten, Träume, Hoffnungen, Talente und auch Leben.«

Es gibt etwas, was die Einstellung von Leylas Mutter zum Heroin verändert. Die Lage auf der Platte in der Corona-Zeit. Die Heroinabhängigen dort trifft die Pandemie besonders hart. Da ein Großteil der Menschen bargeldlos bezahlt, haben nur noch wenige Kleingeld für Bettelnde übrig, und Beschaffungskriminalität wird schwieriger, weil viele Geschäfte geschlossen haben. »Im Lockdown habe ich miterlebt, wie Leute einen um ein bisschen Geld anflehen, um überleben zu können. Die wollen davon ja keine Brötchen kaufen.« Das Geld brauchen sie, um ihren Konsum zu finanzieren. »Die flehen einen an, also wirklich kniefällig, und bitten um ein paar Euro.« Das hat bei ihr einen Schalter umgelegt. »Mittlerweile stehe ich dem Heroin ablehnend gegenüber. Ich sehe, dass es da wirklich so gut wie keinen Weg zurück gibt, auch keinen Weg, es zu kontrollieren. Es ist für die meisten Leute eine Einbahnstraße.«

Beim Einkaufen trifft sie eine alte Bekannte ihrer Tochter, die lange Heroin konsumiert und unter der Brücke gelebt hat. Leylas Mutter erkennt die Frau erst nicht wieder. »Immer ganz verhärmt und dreckig sah sie aus. Und als ich ihr dann begegnete, habe ich zuerst gedacht, die ist das nicht. Sie war nicht mehr grau im Gesicht. Sie sah aus wie das blühende Leben.« Kein Vergleich zu früher. Die Frau erzählt ihr, dass sie meditiere und es so geschafft habe, die Drogen hinter sich zu lassen.

Leylas Mutter lädt sie zu sich nach Hause ein. Sie unterhalten sich, trinken mit Fynn und Leyla Kaffee. Sie empfiehlt ihnen das Buch *Autobiographie eines Yogi* von Paramahansa Yogananda. Am Anfang sind Fynn und Leyla skeptisch, lassen das Buch erst mal liegen.

Doch nicht nur die alte Bekannte wirkt auf Leyla ein. Mit

Niklas, ihrem Online-Kumpel, steht Leyla auch Jahre nach ihrem Strychnin-Post in Kontakt. Inzwischen geht es auch um andere Themen als Drogen, aus den Chats ist eine Freundschaft entstanden.

»Ich habe gesehen: Einerseits ist sie abhängig, aber andererseits will sie nicht abhängig sein«, sagt Niklas. »Auf der einen Seite dieses liebe Mädel, das sie ist, aber auf der anderen Seite dieser Junkie, der da irgendwie aus ihr spricht. Und das habe ich ihr mal so direkt ins Gesicht gerieben.« Er sagt ihr: »Du musst diesen Widerspruch auflösen, und das kannst du nur, indem du einen Entzug machst.« Leyla habe sich selbst betrogen in Bezug auf ihre Abhängigkeit, so Niklas im Gespräch mit mir. »Sie hat sich das schöngeredet. Und ich habe gesehen, dass ihr das nicht guttut. Die kurzfristigen negativen Konsequenzen des Entzugs sind ja deutlich geringer als die langfristigen der Abhängigkeit. Diese ganzen Ausreden sind im Prinzip das Gleiche, was ich mir als Raucher erzählt habe.«

Leyla ist inzwischen bei 2,5 Gramm Heroin am Tag.

Er sagt ihr: »Dass man abhängig wird, das kann jedem passieren, aber dass man abhängig bleibt, das ist eine Schande.«

Damit trifft er Leyla dort, wo es wehtut. »Das hat mich richtig an der Ehre gepackt mit diesem: Sucht ist lappenhaft. Ich habe immer gesagt, meine Sucht ist doch viel schlimmer. Er meinte daraufhin: ›Aber selbst wenn deine Sucht schlimmer ist, wenn du sagst, du bist charakterstark und du möchtest nicht so leben, dann bist du entweder ein Lappen oder du laberst Scheiße. Eins von beiden. Eine Heroinabhängigkeit – na ja, das kann den Besten passieren. Aber lappenhaft? Willst du wirklich lappenhaft sein?‹ Und das hat mich wachgerüttelt. Ich hab gedacht: Nee, möchte ich nicht.«

Sie machen einen Deal: Niklas hört mit dem Rauchen auf, Leyla mit dem Heroin. »Heroin gegen Kippen ist nicht fair, aber okay. Sucht gegen Sucht. Das passt schon.« Sie hilft Niklas, mit dem

Rauchen aufzuhören, ist für ihn da, unterstützt ihn. Niklas sagt, wenn Leyla sechs Wochen clean ist, male er ihr ein Bild. Und das Bild will sie haben.

Mit Fynn liest Leyla dann das Buch von Paramahansa Yogananda. Sie nutzen es auch als Anleitung zur Meditation. Sie setzen sich im Dunkeln mit geradem Rücken hin, machen die Augen zu, schirmen sich von der Umwelt ab und meditieren.

»Ich habe gehört: Der Gedanke an die Droge ist elf Sekunden lang. Der Gedanke, der dich quält, ist eigentlich nur elf Sekunden lang. Wenn man diese elf Sekunden überwindet und sich irgendwie ablenkt, dann passt das erst einmal. Bis der Gedanke wiederkommt. Kann sein, dass der am Anfang mega oft auftaucht. Aber der ist, wenn man ihn aktiv wegdrängt, eben nur elf Sekunden lang. Sozusagen temporäre Qual. Ist ja aushaltbar. Elf Sekunden. Was ist das schon? Und genau hier setzt Meditation ein. Denn die Meditation nach Paramahansa Yogananda ist eigentlich nur die Übung, seine eigenen Gedanken zu steuern. Am Anfang, wenn man sie nicht steuern kann, muss ich erst üben, gedankenlos zu sein. Die Meditation besteht darin, sich zum Beispiel auf den Atem zu konzentrieren oder auf irgendein Wort, was auch immer. Es muss kein Hokuspokus sein. Man kann beobachten, wie das eigene Herz schlägt oder wie man ein- und ausatmet – und sich darauf konzentrieren. Und jeder Gedanke, der dann aufkommt – Strom ist nicht bezahlt, hab Hunger, es kratzt mich gerade hinter dem Ohr, was auch immer – jeder einzelne Gedanke, egal ob gut oder schlecht, wird weggedrückt. Und das übt man in der Meditation.«

Sie sagt, das sei eine Technik, mit der man Drogenabhängigkeit überwinden kann.

»Der Suchtgedanke ist nicht permanent da. Am Anfang der Abstinenz ist er andauernd da, aber umso mehr Zeit vergeht, umso seltener wird er. Und tritt dieser Gedanke dann auf, kann man seine selbst gewählte Technik anwenden. Der Punkt ist, dass genau das die Überwindung der Sucht im Kopf ist. Dass man, wenn dieser Gedanke an die Sucht aufkommt, eben diese elf Sekunden, ihn mit jener Technik überwinden kann. Und wenn man diese draufhat und die Suchtgedanken immer wieder wegschieben kann, dann hat man es geschafft. Dann ist man sozusagen clean.«

Bei einem Telefonat sagt Leyla, sie dosiere mit Fynn jetzt runter. Sie erzählt von der Mediation, davon, dass sie es so schaffen wollen. Dass sie das Gefühl hat, dass es klappt. Angesichts der bislang gescheiterten Versuche fällt es schwer, das zu glauben.

Wir treffen uns ein weiteres Mal. Die Leyla, der ich nun begegne, ist eine andere Leyla, nicht vergleichbar mit der vom letzten Treffen. Sie wird nach eineinhalb Stunden nicht mehr unruhig. Sie verschwindet nicht nach spätestens zwei Stunden auf der Toilette. Sie ist die ganze Zeit bei der Sache. Am Ende des Tages merkt sie, dass sie den kompletten Nachmittag mit mir unterwegs war und nichts genommen hat. »Da ist mir bewusst geworden: Krass, es klappt ja. Ist ja eigentlich halb so wild. Also, ich wurde schon etwas hibbelig, aber es war wirklich machbar. Diese innere Stimme, die einen dauernd auf Klo scheucht, diese quälende Stimme – ich habe gar nicht gemerkt, wie sehr ich darunter gelitten habe. Man will sich ja auch nicht eingestehen, so krass Sklave einer Sache zu sein. Und dass ich es mittlerweile schaffe, den ganzen Tag draußen zu sein, das fühlt sich gar nicht real an. Denn ich weiß eigentlich gar nicht mehr, wie es ist, normal zu sein, wie sich normal anfühlt. Es ist ganz komisch, aber irgendwie bin ich voll verzückt davon. Sonst hat mir das immer unglaubliche Angst gemacht, und jetzt sage ich: ›Keiner nimmt dir was weg. Wenn du so bescheuert bist und meinst, es machen zu müssen, dann kannst du es an deinem Geburtstag, an Feiertagen tun. Keiner nimmt dir was weg.‹ Und das gibt mir Sicherheit. Ich kämpfe nicht mehr gegen mich selber.«

Leyla klingt zum ersten Mal wirklich glücklich. »Es hat sich unglaublich viel verändert bei mir und in meiner Wahrnehmung und in meinen Empfindungen. Es ist unbeschreiblich. Es prasseln so viele neue Eindrücke auf mich ein, und es kommt mir so vor, als ob all meine Sinne narkotisiert waren und ich erst mal wieder lernen muss, damit umzugehen. Anfangs ist es echt überfordernd, aber ich hab Bock drauf. Ich hab Bock aufs Leben, mit allen Höhen und Tiefen, ich habe meine Sinne zurückgewonnen. Ich rieche den Regen. Frisch geschnittenes Gras, Blumen, spüre die Atmosphäre, es ist nicht mehr alles Grau in Grau. Und wenn ich es nicht betäube, sondern zulasse, dann ist das wie 'ne Achterbahn. Wenn ich nur ein Lied höre, fühlt sich das schon so unfassbar intensiv an. Also, ich höre nicht nur stumpf die Lyrics, also die Worte, sondern ich bilde mir ein, das auch zu fühlen. Ein Lied kann sich traurig anfühlen, ein Lied kann sich empowernd anfühlen, dass ich voll Kraft bekomme und Bäume ausreißen will. Und ein Lied kann mich motivieren. Oder ich kann nachdenklich von einem Lied werden. Und wenn ich das so beschreibe, wird das für dich wahrscheinlich etwas recht Normales sein, denn das ist ja letztendlich der Sinn von Musik, die soll Emotionen rüberbringen. Aber dem war halt nicht so.«

Auch die Menschen um sie herum geben Leyla zu verstehen, dass sie ein anderer Mensch sei, seitdem sich ihr Konsum der Null nähert.

Inzwischen spürt sie sogar wieder die Kälte. »Ich war ja andauernd betäubt. Mir hat die Kälte nicht wehgetan. Jetzt bin ich hypersensibel, ich nehme alles wahr, und ich habe fast vergessen, dass das wehtun kann, wenn die Hände voll kalt werden. Und ich glaube, dass ich jetzt besser andere Leute begreifen kann, da ich wieder wie sie fühle. Und somit glaube ich, dass ich ein kleines Stückchen näher dran bin am menschlichen Empfinden. Ich hab ja immer propagiert, dass ich voll normal bin und es mir gut geht und so. Was stimmt im Vergleich zu dem, was die Sucht anstellen kann. Aber was ich völlig vergessen hab, ist, was normal eigentlich ist. Der Unterschied ist ja trotzdem schon sehr gravierend.«

Sie kümmert sich wieder mehr um ihr Äußeres, ihre Zähne, ihre Augenbrauen, ihre Fingernägel. Der Drang, das zu machen, ist aufgekommen, seit die Sucht in den Hintergrund gerückt ist. Leyla schrubbt ihre Zähne mit einer elektrischen Zahnbürste und reinigt sie mit einem Ultraschallreiniger, den sie im Internet bestellt hat. Auf den Vorher-Nachher-Fotos sind die Unterschiede klar zu erkennen. Die schwarzen Ablagerungen auf ihren Zähnen und in den Zahnzwischenräumen sind weg.

Doch nicht alles, was Leyla fühlt, nimmt sie als positiv wahr. Manches überfordert sie, gerade schlechte Gefühle.

Hinzu kommen Schuldgefühle, die Leyla nun ungefiltert durchlebt. Schuldgefühle und Fragen, ob sie mehr hätte tun können. Ob sie manche Menschen hätte retten können. Und was ihre Sucht für ihre Eltern bedeutet.

Als Leyla noch mitten in der Sucht gesteckt hat, hat sie betont, sie hätte ihre Mutter nie beklaut. Seitdem sie kaum noch konsumiert, sieht sie das anders. »Natürlich habe ich meine Mutter nie bestohlen. Materiell. Aber wenn man denkt, wie viel Lebenszeit ich ihr gestohlen habe ...« Das bedauert sie. »Verloren ist ja dennoch unglaublich viel.«

Sie denkt viel an Luis, den »hübschen Jungen« von der Szene. Als wir wieder einmal telefonieren, liegt er im Krankenhaus. Leyla sagt: »Es würde mich nicht wundern, wenn morgen oder so ein Anruf kommt: ›Luis, der ist gestorben.‹« Sie macht sich Vorwürfe. »Der war komplett alleine, die arme Seele. Und hätte ich ein bisschen mehr Zeit mit ihm verbracht, er war teilweise obdachlos, hätte ich ihn ein bisschen mehr an mich rangelassen, vielleicht hätte das schon einiges gekittet.«

Sie sagt, viele Drogenabhängige würden sich in der Opferrolle sehen. »Was man ihnen nicht verübeln kann, denn denen ist so viel passiert. Es ist nicht schön, aber man muss aus ihr rauskommen. Wenn du in die Opferrolle gehst, dann ist es so, als würdest du sagen: ›Ich bin ein Blättchen im Wind. Ich kann nicht anders. Ich werde hin und her geschaukelt und das Leben ist böse zu mir.‹ Nein, komm raus aus der Opferrolle. Es ist so wichtig, dass du verstehst, dass du selbst entscheidest. Du bist kein Opfer. Und selbst wenn schlimme Sachen passiert sind, diese Opferrolle macht dich zum Opfer. Die holt dich nicht raus. Die macht es schlimmer.« Leyla erklärt, sie habe sich nie als Opfer gesehen. »Im Gegenteil. Das ist ja auch, woraus diese tiefe Schuld resultiert. Ich sehe mich voll als Täter. Jedes Mal, wenn ich mir einen Schuss mache, bin ich Täter, nicht Opfer. Man muss aus der scheiß verfickten Opferrolle rauskommen. Und wenn man herauskommt, ja, das ist bitter, weil dann spürt man erst mal diese fette Schuld, die man trägt.«

Was von den Jahren der Abhängigkeit bleibt, sind auch die körperlichen Folgen. »Ich weiß selber nicht, wie das jetzt weitergeht und ob ich für immer unfruchtbar bleibe.« Trotz der Runterdosierung haben ihre Tage nicht wiedereingesetzt.

»Wenn das so ist, dann will ich es wenigstens wissen, denn die Ungewissheit ist nicht so cool. Ich meine, ich will keine Kinder. Es wäre für mich völlig okay, wenn ich unfruchtbar bin. Es ist gut, dass es mich getroffen hat. Es wäre scheiße, wenn es jemanden getroffen hätte, der Kinder wollte. Aber gesund ist es nicht, und man sollte es erwähnen, denn ich denke nicht, dass eine normale junge Frau gerne unfruchtbar ist. Das zerstört ja den Lebenstraum von vielen. Kind und Haus und Hund.«

Und noch etwas belastet Leyla. Eigentlich würde sie gerne unter ihrem echten Namen zu ihrer Geschichte stehen. Doch das kann sie nicht, weil sie dann wahrscheinlich nie in dem Job arbeiten könnte, den sie anstrebt. »Das Schlimmste ist, dass ich, selbst wenn ich jetzt so gut wie suchtfrei bin, es trotzdem niemals sagen kann. Man würde dann immer meine Kompetenzen infrage stellen, selbst wenn die Leute mein Können schätzen würden. Sobald sie wissen, was mir nachhängt, wird es ein ewiges Problem sein. Und selbst wenn ich zwanzig, dreißig Jahre clean bin, werde ich das nie abstreifen. Und das ist das, was schlimm ist, auch für meine Mutter.«

Leyla schreibt Texte über ihre Sucht und den Weg raus unter dem Pseudonym »SUPA BLEIFREI«. Sie hat vor, zu rappen. »Ich habe ein Talent, Sachen den Glanz zu nehmen. Von daher hab ich da Bock drauf.« Für das Buch schreibt sie diese Zeilen.

Pack mich an der Ehre, Griff ins Leere

»Weißes ist nicht schädlich«,
ja, das sagst du VORLAUT,
doch mit jeder Lüge
wächst ein neues Stückchen VORHAUT.
Und Mädchen,
für dich läuft's auch nicht viel besser,
Als Pimps Eigentum
darfst du nun gar nix mehr …
weil,
er VERBOT ES
Doch dafür bracht er Licht in dein Dunkel,
ROTES.
Und versuchst du dann zu flüchten,
haut er dir die FRESSE PLATT …
Ach, komm wir schauen,
wer mehr ABSZESSE HAT!

Und es scheint Mode,
denn eure coolen Rapper,
die tragen KNÖCHELFREI und RÖCHELN HIGH.

Sippen Lean und PAFFEN FLÖTEN,
Mit dem Stoff, wo eure Rappers flexen,
könnt ich nicht mal mein' AFFEN TÖTEN!

Und anfangs juckt's ein bisschen,
dank HISTAMIN,
Glückwunsch,
jetzt kannst du Ego aus 'nem BLISTER ZIEHN.
Doch mit dem Image, könnt ihr kein krasses
FEATURE ROCKEN,
Du bist so'n Hipster,
selbst dein drittes Bein
trägt SNEAKER SOCKEN!
Und Macht auf KRASSER BENGEL,
prahlt mit seinem WASSER STÄNGEL.
Das Coolste an deinem LAPPEN LEBEN,
war das PAPPEN KLEBEN.

Du redest über Bitches,
tickst weiß, braun
und HASENWEIDE, doch duuu,
Du FICKST NUR NASENSCHEIDE!
(Nasenscheide)

PACK MICH AN DER EHRE,
GRIFF INS LEERE,
Pack mich an der Ehre,
Griff ins Leere!
Aber,
An der Droge sterben,
niemals!

Mein Leben ist kein Ponyhof,
Mein Leben ist 'ne RATIOPHARM!

Ich hab die Weisheit mit Löffeln aufgekocht,
doch leider DANEBEN GEDRÜCKT,
du willst 'nen richtig krassen Part,
Ich will mein LEBEN ZURÜCK!
Denn eigentlich suchst du NUR RAST,
BLOSS,
macht es dich RAST LOS,
bis dir der FEENSTAUB das SEHEN RAUBT,
du fällst,
und doch zu STEHEN GLAUBST,
So bleib ich nüchtern,
und für SORGEN BLIND,
weil ich in euch mein MORGEN FIND!

Mit »euch« meint Leyla ihr engstes Umfeld: Fynn, Aziz, ihre Eltern. Sie hat sich ihren eigenen Mikrokosmos geschaffen, in dem ein paar wenige Menschen wissen, wer sie ist. »Mein Mikrokosmos besteht aus vier Personen, die ich liebe, und das reicht mir«, sagt sie.

Obwohl sie kaum noch Heroin nimmt, hat sie es immer bei sich. Es ist »verdammt wichtig«, dass sie kann, wenn sie will. »Auch wenn es nichts ändern würde, wenn ich jetzt nichts bei mir hätte«, sagt sie. »Das wäre kopfmäßig schlimm. Ich muss nichts nehmen, aber es muss da sein.« Leyla sagt, das sei eine Marotte von ihr.

Nach den ersten Wochen, in denen sie runterdosiert hat, kann Leyla kaum noch schlafen, schickt die Nacht über Sprachnachrichten mit Dingen, die ihr zum Buch einfallen, und berichtet von schlimmen Träumen.

»Umso weniger ich nehme, umso krasser ist es. Richtig kranker Scheiß. Es ist echt ekelhaft. Ich will mich im Kopf davon entfernen, wie ich mir Schüsse setze. Und ich träume andauernd, jede scheiß Nacht, wie ich mir Zeug besorge, wie ich versuche, das zu konsumieren. Und meistens wache ich dann kurz davor auf. Dann bin ich voll schockiert und enttäuscht von mir selber, weil ich der festen Überzeugung bin, ich hab mir gerade ’nen Schuss gesetzt. Und dabei ist das nur ein Traum.«

Wenige Monate vor der Deadline zu diesem Buch schafft es Leyla, über mehrere Tage am Stück kein Heroin zu nehmen. »Ich bin komplett auf Null«, sagt sie bei einem unserer letzten Telefonate. In dieser Zeit reflektiert Leyla ihre eigene Suchtgeschichte. »Am Anfang unserer Interviews habe ich mich irgendwie als Botschafterin für die Droge gesehen. Ach guck mal, ich bin doch halbwegs sauber, ich bin doch halbwegs gebildet, ich kann doch halbwegs normales Deutsch sprechen. Also, als sauberer, gebildeter Diplomat für die Droge wollte ich sozusagen Politik machen. Es ist doch gar nicht so schlimm. Unsere ersten Treffen waren mit diesem Mindset, mehr oder weniger unbewusst. Mittlerweile hat sich das komplett geändert.

Als jemand, der selbst sehr lange abhängig war, habe ich durch die rosarote Brille die ganzen Einschränkungen nicht gesehen. Wenn man dann die rosarote Brille ablegt, empfindet man einfach nur tiefe Dankbarkeit für die neu gewonnene Freiheit. Dann sieht man, wie beschränkt das Ganze war, wie man sich selbst der eigenen Freiheit und Lebensqualität beraubt. Und diese Botschafterin für die Droge, das geht schleichend. Das ist man ja nicht aktiv. Ich will doch nicht aktiv Leute draufbringen. Das Tückische ist, dass das eine unterbewusste Facette ist von der Sucht. Ich habe nie gesagt: Ich will das schönreden oder so, aber es war doch ein Aspekt meines Willens. Es sagen immer alle, die Droge macht dich willenlos. Aber die Scheiße an der Sache ist: Es macht dich nicht willenlos, nein, aber es infiltriert deinen Willen. Der Unterschied ist, dass der Wille nicht ausgeschaltet ist, sondern lediglich anders gemacht, ohne dass du es mitkriegst. Und das ist das Heimtückische, dass man eben gar nicht das willenlose Nichts ist, was man denkt, was passiert. Weil dann würden ja alle Alarmglocken läuten. Sondern das Problem ist: Wie ein Virus sich die Zelle eines gesunden Körpers gefügig macht, macht sich die Droge den Willen gefügig. Und du weißt nicht mehr, dass es nicht dein eigener Wille ist. Und das ist das Gefährliche. Und daraus resultiert auch dieses: Ich bin die Botschafterin für die Droge.«

Eine Botschafterin, die sie nicht mehr sein will.

Die schlimmen Träume halten sie in den ersten Wochen, als sie nichts mehr nimmt, wach. Doch sie zieht weiter durch und kündigt in einer ihrer nächtlichen Sprachnachrichten etwas an, was sie in den folgenden Monaten tatsächlich schaffen wird:

»Der letzte Knacks in meinem Selbstbewusstsein, weil er nicht in mein Selbstbild passt, ist, dass ich von einer Substanz abhängig bin. Hundertprozentig zufrieden mit mir kann ich nur sein, wenn ich nicht drogenabhängig bin. Ich will nicht von einer scheiß Substanz den Schwanz lutschen. Ich lutsche keine Schwänze, und das gilt für jeden. Das gilt für Männer, das gilt für Frauen – ich lutsche keinen Schwanz und auch nicht den Schwanz der Fotze Shore.«

NACHWORT
THROWBACK IN MEINE JUGEND

Manches bei der Recherche zu diesem Buch hat mich an die Zeit erinnert, als ich selbst noch ein Teenager war. Es ist leicht, die Schuld bei den Eltern zu suchen, wenn Kinder Drogen nehmen, doch durch meine eigene Geschichte weiß ich, dass sie einen nicht immer retten können. Sie können einen auffangen, da sein, aber sich retten, das kann man nur selbst. Ich hatte das Glück, eine Familie zu haben, die bereit war, mich aufzufangen. Und doch hätte ich es fast nicht geschafft.

Auf einer Klassenfahrt wäre ich beinahe gestorben. Nachts hatte ich heimlich eine Flasche Wodka geext, eine Mitschülerin fand mich am nächsten Morgen bewusstlos neben dem Bett. Ich war siebzehn. Sie bekam mich nicht mehr wach und verständigte die Lehrer, die schließlich den Notarzt riefen.

Heute bin ich froh, dass ich nicht an einer Alkoholvergiftung gestorben, dass ich nicht im Schlaf an meinem Erbrochenen erstickt bin. Doch damals steckte ich danach in noch größeren Schwierigkeiten als zuvor. Man interessierte sich nur wenig dafür, warum ich so viel Alkohol getrunken hatte. Stattdessen wurde darüber diskutiert, ob es ein Disziplinarverfahren gegen mich geben, ob ich vom Unterricht ausgeschlossen werden sollte. Mir wurde gesagt, ich würde einen verschärften Verweis bekommen. Letztlich ging es viel um Strafe, um Konsequenzen, aber kaum darum, was mit mir los war und wie man mir helfen konnte. Dabei war offensichtlich, dass ich nicht getrunken hatte, um Spaß zu haben.

In einem Gespräch mit meiner Mutter sagte sie mir, dass sie sich Sorgen mache. Sie fragte mich auch, was denn los sei, warum ich das getan habe, doch ich konnte ihr keine ehrliche Antwort geben. Ich war nicht in der Lage, ihre angebotene Hilfe anzunehmen.

Viele Kämpfe tragen Jugendliche mit sich selbst aus. Meine Eltern wussten nicht, was der Auslöser für meinen exzessiven Alkoholkonsum war, und sie wussten auch nichts von dem Video, über das sich Mitschüler und Mitschülerinnen schlapp lachten. Jemand hatte mich mit dem Handy gefilmt, in dem Moment, in dem ich am verletzlichsten war. Torkelnd, lallend, mit Kotze in den Haaren. Der schlimmste Moment meines Lebens festgehalten in einem Video, das an meiner Schule die Runde machte. Ich lebte ab da in der ständigen Angst, jemand könnte das Video ins Netz laden.

Meinen Eltern habe ich nichts davon erzählt. Sie sahen nur, wie ich heulend von der Schule nach Hause kam und wie ich weiterhin versuchte, alles mit mir selbst auszumachen. Ich bin daran gescheitert.

Meine Mutter erkannte mich nicht wieder, und so ging es auch mir. Ich hatte mich selbst verloren. In welcher Sorge meine Eltern gelebt haben, ist mir erst Jahre später bewusst geworden. Heute weiß ich, dass sie Angst hatten, dass es nicht aufhört, dass ich nicht mehr aus dem Loch herauskomme.

Nach dem Vorfall auf der Klassenfahrt habe ich einige Wochen nichts getrunken. Und dann doch wieder angefangen. Dinge passierten, auf die meine Eltern keinen Einfluss hatten, Dinge, die mich veränderten. Und gleichzeitig wollte ich so sein wie meine Freundinnen und Freunde, wie der Mensch, der ich war, bevor diese Dinge passierten. Ich wollte wieder unbeschwert sein, wieder lachen und einfach vergessen. Darum habe ich getrunken, um mich zu betäuben, um dazuzugehören, ein Teil von etwas zu sein, wozu ich längst jeden Bezug verloren hatte.

Auch in den Drogen-Gruppen, in denen sich Josh und Leyla trafen, gab es viele Jugendliche, die ihre Probleme mit Drogen ausschalten wollten. Durch meine eigene Geschichte weiß ich nur zu gut, dass das nicht funktioniert.

Nach der Schule fuhr ich mit dem Fahrrad raus und trank heimlich. An den Wochenenden betrank ich mich bis zum Blackout. Übernachtete bei Freunden, trank, wenn meine Eltern nicht zu Hause waren. Und jedes Mal, wenn ich aus meinem Rausch aufwachte, erwachte ich auch in einem Leben, das durch meinen Konsum noch schlimmer geworden war. Meine Probleme trafen mich nüchtern mit voller Wucht. Und darum trank ich wieder.

Das ging einige Zeit so, bis ich meiner Mutter nach einer Party ins Auto kotzte. Am nächsten Morgen habe ich ihr gesagt, dass ich keinen Sinn mehr in meinem Leben sehe.

Sie organisierte mir eine Therapie, und diesmal nahm ich die Hilfe an. Das Trinken bis zum Kontrollverlust war nur ein Symptom, das langsam verschwand, als ich mich der Ursache stellte. Niemand hätte mich da rausholen können, hätte ich es nicht selbst gewollt.

Oft wurden mir danach noch andere Drogen angeboten. Drogen sind zu etwas geworden, was auf vielen Partys selbstverständlich konsumiert wird – und wir als Gesellschaft müssen lernen, damit umzugehen.

In meiner Schulzeit war Safer Use in Bezug auf andere Drogen als Alkohol nie ein Thema – und rückblickend finde ich das falsch. Menschen werden nicht aufhören, zu konsumieren. Aber jeder von uns kann dabei helfen, dass sich andere dabei nicht mehr in Gefahr bringen und schaden als durch die Substanz selbst. Viele Entscheidungen gegen den Konsum habe ich später getroffen, weil ich fundiert informiert war.

Zu Beginn meiner Recherche konnte ich nicht fassen, was da alles im Internet abläuft. Heute weiß ich: Die Vorgänge in den Drogen-Gruppen sind auch eine Folge der Drogenpolitik in Deutschland und eine Folge mangelnder ehrlicher Aufklärung dazu an Schulen. Gibt man jungen Menschen diese Infos nicht, werden sie sie woanders suchen – und dann ist es fraglich, ob sie die richtigen finden. Eine verantwortungsbewusste Entscheidung kann nur treffen, wer das Wissen dazu an die Hand bekommt.

Es wäre wünschenswert, dass an Schulen nicht wie bei mir mit Strafen gearbeitet wird, sondern mit echter Hilfe. Jugendliche sollten keine Angst mehr davor haben, über ihren Konsum zu sprechen. Es sollte ihnen geholfen werden, statt sie zu verurteilen. Menschen wie Leyla sollten offen mit ihrer Sucht umgehen können, ohne Angst vor den Konsequenzen für ihre Zukunft zu haben. Und ganz wichtig: Hilfe wird man sich eher suchen, wenn man nicht verurteilt wird.

Die Drogenpolitik in Deutschland muss sich endlich der Realität stellen. Umfassend. Dazu gehört auch, dass es hierzulande, anders als in Österreich oder in der Schweiz, keine dauerhaft eingerichteten Drug-Checking-Angebote gibt. Konsumenten wird so die Möglichkeit genommen, sich vor gefährlichen Streckstoffen und Beimengungen zu schützen. Das ist fahrlässig, denn es ist klar, dass trotzdem konsumiert wird. Und auch ein Blick nach Portugal lohnt sich, wo die Entkriminalisierung von Konsumenten seit 2001 viele positive Effekte mit sich gebracht hat.

Seit meinem schlimmsten Moment sind neun Jahre vergangen. Mir geht es heute gut, und mir ist bewusst, dass das nicht selbstverständlich ist.

Umso mehr hoffe ich, dass dieses Buch in Deutschland eine Diskussion anstößt – über Safer Use, unsere Drogenpolitik sowie unseren Umgang mit Konsumenten und Konsumentinnen.

ANHANG

Als ich diese Recherche 2018 begann, hätte ich nie damit gerechnet, mal Safer-Use-Regeln aufzuschreiben. Ich habe damals geglaubt, dass Abschreckung der richtige Weg sei. Doch in den Drogen-Gruppen sah ich mit jedem Tag, dass das nicht funktioniert.

Anfangs hatte ich nur wenige Berührungspunkte mit diesem Thema, seitdem habe ich aber mit vielen Menschen gesprochen, die anders als ich nicht nur von außen auf das Thema blicken, sondern mittendrin stecken: mit Konsumenten sowie Experten und Expertinnen aus der Präventionsarbeit, der Toxikologie, Suchthilfe und Drogentherapie. Also mit Menschen, die tagtäglich damit konfrontiert oder selbst betroffen sind.

Mein Ziel ist die ganze Recherche über das gleiche geblieben: Joshs Geschichte ehrlich zu erzählen und damit Menschen davor zu schützen, wie er an einer Überdosis zu sterben. Nur meine Einstellung dazu ist nun eine andere: Aufklärung statt Abschreckung. Und darum folgen Grundsätze zum Thema Safer Use und ein Interview.

Interview mit Leitung von Leylas Konsumraum

Die Leitung des Konsumraums, in den Leyla gegangen ist und in dem sie Aziz kennengelernt hat, spricht über die aktuelle Drogenpolitik, Probleme in der Drogenszene und was Betroffenen helfen könnte. Um keine Rückschlüsse auf Leylas Wohnort zu geben, werden keine Namen genannt.

Was halten Sie davon, Jugendlichen Safer-Use-Regeln mit auf den Weg zu geben?

Grundsätzlich ist das eine gute Sache. Im Rahmen der Suchtprävention haben wir auch mit Jugendlichen zu tun, die Kontakt zu diversen Substanzen haben. Wir bemühen uns dann, nicht so zu tun, als gäbe es das nicht. Eher sorgen wir dafür, dass eine bewusste Konsumentscheidung getroffen werden kann. Im Idealfall natürlich die Verschiebung von Konsumabsichten auf ein späteres Lebensalter, da der Schaden, den Drogen anrichten können, viel mit der neurologischen Entwicklung des Menschen zu tun hat. Ein fertig ausgebildetes Gehirn ist nämlich weniger anfällig für dauerhafte neurologische Schäden. Und das andere ist, man ist dann reifer, zumindest ist das zu hoffen. Daher versuchen wir immer zu sagen: »Überlegt euch das noch mal gut.« Wir klären über die Risiken auf. Und auf jeden Fall verhalten wir uns nicht so, als wären Drogen in der Jugend kein Thema.

Was sind aus Ihrer Sicht die Hauptprobleme in der Drogenszene?

Wir nehmen eine zunehmende Verelendung wahr, werden mit sehr traurigen Schicksalen konfrontiert. Viele denken ja, Drogenabhängige haben ein super Leben, die sind den ganzen Tag breit.

Ich glaube, jeder, der mal vierundzwanzig Stunden lang das Leben eines drogensüchtigen Menschen führen würde, kehrt schreiend zurück in sein altes Dasein, selbst wenn es möglicherweise sehr anstrengend ist. Doch derjenige würde auf einmal sehr zufrieden seine Aufgaben erledigen. Kaum jemand vermag sich vorzustellen, wie viel Energie man aufbringen muss, wenn man alle paar Stunden entzügig ist. Das muss fürchterlich sein. Das ist die Sucht, der unerklärliche Moment, wo ein Abhängiger sagt: »Ich gebe meine Arbeitsstelle, meine Familie und meine Wohnung auf, Hauptsache, ich kriege einen Druck Heroin.« Das ist nicht bekloppt, das ist die Sucht. Wer nicht süchtig ist, kann das nicht nachvollziehen. Akzeptieren muss man es aber trotzdem.

Gibt es etwas, was in Deutschland in Bezug auf Drogenkonsumenten und Suchtkranke fehlt?

Grundsätzlich ist es an der Zeit, das Betäubungsmittelgesetz komplett neu zu überdenken, weil wir Menschen für eine Erkrankung, eine wissenschaftlich anerkannte Erkrankung, kriminalisieren. Was wiederum dazu führt, dass diese harten Verläufe überhaupt erst stattfinden, ebenso diese massive Verelendung. Wir sorgen mit dem bestehenden Gesetz dafür, dass Menschen, die krank sind, krasse Abbrüche in ihrem Leben haben, die Perspektive verlieren und sich auf einen Weg der ständigen Verschlechterung begeben. Diese Menschen sind dann nicht mehr in der Lage, sich eine Zukunft zu erarbeiten. Das ist aus meiner Sicht eines der drängendsten Themen. Ich weiß, dass man mit der Forderung nach einer Komplettfreigabe aller Substanzen erst einmal große Empörung auslöst. Betrachtet man das aber nüchtern, finde ich es alternativlos, weil wir sonst der organisierten Kriminalität das ganze Arbeitsfeld überlassen, die eine Menge Geld mit dem Elend macht. Außerdem haben wir so keinerlei Produktgarantie.

Man kriegt auf der Szene unreine Stoffe, man bekommt sie in unterschiedlicher Reinheit – und wir geben die Kontrolle über einen sehr wichtigen Punkt in unserer Gesellschaft, nämlich was Gesundheit betrifft, völlig ab. Das ist erst einmal nur gesundheitlich gedacht. Verhindern wir die Komplettfreigabe, was leider zu erwarten ist, würde ich so etwas wie Drug Checking ganz oben auf die Liste setzen, und zwar in allen Drogenhilfeeinrichtungen, die das wollen. Meinetwegen auch außerhalb von Drogenhilfeeinrichtungen, und dann nicht nur stationär, sondern ebenso mobil. Ich fände es gut, wenn vor jeder Location, wo eine große Party gefeiert wird, ein Bus steht, in dem Menschen ihre gerade erworbenen Substanzen testen lassen können, damit sie wissen, was sie da zu sich nehmen.

Gibt es in Deutschland denn überhaupt Möglichkeiten, als Konsument Drogen testen zu lassen?

Im Drogenkonsumraum ist Drug Checking ausdrücklich im Gesetz verboten. Das ist ein bisschen absurd, weil man ja sagt, man soll da unter Aufsicht konsumieren. Aber man kann seine Drogen an bestimmte Labore schicken. Juristisch ist das aber immer noch, wie vieles mit Drogen, ein heikles Feld. Insofern muss man also ein Labor finden, das diese Tests ermöglicht. Da ist es dann wichtig, dass man anonymisiert das Ergebnis erhalten kann, weil man sonst Gefahr läuft, dass man auffällt und möglicherweise Stress mit der Justiz bekommt.

Wie sehen Sie die Stigmatisierung von Suchtkranken?

Sehr kritisch. Es sind Menschen mit einer Erkrankung, und es gibt wenige Erkrankungen, für die man so stigmatisiert wird. Interessant ist, welche Trennung da gemacht wird. Bei Alkohol sagt kaum einer etwas, wenn jemand sehr viel trinkt. Niemand würde aber sagen: »Du kannst ja 'ne Menge Heroin wegstecken.«

Bei Cannabis ist es mittlerweile fast egal geworden. Es gibt natürlich noch das Klischee des Kiffers, das manche gerne pflegen, aber so grundsätzlich hat sich das gesamtgesellschaftlich verändert, da jeder irgendjemanden kennt, der kifft. Aber wenige Menschen kennen andere, die Heroin konsumieren. Das wird dann häufig als Makel gesehen, als moralische Schwäche. Das ist für diese Person eine extreme Hürde. Wenn ich zurück in die Gesellschaft will, muss ich diese Hürde überwinden, und ich muss überlegen: Muss ich das verschweigen? Eigentlich macht es Sinn, offen mit Dingen umzugehen. Oft kann ich das aber nicht. Und dann werde ich quasi zum Lügen getrieben.

Es gibt einige Substitutionsprogramme, die Abhängige in Anspruch nehmen können. Wieso besorgen sich dann noch immer Menschen Heroin auf der Straße?

Wenn man sich überlegt, warum Menschen Drogen nehmen, dann wird klar, dass eine rein medizinische Behandlung nicht dazu führen wird, dass sie es lassen. Sicher, man kann mit den Substituten, mittlerweile sogar mit dem Originalstoff, es gibt ja Heroin unter dem Namen Diamorphin seit 2009 in Deutschland als Kassenleistung, dafür sorgen, dass man seine körperliche Abhängigkeit in den Griff bekommt. Aber wenn es darum geht, dass die Seele etwas braucht, dann wird man das nicht darüber erhalten. Methadon, Polamidon, Subutex, diese klassischen Substitutionsmittel bieten das nicht. Diamorphin, das Original-Heroin, ermöglicht das in Teilen sogar sehr gut. Das Problem ist aber auch da: Mache ich mir einen Druck, sind die anderen Probleme noch existent. Das heißt, aus meiner Sicht muss es ein Zusammenwirken von Suchtmedizin, Sozialarbeit und Suchttherapie geben, um den Menschen umfassend helfen zu können, damit man dahin kommt, dass eine Lebenszufriedenheit erreicht werden kann, ohne breit zu sein. Bei vielen, die sehr traumatisiert sind, wird das aber schwer möglich sein. Das ist aber auch zu akzeptieren. Letztlich darf man im Grunde nicht das Gefühl haben, man muss Methadon nehmen und nebenbei saufen, weil man das Leben nüchtern nicht erträgt. Dann ist man zwar von einem Suchtstoff weg, begibt sich aber in eine Verlagerung zur nächsten Sucht. Das macht keinen Sinn. Ich sehe es sehr kritisch, wenn Substitutionsprogramme nur als Vergabe da sind und keine weiteren Hilfen geboten werden. Dann gehen die Menschen dorthin, wo sie ihr Methadon kriegen, sie nehmen es und anschließend gehen sie wieder weg und haben den ganzen Tag nichts zu tun. Sie fangen dann an zu saufen und werden auch noch alkoholabhängig.

Einige Suchtkranke, die im Diamorphin-Programm sind, sagen: »Das ist gar kein Heroin.« Und dann muss man dagegenhalten: »Doch, das ist Heroin, das ist echtes Heroin, das kennst du nur nicht. Du kennst nur das Straßenheroin mit den Benzodiazepinen drin, mit den anderen Beimengungen, die ebenfalls eine sedierende Wirkung haben, die aber kein echtes Heroin sind.« Viele, die langjährig süchtig sind, begreifen so zum ersten Mal, wie Heroin tatsächlich wirkt. Wenn man dreißig Jahre lang einen Stoff konsumiert, ist es schwer, sich umzugewöhnen. Dann scheitert das manchmal. Das ist nicht für jeden das Richtige.

Die Verelendung hängt aber auch damit zusammen, dass diese Menschen irgendwann nichts anderes mehr machen. Wenn man die Perspektive verliert, wenn man nur noch in einem einzigen sozialen Zusammenhang ist, nämlich der Drogenszene, gibt es wenig haltende und stabilisierende Faktoren, sondern eher nur schädliche. Und die Sucht will ja häufig mehr, also höhere Dosen. Was ebenfalls zur Verelendung führt, ist der Dreck in den Stoffen, die Beimengung. Heroin liegt von der Reinheit im Schnitt bei 15 bis 35 Prozent. Das ist ein sehr großer Unterschied, der gefährlich ist und zu ungewollten Überdosierungen führt. Auf der anderen Seite bedeuten 35 Prozent Reinheit als Spitzenwert, dass 65 Prozent Beimengungen sind. Das heißt, ich drücke mir zusätzlich etwas, was ich gar nicht haben möchte, in den Körper. Gesund ist das sicherlich nicht.

Wo kann man sich hinwenden, wenn man selbst oder jemand aus dem eigenen Umfeld ein Drogenproblem entwickelt?

Das ist regional unterschiedlich. Eigentlich ist jede Suchtberatungsstelle im Internet gelistet. Und man kann in eine Nachbarstadt fahren, will man es anonymer. Da wird man sicherlich jemanden finden, der das versteht.

Ist es möglich, Menschen bei Überdosierungen zu helfen?

Viele sterben immer noch durch eine Heroinüberdosierung, dabei kommt es zum klassischen Atemstillstand. Wir versuchen deswegen mit einer Vergabe von Naloxon – ein Gegenmittel – die Betroffenen zu schulen. Die Todesfälle finden ja nicht in den Drogenkonsumräumen statt, sondern irgendwo. Dann fallen die Menschen um, und entweder kann man nicht mehr helfen, oder die anderen haben Angst und gehen weg oder der Notarzt kommt zu spät. Hat man Naloxon dabei, das es als Nasenspray gibt, kann man die Zeit, bis der Notarzt da ist, überbrücken. Die Chance ist groß, dass der Mensch dann nicht verstirbt.

Braucht man für Naloxon ein Rezept?

Ja. Aber es ist ein Medikament, das keinerlei missbräuchliche Wirkung ermöglicht, keinen Rausch. Das heißt, wenn jemand Naloxon nimmt, der kein Heroin konsumiert, wäre das völlig unwirksam und hätte keinerlei Wirkung. Es verdrängt innerhalb von Sekunden Heroin von den Rezeptoren, jenen spezialisierten Zellen, die Signale weiterleiten. Also in dem Moment, wo ich eine Überdosierung habe, schiebt sich das – bildlich gesehen – quasi dazwischen und sorgt dafür, dass die Überdosierung vorbei ist.

Der einzige Nachteil bei diesem Medikament ist, dass es schnell wieder abflutet, schneller, als das Heroin noch wirkt. Wacht man durch Naloxon als Heroinabhängiger aus der Überdosis wieder auf, verspürt man den Drang, erneut etwas zu nehmen, da der Rausch erst mal weg ist. Nach ungefähr einer halben Stunde geht das Naloxon von den Rezeptoren aber weg und das alte Heroin, das mindestens zwei, drei Stunden wirksam ist, kommt dann zurück. Und wenn man in diesem Moment etwas nachkonsumiert, gerät man in die zweite Überdosierung. Deswegen ist Naloxon ideal, bis der Rettungsarzt kommt, danach muss man aber diese Menschen beaufsichtigen.

Was wünschen Sie sich von der Drogenpolitik?

Dass das Betäubungsmittelgesetz noch einmal wissenschaftlich neu bewertet wird. Mein Wunsch wäre ebenso eine regulierte Freigabe aller Substanzen. Nicht Heroin im Drogeriemarkt, nicht Kokain am Kiosk, sondern mit Experten zu gucken, wo man welche Stoffe erwerben kann, wenn man sie denn konsumieren möchte. Dazu gehören für mich auch Alkohol und Nikotin. Sie sollten nicht im Supermarkt verkauft werden, sondern in Fachgeschäften, wie das für alle derartigen Substanzen aus meiner Sicht notwendig wäre. Und dann sollte jeder Stoff nach Gefährlichkeit, nach tödlicher Dosis bewertet werden. Und natürlich plädiere ich für ein absolutes Werbeverbot für jegliche Substanz. Mal sehen, was dadurch passieren würde, ob es viel verbessert, sodass in vielleicht zehn Jahren weniger Menschen so eine elende Laufbahn und so ein fürchterliches Leben haben müssen, wie es jetzt der Fall ist. Grundsätzlich aber, um weniger süchtige Menschen zu haben, müsste man an diesem Gesellschaftssystem einiges verändern. Die Gründe für die Sucht liegen ja nicht im Einzelnen, sondern eher darin, dass Menschen nüchtern nicht mit dem Leben klarkommen.

Safer-Use-Regeln und weiterführende Informationen

Allgemeines zum Thema Safer Use

- Den Konsum vermeiden oder möglichst gering halten, wenn sich das Gehirn noch in der Entwicklung befindet, da Drogen in dieser Phase besonders schädlich für die geistige Entwicklung sind.
- Nicht konsumieren, wenn man sich psychisch oder körperlich nicht fit und gesund fühlt.
- Sich vor dem Konsum über (mögliche) Kurzzeit- und Langzeitfolgen informieren. Nur wenn man gut Bescheid weiß, kann man eine bewusste Konsumentscheidung treffen – oder eine bewusste dagegen.
- Beantworte dir folgende Fragen vor dem Konsum:
    - Aus welchem Grund möchte ich diese Droge konsumieren?
    - Was will ich damit erreichen?
    - Was weiß ich über die Droge und deren Zusammensetzung?
    - Wie schätze ich die Wirkung und die Risiken ein?
    - Wie reagiere ich, wenn der Konsum nicht wie vorgesehen verläuft?
    - Wie kann ich Risiken minimieren?
    - Konsumiere nur, wenn du es selbst möchtest. Lass dich nicht von anderen zum Konsum überreden und versuche auch nicht, das bei anderen zu tun. Denn: Die Konsequenz deines Konsums, die Folgen, trägst du allein.
- Es kursieren viele falsche Infos und Legenden, nicht nur im Netz, sondern auch unter Konsumenten. Es ist wich-

tig, sich mittels seriöser Quellen zu orientieren und nicht blind auf Aussagen anderer zu vertrauen.

- Konsumpausen einhalten!
- Bei psychischer oder körperlicher Vorbelastung (wie Herzprobleme, Bluthochdruck, Leber- und Nierenerkrankungen, Kreislauferkrankungen, psychische Erkrankungen etc.) auf den Konsum verzichten beziehungsweise noch intensiver darauf achten, Risiken zu minimieren, da diese Vorbelastungen die Gefahr erhöhen, eine Psychose zu entwickeln. Es steigt dadurch auch das Risiko, beim Konsum schwerwiegende Schäden davonzutragen, bis hin zum Tod.
- Den Konsum unerforschter Substanzen (neue psychoaktive Substanzen, kurz NPS) vermeiden, da oft nur wenige verlässliche Informationen zu Dosierung, Nebenwirkungen etc. vorhanden sind und manche dieser Stoffe bereits in sehr geringen Mengen zum Tod führen können.
- Mischkonsum vermeiden oder sich im Vorfeld genau kundig machen, da gefährliche Wechselwirkungen eintreten können und das Risiko von Nebenwirkungen oder einer Überdosis steigt. Das gilt auch für die Kombination von Drogen, Genussmitteln und Medikamenten. Grundsätzlich gibt es Mischungen, die zusammen eingenommen gewünschte positive Effekte erzeugen oder verstärken können und bei denen das Risiko für negative Effekte nur leicht ansteigt. Aber es existieren auch Mischungen, die dazu führen können, sehr schnell in komatöse und/oder lebensgefährliche Zustände abzudriften.
  Wichtige Infos zum Thema Mischkonsum findest du unter:

https://mindzone.info/drogen/mischkonsum/
https://www.saferparty.ch/glossary/mischkonsum
Und zu den Risiken bestimmter Kombinationen hier:
https://combi-checker.ch/ Hier findest du zudem eine Seite, auf der du verschiedene Kombinationen auf ihre Auswirkung checken kannst.
https://tripsit.me/wp-content/uploads/2015/07/2pointo.png

- Nicht allein konsumieren und jemanden dabeihaben, der nüchtern bleibt (Trip-Sitter) und im Notfall Hilfe holen kann. Dabei immer vorher Bescheid geben, was konsumiert wird.
- Infos zum Thema Set und Setting findest du unter: https://www.saferparty.ch/glossary/drug-set-setting
- Nach der oralen Einnahme einer Substanz zunächst mindestens zwei Stunden abwarten, ohne gleich »nachzulegen«. Die Wirkung kann verzögert eintreten. Nie mehr als die Hälfte der Ursprungsdosis nachlegen.
- Sich unbedingt im Vorfeld informieren, welche Wirkung zu erwarten ist. Weicht die empfundene Wirkung deutlich von der beschriebenen ab, handelt es sich wahrscheinlich nicht um die gewünschte Substanz. Diese Substanz im Zweifel testen lassen und nicht weiter konsumieren.
- Auf Konsumenten achten. Halluzinationen, Angstzustände, Benommenheit, Reizüberflutungen, verzerrte Realitätseinschätzungen können Konsumenten in gefährliche Situationen bringen, die Person kann sich dadurch selbst und/oder andere gefährden.
- Während des Konsums »Pausen« einlegen, das heißt, sich ausruhen und an die frische Luft gehen. Ausreichend und regelmäßig Wasser trinken, da manche Substanzen den Wasserverlust im Körper fördern. Dennoch auch nicht

übermäßig trinken. Keinen zusätzlichen Alkohol zu sich nehmen, da dies zu Wechselwirkungen führt und den Körper zusätzlich austrocknet.

- Wenn bei der Person nach einem Konsum körperliche und/oder psychische Probleme auftreten, diese Person nie allein lassen und im Ernstfall den Notarzt rufen, bevor sich der Zustand weiter verschlimmert.

Allgemeine Safer-Use-Regeln beim Ziehen von Substanzen

- Zum Ziehen von Substanzen keine Geldscheine oder scharfkantigen Röhrchen benutzen (Infektions- und Verletzungsgefahr), sondern ein eigenes Röhrchen (es gibt Ziehröhrchen mit abgerundeten Kanten).
- Ziehröhrchen genauso wie Spritzen oder Glaspfeifen nie mit anderen teilen – Infektionsgefahr!
- Ziehröhrchen genauso wie andere Drogenutensilien regelmäßig gründlich reinigen.

Laboranalysen

- Anders als in der Schweiz oder in Österreich gibt es in Deutschland bislang keine überregionalen Möglichkeiten zum Drug Checking.
- Neu gekaufte Substanzen am besten erst durch Laboranalysen prüfen lassen. Auch dann, wenn diese von demselben Dealer oder derselben Dealerin stammen. Dealer verkaufen oft nur Stoff, den sie selbst aus einer anderen Quelle beziehen. Die Zusammensetzung kann variieren und unterliegt keiner Norm. Wirkstoff(e) und Wirkstoffkonzentration(en) können sich aufgrund von Lieferanten, Streckstoffen und Verunreinigungen stark unterscheiden.
- Laboranalysen von neuen psychoaktiven Stoffen, deren Wirkung deutlich von der erwarteten Wirkung abweichen

(gilt auch bei Verdacht auf mit synthetischen Cannabinoiden gestrecktes Cannabis), können über folgende Institution angefragt werden. Weitere Möglichkeiten der Substanzanalyse und Informationen siehe hier:
https://legal-high-inhaltsstoffe.de/de/testen.html.
https://mindzone.info/drogen/analyseverfahren/

- Wenn eine Laboranalyse nicht möglich ist, dann gilt: informieren, Dosis am besten nach dem Körpergewicht berechnen und mit einer Feinwaage oder volumetrisch abmessen. Erst kleine Mengen testen und sich damit auseinandersetzen, wann die Wirkung in der Regel einsetzt (sonst legt man womöglich bereits nach, bevor die Substanz zu wirken beginnt).
- Die Wirkung von Substanzen auf Frauen ist oft schlechter erforscht. Als Konsumentin generell vorsichtiger beziehungsweise weniger konsumieren.

Da Safer-Use-Infos zu einzelnen Substanzen den Rahmen dieses Buchs sprengen würden, folgen hier und unter www.carlsen.de/bis-einer-stirbt Links zum Thema:

Weiterführende Infos unter:
https://www.safepartypeople.de

Wichtige Grundsätze für Safer Use auf Partys:
https://mindzone.info/gesundheit/sicher_feiern/

Infos zu Alkohol:
https://mindzone.info/drogen/alkohol/
https://de.know-drugs.ch/substanzen/alkohol/3

Möchtest du deinen Alkoholkonsum reduzieren? Hier gibt es Infos:

https://tinyurl.com/DrugcomAlkoholkonsumReduzieren

Infos zu Cannabis:

https://mindzone.info/drogen/cannabis/
https://de.know-drugs.ch/substanzen/cannabis/2

Safer-Use-Regeln zum Thema Cannabis:

https://tinyurl.com/HanfverbandSaferUse

Wie man Streckmittel in Marihuana erkennt:

https://tinyurl.com/HanfverbandStreckmittel

Warnungen von Konsumenten zu vermuteten Streckmitteln in Cannabis, Suche nach Orten/Städten möglich:

https://dirty-weed.com/

Ein Hinweis: Inzwischen ist Cannabis im Umlauf, das mit synthetischen Cannabinoiden versetzt ist. Dieses wird als »normales« Marihuana verkauft, lässt sich jedoch nicht sicher konsumieren und kann schlimmstenfalls tödlich sein. Darum Marihuana – wenn man es konsumieren möchte – erst in sehr geringer Menge testen. Nicht weiter konsumieren, wenn die Wirkung sich von der erwarteten unterscheidet.

Wer sich für den Konsum entscheidet, sollte Cannabis besser durch einen Vaporizer konsumieren (weniger Schadstoffe als beim Rauchen). Wer Joints raucht, sollte besser auf Aktivkohlefilter zurückgreifen und Cannabis nicht mit Tabak mischen, da dies zu Wechselwirkungen führen kann.

Möchtest du mit Cannabis aufhören oder deinen Konsum reduzieren? Hier gibt es Infos:

https://www.quit-the-shit.net/

Infos zu Amphetamin/Speed/Pep plus Safer Use:

https://de.know-drugs.ch/substanzen/speed/23
https://mindzone.info/drogen/speed/

Infos zu Ecstasy/MDMA plus Safer Use:

https://de.know-drugs.ch/substanzen/ecstasy-mdma/4
https://mindzone.info/drogen/ecstasy/

Vor dem Konsum von Ecstasy-Pillen solltest du dich über Pillenwarnungen informieren, zum Beispiel unter:

https://tinyurl.com/pillreportsnet
https://tinyurl.com/pillenmindzone
https://drugscouts.de/de/page/pillen-info

(Dabei sollte dir aber bewusst sein: Ohne Drug Checking kann man leider nie wissen, was in der Tablette drin ist – sie kann genauso aussehen, aber was anderes enthalten.)

Infos über beigemengte Streckstoffe und deren Wirkung:

https://mindzone.info/drogen/streckstoffe/

Infos zu weiteren Substanzen – inklusive Safer Use:

https://de.know-drugs.ch/substanzen https://mindzone.info/drogen/ https://www.drugcom.de/drogen/

Hilfsangebote

Selbsttests:
Ist dein Konsumverhalten problematisch? Unter https://www.drugcom.de/tests/selbsttests/ kannst du deinen Cannabis-/Speed-/Alkoholkonsum im Selbsttest überprüfen.

Anleitung zur Reflexion des eigenen Drogenkonsums:
https://tinyurl.com/DrugscoutsReflexion

Tipps für Angehörige/Freunde:
https://tinyurl.com/InfosAngehoerige

Überregionale Hilfsangebote für Betroffene:
https://tinyurl.com/HilfeUeberregional
Drogenberatung: https://mindzone.info/beratung/

Drogenberatungsstellen:
https://www.drugcom.de/beratung-finden/drogenberatungsstellen/

Sucht- und Drogennotruf:
069/623451 (hier gibt es auch Angehörigenberatung)

Elternberatung:
https://www.elternberatung-sucht.de/

Weitere Informationen für Eltern (auch zur Selbstfürsorge):
https://www.instagram.com/elternsuchtkrankerkinder/

Chat-Beratung:
https://mindzone.info/beratung/onlineberatung/
https://tinyurl.com/DrugcomChatBeratung

E-Mail-Beratung:
https://tinyurl.com/MailBeratung

Hilfe bei psychischen Problemen/Krisen:
Telefonseelsorge: 0800/111 0 111 und 0800/111 0 222
(montags bis sonntags rund um die Uhr)
Nummer gegen Kummer für Jugendliche:
116 111 (montags bis samstags von 14 bis 20 Uhr)

Chat-Beratung:
https://www.nummergegenkummer.de/kinder-und-jugendberatung/online-beratung/
(mittwochs und donnerstags von 14 bis 18 Uhr)

QUELLEN

Dissertation zum Thema Kräutermischungen:
https://d-nb.info/1143461789/34

Studie zu Aluminium-Werten bei Blechrauchern:
https://pubmed.ncbi.nlm.nih.gov/17508993/

Zum Thema Safer-Use-Erklärung zum Heroinrauchen über Alufolie eines Frankfurter Konsumraums:
https://www.idh-frankfurt.de/images/downloads/folie_rauchen.pdf

Zum Thema Heroin-Preis und Wirkstoffgehalt von Heroin 2021:
https://www.dbdd.de/fileadmin/user_upload_dbdd/05_Publikationen/PDFs/REITOX_BERICHT_2022/REITOX_Bericht_2022_DE_WB_08_Drogenmaerkte_und_Kriminalitaet.pdf

Zum Thema Blackouts durch Clonazolam:
https://www.ncbi.nlm.nih.gov/pmc/articles/PMC4471986/

Rauschgiftlageberichte des Bundeskriminalamts:
https://www.bka.de/DE/AktuelleInformationen/StatistikenLagebilder/Lagebilder/Rauschgiftkriminalitaet/rauschgiftkriminalitaet_node.html

BKA und andere zur Erkennbarkeit von Fentanyl-Überdosen:
https://www.bka.de/SharedDocs/Downloads/DE/Publikationen/JahresberichteUndLagebilder/Rauschgiftkriminalitaet/2019RauschgiftBundeslagebild.pdf

Europäische Beobachtungsstelle für Drogen und Drogensucht (EMCDDA) unter anderem zu MDPV:

https://eur-lex.europa.eu/legal-content/DE/TXT/?uri=CELEX%3A32015D1875

Bundesinstitut für Arzneimittel und Medizinprodukte (BfArM) 2011 zu Hustenstillern und darin enthaltenem DXM:

https://www.bfarm.de/SharedDocs/Downloads/DE/Arzneimittel/Pharmakovigilanz/Gremien/Verschreibungspflicht/67Sitzung/anlage2.pdf?__blob=publicationFile&v=3

Weitere Quellen, auf die sich Safer-Use-Part bezieht:

https://web.archive.org/web/20210803195737/https://www.praxis-suchtmedizin.ch/praxis-suchtmedizin/index.php/de/designerdrogen/safer-use-regeln

https://de.know-drugs.ch/infos/basisinformationen/1

DANK

An dieser Stelle möchte ich mich bei den Experten und Expertinnen, die mich bei diesem Buch unterstützt haben, bedanken. Mein Dank gilt zudem Joshs Eltern, seinen Wegbegleitern, Leyla und ihrer Familie sowie jedem Konsumenten und jeder Konsumentin, mit der ich sprechen konnte. Danke für die unzähligen Telefonate, Treffen und Videocalls, das entgegengebrachte Vertrauen und die wertvollen Einblicke, die dieses Buch erst möglich gemacht haben.